ハヤカワ文庫NV

〈NV1516〉

狼の報復

ジャック・ボーモント

渡辺義久訳

JN098116

早川書房

8997

THE FRENCHMAN

by

Jack Beaumont

Translated by
Yoshihisa Watanabe
First published 2023 in Japan by
HAYAKAWA PUBLISHING, INC.
This book is published in Japan by
arrangement with
WILLIAM MORRIS ENDEAVOR ENTERTAINMENT, LLC
through THE ENGLISH AGENCY (JAPAN) LTD.

妻と子どもたちへ

[パリ市略図]

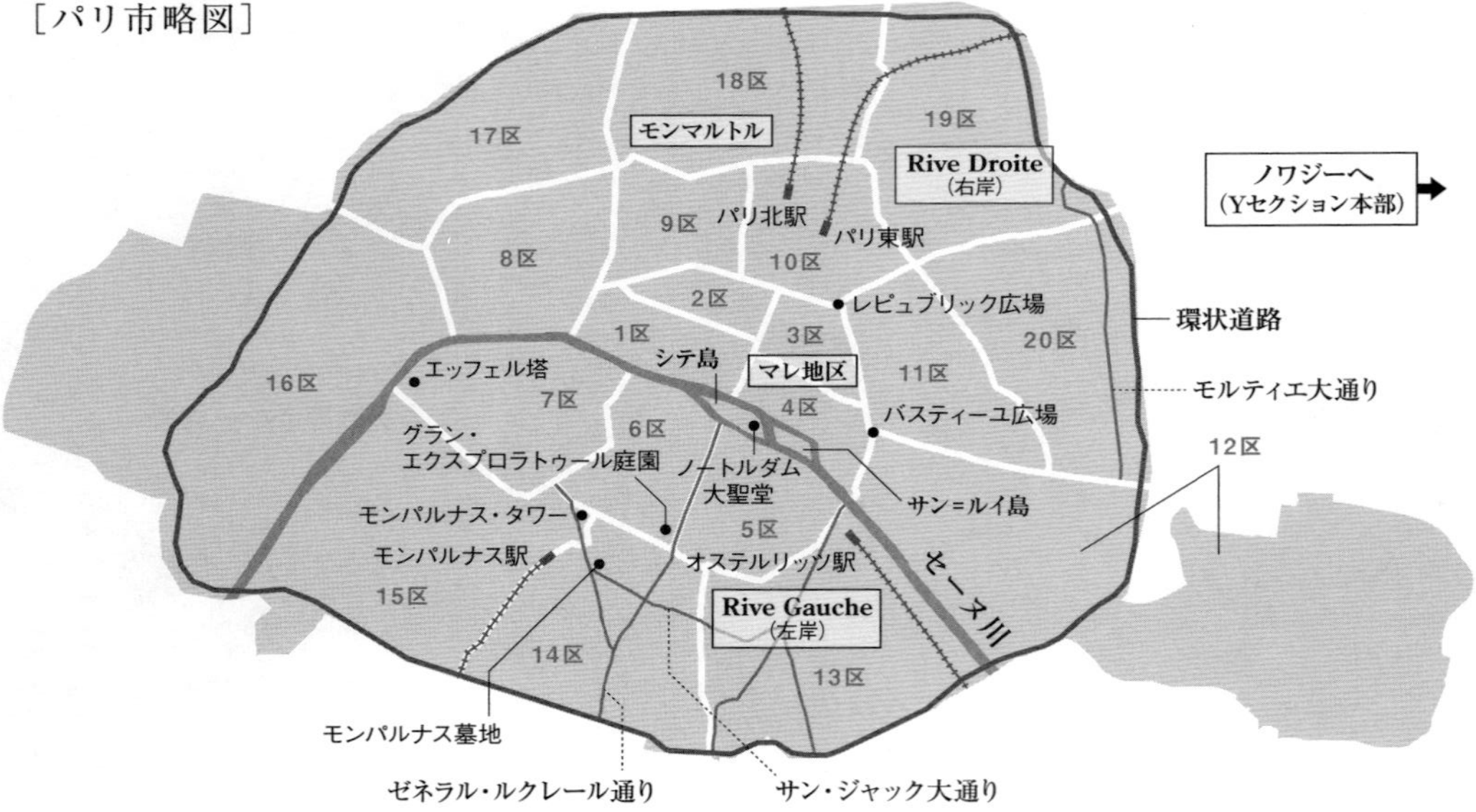

18区
17区
19区
モンマルトル
Rive Droite
(右岸)
ノワジーへ
(Yセクション本部)
9区
パリ北駅
パリ東駅
8区
10区
2区
レピュブリック広場
環状道路
1区
3区
20区
16区
エッフェル塔
シテ島
マレ地区
11区
7区
モルティエ大通り
4区
バスティーユ広場
6区
グラン・
エクスプロラトゥール庭園
ノートルダム
大聖堂
12区
サン=ルイ島
モンパルナス・タワー
5区
モンパルナス駅
オステルリッツ駅
セーヌ川
15区
Rive Gauche
(左岸)
14区
13区
モンパルナス墓地
ゼネラル・ルクレール通り
サン・ジャック大通り

狼の報復

登場人物

アレック・ド・パイヤン
（アギラール）…………対外治安総局《DGSE》Yセクションの工作員

ギヨーム・ティベ（シュレック）
ガエル・ピー（テンプラー）
ブラン・クレルク
…………同上

ドミニク・ブリフォー…………………Yセクションのチーフ
マチュー・ギャラ……………………同サブチーフ
アントニー・フレジェ…………………対外治安総局運用部部長
フィリップ・マヌリー…………………同内務部部長
ジム・ヴァレー………………………マヌリーの部下
マリー・ラフォン……………………同情報部大量破壊兵器拡散阻止部門チーフ
ジョゼフ・アッカーマン………………同サブチーフ
マイケル・ランバルディ（准将）……移民申請代理人
ムラド…………………………………サイエフ・アルバールのリーダー
アミン・シャルワズ……………………ミサイル技術者
アニタ…………………………………アミンの妻
ジェイヴド……………………………アミンとアニタの息子
ドクタ・ユスフ・ビジャール…………イスラマバードの国立大学の元准教授
マイク・モラン………………………イギリスの秘密情報部員
アヌッシュ・アル＝カーシー…………翻訳家
ロミー…………………………………アレック・ド・パイヤンの妻
パトリック……………………………アレックとロミーの長男
オリヴァー……………………………アレックとロミーの次男
アナ・ホムシ…………………………ロミーの友人

アミン

　ステージに立つ専門家は司会者に感謝を示し、固体燃料に関する会合の終了を合図した。会場の照明がつき、アミンは二百人近くの科学者や技術者たちとともに立ち上がった。シンガポール・パン・パシフィック・ホテルの舞踏会場の大きなドアが開き、アミンはそのドアの方へ向かった。出口のところで、赤ら顔をしたオーストラリア人のレーダー技術者が近づいてきた。ジョン・ヴォーンとはほかの学会で顔を合わせてはいたものの、この気さくなクイーンズランド州出身者に対していつも距離を置き、あまり関わらないようにしていた。

「まったく、いまの話、少しでもわかったか？」ジョンは首を振った。「おれはほとんどついていけなかったよ」

アミンは含み笑いをした。「小さなクラブですから、ロケット業界というのは」「早めのビールでもどうだい？」オーストラリア人が訊いた。「バーの売り上げに貢献しようと、みんな乗り気だ」

アミンは腕時計に目をやった。

「残念ながら、部屋で仕事をすませないといけないので」

アミンはエレヴェータで九階の自分の部屋へ行き、しっかりと内側からスライドボルトをかけた。カーテンを引いてマリーナの景色を遮り、キャスター付きのスーツケースから使い捨て携帯電話を取り出した。いまは午後一時五十九分、定時連絡の時間まであと一分だ。チャンギ国際空港で買ったサムスンの携帯電話にバッテリーとSIMカードを差しこみ、シンガポール時間で午後二時になると〝ダン〟という名前——適当な番号が並ぶ連絡先リストのなかほどにある名前——を選んで緑色のボタンを押した。

呼び出し音が鳴り、アミンの研究プロジェクトの責任者である大佐に転送された。白髪頭に太い首をした大佐は、決して軍服に袖を通すことはなかった。彼はアミンが二十六歳の誕生日を迎える前日に現われ、こんな提案をした。〝きみの博士号を活かしてパキスタンのミサイル開発に貢献してくれれば、同僚たちよりも高い給料がもらえるうえに、最先端の研究施設で最高レベルの仕事ができる〟これ以上はない誕生日プレゼントに思えた。

それと引き換えに自分の仕事を口外できず、パキスタンの諜報機関、軍統合情報局《ISI》によって人生を縛られることになるとしてもだ。アミンのような政府の職員は自分たちが軍統合情報局に監視されているかどうか訊けるというわけではない。軍統合情報局に管理されている人たちは、そういった質問を控えるように促されているというだけだ。とはいえミサイル開発に携わって半年後、アミンは同僚の技術者たちから、おそらく電話やインターネットがモニタされているだけでなく、友人との交流も監視されているだろうという話を聞かされた。アミンは、これは些細な代償だと考えた。旅には行けるし、高級スーツや高価な腕時計を身に着けられ、給料も申し分ない――彼の父親が財務省の高級官僚として三十年間働いて稼いだ金額を、アミンは二十九歳になるまえに手に入れていた。

　こういった交換条件を疑問視するようになったのは、アニタと出会ってからだった。機密情報を扱う職員に義務付けられているとおり、アミンは彼女との関係を打ち明けたが、大佐はすでにその新しいガールフレンドについて知っているようだった。アミンはこの恋人に、自分はラーワルピンディーの郊外にある大学の研究室で働いていると言ったが、実際にどんな研究をしているかということには触れなかった。アニタが勤めているのは、MERCと呼ばれる極秘の研究施設だった。二人のあいだでは、付き合いはじめた当初から暗黙の了解ができていた。〝訊くな――言うな〟というものだ。大佐がアニタのことを気にしないのは、二人が仕事の話をしないというのがわかっていたからではないだろうか、ワインを飲みすぎたときにアミンはそう考えたことがあった。たぶん大佐にはわかっていたのだろう。大佐がモニタしているのは電話やインターネットだけではないのかもしれない。しだいにアミンはこの取決めに不安を感じるようになっていった。自分の恋人――いまの妻に嘘をつきたくなかった。大佐から、大学時代のアニタが西洋の友人たちといっしょに写った写真を見せられたことや、アニタの父親が実はアルコール依存症だということを聞かされたことも、気に入らなかった。アミンは言い返そうとしたが、大佐に現実を突きつけられた。〝これは簡単に辞められる仕事ではない――とはいえ頭の切れるおまえなら、そんなことはわかっているはずだ、そうだろう?〟

わかっている、アミンはホテルのベッドに坐ってそう考え、イスラマバードに電話がつながるのを待っていた。そんなことはとっくにわかっていたのだ。

「アミン」電話がつながり、大佐の滑らかな声がした。「報告しろ」

アミンはこういったやりとりに慣れていた。旅へ出るたびに毎日こんな電話を入れるのだが、たいていは二十秒くらいで終わる。ときには、ジャイロ・スタビライザーや衛星誘導システムに関する具体的な質問をしてくることもある。いつも訊かれるのは、アミンが誰と話をして、なんと答えたか、ということだった。

「オーストラリア人の技術者、ジョン・ヴォーンと話をしました」お決まりの質問をされたアミンはそう答えた。「お酒を飲もうと誘われましたが、断わりました」

大佐との電話が終わると、デスクトップ脇に置かれたアミンのｉＰｈｏｎｅが振動した。学会のあいだはマナーモードにしておいたのだが、それがいまデスクの合板の上で揺れだした。発信者番号に目をやった。アニタからだった。

「やあ、アニタ」彼女からの連絡に喜んだ。結婚してからというもの、よくホームシックになるようになった。

「アミン、家に帰ってきて」アニタが言った。「お願い！　急いで帰ってきてちょうだい」

「落ち着いて。どうしたんだ？」

「ママが――病気なの」彼女の声から不安がうかがえた。アミンの義理の母親は健康的な女性だ。アニタの家族にしてみれば、ちょっと具合が悪くなっただけでもショックなのだ。

「明日の二時の便で帰るよ。今夜は討論会があるんだ」

「それじゃだめ」アニタは懸命に訴えた。「明日までもたないかもしれない。いますぐ帰ってきてほしいの」

「わかった、わかったよ」アミンはパニックになるのを感じた。

「六時にチャンギ国際空港を発つ便があるの」アニタは叫ばんばかりだった。「Ｅメールでチケットを送ったわ。絶対に乗り遅れないでちょうだい、アミン」

アミンは眉をひそめた。アニタは理系の優秀な奨学生で、イギリスで博士号を取得したあと、MERCに入ってパキスタン随一の科学者たちに加わった。大声をあげることもなければ、めったに動揺することもない――しかも、かなり財布の紐が固い。すでに夫が政府によって席を予約されているにもかかわらず、それよりも早い便のチケット代を払ったりなどはしない。何か深刻な事態が起こっているにちがいない、アミンにはそれがわかった。彼は腕時計に目をやった。「なるべくその飛行機に乗るようにするから。心配しないで」

「なるべくじゃだめよ」声を荒らげた。「必ず乗って！　あなたが必要なの」アニタは電話を切った。

アニタのこんな声を聞いたのははじめてだった。アミンはノートパソコンを開き、アニタのEメールからEチケットを呼び出し、携帯電話に送信するオプション・ボタンをクリックした。いまは午後二時十分だ。プロトンメールのアカウントを開くと、受信ボックスにマルクス・オブラックから新しいメールが届いていた。そこにはこう書かれていた。

〝一杯やらないか？〟

マルクスはフランスの航空宇宙コンサルタントで、はじめて彼に会ったのはウィーンで開かれた今回と似たような学会でだった。そのときのことをアミンはよく覚えている。会場の豪華な老舗ホテルは、近代化されてはいるもののかつての威厳を保っていた。二人は朝食のビュッフェで出会い、社交辞令を交わしてテーブルをともにした。その後も何度か学会で顔を合わせ、バーで酒を飲んだりもしたが、マルクスから何か訊いてくることは一度もなかった。それどころか、ミサイル防衛におけるイスラエルの誘導システムやロシアの量子コンピューティングについての情報を口にしたのは、そのフランス人のほうだった。アミンは、ミサイル技術に精通しているマルクスが気に入った――そのうえ、二人とも子どもがいるという共通点もあった。アミンは息子のジェイヴドのためにもヨーロッパで子育てをしたいということを熱心に語りすぎたにちがいない。というのも、ある日の午後、ブリュッセルのバーで、パリでの新たな生活を手に入れるためなら何をするか、とマルクスに真顔で訊かれたのだ。それは、いわゆる人生を左右する危うい瞬間だった。長いこと無言で考えたすえ、ようやくアミンは口を開いた。「たとえば、の話ではないようですね？」

マルクスは答えた。彼はフランス政府のために働いていて、アミンとその家族にフランス国籍と新たな身分を与える条件を示せる立場にいる、というのだ。

「それと引き換えに、フランスは何を？」アミンは訊いた。

それは、彼が関わるミサイル開発の最新情報と、耳に入ってくるそれに関連するもろもろの情報ということだった。

それから二週間にわたり、二人はスケジュールからパリでの就職先、アニタとアミンの親族の安全にいたるまで、取引の詳細を詰めていった。さらに、今後二人が会うのは国際学会の最終日の午後だけ、ということにした。マルクスはアミンに、使い捨ての携帯電話や、プロトンメールのような暗号化電子メール・サーヴィスを利用するよう言った。アミンの研究所の詮索好きにプロトンメールが見つからないように、ノートパソコンの履歴の消去法――つねに七回――も説明した。

二人は親密になり、妻や子どもたちのことや、職場でのプレッシャー、終わることのない政治問題について話をするようになった。オブラックというのはマルクスの本名ではないだろう、アミンはそう思ったが、彼が話す人生の詳細は――偽名を使っているとしても――真実のような気がした。このフランス人にはどこか惹きつけられるところがある――三十代半ばのハンサムな男で、軽く日焼けし、薄茶色の髪をしている。仕立てのよいスーツの下には引き締まったからだがうかがえ、身長は六フィートを超えているにもかかわらず、もっと小柄な男のような身のこなしをしている。街なかでマルクスを見かけたとしたら、オフィス仕事のために着替えたプロのテニス・プレイアーだとでも思うだろう。

アミンはマルクスのEメールから目を離した。使い捨ての携帯電話を操作し、Eメールに書かれた番号にメールを送信した。すぐにフランス人から返事が来た。〝クイーンズ

〝イングリッシュ・パブ〟、二時半〟

アミンはプロトンメールを閉じ、履歴を消してベッドに倒れこんだ。胃が拳でつかまれたかのように痛み、こめかみが脈打っている。何かおかしい。

マルクスから、パキスタンの諜報機関に疑われないための基本的な予防対策を教わっていた。まず何より重要なのは、平静を保ち、尾けられてなどいないかのように振る舞うことだ。そこでアミンは数分間、天井を見つめ、ゆっくり鼻で呼吸して不安が治まるのを待った。それから起き上がってキャスター付きのスーツケースに荷物を詰め、ブレザーをつかみ、スーツケースをもってエレヴェータへ向かった。

二時半少しまえにパン・パシフィック・ホテルの一ブロック南東にあるパブに入り、カウンターの奥へ行った。パブには二十人くらいの客がいるが、マルクスの姿は見当たらない。いつものことだ——マルクス・オブラックが密会場所へ現われるのは、たいてい彼のあとなのだ。アミンはレモネードを注文した。カウンターにレモネードが置かれるまえに、マルクスがやって来た。いつものように笑みを浮かべ、ライト・グレーのスーツを着ているがネクタイは締めていない。

「ボンジュール、アミン」マルクスの色の薄い目の目尻には、親愛の情のしわが寄っていた。

アミンはフランス人と握手をし、同じように気軽に振る舞おうとした。

二人はテーブルに着いたが、アミンはいまだに何を言えばいいかわからなかった。パリと結んだ取引のことを思い返した——射程距離を伸ばしたラ・アドⅡミサイル開発の二年ぶんの内部技術データを渡す代わりに、アミンと彼の家族は新しい身分とフランスのパスポートを手にする。約束の二年間まであと五カ月あるが、その後はジェイヴドに最高のギフトを与えられるはずだった——裕福なヨーロッパの国の国民として暮らすことができるのだ。パブまで歩くあいだ、アミンはフランス諜報機関の手を借りられないかどうか、マルクスに頼んでみようかとも考えた。妻と彼女の家族に何があったのか調べてくれないだろうか？　だが、思い切って訊く気にはなれなかった。マルクスにそんな話をすれば、フランスに切り捨てられるかもしれないと不安になったのだ。フランスという国は、感傷的ではないことで知られている。夜の便でパキスタンへ戻り、自分の目で確かめるしかない。

「実は、パキスタンへ戻るよう連絡が来たんだ」アミンはなんとか残念そうな笑みを作ってみせた。「義理の母が病気で危ないらしくて。一時間後にはチャンギ国際空港へ行かないと」

マルクスはちらっと腕時計に目をやった。「家族が優先だ」そう言い、女性バーテンダーに合図をしてビールを頼んだ。

アミンは、カウンターにいるきれいな若い女性がマルクスを見つめているのに気づいた。

その視線の意味はまちがえようがない。いつものように、マルクスは気づいていないふりをしている。

「それで、何かいい情報は？」フランス人が訊いた。

アミンは首を振った。「いまのところ、新しい燃料負荷と組成は確定しているが、この先は試験技術者が担当することになっている。二週間後、あるいは三週間後には、遠隔測定で得られたデータが入ってくると思う」

マルクスは頷いた。「開発チームと試験チームを別々にしておく。賢いやり方だ」

アミンはこの友人と目を合わせないようにして立ち上がった。マルクスは何か言いたそうだがためらっているように見える。アミンは、いまにもこのフランス人に大丈夫かどうか訊かれるのではないかと思ったが、マルクスはこう言うだけだった。「では、今日はこれまでだな、アミン」

「そうだな」アミンの胸に感情がこみ上げてきた。

「次はパリの学会で？」

アミンは頷き、両手でフランス人の手を握った。「さようなら、マルクス」

二人は笑顔で別れたが、重い足取りで二歩進んだアミンが立ち止まり、振り返った。

「お別れだ《アデュー》」彼の心の奥底にある恐怖や野心を察しながらも、一度も本名を明かさなかった相手に向かってそう言った。ふだんよりも長いこと二人は見つめ合い、それからアミンはスーツケースを引いてシンガポールの陽射しの下へ出ていった。

午前二時過ぎ、イスラマバード国際空港に飛行機が到着した。アミンはスーツケースを受け取り、タクシー乗り場へ向かった。妙な吐き気を感じていた。飛行機のなかでは、義理の母親のミナのことや、どんな病に侵されているのかといったことを考えていた。混雑した空港のターミナルの外には長い行列ができていた。アミンが汗まみれのビジネスマンのうしろに並ぶと、タクシー・ゾーンに黒いニッサン・マキシマが入ってきた。その助手席から、大柄で引き締まったからだつきの男が降りてきた。ジョニーと呼ばれる男――大佐の部下のひとりだ。

ジョニーの態度は威圧的ではあるものの、笑みを浮かべていた。「大佐の指示で迎えに来た」そう言ってアミンのスーツケースをつかんだ。「行くぞ」

運転手がからだを伸ばして後部ドアを開けた。ジョニーはトランクにスーツケースを入れ、アミンとともに後部座席に乗りこんだ。車は流れに乗ってスピードを上げていった。車のなかには、アメリカ製のアフターシェーブ・ローションの匂いが充満していた。

「どこへ行くんだ？」ターミナル・ビルを離れてからアミンが訊いた。「病院か？」

「あとでな」ジョニーはタバコに火をつけ、ウィンドウを下げた。「そのまえに大佐から話がある」

車は東へ向かった。おそらく行き先は、ミサイル研究プログラムの拠点で大佐のオフィスがあるパキスタンの空軍基地、ヌル・カーンだろう。ラーワルピンディーの西部へ近づくと、車は出口を降りてフリーウェイの下をまわりこみ、この大都市の郊外を南へ向かった。「大佐に会いに行くんじゃないのか？」アミンが訊いた。「今夜はヌル・カーンにはいないのか？」

ジョニーは肩をすくめ、またタバコに火をつけた。車は大通りからはずれ、左側に高いフェンスが並ぶ明かりのほとんどない道に入っていった。目につく車は、どれも警備車両のようだった。

アミンが道に迷ったのではないかと文句を言おうとしたとき、遠くに検問所が見えた。これで、ここがどこかわかった。アニタの車を修理に出しているときに、彼女を車で送ってきたことがある。アニタを検問所で降ろすと、彼女を迎えに来るよう警備員がゴルフ・カートを呼んでいた。ハイレベルの機密情報を扱えるアミンといえども、この施設に入ることは許されなかった。

検問所を抜けると胃液がこみ上げてきた。何かおかしい。

「どうしてここに？」アミンは首を伸ばしてあたりを見まわした。「ここはMERCだろう？」

ジョニーはにやりとした。「MERCだって？　何を言ってるのかさっぱりわからん」

車は大きな白い建物の脇で停まった。横にある柱廊玄関で私服姿の男――おそらく軍統合情報局の者だろう――が待っていた。アミンはその男のボディチェックを受けてから、エレヴェータへ連れていかれた。気を失ってしまいそうだった。息苦しい。

「地下へ？」アミンは訊いた。喉がカラカラで、額に汗が浮かんでいるのが自分でもわかった。

ジョニーと軍統合情報局の男は答えなかった。

エレヴェータは地下五階で停まった。アミンが先に降り、警備員がいる右に目をやった。薄緑色のコンクリートの壁は、薄暗い蛍光灯の光に照らされて不快な印象を与えている。廊下はじめっとしていて漂白剤の臭いがした。背後から咳払いが聞こえ、アミンは振り返った――軍統合情報局の男が何も書かれていない部屋のドアノブを握っていた。アミンは夢でも見ているかのように男の方へ戻った。

アミンが薄暗い部屋に入ると二人の屈強な男につかまれた。スティール製の椅子に坐らされ、ストラップで足首と前腕を固定された。

「おい」大声をあげてもがいたが、無駄なことはわかっていた——もう逃げられない。腕のストラップがはずれないかどうか試しながら、まわりに目をやった。部屋には工場用洗剤とタバコの臭いが染みついている。木製デスクの向こう側に大佐が坐っていた。無言でタバコを吸っている。四脚の椅子が四角く並べられていた。目の前の椅子にはアニタが縛り付けられ、ダクトテープで口をふさがれていた。十時の方向に目をやると、尋問用の椅子に坐らされたジェイヴドが彼を見つめていた。

「どうして私の家族がここに？」アミンは大佐に訊いた。声が甲高く震えている。

大佐は鼻から煙を吐き出した。「その質問に答えてやろうか？」

アミンは首を振り、現実を否定しようとした——彼はフランスの悪魔との勝負に敗れたのだ。「狙いは私だろ、私はここにいる。二人を放してくれ。ジェイヴドはほんの七歳、まだ子どもなんだ」

「子どもはいずれ大人になる」大佐の声には抑揚がなかった。「そして自分の国に対してありとあらゆる憎しみを抱くこともあり得る。父親がおしゃべりならなおさらだ——高給取りのおしゃべりならな、そうじゃないか、アミン？」

アミンはパニックに襲われて頭が混乱し、息が苦しくなってあえいだ。

アミンを椅子に坐らせた黒いビジネス・シャツ姿の屈強な男に向かって、大佐が頷いた。

男がアニタのうしろにあるテーブルのところへ行ってランプをつけた。そこに照らし出されたのは、バッテリー式の電動ドリルだった。黒シャツの男はその電動ドリルを手に取り、アニタの正面にまわった。男がトリガーを引いてドリルの回転を確かめると、アニタは大きく目を見開いた。モーターがうなりをあげる。

「そのフランス人のことだが」大佐が口を開いた。ドリルの回転速度が落ちる。「何者だ？」

「知りません」アミンは首を振った。捕まったらどうなるだろうと想像したことはあるが、何を言うかまでは考えたこともなかった。

「知らないだと？」大佐はにやりとした。「何者か知らないということか？ それともフランス人を知らないのか？」

アミンは答えようと口を開いたが、声が出なかった。

「では、ヒントをやろう。その男は高級スーツに身を包んだ、背の高いハンサムなブロンドだ。フランス訛りがある」

「オブラックです」しわがれ声になった。「マルクス・オブラック、パリに住んでいます」

「仕事は？」

「航空宇宙関連です。融資や投資が中心ですが、それなりの知識があります」アニタの恐怖に見開かれた目を見て、こう付け加えた。「このことは、妻は何も知りません」

大佐が立ち上がり、タバコをコンクリートの床に落として足でもみ消した。それからアミンに近づいた。「なんのためにおまえに近づいてきた？」

「たいしたことではありません」

大佐が部下に向かって頷いた。男はドリルをフル回転させて膝をつき、アニタのむき出しの足の甲に突き刺した。ドリルの先端が血と肉片をまき散らして足の裏へ突き抜け、アニタはのけ反った。男が回転するドリルを引き抜くあいだ、アミンはなんとか椅子から立ち上がろうともがいていた。ジェイヴドに目をやると、大粒の涙をこぼしていた。責めるような目で父親を見据えている。

「やめてくれ、お願いだ！」アミンは訴えた。「何もかも話すから」

大佐はデスクに戻り、タバコに火をつけた。アニタの血がコンクリートを流れていく。

「いいだろう、では話せ」

「オブラックに、ラ・アドⅡの燃料負荷や重量、射程距離について話しました」

「遠隔測定の試験データは？」

アミンは首を振った。「ダウンロードできなかったので。でも概要は覚えていたので、それくらいあれば、フランスなら逆行分析できるのではないかと」

「どうやっておまえに連絡を？」

「プロトンメールで」

「それから？」

「使い捨ての携帯電話の番号を教えられて——毎回、ちがう番号でした」

大佐は首を縦に振った。「それから？」

「バーやカフェで会いました。いつも学会最終日の午後に」

「このプロジェクトについて、何を話した」

大佐に何を訊かれているのかはっきりせず、アミンは口ごもった。

大佐が頷いた。男がドリルを回転させ、アニタの左足首に突き刺した。ドリルが足首の関節に到達して止まるより先に、アニタは気絶していた。もうひとりの男が水の入ったバケツを手にして歩み寄り、彼女に水を浴びせた。アニタは激痛とともに目を覚ました。黒シャツの男が足首からドリルを引き抜き、また回転させた。

「何が知りたいんだ！」アミンは叫んだ。

「ミサイルの射程距離を伸ばす目的を話したのか？」

「話した。テルアビブを攻撃するためだと」

大佐は前腕をついて身を乗り出し、アミンを見つめた。「どこから、どこから？」

アミンはためらった。自分は殺される、そう悟ったのだ。そして家族も。

男がドリルを回転させ、アニタの右膝に先端を食いこませた。アニタは坐ったままのけ反り、ダクトテープの内側から苦しそうなくぐもった悲鳴を発した。失禁の臭いがした——ジェイヴドからだ。

「どこで働いているか、話したのか？」大佐は追及の手を緩めなかった。

アミンは首を縦に振った。「はい、ヌル・カーン空軍基地のことは知られています」

「いまわれわれがいるこの施設については？　フランス人に訊かれたか？」

アミンの下唇が震えた。もはや息子を直視できなかった。

「連中は、パキスタン農薬会社とはちがう呼び方をしていたか？」大佐が言っているのは、この建物に記された名称だ。

アミンは息を呑んだ。「ＭＥＲＣと言っていました」

「そうか」大佐は残念そうに口を歪めて苦笑した。

大佐は長いことアミンを見つめていた。そのあいだも、パニックになった七歳の少年のくぐもった声が、ダクトテープをとおして聞こえていた。大佐が黒シャツの男に頷いた。男はアニタのところへ行ってドリルをフル回転させ、深々と眉間に突き刺した。一瞬、血が噴き出し、それからアニタの美しい顔をとめどなく流れ落ちていった。命が尽きるまぎわに四肢が痙攣し、苦悶の表情のまま動かなくなった。

アミンは人目もはばからずに号泣し、殺された妻に目を向けることができなかった。息子の方を向くと、その暗い目は恐怖と驚愕で見開かれていた。大佐が首を縦に振り、黒シャツの男がジェイヴドの正面に立った。そしてドリルを回転させる。

「やめろ!」アミンは叫んだ。ドリルがジェイヴドの左足の甲に刺さり、皮膚と骨をまき散らしながら食いこんでいった。「なんでも答える。嘘はついてない。頼む」

大佐がさっと手を挙げ、黒シャツの男にやめるよう合図した。「ミサイルはテルアビブを攻撃するためのものだというのはフランスに知られてしまったが、どこから発射するということまで知られたのか?」

アミンは大きく息をした。「イランから狙える、そう言いました」

大佐は涙に濡れたアミンの目を射抜くように見つめた。「イランと協力していると、フランス人に言ったのか?」

アミンは頷いた。

「上出来だ、アミン。ようやく会話らしくなってきた」大佐が男に頷くと、男はドリルを回転させてジェイヴドの膝に向けた。

パリ

アレック・ド・パイヤンは気配を感じ、スクリーンから顔を上げた。オフィスのドアのところに、ドミニク・ブリフォーの個人秘書が立っていた。「ボスがお呼びです」ド・パイヤンは立ち上がり、その中年の女性について廊下の先のエレヴェータへ向かった。

上階のブリフォーのオフィスへ行くと、彼女がドアを開けてくれた。

「これを」ボスがそう言い、デスクの向こうから一枚の紙を差し出した。

ド・パイヤンはその紙に目をとおした。それはCRS〇〇二一八というロマンティックな名前で呼ばれる、パキスタンの情報源からの報告書だった。その情報源はロボットのような名を付けられているとはいえ、フランス国外を専門にする諜報機関、対外治安総局《DGSE》内でのランクはBだった。それは、人に与えられるランクのなかではもっとも信用でき、頼りになるという最高ランクだ。Aランクを与えられるのは書類とヴィデオ、それに写真だけだ。

ＣＲＳ〇〇二一八からの報告書によると、ミサイル技術者のアミン・シャルワズ、三十六歳と、その妻──政府の科学者、アニタ・シャルワズ、三十三歳──それに息子のジェイヴド・シャルワズ、七歳が先週、軍統合情報局に拷問を受けて殺害されたということだった。おそらく使用されたのは電動ドリルで、場所はイスラマバードにあるパキスタン農薬会社（別名ＭＥＲＣ）ということだ。

来客用の椅子に腰かけたド・パイヤンはぐったりし、報告書の内容に衝撃を受けた。シンガポールのバーで最後にアミンと会ったときのことが頭によみがえった。アミンは家族に一大事があったということで、急いで空港へ向かわなければならないと焦っていた。だが友人と思えるようになったその技術者にはそれだけではない、どこかとりつかれたようなところがあった。声が張り詰め、ほとんど目を合わせようともしなかった。ド・パイヤンは対外治安総局に入って七年になる。そのうちの六年間はＹセクション──対外治安総局内で秘密作戦を担当する極秘セクションで任務にあたっていた。相手の心を読むことに長《た》け、軍統合情報局に監視されているかもしれない情報源たちにはとりわけ気を配っていた。アミンが別れぎわにフランス語でアデューと言っていたのを思い出した――ふだんは英語で話しているのに、あえてフランス語を使ったのだ。そのことばにこめられた覚悟を、ド・パイヤンは聞き逃さなかった。アミンは〝降りた〟のだ。そのあと、ド・パイヤンは細心の注意を払ってシンガポールのバーからホテルへ戻った。おそらくアミンは軍統合情報局に口を割ったのだろう――パリでの生活と引き換えに、ミサイルの機密情報を流しているということを白状したにちがいない。

いまでは状況がよりはっきり見えた――アミンを疑った雇い主は利用材料を使って彼をパキスタンに呼び戻し、そこで家族を拷問して殺したのだ。目の前で妻子を拷問されて何もかも吐かされたあげく、本人もたっぷり時間をかけて惨《むご》たらしく殺されたのだろう。

ド・パイヤンはブリフォーのデスクに報告書を放り投げ、大きく息を吐いて天井を見上げた。ド・パイヤンは、カネ目当てのただの取引としか考えていない何百人という情報源を相手にしてきた。だが、アミンはちがった。アミンとのあいだには親近感が生まれていた。別の人生では、きっと二人は友人になっていただろう。

「この男を気にかけていたのは知っている」ブリフォーは報告書を指して言った。「だが、いまは仕事の話が優先だ――この情報源が殺されたことで、おまえのこともばれただろう」

「そうですね」ド・パイヤンはショックを振り払った。「オブラックに関するものを処分します。明日の昼までには消し去っておきます。きれいさっぱりと」

ブリフォーは無表情でド・パイヤンを見つめた。「それはだめだ。向こうに情報源がいることを知られるわけにはいかない。おそらく、やつらはアミンのふりをして接触を試みてくるだろう。そのときは、あえて誘いにのっておまえを会いに行かせ、やつらの姿を確かめる」

ようするに、ド・パイヤンをエサとして利用するということだ。

彼はボスに目を向けて頷いた。


ド・パイヤンはバンカーを早めに出た。バンカーというのは対外治安総局Ｙセクションの本部で、パリ東部の郊外のノワジーにある。バンカーは古い砦《とりで》内にあり、対外治安総局の本部があるトゥーレル庁舎（Centre Administratif des Tourelles）、通称Ｃａｔとはあえて別のところに置かれている。Ｃａｔ本部があるのはパリ二十区のモルティエ大通りに建つ堂々としたナポレオン時代の建物で、塀で世間から隔離されたＹセクションの砦とは対照的だった。

ド・パイヤンは二つの列車を乗り継ぎ、午後六時まえにモンパルナスにある自宅のアパートメントの前に着いた。尾けられていないことを確認するための基本的な予防対策は取ってある。小さめだがきれいな部屋に入ると、バスルームで子どもたちが騒いでいる音が聞こえてきた。キッチンの入り口からロミーが出てきて彼をハグしたが、食材まみれの手で触れないようにしていた。

「ちょうどよかったわ」ロミーが言った。「子どもたちがお風呂に入っているの——任せてもいい？」

ド・パイヤンはカウンターに鍵を放り投げ、靴を脱ぎ捨ててバスルームに入った。次男——四歳のオリヴァー——が立ったままパトリックにヘチマ・スポンジを向け、六歳の長男が隠しているスマーフのおもちゃを返すよう迫っていた。

「おかえり、パパ」パトリックが、スマーフのことなどさも気にしていないかのように声をかけてきた。

「返してよ！」弟が声を張りあげ、ヘチマ・スポンジを剣のように振った。

膝をついたド・パイヤンは、次男の膝が泥で汚れているのに気づいた。

「それはパパが預かるよ」ド・パイヤンはそう言い、ヘチマ・スポンジを手に取ってバスルームのカウンターに置いた。「これはママのだから——おまえにはこっちだ」浴槽からタオルを取り出した。

オリヴァーの脚をこすりはじめたド・パイヤンは、息子の小さくて完璧な形をした膝に触れながら底知れぬ恐怖がこみ上げてくるのを感じた。アミンには息子がいた。ド・パイヤンは彼に息子の写真を見せてもらったことがある。四枚も見せれば充分なところを、いかにも子煩悩な人らしく、携帯電話をスクロールして二十五枚も次々と見せていた。息子の脚をつかんでいたド・パイヤンは、罪悪感という高波に呑まれてしまった。胸が締めつけられ、アミンの妻と息子が電動ドリルで拷問される姿が頭に浮かんできて息苦しくなった。うしろへよろめき、キャビネットに頭を打ちつけた。パトリックが叫ぶのがわかった。

「ママ!」

足音が聞こえ、ブロンドの髪に縁どられたロミーに上から覗きこまれた。

「大丈夫、あなた?」落ち着いてはいるものの心配そうな声音だった。冷たい手で彼のあごをしっかり支える。

ド・パイヤンはほんのわずかに首を振った。

「そんなにひどいことが?」ロミーが声を潜めて訊いた。頷いたド・パイヤンの目には涙が浮かんでいた。

「なんてこと」ロミーはつぶやき、彼に手を貸して立ち上がらせた。

ド・パイヤンは大学のキャンパスのそばにあるジュシュー駅でメトロを降り、観光通りから奥に入ったところでバーを見つけた。天井の低い学生向けのバーで、掃除をしたほうがよさそうな店だった。人気《ひとけ》のない奥の隅のテーブルに着き、スコッチを注文した。ロミーとの会話はもっとうまく対処できたはずだ。だが軽く神経がまいってしまったあとともあっては、感覚が麻痺するまで酒を飲む以外にしたいことがなかった。

中年の女性バーテンダーがグラスをもってくると、ド・パイヤンはそれをいっきに飲み干し、焼けるような喉の熱さとスモーキーな香りを楽しんだ。お代わりとビールを頼み、店を出るころにはそこそこ気分もよくなっていた。ウィンドブレーカーからマールボロのパックを取り出し、タバコに火をつけて通りを眺めた――学生の集団がレストランへ入ったり、バーから出てきたりしている。西へ一ブロック半ほど歩き、別の地元向けのバーを見つけた。アイルランド・スタイルの店で、彼はマホガニーのカウンターの端に立った。ジェムソンを三杯と生ビールを飲み、この苦しみから抜け出そうとあがいていた。アミンの家族の死は、どのくらい自分に責任があるのだろう？　幼いジェイヴドでさえ軍統合情報局の毒牙にかかるというなら、オリヴァーやパトリックはどうなってしまうのだろう？ロミーは？　ド・パイヤンのほかに、誰が家族を守れるというのだ？

アイルランド・バーを出たド・パイヤンは、さらに別のバーに入った――静かに飲むのにちょうどいい落ち着いた店だ。音楽さえ――ジャンゴ・ラインハルトのベスト・アルバム――娯楽というよりは音を奏でる壁紙といった感じがする。ウイスキー三杯とビールを一杯飲み、頭がよくて陽気なパキスタン人技術者のことを思い返していた。その技術者は、中東の平和のために正しいことをしている、しかもそれは家族のためにもなる、そう信じていた。その結果、彼の息子は拷問されたのだ。おそらく、彼の目の前で。

九杯目のウイスキーを飲んだあと、自分が頭を揺らしながら大声で独りごとを言っているのに気づいた。カウンターの奥の女性が近づいてきて指を一本立て、ド・パイヤンは頷いた。あと一杯だけ。

足元に気をつけてバーを出ると、冷たい空気に一瞬息が詰まった。マールボロに火をつけ、街並みに目を配る。問題はなさそうだ。こんな状態では安心して家へ帰ることはできない――酔っ払ってミスを犯したからといって、大目に見てくれるわけではない。しらふのときに犯したミスと同じく、誰かが殺されることだってあるのだ。そこで彼はスーパーでジョニー・ウォーカーのボトルを買い、ふらふら歩きまわった。気がつくとみすぼらしいプライヴェート・ホテルの外に立っていた。受付の女性に部屋を借り、ドアを開けたとたんに顔から倒れこんだ。ベッドに崩れ落ちると、ウイスキーが先送りしただけで解決はしてくれなかった感情が重々しくのしかかってきた。もう一杯飲みたかったがそんな気力もなく、ベッドサイド・ランプを切るスイッチはどこだろうと考えながら眠りに落ちた。

ノワジーのYセクション全体でひしひしと感じられる、なんとか報復したいという思いがなければ、その週に辞職していたかもしれない。しかもカンパニー――対外治安総局は局内ではそう呼ばれている――の根本にあるのは、人による諜報活動に専念し、ターゲットに近づき、信頼を得て彼らの生活に入りこむ、ということだ。そのためには首筋にオオカミの息を感じることになるとしても、それが自分のやるべきことなのだ。

二週間後にパリで航空工学の学会があり、いつものようにド・パイヤンは学会の最終日に会う手はずを整えた。アミンのEメールのアドレスはいまだに有効だった。ド・パイヤンがアミンに教えたのと寸分たがわぬ書き方の返答が来たところを見ると、何者かがなりすましているようだ。連絡方法はどれも取決めどおりだった――アミンが口を割ったにちがいない。軍統合情報局の何者かが、マルクス・オブラックの姿を確認するまでこのつながりを維持しようとしているのは明らかだ。それに対しフランスは、アミンと接触していた工作員を写真で撮る――あるいは殺すか拉致する――ためにパキスタンが送りこんでくる者を探ろうと躍起になっていた。たとえ作戦が失敗したとしても、頭の切れる優秀な工作員が自分の役割を演じ切ればその失敗を逆手に取れる、フランス側はそう考えているのだ。

カンパニーはこの作戦のために二週間かけてマリオット・リヴ・ゴーシュ・ホテルで準備を整えたが、そのあいだド・パイヤンはホテルには近づかないようにしていた。パキスタン側が力ずくの手段に出るとすれば、すぐさま阻止しなければならない。マルクス・オブラックの写真を撮るのが目的なら、カンパニーも軍統合情報局の工作員の写真を撮って直接その目で確かめる必要がある。フランス側は、自分たちの工作員がどれほど危険な立場にいるか、そしてどう対応するか判断するまえに、相手について知っておかなければならない。これはゲームだ――両サイドが大きく目を見開いてプレイするゲームなのだ。フランスがアミンの死に気づいていることは、パキスタン側も把握しているだろう、ド・パイヤンとブリフォーはそう結論した。ひょっとすると、ド・パイヤンの顔を確かめるために、わざとCRS〇〇二一八と呼ばれる情報源にこの情報を流したのかもしれない。細心の注意を払って配置される作戦チームはパキスタンの監視役に目を光らせ、逆に相手を監視することになっている。だがド・パイヤンにとって重要なのは、彼がオオカミのあごのなかに歩いていったとしても、この作戦チームが拉致や暗殺を食い止めてくれるということだ。

ド・パイヤンはこの任務に複雑な思いを抱いていた。アミンとのあいだに友情が芽生えていたからだけでなく、そのホテルが彼の家族が暮らすモンパルナスのアパートメントに近いからだ。マリオット・リヴ・ゴーシュ・ホテルはサン・ジャック大通りにあり、パトリックの通う学校から歩いてほんの十分の距離だ。家族に近すぎる。軍統合情報局がアミンの最大の弱点――家族――を容赦なく利用したことを考えるとなおさらだ。ふだんド・パイヤンが活動するのは海外だ。これほど家に近いところで軍統合情報局を相手にすると思うと、気が気でなかった。

作戦の前夜、ド・パイヤンはロミーとネットフリックスで映画を見た。コーヒー・テーブルに素足をのせ、リースリングの白ワインを楽しんでいた。口数は少なかった――いつもはひっきりなしに茶々を入れ、たびたびロミーに〝うるさい〟と黙らされていた。政治経済学の博士号を目指しているロミーは、ヨーロッパにおける東西の貧富の格差という難解な卒業論文に取り組んでいた。ド・パイヤンは、とりわけ間抜けなキャラクターが映画に出てくると、そのキャラクターの考え方はマルクス主義者や無政府主義者のようだと言って、よくロミーをからかった。彼がそうやって楽しんでいるときには、ロミーをとことん苛々させ、しまいには何かを投げつけられることもある。だが今夜の彼は神経質になっていて、ロミーもそれを感じていた。ロミーはどうしたのか訊こうとはせず、九時過ぎにはテレビを切って彼をベッドへ連れていった。

学会の最終日のランチのあとでEメールを送ると、十分後にアミンの代役から使い捨ての携帯電話の番号を記した返事が来た。ド・パイヤンは返信し、午後五時にホテルからさほど遠くないところにある〈カフェ・ルシル〉で会おうと提案した。ド・パイヤンは北西側からメトロに乗って三回乗り換え、四時四十五分にグラシエール駅で降りた。サン・ジャック大通りの北口の階段を上がり、早めに仕事を終えた人たちに交ざって待ち合わせ場所へ向かった。

ド・パイヤンは無線装置を身に付けていた。バッテリー・パックと送信機を足首にくくり付け、シャツの内側に仕込んだイアフォンの受信機とワイアでつなげている。彼はイアフォンを装着し、ズボンのポケットに入れた〝話す〟ボタンを押した。

「こちらY――聞こえるか？」

「Y――良好」返事が来た。

無線システムに問題がないことを確認したド・パイヤンが「アギラール――了解」と言って通信を終えると、無線装置は静かになった。

ド・パイヤンのチームはヴァンやほかの店で待機し、カフェにも客として潜んでいた。カンパニーがフランス国内で任務にあたる場合、FBIやMI5に相当するフランス国内を担当する治安機関、国内治安総局《DGSI》に引き継ぐことになっている。だが短時間の任務では、今回のように対外治安総局は申告せずに作戦を遂行することが多い。国内治安総局は警察のようなもので、逮捕・訴訟令状にもとづいて行動する。それに対してカンパニーは、一年ものあいだテロリストを監視していてもその活動を阻止しないこともある。しかも、国内の治安機関に協力を要請するのに必要な事務手続きはあまりにも面倒で、たった二時間の作戦には割に合わない。そこで、ド・パイヤンはいつも組んでいる作戦チームの工作員のうちの三人――ベイルートやダマスカス、カイロで任務をともにしたタフな仲間――に任せることにした。パキスタン側がことを荒立てようとすれば、三人が介入してくれるはずだ。

　ド・パイヤンは頭上の枝の隙間から射しこむ遅い午後の陽射しのなかをのんびり歩き、右手にある〈フランプリ・スーパーマーケット〉を通り過ぎた。姿は見えないものの、まわりにチームの存在を感じていた。

　横断歩道で立ち止まると木々の隙間からカフェが見え、その店の方へ向かった。見た目は落ち着き払っているが、神経を研ぎ澄ましていた。家族が暮らす場所のまぢかでの作戦に加わるというのは、自分でも正当化するのは難しい――ロミーに知られたら、彼女を納得させるのはまず無理だろう。

カフェに入ったド・パイヤンは、ドアや通り、外のテーブルが見える席に着いてクローネンブルグを注文した。カウンターの上の時計は、ちょうど午後五時を示している。

ビールが来ると、ほかの客と同じように携帯電話を見たり酒に口をつけたりした。厳しい訓練を受けてきた彼は、チームに目を向けようなどとはしなかった。ちらっと確認するだけでも、経験豊富な監視役には気づかれてしまう。彼は待った。死んだ男――好感をもっていた男――を待つふりをするのに心が痛みつつも酒を飲んでいたが、誰も現われなかった。とくに驚くことでもない。おそらくパキスタン側は直接ド・パイヤンと会う気などはなからなく、軍統合情報局の目的は彼の顔を写真に収めることなのだろう。

イアフォンが短い音をたてた。「ジェジェよりYへ」ジェジェの声が聞こえた。「北の角に二人の男を確認。ブルー・ジーンズに安物の革靴、黒っぽい上着。何かを待っているようだ」

「ダニー、了解」ダニーの声がした。「カフェの前にグレーのプジョー。黒いウィンドウ、登録ナンバー648RGU75。車内に男がひとり、あたりを見ている。それだけだ」

ド・パイヤンは応答もしなければ、態度を変えることもなかった。大人になってからというもの、人生の半分近くを尾けられているのだ。

午後五時二十一分になっても、カフェにいるド・パイヤンに近づいてくる者はいなかった。彼はカフェを出てメトロのサン・ジャック駅へ向かった。列車を乗り換え、パリの中心地で降りた。レピュブリック広場の縁にあるカフェで腰を下ろし、十分ほど待った。それから頭のなかで数を数えながら、北東へ歩いていった。二百六十まで数えたところで観光客にまぎれて階段を上り、右へ曲がってバイクのうしろに飛び乗った。すぐさまバイクが動きだし、車の流れに乗ってスピードを上げていった。

抜群の運転テクニックで狭い路地や一方通行の道を十分ほど走り、シャン・ド・マルス公園で降ろされた。その広い公園は、エッフェル塔から軍学校《エコール・ミリテール》までつづいている。公園の南東の角まで歩いていってメトロへの階段を下り、列車を二つ乗り継いでパリのオステルリッツ駅へ行った。駅を出たときには暗くなっていた。駅の建物の立派な正面から西へ向かい、カンパニーが〝更衣室〟として利用している家を目指した。それは、バーやレストランが軒を連ねる地区の細い裏道にあった。そのアパートメントへ歩いていき、ドアのダイアル錠を開け、その内側にあるキーパッドに暗証番号を打ちこんだ。そこはどこにでもあるふつうのパリのアパートメントで、キッチンにリヴィング・ルーム、二つのベッドルームがあり、ベッドルームのひとつにはカンパニーのYセクションの工作員が使用するロッカーが並んでいる。ド・パイヤンは自分のロッカーを開け、白いラベルに〝マルクス・オブラック〟と書かれたマニラ封筒に腕時計と携帯電話、財布を入れた。気が緩むと、神経が昂《たかぶ》っているのを感じた。ロッカーに両腕をついて寄りかかり、深呼吸をして気持ちを落ち着けてから、オブラックの服を脱いでロッカーにしまった。手早くシャワーを浴び、作戦中の行動をひとつひとつ、そして目にした人をひとりひとり思い返してみた。カフェのなかにもまわりにも、軍統合情報局の人間はいなかった可能性がある。この一件は何かも、心理的なかけひきだったということもあり得る。パキスタン側はすでに裏切り者の問題を解決ずみで、名高い対外治安総局を相手にそのホーム・グラウンドのパリでゲームをする余裕さえある、そうアピールしているのかもしれない。あの車の男は、この件とはまったく関係のないことをしていたとも考えられる。ド・パイヤンが去ったあと、車はどこへ行ったのだろう？　あの場にいたのは彼らだけだろうか？　彼らはパキスタン大使館直属の正式なスパイだろうか？　それともパリ市民にまぎれて暮らしている、あるいはイスラマバードからまっすぐ飛行機で派遣されてきた〝非公式〟のスパイだろうか？　頭のなかで目についた人たちの顔を思い浮かべ、作戦行動を振り返り、ミスを犯していないかどうか記憶をたどった。自らを疑心暗鬼に追いこみつつも、あまり振りまわされないように気をつけた。成功と失敗を分けるのは、細かな点にまで念入りに注意を払えるかどうかなのだ。

ジーンズとウィンドブレーカー、ランニング・シューズ姿になると、またアレック・ド

・パイヤンに戻った。建物の裏の通りに出る別のドアから夜の闇に踏み出し、パリ五区を抜けてモンパルナスへ向かう西行きの列車に乗った。自宅のアパートメントの階段を上がりながら、ド・パイヤンは決心した——玄関のドアを入ったら、アミンの作戦のことは忘れ、うしろめたさも捨てる。明日は新たな一日のはじまりだ。

ドアを開けると、フィッシュ・カレーの匂いが漂ってきた。

「アレック、あなたなの?」キッチンからロミーの声がした。

「ただいま、ロミー」ド・パイヤンの顔に笑みが広がった。「いま帰ったよ」

……二年後

1

仕事をする場所としては、悪くないところだった。七月の地中海、フェリーでサルデーニャ島のカリアリを出港して十時間、シチリア島のパレルモへ向かっているところだ。両手にビールの入ったグラスをひとつずつもち、ドイツ人の集団をよけながら自分のテーブルへ戻ろうとしていた。ド・パイヤンは〝クレイジーな人生を送っている〟かのように踊っている酔っ払いの脇をすり抜け、テーブルに着いた。フェリーの最上階デッキにあるバーで、マイケル・ランバルディが顔を上げた。自分のぶんのペローニ・ビールを受け取って乾杯《サンテ》とつぶやくと、口ひげがギロチンのようにビールの泡を切り落とした。

「こうでなくちゃ」ランバルディは笑みを浮かべ、テーブルにグラスを置いた。

夕方になって空が紫色に染まりはじめ、フェリーには日焼け止めクリームやこぼれたビールの臭いが漂っていた。そのバーは、いまのヨーロッパにおけるちがいを象徴しているかのようだった——隣のテーブルで楽しそうに大声で話すドイツ人、音を消されたテレビを見つめてニュース・キャスターの唇を読もうとしている心配そうなベルギー人、そして窓際のテーブルで背中を丸め、あえて酒を飲もうとしない無愛想な二人のトルコ人男性。ド・パイヤンはゲルマン系民族の大ファンというわけではないが、少なくとも彼らはバーというのがどういうところか心得ている。

「それで、アラン」ド・パイヤンが白いプラスティックの椅子に背中を預けると、ランバルディが言った。「その書類が疑われることはないんだな？」

ド・パイヤンはランバルディを見つめた。「問題ない」

「百パーセント？」イタリア人が訊いた。

「はじめに渡したものと同じようにな」ド・パイヤンは自分のグラスに口をつけた。

ランバルディは四十代前半のイタリアの移民申請代理人で、がっしりしているのか盛りを過ぎかけているのかわからないような体形をしている。一カ月まえ、ド・パイヤンはランバルディのためにクロアチアの身分証を何通か手に入れた。そのおかげで、そのイタリア人の依頼主たちは自由にフランスやヨーロッパを行き来できるようになった。フランスの対外諜報機関の工作担当官として、ド・パイヤンはこの新たな友人に近づき、ランバルディが誰と取引をしているのか、どうして多くの彼の依頼主たちが高性能プラスティック爆薬セムテックスの臭いがする礼拝用の敷物をもってフランスへ来るのか、それを探ろうとしていた。ド・パイヤンはこのイタリア人の生活に潜りこんでいた。いっしょにシチリア島の州都のバーを飲み歩き、力を貸せるときには貸し、絆を築き、イタリアでは離婚をすると苦労するのは男たちだという愚痴を聞いてやった。

ランバルディの信用を得るのは難しくはなかった。というのも、アラン・デュピュイというマルセイユ出身の移民コンサルタントとしての偽りの身分と、渡航文書にアクセスできる立場のおかげで、ド・パイヤンはこのイタリア人にとって利用価値のある人間だったのだ。二人とも酒ときれいな女性に目がなく、そのどちらも夏のパレルモではありふれた娯楽だった。とはいえ、ド・パイヤンはこの任務に危険を感じていた。カンパニーによると、ランバルディの依頼主のなかにアルカイダの北アフリカ支部とされるAQIMから分裂した組織、サイエフ・アルバールがいるということだからだ。彼らは資金力があり、統率されていて、しかもフランスに対して殺してやりたいほど強烈な憎しみを抱いている。ド・パイヤンの正体がばれれば、彼の目の前で子どもたちの首を刎ねるだろう。ランバルディの運命も似たようなものだ。

ド・パイヤンは何気なくバーを見まわし、窓の外に目をやった。外では、二人の日本人の子どもがデッキの手すりに登っていたが、すぐに母親に叩かれて下ろされていた。

ランバルディが咳払いをした。「アラン、こんなことを訊いたのは、知ってのとおり、次の依頼主の旅行者は――」

「それにその友人たち」ド・パイヤンは口を挟んだ。

「それにその友人たちは」ランバルディも繰り返した。「ヨーロッパ人には見えない。だからクロアチアの身分証では……」

ド・パイヤンはにやりとした。あの偽造したクロアチアの身分証は完璧で、どのEUの港でも通用する。だが、ド・パイヤンはこのイタリア人にもっといいものを用意していた。

「勝手ながら」ド・パイヤンは言った。「パレルモで待っている荷物のなかに、フランスのパスポートを五冊入れておいた」

ランバルディは黙りこみ、疑っているようだった。

ド・パイヤンは身を乗り出した。「本当だ。あんたの依頼主たちは、フランス人としてパリに入れる」

ド・パイヤンはランバルディの欲に訴えかけていた。ランバルディがパスポートと引き換えに請求できる手数料は、猜疑心を抑えこむには充分だろう。疑って当然だ――AQIMは裏切り者を許すような組織ではない。ランバルディを食いつかせるエサは欲だが、引き入れるのに使うのは強要だ。すべてを明らかにするとき——これからターゲットにはパリのために働いてもらうと説明するとき——ランバルディにはフランス諜報機関の望みどおりの状況にいてもらわなければ困る。恐怖に怖れおののいているという状況に。ランバルディが例のパスポートを受け取り、それをＡＱＩＭに売るところをド・パイヤンのチームが写真やヴィデオに収めれば、イタリア人に逃げ場はなくなる。イタリアの刑務所に送られたくないと怯えるだろうが、その写真を見たテロリストに何をされるかということのほうが、よほど怖いはずだ。

ランバルディが自分のスマートフォンに目を向けて立ち上がり、人ごみをかき分けてトイレの方へ歩いていった。ド・パイヤンは脚を組み、右足首のあたりのカーペットにこっそりビールをこぼした。意識を研ぎ澄ましていなければならない。ランバルディの私生活に深く入りこんだド・パイヤンは、サイエフ・アルバールの監視役が現われるだろうと踏んでいた。バーにいるあの二人のトルコ人に監視されているような気がした。ド・パイヤンはパレルモの港から二ブロック入ったところにサーヴィス・オフィスを借りているが、おそらくそこも見張られていただろう。とはいえオールド・パレルモに何軒もあるプライヴェート・ホテルのひとつに部屋を借りたときには、尾けられている気配はなかった。街には部屋数が十程度のホテルがいくつもあり、用心していれば次々にホテルを替えて尾行をかわすことができる。しかも、アレック・ド・パイヤンはネコのように用心深かった。ランバルディのアパートメントはそうはいかない。彼のアパートメントは街の西部にある。サイエフ・アルバールの監視役たちはその部屋を不定期に見張り、おそらくランバルディの電話やEメールもチェックしているだろう。ランバルディのアパートメントで彼と二人きりになるチャンスを作り、フランスのパスポートを受け渡すところを撮影するとしても、テロリストは隣の部屋で高音質マイクを使って盗み聞きをしたり、通りに駐めたヴァンに二人の男を待機させたりしているだろう、ド・パイヤンはそう確信していた。ファルコン作戦をサポートするフランスのチームによると、ランバルディのアパートメントに盗聴器は仕掛けられていないということだった。カメラを設置するときに確認したのだ。とはいえ、ランバルディが危険を感じた場合に緊急用の合図を送る手段があるかもしれない。フランスの作戦チームは最先端テクノロジーにアクセスできるとはいえ、ド・パイヤンにはランバルディの携帯電話に直接触れて調べたり、場合によっては細工をしたりする機会がなかった。

ド・パイヤンはサイエフ・アルバールのことが気がかりだったが、そこまで心配はしていなかった。彼のよく知る男がバーの反対側の隅に坐り、ドイツ人の観光客たちとおしゃべりをしていた。その男の本名はギヨーム・ティベというのだが、諜報の世界ではシュレックでとおっている。彼は背が低くがっしりしていて、しかも詠春拳の使い手なので、格闘戦では無類の強さを誇る。彼が学問と執筆のキャリアから対外諜報機関に引き抜かれたのは、眼鏡をかけた無害な人物のような雰囲気をかもし出しているからだった。

シュレックは作戦チームのひとりにすぎない――ほかのメンバーはパレルモ・フェリー・ターミナルで待機し、それぞれヴァンや徒歩、バイクなどでマイケル・ランバルディのアパートメントへの道を先まわりすることになっている。もしランバルディ――カンパニーでは〝准将〟というコードネームで呼ばれている――がもう一杯やりたいと言えば、作戦チームは周辺のバーに人を送り、サイエフ・アルバールの工作員がいるかどうか調べる。ランバルディがまっすぐ家に帰るつもりなら、アパートメントのまわりに貼り付いてテロリストの監視役に目を光らせる。作戦全体がバレエのように一糸乱れぬ動きで統率されていて、経験を積んだ現場工作員にさえ気づかれることはない。

段取りに問題はないことを確かめるために、ド・パイヤンはパレルモにいる作戦チームからの最終確認を待たなければならなかった。ランバルディとカリアリで会うというのは直前になって決まったことなので、そのサルデーニャ島の州都へ向かうためにマルセイユを出てから、ド・パイヤンはチームと連絡が取れていなかった。作戦チームはさびれた郊外でＩＤのない使い捨ての携帯電話を買い、それを使って互いに連携を取り合っていた。

だが現場に出てしまえば、サポート・チームは〝アラン〟の携帯電話に連絡ができない。その携帯電話はアランの偽の身分証を使って登録されているため、その偽りの身分にふさわしいものとしかつながっていないからだ。作戦中の現場では、二つの異なる世界——サポート・チームとドド・パイヤン——が交わることは決してない。彼らのあいだにコミュニケーションは存在しないのだ。

ド・パイヤンには、チームとコンタクトを取る別の方法があった。〝秘密の連絡手段〟と呼ばれるもので、使用されていない郵便ポストや、気づかれにくい目視できるサインといったものを使う。そのなかのひとつに〝ゴメット〟ようするにステッカーがある——船がシチリア島に入港する三十分まえに、サポート・チームは壁に貼られたペローニ・ビールの広告ポスターに丸い白のステッカーを貼る。その白いステッカーがポスターに貼ってあれば、作戦実行というわけだ。

ランバルディがテーブルに戻ってきた。ほんの一瞬、ド・パイヤンは誰かに目を向けられ、すぐにその視線がそれたような気がした。それは背が高くて浅黒い、三十代半ばの男だった。その男は、ランバルディが出てきたばかりのトイレに入っていった。〝ただの青いネズミだ〟ド・パイヤンは自分にそう言い聞かせた。〝青いネズミ〟というのは、現場工作員につきまとう疑心暗鬼を指すことばだ。あの男はただの控えめなパキスタン人で、目を合わせたくなかっただけにちがいない。

フェリーのエンジン音が低くなり、船体が前方に傾いた。ド・パイヤンは素早く息を吸い、肩越しにビールのポスターへ目をやった。

右下の角に白いステッカーがあった。パレルモが目前に迫り、ゲームの準備が整った。

ファルコン作戦の開始だ。

2

マイケル・ランバルディが酒を飲もうと言うので、二人はよく行く〈バー・ルカ〉へ向かった。オールド・パレルモの有名な夕暮れの景色のなか、酒を飲んだりぶらぶらしたりしている観光客をよけていった。日中のそよ風がなくなり、暖かい空気にはシーフードやワインの香り、そして音楽などが満ちていた――典型的な地中海の夕暮れどきだ。ド・パイヤンは背後にシュレックの気配を感じていたが振り返ろうとはせず、夏を楽しむ人々のあいだを歩いていった。

ランバルディがド・パイヤンに顔を向けた。「今夜やろう」彼はそう言い、フランチェスコ・クリスピ通りの先のバーやレストランが軒を連ねる地区へ向かう歩行者の流れに乗った。

「やるって何を?」ド・パイヤンは訊いた。アディダスのバックパックのアウター・ポケットに入っている九ミリ口径のCZ拳銃の重みを、しっかり感じていた。偽の身分での作戦中には銃をもち歩かないことにしているのだが、カリアリからパレルモへのランバルディとの旅は急きょ決まったことなので、いつもの安全対策を準備する時間がサポート・チームにはなかった。そこでド・パイヤンは、ランバルディが金持ちのナイジェリアの依頼主たちと待っているカフェへ行くまえに、カリアリのボナリア墓地にある秘密の受け渡し場所《デッド・ドロップ》でCZを手に入れていたのだ。

「パスポートの件だ」息を切らしてフランチェスコ・クリスピ通りを渡ろうとするランバルディが言った。

ド・パイヤンは歩を速めてイタリア人の右側に並び、酒を飲んでいるフランス人やオーストリア人でびっしり埋まった歩道のテーブル脇を歩きながら声を潜めて言った。「いまは手元にない、マイケル。オフィスにあるんだ」

「なら、オフィスに寄ろう」ランバルディはタクシーやミニキャブのあいだの隙間を見つけ、急いで道路を渡った。

「フランス人のわりには歩くのが遅いな」通りの反対側に少し遅れて追いついてきたド・パイヤンを、ランバルディがからかった。そのうしろでは、シチリア人たちが鳴らすクラクションがけたたましく響いていた。ランバルディはまた歩きだし、通りを左へ曲がった。その通りにある観光客でにぎわう何軒ものカフェの外で、ウェイターやアコーディオン奏者たちがタバコを吸っていた――ランバルディはド・パイヤンのオフィスへ向かっているのだ。

ド・パイヤンは通信器や発信器をもっていなかった。ランバルディについていき、作戦チームにカバーされていることを信じるしかない。

「今夜やってしまおう」ランバルディが言った。二人はド・パイヤンのオフィスがある脇道に入っていった。これは、ド・パイヤンが計画していた受け渡し方法ではない。この作戦の目的はランバルディのアパートメントへ行き、そこでド・パイヤンがパスポートを渡してその様子を録画することなのだ。

「バーへ行くんじゃないのか？」ド・パイヤンが言った。

ランバルディは歩きつづけた。「パスポートを取りに行って、それからカネを手に入れる」

ド・パイヤンはイタリア人の肩をつかんだ。「段取りはわかっているはずだ、マイケル。私のやり方でやらないなら、取引はなしだ」

ランバルディは彼の手を払いのけた。「このパスポートで三百万ユーロが手に入るんだぞ。だがそんな大金、もち歩くわけないだろ」

「だったら、なんだっていまパスポートを取りに行くんだ？」二人はオフィスが入る建物に近づいていた。

「カネをもっているのはムラドだ」ランバルディが言った。「きっとこの取引に大喜びするぞ」

ド・パイヤンはびっくりした。「ムラドだって?!」声を抑えて言った。サイエフ・アルバールのリーダーの名前を大声で口にしたくなかったのだ。「今夜、パレルモにいるのか?」

「ああ」

「どこで会うんだ?」

「本気で言っているのか?」早口で答えた。「向こうが私を見つけるのさ」

〈バー・ルカ〉はパレルモの旧市街にあるカフェ&バーで、六百年まえにワイン商人の倉庫として建てられたところだ。照明は薄暗く、低い天井としっかりした梁がある。とはいえ、照明に照らされた砂岩の壁は金色に輝いて見える。天井の梁からはテンプル騎士団や聖ヨハネ騎士団の装具が吊り下げられている。騎士団たちが地中海の東側を支配していた時代に思いを馳せて飾られているのだ。ド・パイヤンは一九六〇年代製のウーリッツァーのジュークボックスの前にあるランバルディのお気に入りのテーブル席に着き、バーを見渡した。一カ月以上まえにはじめて〈バー・ルカ〉に来たとき、ド・パイヤンは軽いパニックに襲われた。というのも、彼の本名やテンプル騎士団との明らかなつながり——一一〇〇年代にテンプル騎士団を立ち上げた創設者にして総長のユーグ・ド・パイヤンとのつながり——をランバルディに気づかれたのではないかと思ったのだ。だがランバルディは十字軍の血筋にも、ド・パイヤン家の関わりにも興味はなかった。彼がここに来るのはテーブル・サーヴィスが目的だった——この店のオウナーのルカは美女たちを雇い、ランバルディはそのうちのひとりにご執心だったのだ。

ランバルディがカウンターに合図をしてビールを二つ注文し、ド・パイヤンはアディダスのバックパックを足のあいだに置いた。CZがあることで安心していたものの、いまは手元にパスポートがあるせいで気が気ではなかった。ランバルディにはバーで会おうと言ってオフィスには入れなかった。ド・パイヤンはパスポートを手にして〈バー・ルカ〉に来たが、ムラドが近くにいると思うと生きた心地がしなかった。それでも、リスクがあるとはいえ今夜の作戦を中止したくはなかった。ランバルディを罠にはめ、ムラドを人前におびき出せるチャンスを逃すわけにはいかない。ふだんならオフィスでひとりになったときに目視できるサイン——光や反射するもの——を使ってサポート・チームに注意を促したり、オレンジ色のステッカーを貼るか髪に手を当てるかしてサポート・チームのリーダーとの接触を求めたりする。しかしながら、オフィスに立ち寄るというのは予定にはなく、サポート・チームが何かおかしいと察してできるかぎりの支援をしてくれるのを願うしかなかった。

ド・パイヤンはバーを見まわし、危険が潜んでいないかどうか目を光らせた。ドアのそばのテーブル席に、フェリーのバーで見かけたトルコ人の二人組が坐っていた――サイエフ・アルバールのボディガードなのはほぼまちがいない。曲線美のウェイトレスのマルゴーが、気を引こうとしているランバルディの振る舞いに笑い声をあげている。彼女はとてもではないがランバルディの手の届く女性ではないとはいえ、ド・パイヤンはそのことを口にはしなかった。マルゴー本人も、たくさんのチップをくれるランバルディを袖にしたりはしなかった。

ド・パイヤンは、笑みを浮かべたままジュークボックスのところへ行った。小銭を探してリーバイスのポケットを叩くふりをし、うしろを向いた。「小銭はあるかい？」ランバルディにそう訊きつつ、酒を楽しんでいる大勢の観光客に交じって二組の黒い冷静な目に見つめられているのを感じていた。

ランバルディは椅子にもたれかかり、ショートパンツのポケットに指を入れた。彼がひとつかみの小銭を取り出したとき、ド・パイヤンの左側で動きが目に留まった。背の高いトルコ人が立ち上がり、トイレの方へ歩いていった。ド・パイヤンはランバルディに目を向けたまま、視界の隅でその長身のトルコ人をとらえていた。拳銃を隠すかのようにワイン・レッドのシャツの裾を出したそのトルコ人はトイレの手前の通路で立ち止まり、陰になって見えないところにいる何者かと話をしている。ド・パイヤンが席に戻ると、会話を終えた長身のトルコ人がランバルディの方を向いて頭を傾けた。マイケル・ランバルディは呼び出されたのだ。

ド・パイヤンの鼓動が少しばかり速くなった。これは、ランバルディと指示役たちのあいだで交わされたおおやけでのはじめての接触だ――イタリア人は相手のことを知っている。

ランバルディが立ち上がり、ド・パイヤンにからだを寄せた。「パスポートはあるか、アラン？」

ド・パイヤンは息を吐き、平静な表情を装いながらも、頭はフル回転していた。ランバルディのアパートメントでパスポートを手渡し、その様子を録画するという作戦は遂行されない。それはいままさにこの〈バー・ルカ〉で行なわれる。そして仕切っているのはトルコ人と通路に隠れている何者かだ。ド・パイヤンはCZを使うこともできるが、それは自己防衛のためだけだ。フランス諜報機関は銃撃戦などしない。対外治安総局のトレードマークはクールで非情、そして痕跡を残さないということなのだ。

ド・パイヤンはアディダスのバックパックを膝にのせて叩いてみせた。「ここに」

ランバルディは申しわけなさそうな口調で言った。「行くのは私ひとりだ」

ド・パイヤンは長身のトルコ人に目を向けた。

「頼む」移民申請代理人はせきたてた。「これが終わったら、三百万ユーロが手に入るんだ。約束する」

ド・パイヤンはこの提案が気に入らなかった。ゆっくり首を振り、正体がばれることなく状況を変えるにはどうしたらいいだろうかと考えていた。彼がためらっているとバーの正面のドアが開き、目深にかぶった青い帽子で顔を隠したシュレックが入ってきた。シュレックは背が高いわけでもハンサムでもなく、ただの平凡な男を装うのが得意だった。

ド・パイヤンはランバルディから視線をそらさず、仲間に目を向けようとはしなかった。

「本当にやるのか、マイケル?」ド・パイヤンは訊いた。「ちょっと酔っているようだが」

「まったく! あんたたちフランス人ときたら、クソ真面目だな」

ド・パイヤンの視界の隅で、シュレックがカウンターに寄りかかって酒を注文しているのが見えた。ド・パイヤンはランバルディに言った。「今夜じゃないとだめなのか? 慌ただしい気がするが」

「アラン、あんたは気にしないかもしれないが、私にはカネがいるんだ」

「そんなに切羽詰まっているのか？」

ランバルディはバックパックに手を伸ばした。「イタリアで離婚してみろ。十字架に張り付けにされるんだぞ」

ド・パイヤンはわずかにからだを引いてバックパックのジッパーを開け、フランスのパスポートが入った黄色のマニラ封筒を見せた。かつての訓練では、工作担当官――通称〝ＯＴ〟――はつねに主導権を握らなければならないと教わった。ターゲットに手玉に取られるような対外治安総局の工作員などいないのだ。

「いっしょにやろう」ド・パイヤンは声を潜めて言った。「じゃなければ、この話はなしだ。あんたのお友だちには、私は傲慢なフランスのクソ野郎だとでも言うんだな」

長身のトルコ人が苛々して怒りをにじませた。ランバルディは焦っているようだった。

「頼む、アラン。こうするしかないんだ。さもないと、あんたも私も面倒なことになる」

ド・パイヤンはテーブルの上のランバルディの小さな革のウエストポーチを引き寄せ、マニラ封筒を折ってポーチに押しこんだ。が、ポーチは返さなかった。

「相手が欲しいものを手に入れたら、あんたは交渉材料を失う」ド・パイヤンは言った。

「私は見ず知らずの連中とバーのトイレなんかでビジネスはしないと伝えてくれ。連中からカネを受け取って、あんたの部屋で二人だけで取引をする。あんたのことは知っているし、信用している、マイケル。だがこのムラドとかいう男？　そいつはあんたの問題だ、相棒《モン・ポット》」

ランバルディは唇を噛んだ。長身のトルコ人がにじり寄ってくる。

「聞いてくれ、マイケル、連中が本気なら、あんたの言うことに耳を貸すはずだ。それとも、私が話をつけようか？」

ド・パイヤンが立ち上がろうとすると、ランバルディの顔が恐怖で青ざめた。

「だめだ、だめだ。私に任せてくれ！　あんたはここを動くな」

ランバルディはボディガードとともに通路へ行った。ド・パイヤンは、正面ドアの脇の席から背の低いほうのトルコ人に睨まれているのを感じた。その坐り方からすると、背中に拳銃を隠しているにちがいない。カウンターにいるシュレックが動くのがわかった。右手を右目にやり、一度だけ目の下をこすった。それから帽子を脱いでカウンターに置いた。

ド・パイヤンの首筋の毛が逆立った。たったいま、シュレックは〝ここから逃げて姿をくらませ〟というサインを送ってきたのだ――目をこするのは〝おまえが見えている〟という意味で、帽子を脱ぐのは〝ばれた〟という意味だ。つまり〝作戦は失敗、さっさと逃げろ〟ということだ。

ド・パイヤンはビールを掲げ、バーを見まわした――誰がゲームのプレイアーで、誰がプレイアーでないのか？　すぐに動けるよう身構えた。クリーデンス・クリアウォーター・リバイバルの〝雨を見たかい……〟という歌声が流れ、マルゴーが布巾をもってテーブルに近づいてきた。ド・パイヤンは立ち上がり、マルゴーのからだを利用してトルコ人から見えないようにバックパックを手に取り、ランバルディの革のポーチを押しこんだ。正面ドアの方へ向かうと、立ち上がった背の低いトルコ人にゆく手をふさがれた。すぐに拳銃を抜けるようからだを斜《しゃ》に構えている。

ド・パイヤンは向きを変え、トイレがある通路の方へ行った。バックパックをからだの前に抱え、いつでも九ミリ口径のCZに手が届くようにしている。通路へ出たド・パイヤンのすぐうしろから、トルコ人の足音が聞こえてきた。左側にはトイレのドアが二つ並んでいるが、ド・パイヤンの注意を引いたのは通路の先にあるガラス・ドアだった――そのドアをとおして、裏手の搬入口の影のなかに動きが見えた。さらに、トルコ人が背中に手をまわしているのがそのガラス・ドアに反射して映っていた。ド・パイヤンが男に対処しようと振り返ると、トルコ人は背後からあごをつかまれ、首に拳を叩きこまれた。トルコ人は床に倒れ、シュレックがトイレでさっと用をすませたかのようにきびすを返してバーへ戻っていった。トルコ人の首筋に開いたペン先ほどの穴から血があふれ出し、男は苦しみながら息絶えた。

ド・パイヤンは向きなおって通路の奥へ急いだ。胸が早鐘を打ち、手をバックパックに入れたまま、作戦チームが何を目撃したのか考えていた。どうして作戦は中止になったのだろう？　ガラス・ドアを押し開け、小さな搬入口へ出た。シルヴァー・グレーのメルセデスのSUVが、縁石にタイアをのり上げて横付けされていた。ウィンドウが黒いせいで乗っている人たちの姿はよく見えない。後部座席にいるのはランバルディだろうか？　ド・パイヤンには確証がなかった。彼が近づこうとすると、メルセデスが揺れた。バンという音がし、車の後部ウィンドウがさらに黒くなった。なかに乗っている誰かが、大量の血と肉片を失ったのだ。反射的にド・パイヤンはCZに手を伸ばした。メルセデスがエンジンをうならせ、駐車スペースから飛び出していった。スピードを上げて走り去る車の助手席側の窓から、彼を見つめる顔があった。

ド・パイヤンは呆然と立ち尽くしていた。アドレナリンが駆けめぐり、息も荒くなっている。バーのドアを振り返り、通路で仰向けに倒れているトルコ人に目を向けた。まだ誰にも気づかれていないようだ。バックパックを肩にかけて足早に夜の街へ飛び出し、夏の夕暮れを楽しむ観光客たちにまぎれこんだ。ジーンズにポロシャツ、パックパックという格好は、うまくまわりに溶けこめる。黒い帽子が顔の輪郭をごまかし、監視役が捜している特徴を隠してくれる。心臓が激しく脈打っていた。コオロギの鳴き声や、夜の優しげなそよ風にのったアコーディオンの演奏が聞こえ、マリナラ・ソースやタバコの臭いも漂ってくる。駐められている数台のヴァンに注意を向け、窓ガラスに目をやって尾けられていないかどうか神経を尖らせた。空間認識能力を研ぎ澄まし、数ブロック内陸にある目的地を目指した。そこでＩＳ（itinéraire de sécurité）と呼ばれる安全確認行程を行なって監視の目から逃れるのだ。そうすることで作戦エリアから離れ、尾行されているかどうか判断することができる。作戦エリアを出たあとは、あらかじめパリで決めておいた脱出ポイントをまっすぐ目指す。シチリア島を発つ直前に、緊急脱出用の連絡媒体――たいていはバス停の広告といった公共の場所にあるもの――にステッカーを貼る。あとでサポート・チームがそれをチェックし、彼が国を出たことを確認する。ド・パイヤンのステッカーをその目で確かめるまでは、チームもその国を離れない。ステッカーがなければ彼の身に何かが起こったことを意味し、チームは残ってそれを突き止める。彼が無事にこの島を脱出できれば、次に顔を見せるのはパリでの報告会だ。

プリンチペ・ディ・スコルディーア通りを南へ向かうド・パイヤンの頭を占めているのは、あるイメージだった――メルセデスの前の座席のウィンドウから覗いていた顔のイメージだ。あれはまちがいなく、サルデーニャ島からのフェリー内でランバルディがトイレを出るのを待っていた控えめなパキスタン人だという確信があった。あのフェリーに乗っていたということは、あの男もカリアリにいたということだ。しかも、あの男がボスなのは明らかだ。

呼吸が落ち着いてくると、二つのことがはっきりしてきた。ひとつは、マイケル・ランバルディが殺されたということ。そしてもうひとつは、ド・パイヤンがムラドの襲撃からなんとか生き延びたということだ。

3

ド・パイヤンはレストランが並ぶ地区を南へ向かい、ローマ通りにあるカー・ディーラーを通り過ぎた。バックパックからノキアの携帯電話を取り出し、バッテリーを抜いてSIMカードを尻ポケットにしまった。ローマ通りは彼にとって都合がよかった。一方通行なので車では追跡されにくく、歩行者に集中できるからだ。

ジグザグに歩き、やがて三ブロック西にある聖ペトロ&聖パウロ教会に着いた。今夜の出来事は深刻な事態を招いてしまった——人の多い公共の場所で二人の人間が殺されたのだ。そのうちのひとりはバーのトイレの外で仰向けに倒れている。いずれ警察に通報されるだろう。シチリアは島なので、警察がプロの仕業だと考えた場合、空港や港が封鎖されることもあり得る。それに、サイエフ・アルバールは？　足を使って行動していた二人のトルコ人の荒くれ者のほかに、〈バー・ルカ〉の裏で車が待機していたことを考えると、少なくともこの地には五人いたことになる。ムラドを含めれば六人だ。ということは、少なくとも二台の車が街なかを走りまわり、ホテルやバーを調べているだろう。

　ムラドはパスポートのことを把握していた。そしてド・パイヤンが張った罠を避けるために、スケジュールを前倒ししたのだ。仮にド・パイヤンと彼のチームが敵の罠にはまるのを怖れていたとすれば、自分たちもそうするだろう――会う場所や条件、時間を変え、主導権を握ってどうなるか様子を見る。だが、どうしてランバルディは殺されたのだろう？　搬入口に出てきたド・パイヤンを見てムラドが動揺したのか、あるいははじめから移民申請代理人を殺すつもりだったのかもしれない。もしはじめから殺すつもりだったとすれば、カンパニーの作戦はばれていたということだろうか？

　脱出プランでは、尾行を振り切り、フェリーが出港するまえに連絡媒体――フェリー・ターミナルの掲示板――にステッカーを貼ることになっている。いまでは彼も怪しんでいるのだが、カンパニー内に内通者がいるとすれば、連絡媒体のことも筒抜けだろう。プランどおりに行動すれば監視役を引き寄せることになり、脱出が困難になる。そこで、安全確認行程を行なって追跡の目から逃れることにした。それでも安心できないときには身を隠し、パリのカンパニーに脱出のための救援を要請する。

　オランダの観光客グループが脇を通り過ぎ、少しばかり遅れた酔っ払いが笑みを浮かべて英語で話しかけてきた。ド・パイヤンは笑みを返し、フランス語で応えた。そのオランダ人は完璧なフランス語に切り替え、いま寄ってきたばかりのバーやこれから向かうシーフード・レストランについて話しはじめた。ド・パイヤンは近づいてくる車や人が見えるよう歩道の建物側を歩きながら、おしゃべりをつづけた。メルセデスも長身のトルコ人も見当たらない。

そのグループがローマ通りとカヴール通りの交差点に近づき、ド・パイヤンは両側に二百年まえの建物が建ち並ぶ四車線の青々とした並木道を左へ曲がった。古い建物はせいぜい四階建て程度だが、新しいアパートメントのなかにはもっと高いものもある。頭上の古いアパートメントからアメリカのジャズが聞こえ、通り過ぎていく車からはアルジェリアのラップがけたたましく響いていた。ローマ通りは金色の光に包まれ、地中海に沈む夕日の最後の名残が通りを照らしていた。前方の通りを4WDのシルヴァーのメルセデスが横切ったが、速度を落としはしなかった。夕暮れどきのヨーロッパを走りまわるシルヴァーのSUVは無数にある、ド・パイヤンは自分にそう言い聞かせた。誰が乗っていても不思議ではない。

二十分ほど北へ歩き、中世のたたずまいを残すオールド・パレルモの路地のひとつに素早く入った。先へ行くにつれて細くなり、曲がりくねっていく。古びたアパートメントの壁際には、ヴェスパのバイクや日本製のスクーターが駐められていた。ド・パイヤンは背後から足音が聞こえないか耳をそばだてた。聞こえるものといえば、大音量のテレビの音と女性たちの大声だけだった。

路地の先には小さな広場があり、細い教会が建っていた。ここは土地勘をつかみ、安全確認行程をするのに最適な場所を探そうと、六週間まえに歩きまわったときに見つけたところだ。まさにうってつけの場所だった——正面ドアがわずかに開いていて、彼はキャンドルで照らされた教会に入っていった。右側では半袖姿の司祭が二人の年配の女性と話をしていた。ド・パイヤンは信者席の左側を歩き、横にある通用口を抜けて廊下を進み、別のドアの前に出た。そのドアを開け、隣のブロックの通りをうかがった。ヨーロッパの街にある多くの古い教会はひとつのブロックを占めているが、そういった教会は何世紀もまえに建てられたものだ。教会を抜けて反対側へ出れば、追跡してくる車がブロックをまわりこむあいだに、周囲の通りに姿を消すことができる。歩いて追ってくる者が見失わないようにするには、どうしても〝通らなければならない場所〟がある——狭いところを抜けなければならないのだ。よって、姿をさらすことになる。

ド・パイヤンが通りに出ると、パレルモは闇に包まれていた。すぐさまその通りを横切り、別の細い道に入った。安全確認行程で尾けられていないことがはっきりしたド・パイヤンは、十分ほど東へ歩いて港の方へ向かった。入江に近いほどバーは騒がしく、歩道にいる常連客たちの酔い具合もひどかった。そこから少しばかり南へ向かい、パレルモ中央駅の〝尾行の切断〟ルートへ行った。一八七〇年代に建てられたこの鉄道の駅を見つけたのは、秘密の受け渡し場所《デッド・ドロップ》として使うモートン・ベイ・イチジクの巨木を確かめるために植物園まで歩いているときのことだった。彼はこの駅が気に入った。というのも、ここには郵便局を抜ける入り口があるのだ――これも〝通らなければならない場所〟になる。

郵便局には明かりがついているものの、受付窓口は終了しているようだった。ド・パイヤンはドアを押し開け、リノリウムの床を歩いて出口へ向かった。そのあいだも、視界の隅で尾けていそうな者や駐まっている車に警戒していた。誰にも尾行されていないようだった。出口は中央駅のプラットフォームとつながっていて、そこから本館にある警察署の方へ行った。あたりには三十人ほどしかいないとはいえ、柱の配置を考慮に入れれば、追っ手の注意をそらすには充分だ。彼は人の流れに乗り、警察署の入り口の前を抜けると急に左へ曲がって正面入り口の広間に入った。そこから正面階段を駆け下りて暗い通りへと姿を消し、国へ帰るためのフェリー・ターミナルがある東を目指した。

大きくて立派なクリスピ通りにある歩行者用信号が赤になり、ド・パイヤンは立ち止まった。左手には、ターミナルで待機するフェリーの巨大なダーク・ブルーの船体が見える。そばを歩いている二人の子ども連れの女性に話しかけ、あれはナポリ・フェリーかと訊いた。彼女はそうだと答え、三十分後に出港すると教えてくれた。

観光客の一団がフェリー乗り場へとつづく左側の大きなコンクリートの広場へ向かうなか、ド・パイヤンは右に曲がった。明かりを避けるようにしてフェリー・ターミナルの南にある係留場所の方へ行く。穏やかな海面で光が踊り、ディーゼルエンジンと下水の臭いが漂っている。いつもこうだ――不安なときには、ありとあらゆる臭いを感じるのだ。

波止場でアフリカ人の男性がタバコを吸いながら釣りをしていた。そばにはワインのボトルが置かれている。ド・パイヤンは男から遠ざかり、湾曲した岸壁に沿って南へ向かった。大きなトロール漁船の陰になって釣り人が見えなくなると、バックパックからばらばらにした携帯電話を取り出して海に投げ捨てた。〝自分からは見えるがまわりからは見えない〟位置でじっと立ち止まり、あたりに目を配った。重要なのは、ここそこしているように思われないことだ。バーから流れてくるディスコ・ビートが、水面で反響している。また南へ歩きだし、CZを分解して油の浮いた地中海にひとつひとつ放り投げていった。

釣り人からさらに遠ざかり、岸壁から離れた影になったところにあるごみ箱の方へ行った。バックパックからパスポートを二冊抜き出し、プラスティックやチップが入っているもののできるかぎり細かく破り、ごみ箱に捨てた。釣り人から目を離さないようにし、波止場の五十メートル先にある別のごみ箱へ向かった。そこでさらに二冊のパスポートを処分した。その二十メートル先の暗がりに、商業用の大型ごみ容器があった。ド・パイヤンは最後のパスポートを破り、封筒やランバルディのウエストポーチといっしょにそのごみ容器に捨てた。ふだんなら見つけ出されて特定されないように、ばらばらにした書類はもっと広範囲に捨てるのだが、いまは時間がない——あのフェリーに乗らなければならないのだ。

岸壁に沿ってチケット売り場に戻り、数分後にはチケットを手にして香《かぐわ》しい夜のなかに立っていた。そこから事務棟の横に取り付けられた大きな時刻表のところへ行った。バックパックに手を入れてXが記された赤いステッカーを取り出し、時刻表の右下の角に貼った。サポート・チームがこれを見れば、ド・パイヤンは無事だが作戦は中止され、これから脱出するということが伝わる。

波止場の広場を横切ってフェリーへ向かいながら、肩越しに振り返った。港周辺を取り囲むコンクリートの車止めの向こうに、ゆっくり走る一台の車のルーフが見えた。拡声器からビーッという音がし、イタリア人男性の声でアナウンスがあった。そのあと同じ声が、ナポリへの夜間航海を英語で伝えた。乗客はただちに乗船するように、と告げていた。

船尾タラップでは、船員たちがタラップを上げる準備をして出港に備えていた。ほっとしたド・パイヤンが乗りこもうとしたそのとき、頭上で年配のイタリア人が手すりから身を乗り出し、船員たちに待つよう大声をあげた。年配の男性が指す方に目をやると、波止場の広場の百メートルくらい向こうで車が停まった。車のドアが開き、男の頭頂部が見えた。その男は二人の男とともにフェリーの方へ駆けてきた。ド・パイヤンは見つめないようにしていたとはいえ、彼らを確認する必要があった——地元の人間のように見える。サイエフ・アルバールの手の者ではなさそうだが、もしかすると警察かもしれない。

ド・パイヤンは向きなおって事務長にチケットを渡し、タラップを上がって岸壁の方を振り返った。その高い位置からだと、二人の若い男が名残惜しそうに年配の男性と抱き合っているのがわかった。年配の男性は二人に背を向け、旅行鞄をもってタラップを上がった。

船尾タラップが閉じはじめ、ド・パイヤンはいくぶん安心はしたが、気は緩めなかった。

4

船室は窓がある二人部屋だった。舷窓というよりもちゃんとした窓で、右舷のデッキが見える。船室を選べるとは思っていなかったド・パイヤンは、ドアから誰かが入ってきても別のところから抜け出せる船室をもらえて幸運だと感じた。

シャワーを浴び、暗がりに腰を下ろした。シングルベッドに坐って壁に寄りかかる。横を向けば、カーテンの隙間からデッキが見える。ナポリへの到着時刻は午前七時まえだ。あのシルヴァーのメルセデスに乗っていた者たちがフェリーに乗船してこなかったのはまちがいない。アラン・デュピュイが問題になると本気で考えた場合、サイエフ・アルバールの工作員たちは限られたリソースをパレルモのホテルや空港の監視に注ぎこむだろう――終点のナポリのフェリー・ターミナルはリストのトップにはならないはずだ。フェリーに乗ることで、これからどうするかひと晩考える時間ができた。携帯電話も、クレジットカードも、銃ももっていなかった。X印の赤いステッカーはド・パイヤンからのサインだ

——カンパニーの支援なしで、単独でバンカーまで戻るという意志表示なのだ。

床からバックパックを手に取り、ベッドサイド・ライトをつけた。バックパックを逆さまにすると、リンゴと袋入りのミューズリーのシリアルバー、財布、サングラス、半分減ったマールボロ・ライトと安物のプラスティックのライターがグレーの毛布に散らばった。リンゴを二口頬張り、立ち上がって洗面台の鏡を見つめた。三十八歳のわりには若く見える。色の薄い目はいまだに生き生きとしていて、短い薄茶色のブロンドの髪はうしろになでつけられ、肌も日焼けで荒れているというよりは野外活動のおかげで輝いている。腹にはいくつか傷があり、腕と背中のいたるところに歴戦の痕や高校時代にラグビーで負った傷が刻まれている。左前腕の白っぽい筋は、寄宿学校の最終学年のときにバイクの事故で折れた腕を治療した名残だ。背骨の付け根の傷は、空軍で戦闘機のパイロットをしていたころに背中を負傷し、それを手術した痕だ。とはいえ四十近い男にしては、少なくとも戦闘において自分の身を守れるくらい鍛え上げられている、そう思った。

妻のロミーは、彼の若々しいところが好きだとよく言っていた。彼が自分の好きなことをしているからだろう、彼女はそう思っていた。空軍時代に戦闘機のパイロットをしていたころの話だ。その後の諜報員としてのキャリアや、それが結婚生活に与えるストレスに、ロミーはうんざりしていた。ようするに、もはや彼はそれほど若々しくはないと言っているのだ。確かにそのとおりだった。ド・パイヤンは、どうしてこんなふうになってしまったのだろうと思うことがあった——いっしょにいて唯一安心できる同僚たちと飲むとき以外は、気を許して楽しんだり笑い声をあげたりしなくなったのだ。それは職業病だと聞いたことはあるが、その意味を理解したのは、本当の自分を見ているのは対外治安総局の仲間たちだけで、妻が見ているのは別の自分だということに気づいてからだった。こういった職業上の代償として、最後には自殺する者もいれば、アルコール依存症になる者もいる。離婚というのは例外的なものではなく、お決まりのコースだった。

リンゴを食べ終え、タバコを手にして部屋の外のデッキへ出た。タバコに火をつけ、海に向かってストレスを吐き出すように煙を吐いた。アフリカからの暖かいそよ風に包まれ、フェリーに打ち寄せる波の音に引きこまれた。左の方では、酔っ払ったイギリス人たちがスマートフォンを見ながらばか笑いをしていた。ド・パイヤンは淡々とタバコを吸い、うねる波や夏の地中海の香りで緊張がほぐれていった。ここにいたるまでは長い道のりだったものの、そこまで年を重ねているわけではない。カンパニーに入ったのは、コソボ紛争のあとだった。当時の彼はパリのはずれにあるヴィラクブレー空軍基地に配属され、戦争犯罪人を見つけ出す特殊部隊や諜報員などを飛行機でバルカン諸国へ運んでいた。背中を負傷したために戦闘機を降り、今後の人生について悩んでいるころだった。ＴＢＭ７００

――短い滑走路でも離着陸できる、パワフルでこまわりの利くターボプロップ機――のパイロットとして名を上げようとしていた。彼のパイロット・スーツには、名前も記章も付いていなかった。飛行計画もないまま有視界飛行方式で夜間に低空を飛び、頼れるものといえば計器ではなく自分自身の目だけだった。ときには敵味方識別装置のトランスポンダを切った状態や、高度応答機能を無効にした状態、つまり地上の管制塔にはこちらの高度がわからない状態で飛ぶこともあった。目的地が伝えられるのは、たいていアドリア海を過ぎてからだった。通常の航空法は無視するように言われ、真っ暗闇のなか、着陸許可もなく午前二時にサラエヴォの三フィートの雪の上に降りたこともある。危険で緊張感に満ちた仕事だが、それがたまらなかった。

ド・パイヤンを諜報の世界に引き入れたのは、秘密裏のフライトに何度も乗せた将校だった。その将校は、セルビアの戦争犯罪人を探り出すという対外治安総局の作戦を指揮していた。あるフライトで、極秘会談が行なわれるポドゴリツァへ乗せていった。ド・パイヤンはそのときの豪華なランチを思い出し、流れていく海に向かって笑みを浮かべた。セルビア人たちは、将校が彼らのことばを話せ、彼らが用意した通訳に嘘をつかれていることに気づいているとは思っていなかった。ホテルの広々としたダイニング・ルームの四角いテーブルで八人が顔を合わせ、ランチを食べ終えたあとで将校がド・パイヤンに耳打ちした。〝合図をしたらナプキンを落とせ。ナプキンを拾うふりをしてテーブルの下を見ろ——連中が膝に銃をのせていたら、ナプキンをテーブルに置け。銃がなければ、ナプキンを膝にのせろ〟

ド・パイヤンはナプキンを落とし、テーブルの下を覗いた——セルビア人全員が膝に銃をもっていた。彼がナプキンをテーブルに置くと将校がセルビア語で話しかけ、この十八カ月のあいだフランスはセルビア人たちの内密の話し合いを聞いていたことを明かした。

それから二人は立ち上がって外へ出た。アウディA8で待機している運転手のところへ行き、猛スピードで飛行機まで戻った。飛行機はライトをつけずにモスタルへ向かい、セルビア人たちに気づかれないよう低空を飛んだ。

おそらく将校自身が、そのカンパニーへの非公式の協力に目をつけたのだろう。二度目の脊椎手術のあとでしばらく飛行を禁止されていたド・パイヤンは、対外治安総局に志願するよう言われた。一年間の厳しい研修を終えると、新たなキャリアが待っていた。

ド・パイヤンは最後にもう一度デッキの前後に目をやり、自分の船室へ戻った。そして手を洗って電気を消した。

暗闇のなかで目を開けたまま、国に背くよう言いくるめたかつての情報源のことを思い返していた。その情報源を捕らえた敵の諜報機関が取った最初の行動は、情報源の妻と息子に危害を加えるというものだった。おそらく、パリで情報が洩れたにちがいない。いまド・パイヤンは、パレルモで失敗に終わった作戦について考えていた。ここでも情報が洩れていたのではないだろうか？　もしそうなら、関わっているのは同じ人物だろうか？

影に飛びついてはならない、そう自らに釘を刺し、意識的にゆっくり呼吸をして夜が明けるのを待った。

午前七時過ぎ、ド・パイヤンは乗客とともに船尾タラップを下り、ナポリ港の西側のしっかりした大地に降り立った。家族連れに交ざってコンクリートの岸壁を移動した。まわりの子どもたちにジョークを言ったり、微笑みかけたりしながら、監視役がいないか目を光らせていた。空は雲で覆われているものの、空気は暖かい。目の前にはバスやタクシーがターミナル・ビルで乗客を降ろすための側道があり、コンクリートの防護柵で隔てられた市内の目抜き通りと並行に走っている。左には十九世紀なかごろに建てられた海運関連の建物が並び、右手ではヴェスヴィアス山が湾を見下ろしている。ド・パイヤンは側道の方へ行き、駐まっているタクシーや、挨拶を交わしたりバッグを車のうしろに積みこんだりしている人たちのそばを通り過ぎた。ディーゼルエンジンの低音を響かせるバスの横で、運転手が車体の脇からスーツケースを引っ張り出すのを観光客たちが待っている。

どこにもおかしなところはない。観光客ばかりで、ぽつんとした人はいない。うろうろしているヴァンもない。監視役がいるとすれば目立つだろう。ド・パイヤンはウィンドブレーカーを裏返しにして着ていた。つまり、昨日は黒だったものが、フェリーを降りるときにはクリーム色になっている——見た目を変えたのだ。ふだんなら〝尾行の切断〟のときに使う手だ——追跡者が〝飽きた〟あとでする姿を消す行為だ。だが、彼は神経質になっていた。岸壁を離れて大通りの横断歩道を渡るあいだも、二つのグループにまぎれていた。大通りに沿って北へ向かい、交差点を曲がった先に入り口があるベーカリーに立ち寄った。コーヒーとクロワッサンを買い、猛スピードで走ってくる追跡者の車が角を曲がり、フランス人を見失ったことに気づくのではないかと待っていた。が、誰もやって来なかった。いつもなら、安全確認行程に従って作戦エリアを出たあと、残ったしつこい追跡者を効果的な尾行の切断によって振り切れば充分だ。それで通りを歩く気楽な〝観光客〟に戻れる。だがファルコン作戦は大失敗に終わったので、ド・パイヤンは警戒を緩めなかった。

コーヒーを飲みながら舗道に出て、いまだに静かな通りを見渡した。見張られてはいないようだ。それから十分ほど歩き、東へ曲がって鉄道の駅やバス・ターミナルがある地区へ行き、ナポリ中央駅の巨大な入り口へ向かった。両開きのドアを開くと、ナポリの主要な鉄道駅は人でごった返していた。タバコの自動販売機に小銭を入れてマールボロを一パック買い、一階や中二階に自分を見ているものがいないかどうか目を配った。ナポリ中央駅は、防犯カメラが設置されているようなモダンな駅だ。防犯カメラがあるというのは、ほとんどのヨーロッパの鉄道駅では避けられないことだった。ほかの国から列車が入ってくる主要ターミナルとなればなおさらだ。ド・パイヤンは帽子をかぶってコンコースを渡り、チケット売り場で携帯電話に向かって大声でわめいているイタリア人女性のうしろに並んだ。そして自分の番になると笑顔を作った。

「マルセイユまでひとり――普通席で」ド・パイヤンは英語で話し、追跡者がいるとしても戸惑うよう仕向けた。

「マルセイユ行きは九時二十五分発です。ミラノで乗り換えてください」売り場の女性が言った。

ド・パイヤンは現金でチケットを買い、プラットフォームへ歩いていった。プラットフォームの両端が見渡せる椅子を見つけ、タバコに火をつけた。いまでもプラットフォームでタバコが吸えるというのは、悪いとは思いつつもやめられないイタリアの鉄道旅における楽しみのひとつだった。

彼の車両はうしろから二両目で、その車両には十人しか乗客はいなかった――子ども連れの母親たち、祖母、父親、それにナポリでの週末を終えて帰るところらしい女生徒たち。

列車が駅を出ると、ド・パイヤンはシチリアで起こったことを思い返した。サイエフ・アルバールのメンバーには、いつから尾けられていたのだろう？　パレルモ行きのフェリーで見かけたあの控えめなパキスタン人――ランバルディが指示役に話をしたのはあのときだろうか？　それに、あの指示役はムラドだったのだろうか？　サイエフ・アルバールは、ド・パイヤンがフランスのパスポートをもっていることを聞かされていたにちがいない。ランバルディはそれを確認するよう命令されたのだろうか？

　ド・パイヤンは息を止めているのに気づき、ふっと息を吐いた。敵のほうが状況を把握しているように思え、気に入らなかった。こちら側の状況も整理しておかなければならない。シュレックは、どうして作戦を中止するべきだという判断を下したのだろう？　アラン・デュピュイの身分はばれていたのだろうか？　シュレックは警察やテロリストに捕まらずに〈バー・ルカ〉を出られただろうか？　自分たちはどこでしくじったのだろう？

ド・パイヤンの知りたいことが十あるとすれば、カンパニーの知りたいことは百はあるだろう。対外治安総局は、報告に戻った現場工作員に厳しいことで知られている。かつて教官のひとりに釘を刺されたことがある。疑われることのない偽の身分を作り上げるのは、パズルの一部にすぎない。パズルに必要なほかの部分は、Ｃａｔ本部の尋問官に筋の通った話をすることだ、と。管理部門の連中はカネがどう使われたか聞きたがり、上官たちは誰と会ったか問いただす。情報部《DR》の諜報員たちは、交わされたことばやフレーズを一語一句正確に知りたがる。さらにそれぞれの分野の専門家たちが工作員の前に坐り、核ミサイル発射ボタンや生物兵器など、作戦が関与するありとあらゆることについて質問攻めにする。そして何より、カンパニーが主導する作戦が中止されて犠牲者が出た場合には、幹部たちが野心的な取り巻きを引き連れて現われ、工作担当官は互いに張り合って疑惑をぶつけてくる四、五人を相手に一日じゅう過ごすことになる。それが、フランスの諜報機関というものなのだ。ばれなければ捕まらない、捕まれば吊るされる、というわけだ。

　ド・パイヤンの視点からの報告は、二人のボスを納得させるようなものでなければならない。ひとりは情報部の部長、クリストフ・スタートだ。情報部には高学歴で野心家の分析官や管理官が集まっていて、彼らからの情報収集の要請によりファルコン作戦のような任務が計画される。スタートは、ファルコン作戦は自分の作戦だと思っているだろう。ド・パイヤンのもうひとりのボス、運用部の部長、アントニー・フレジェもそう感じているにちがいない。フレジェが出てくるのは、国外で自分に法的責任がある作戦中に死者が出たときだ。フレジェには報告聴取を仕切る権限があるとはいえ、徹底的に尋問をしてくるのは副部長――Yセクションのチーフ、ドミニク・ブリフォーだろう。ブリフォーは元陸軍特殊部隊の工作員で、二十年まえに対外治安総局に移ってきた。ブリフォーは部下に厳しいところもあるが、懸命に部下を守ろうともする。

とはいえボスたちから質問攻めにされるとしても、ド・パイヤンにも彼らに訊きたい重要なことがひとつあった。カンパニー内に裏切り者がいるのかどうか、ということだ。

5

ド・パイヤンはマルセイユ行きの列車を待つあいだ、一時間ほどミラノ中央駅のコンコースをぶらぶらしていた。その新しい鉄道ターミナルは、十九世紀に建てられた建物の真ん中に造られていた。フランクフルト駅並みに近代的で迷宮のように入り組んだ店やエスカレーターのまわりには、当時の様子を残しているところもある。明るくて清潔感があるものの、それは磨き上げられた大理石のドーム型の大聖堂と湾曲した巨大な天窓のなかにあるのだった。

テイクアウト用のコーヒーを買って横にある入り口の方へ行った。そこでタバコを吸ってコーヒーを飲みながら、まわりの人たちに目を配ることにした。正面入り口脇のアルコーヴへ歩いていき、タクシーやバスの出入りを見守る大きなアナログ時計の下に立った。そのアルコーヴには、カフェの制服を着た二人の女性もいた。ド・パイヤンがタバコに火をつけると、二人は自分たちが吸っていたタバコをもみ消して仕事に戻っていった。

ド・パイヤンはコーヒーをひと口飲み、自分の家族のことを考えた。作戦中は、ロミーは彼に電話をかけられない。任務にあたっているときには自分の携帯電話をもち歩かないのだ。二人が結婚して半年後、ド・パイヤンはロミーにそのことを説明した――現場で活動しているあいだ家族を完全に切り離すというのは、彼女だけでなく、のちに子どもたちを守るためにも必要不可欠な安全対策なのだ。作戦中に偽りの身分を装っているときの彼はド・パイヤンではなく、ロミー・ド・パイヤンのことも知らない。ロミーがどんなに電話をしようと、彼の携帯電話は対外治安総局の隠れ家にあるロッカーのなかにしまわれ、バッテリーもはずされている。そのことについて二人はワインを飲みながら話し合った。ネットカフェからロミーにEメールを送りたいという誘惑に駆られでもすれば、取り返しのつかないことになる――そんな危険は絶対に冒せない。現場からそんなメールを送ったときに監視されていれば、敵に身元が割れ、家族がいることもばれてしまう。ド・パイヤンの世界では、家族というのはつけいる材料になる。家族は弱点なのだ。

ド・パイヤンと同じく、ロミーは芯の強い女性だった。そして彼と同じようにティーンエイジャーのころは寄宿学校で過ごし、夫に負けず劣らずの自立心や自制心を身に付けていた。守るべき二人の子どもがいるいま、フランスの国家安全保障を担う組織のなかでロミー・ド・パイヤンほど秘密を死守しようとする者はいないだろう。多くの点において、彼女は夫よりも芯が強い。育児に対外治安総局からの要求が加わったときにはなおさらだ。

だが、ひとつ問題がある。下の子のオリヴァーを保育所に預けるようになってから、ロミーは大学に戻ったのだ。十日後の土曜日の夜に、博士号を授与されることになっている――その日付は、ド・パイヤンの頭に焼き付けてあった。パリにやって来るロミーの両親とともに卒業式のあとでみんなで出かけ、心ゆくまで酒を飲みながらディナーを楽しむことになっているのだ。

ド・パイヤンは煙を吐き出して頷いた。これまで自分の都合に合わせ、結婚生活においてさまざまな代償を強いてきた。ド・パイヤン家では、カンパニーが最優先だった。だがその日ばかりは、ロミーのためにも譲るわけにはいかない。その夜の主役は彼女なのだ。ド・パイヤンがコーヒーをもうひと口飲むと、目の前で男が立ち止まってタバコを一本取り出した。

「ボンジュール」男はそう言い、フランス語で火を貸してくれないかと訊いてきた。ド・パイヤンの気が張り詰めた――この見知らぬ男は軍人のように思える。太い首にミリタリーカットの髪、丸めた拳からタバコを少しだけ出すもち方、どれもいかにも軍人といった感じだ。

「どこかでお会いしましたか？」ド・パイヤンはにっこりして言った。

「マヌリーから話がある」男の口調は重々しいが、威圧的ではなかった。

ド・パイヤンはうろたえた。マヌリーという人物はひとりしか知らない。もしこれがそのマヌリーだとすれば、この呼び出しは穏やかなものではない。「それで、あなたは？」

「部下だ。ジムと呼んでくれ」

「人ちがいでは？」ド・パイヤンは広場に目をやり、ヴァンが駐まっていないかどうか警戒した。

「あんたがアギラールなら、人ちがいじゃない」それはド・パイヤンのコードネームで、使われるのはカンパニー内でだけだ。

「アギー・フラ？」ド・パイヤンはわざとそう発音し、笑みを崩さなかった。「アルジェリア人ですか？」

「ちがう。だが、たいていはなんでも自分の思いどおりにできる」

「みんなにそう言っているんでしょうね」

「部長はいまのを面白いとは思わないだろう」ジムが言った。「とはいえ、おれなら思うかもしれない。おまえが頭にフードをかぶせられて、ヴァンのうしろに乗せられたときにな。言っておくが、おれは穏やかに話をしようとしたんだぞ」

このジムという男が空挺《くうてい》兵だったのはまちがいない、ド・パイヤンは思った。おそらくフランス外国人部隊の所属だろう。彼は笑みを浮かべ、大柄なフランス人にライターを放った。

「十分後におまえの席で部長が会う」ジムはタバコに火をつけてライターを投げ返し、去っていった。スパイのテクニックとしては悪くない。監視している者の目には、タバコを吸う男が火を借りてそのまま歩き去ったようにしか見えない。その場でのんびりすることも、長話をすることもなかった。そのボディランゲージは、〝赤の他人〟ということを主張している。

ド・パイヤンは、ジムが見えなくなっても平静を装っていた。マヌリーというのは、DGS――カンパニーの内務部門――で保安を担当する、フィリップ・マヌリー部長のことだ。内務部門は、ド・パイヤンや同僚たちに怖れられていた。内務部門が出てくるということは、自分のキャリアがあっという間に終わりを迎えるか、フランス治安裁判所を経て内務部門の建物の地下に長いあいだ閉じこめられるかのどちらかになりかねないからだ。フランスというのは世間に対して横柄だったり、ときにはひねくれた見方をしたりすることもあるが、裏切り者を嫌悪する。ナチスに協力したヴィシー政権のことを口にするだけで、その相手の靴に唾を吐く世代の人々がフランスにはいるほどだ。内務部門は、そういった考え方などを象徴しているのだった。

ド・パイヤンは疲れていた。頭のなかでは疑問が飛びかっている——ジムの言ったことは本当なのか、それともでたらめなのか？　これは実際に内務部門からの呼び出しなのだろうか、あるいはほかの組織の何者かが話を聞き出そうとしているのだろうか？　なんらかのアプローチ、それともテスト？　内務部門がよくやるたぐいのテストだろうか？

このアプローチが本物だとすれば、ノワジーのバンカーに会いに来るのではなく、安全対策のありとあらゆる基本的なルールに反して、脱出行動のさなかに接触してきたのはなぜだ？　だがでたらめだとすれば、相手はどうやって自分を見つけ出したのだろう？　尾行されていたのだろうか、それとも脱出プランを知っている誰かが洩らしたのだろうか？　彼のチームの誰かが？

ド・パイヤンには選択肢があった——さっさと逃げ出して計画とはちがう行動を取るか、あるいは〝マヌリー〟とやらに直接会って相手の顔を確かめ、そのことを報告し、これがなんらかのアプローチなら逆に相手をはめる、というものだ。

疲れてはいたが、気になって仕方がなかった。チケットを確認し、踵でタバコをもみ消した。それから、十八番プラットフォームへ向かった。

6

ド・パイヤンは自分の乗る列車に沿ってプラットフォームを歩き、監視役やトラップに目を光らせた。それからそのマルセイユ行きの列車の脇を先頭車両から最後尾まで歩いてみた。ナポリから乗ってきた高速鉄道とはちがうものの、窓が大きく、客室内がはっきり見える。自分の車両の前で〝清掃中〟という黄色い折りこみの札を見つけたが、車内にはジムと黒っぽいスーツを着た中年の男が坐っていた。窓の奥から、フィリップ・マヌリーが眼鏡越しに目を上げた。無表情で、特徴的な癖もない。まったくの白紙といったところだ。いかにも内務部門の幹部にふさわしい。ド・パイヤンは、その顔に見覚えがあった。オフィスの奥で、そして公式バイオグラフィーで見たことがある。とはいえ、実際に会ったのは一度きりだ。ずいぶんまえにコソボ北部へTBM700を飛ばしていたころ、ミトロヴィツァへ向かう夜間フライトに乗せたことがあった。いまド・パイヤンを見つめているのは、かつてジムのような男たちを従えて彼の飛行機に乗った男だった。

ド・パイヤンは列車に乗りこみ、自分の座席へ行った。マヌリーが坐っているのは通路を挟んだ反対側で、ジムはド・パイヤンのうしろの席にいる。

「アギラール」マヌリーが言った。部長はからだを寄せ、手を伸ばしてきた。「フィリップ・マヌリーだ」

ド・パイヤンはその手を握り返した。「どうも、部長」

「こんなスパイのまねごとのようなことをしてすまない。ふだんはこんなことはしないのだが」

ド・パイヤンはにやりとした。意表を突いて現われたり介入したりするマヌリーの評判は耳にしていた。びっくり箱《ジャック・ダン・ラ・ボワット》のように飛び出してくることから、ジャックというあだ名で呼ばれている。会計士のような服装をしているものの、危険な香りをアフターシェーブ・ローションのように漂わせている。彼の特殊部隊時代の噂の一部でも本当だとすれば、からかっていい相手ではない。

「ファルコンは未完了と聞いたが」マヌリーは笑顔を作ろうとしているようだった。ド・パイヤンと同じく、北フランス特有の青い目と高い頬骨をしている。

ド・パイヤンは肩をすくめた。「なんの話をしているのか、よくわかりませんが」

ジムが鼻を鳴らし、マヌリーは振り返って部下に笑みを向けた。「この男は手ごわいと言っただろ、ちがうか《ノン》？」

「確かに《ウィ》」ジムは本気で楽しんでいるようだった。

ド・パイヤンは聞き流した。彼のような人間は、知る必要のない者たちと作戦について話をしたりはしない。そこがノワジーの部屋でないかぎり、まわりは仲間ではないのだ。そのルールを破れば、誰かが傷つくことになる。

「われわれはみな、四十四だ」マヌリーが言った。フランス対外諜報機関の前身となった第四十四歩兵連隊のことを言っているのだ。「だがいまは、ファルコンよりも、私が調べている問題について話をしようじゃないか」

ド・パイヤンは肩をすくめた。車両の先頭で、清掃係の携帯電話が鳴った。彼女は仕切りにモップを立てかけ、電話を手に取った。

「私の仕事は知っているはずだ」マヌリーはつづけた。「私はノワジーで働いているわけではないが、バンカーからつづくパンくずの欠片《かけら》には非常に興味がある」

ド・パイヤンは、この男の口調が気に入らなかった。内務部門は、対外治安総局に対するスパイ活動を監視する部署だ。情報を洩らしている者や、フランスに背くよう脅迫されている者を排除するのが仕事だ。カネに目のくらんだ裏切り者を捕らえることもある。

「私になんの用ですか、部長？」ド・パイヤンは訊いた。

「フランスのために力を貸してくれ。役に立ちたいとは思わないか？」

ほんの一瞬、ド・パイヤンの顔が強張ったのを、マヌリーは見逃さなかった。

「そんなつもりで言ったのではない」悪気はないということを手ぶりで示した。「きみがフランスのために尽くしているのは知っている。問題はきみではないのだ」

ド・パイヤンは首筋が力んでいるのを感じ、座席にもたれかかってリラックスしようとした。

マヌリーは、隣の座席に置かれたジッパー付きの革製のショルダーバッグに手を触れた。

「ファルコンのことを口にしたのは、問題があるからだ、ちがうかね？」

ド・パイヤンは息をついた。

マヌリーはつづけた。「作戦が洩れていると思ったことはないか？」

ド・パイヤンは窓の外に目を向け、プラットフォームを歩く鉄道職員を見つめた。いま起こっていることから自分を切り離して考えようとしたが、頭のなかでは大声が響いていた。〝シチリアでおれたちをはめたのは誰だ？〟

「黙っているということは、同意見ということだな」マヌリーは言った。「きみ自身、答えが知りたいだろう？」

ド・パイヤンは向きなおり、マヌリーに目をやった。「どうやって私がここにいると？」

マヌリーはにやりとした。「それも、気になることのひとつだ」

「それなら、これは？」ド・パイヤンは相手の顔つきや声の変化に注意した。「見張られていないという確証がないのに、どうしてパリへ戻る途中で接触してきたんですか？　私の正体がばれて、危険にさらされるかもしれないというのに？」

「ジム、駅の外でアランの名前を口にしたか？」マヌリーはド・パイヤンに目を向けたま、ジムに話しかけた。

「いいえ、部長」

「ジム、この車両で私はアランの名前を口にしたか？」

「いいえ、部長」

「ジム、おまえはこれまで数えきれないほど監視の任務に就いてきた——いまの状況をどう思う？」

「問題はありません、部長」

マヌリーはド・パイヤンを見据えた。「軍にはこんな言いまわしがある。〝自分の安全対策に百十パーセントの確信がもてるまで、他人の安全対策の邪魔をするな〟というものだ」

「なんの話をしているのやら」ド・パイヤンはとぼけた。

マヌリーは顔を歪めた。「わからないのか？　パリへ戻るまえに接触してきたと文句を言っているが、私がファルコン作戦に目をつけているのは、明らかに作戦が洩れていたからだ」

ド・パイヤンは自分のせいではないと言い返そうとしたが、マヌリーにはわかっているはずだ。マヌリーがここにいるのは、ド・パイヤンがファルコン作戦のリーダーだからだ。

マヌリーが身を乗り出した。「きみにひとつ提案がある、アギラール。受けたほうが身のためだぞ」

「そうですか？」

「今後、バンカー内での打ち合わせや会話はすべて、私に報告すること。バンカーで働く者と別の場所で会った場合も同じだ。いいかね？」

「そのバンカーというのはなんですか？」

「ノワジーにある」マヌリーは鼻を鳴らした。「外からは古い砦のように見えるが、なかでは興味深い者たちがたくさん働いている」

「楽しそうですね」ド・パイヤンは、部長が言わんとしていることに神経を尖らせた。

「そう、実に興味深い者たちだ。なかには、おそらく敵と通じている者もいるだろう」

ド・パイヤンは自分の鼻が膨らむのを感じた。彼らのあいだに沈黙が流れ、携帯電話に向かっておしゃべりをする清掃係の声が響いていた。「ノワジーでスパイをしろと？」

ジムとマヌリーに見つめられた。

マヌリーが沈黙を破り、わずかに頷いた。「何か問題でも？」

「私はフランスのために働いています」

「もちろん《ビャン・シュール》、きみが命を預けられるほど、信頼している者たちのことを言っている」マヌリーはつづけた。「忠誠心で目を曇らせることなく、この問題を解決するのに手を貸してくれないか？」

「私はあなたの部下ではない」

マヌリーはゆっくり首を縦に振り、ショルダーバッグに手を伸ばした。「われわれの関係をはっきりさせておいたほうがよさそうだ、ちがうかね《ノン》？」バッグから八×十インチの白黒写真を取り出して手渡した。

その写真に写っているのは、淡い色のビジネス・シャツに黒っぽいチノパンツ姿のド・パイヤンだった。天気がいいのでサングラスをかけている。目の前のテーブルにはコーヒー・カップが置かれ、向かい側にはポロシャツを着た四十代くらいの黒髪の白人男性が坐っている。写真の右下に貼られたラベルには、アムステルダムの住所と日付が書かれている。ド・パイヤンは写真を返した。

「日付を見たか？」マヌリーはバッグに写真をしまいながら、さも懸念しているかのような表情を浮かべた。「その週のぶんの申告書もある」

「もちろん、そうでしょうね」

「きみからの申告はないものの、写真に写っている男はマイク・モラン、イギリス秘密情報部の者だ」

ド・パイヤンは〝彼は友人だ〟と言いたかったが、そう言うとマヌリーにさらに多くの選択肢を与えることになってしまう。内務部門に弱みを握られた——調査対象になり得る人物と会ったが、接触したという正式な申告をしなかったのだ。フランス諜報機関における基本雇用条件は、何もかも報告するということだった。

「モランに興味はない」マヌリーがつづけた。「そのときの会話は、フランスの発展や、おそらくきみたち二人の家系にまつわる歴史に関することだったのではないかね？」

ド・パイヤンは頷いた。モラン家とド・パイヤン家には家族ぐるみの付き合いがあることを、マヌリーは知っているようだ。

「とはいうものの」部長はつづけた。「シチリアでの作戦は失敗に終わった。その原因を知りたいとは思わないか？」

ド・パイヤンは肩をすくめた。

「それと、なんだったかな、フランスのパスポートが五冊あったはずだが？」

「そうだったと思います」

「それはいまどこに？」

「ばらばらに破って、パレルモ港の三つのごみ箱に捨てました」

マヌリーに見つめられ、ド・パイヤンも見つめ返した。

「つまり」マヌリーが言った。「犠牲者が出て、作戦が失敗し、パスポートも消え失せたうえに、二重スパイがいる疑いまである。ファイルを見るかぎり、きみはそういったことを放っておけない男のようだが」

ド・パイヤンは息をついた。「パスポートはなくなったのではなくて、破り捨てたんです。規則どおりに。私にどうしろと？」

マヌリーはにんまりした。「ジムが使い捨ての携帯電話を用意して、使われなくなった郵便受けを利用した連絡手段を準備する」

「とくに注意する相手は？」ド・パイヤンはうんざりしていた。

「きみが信じて疑わないような者たちだ。Ｃａｔ本部の誰かに話すまえに、まずは私に報告してもらいたい」

「同僚たちのことは、全員信じています」

「もちろん、そうだろうとも」マヌリーは陽気な口調を装った。「とはいえ、私はきみの同僚たちとは親しくない。私が知りたいのはこれだけだ。〝何もかも把握していたのは誰だ？ そしてわれわれをはめたのは誰だ？〟ということだ」

「そういう人は限られています」清掃係が車両から出ていき、黄色い札ももっていった。

「かなり限定される」マヌリーが言った。「たとえば、ギヨーム・ティベのことはどのくらい知っている？ もちろん、たとえばの話だが……」

ド・パイヤンは息が詰まった。本気で言っているのか？ 部長から目をそらし、殺してやりたいと思っていることを悟られないようにした。

「パリでは予定どおりに動いてくれ、いいな？」マヌリーは立ち上がり、ド・パイヤンの肩をつかんだ。「すべてはフランスのためだ、そうだろう？」

マヌリーとジムが出ていき、ド・パイヤンは呆然と坐っていた。内務部門の保安部長に、自分のチームから目を離さないよう警告されたのだ——とくにシュレックから。

7

マヌリーに追い詰められて忠誠心を示すよう強いられたが、以前のド・パイヤンなら屈してしまったかもしれない。内務部門の男に対してファルコン作戦のことを口にしなかったのは、自分でも驚いていた。いまのド・パイヤンを作ったのは、フランスの優秀な寄宿学校システムとフランス空軍だ。彼の祖父は、ロンドンで身動きの取れなくなったド・ゴールが自由フランスを存続させようとしているときに、ド・ゴールが指揮する自由フランス軍に志願した初期メンバーのひとりだった。指揮系統について把握しているド・パイヤンは、なんとか情報を守り抜いた。自分のキャリアを終わらせて失業させることのできる人物を相手に規則の話をもち出したことで、力を得たように感じるとともに、不安も覚えた。部外者にファルコン作戦など知らないと言ってしらを切るのは正しいこととはいえ、話すのを拒むにはまずい相手だ。

パリの南端でマルセイユ発のエアバスが機体を傾け、定刻通り十二時三十分に着陸するための準備に入った。マルセイユではずっと気が張り詰めていた。そこで数えきれないほど対外治安総局の訓練を受けてきたことを考えると、めずらしいことだった。いまのマルセイユは、パレルモとそっくりのような気がした——監視役の一団が潜んでいるかもしれない細い路地や大きな通り、無数の窓やバルコニーがある危険な地中海の街。マルセイユ・プロヴァンス空港で列車を降りるころには、誰も彼もが自分を見張ったり尾行したりしているのではないかと感じる、〝青いネズミ〟と呼ばれるスパイ特有の疑心暗鬼におちいる寸前だった。通りにいる誰もが——遊んでいる子どもからよぼよぼの老人にいたるまで——ゲームの一部であってもおかしくはない。それを振り払うためにも、さらに安全確認行程や尾行の切断をしたいという気持ちを抑えこんだ。

パリの滑走路が目の前に迫り、頭のなかを整理しようとした。内務部門の評判は知っていたが、不意に現われたマヌリーや単刀直入な彼の要求にショックを受けていた。シュレックだと?! あり得ないように思えた。シュレックとはじめて組んだときのことを思い出した。リビアに身を潜めていたシリアの野党政治家が、シリアの経済や兵器開発プログラム、諜報活動の情報を渡す代わりに、フランス政府にありとあらゆるギフトを要求してきた——中東の政治家や将校たちが外国政府を味方につけるために使う、よくある交渉材料だ。シュレックが作戦チームに選ばれたのは、かつて彼が研究していたのがメソポタミアや小アジア、それにカザフスタンやウズベキスタン、トルクメニスタンといったいわゆる〝スタン諸国〟だったからだ。バンカーでのミーティングを通じてド・パイヤンとシュレックには友情が芽生え、ビール愛やテンプル騎士団という共通の血筋などによって絆が結ばれた。フランスは啓蒙運動やヨーロッパにおける自由主義の原点とも言えるところだが、秘密組織や古い家柄、密かな少数独裁グループの国でもある。フランスの秘密組織のなかでもテンプル騎士団はもっとも古くて力のある組織で、ド・パイヤンのまわりでもテンプル騎士団の血筋を主張する人がたくさんいる。そのリビア作戦終了後の出来事がなければ、シュレックとの友情はただの仕事仲間という域を超えることはなかっただろう。シリア人政治家は条件付きでフランスに受け入れられたのだが、諜報機関による聴取を受けているときにある一連の質問の意図に気づき、過去の行ないがばれればフランス政府に見放されてしまうことを悟った。彼は自らの過去を隠蔽し、対外治安総局に自分の犯罪行為を洩らすことのできる者たちを消し去ることにしたようだ。というのも、聴取の一週間後、ベイルートでフランスの名誉領事が暗殺されたのだ。その名誉領事の女性は銀行家でもあり、対外治安総局にも協力していたのでカンパニーではよく知られていた。あとで明らかになったのだが、彼女はシリア人政治家のプライヴェート・バンカーもしていて、彼のオフショア口座やさまざまな信託構成のことを何もかも知っていた。その政治家には前科がないとフランスに信じこませるために、彼女は処刑されたのだ。

対外治安総局はエヴルー空軍基地にシリア人政治家を拘束し、彼の処遇を検討した。新たな協力者がカンパニーに前科を悟られないように自らの経歴をさかのぼって消去した場合、殺されたり敵対勢力に引き渡されたりするのがふつうだ。だがこの政治家は、処分されるまえに独房でシーツを使って首を吊っているのが発見された。彼と最後に話をしたのがシュレックだった。それ以降、家族を救うには自殺するしかないとシリア人に暗示をかけた天才学者の噂が広まった。マインド・コントロール、相手を意のままに操る卓越した技術――タマネギを内側からむける男。シュレックがそれを認めたことはない。ド・パイヤンにも、テンプラーや信頼できる同僚であるロケットやルナンといった仲間たちにさえも認めなかった。シュレックはサメのような笑みを浮かべてウインクをし、こう言うのだった。〝そんな力があったらいいと思わないか?〟

シュレックは強い絆で結ばれた仲間、血盟の友だった。彼を裏切り者呼ばわりすることなど、考えられない。

オルリー空港に降り立ったド・パイヤンは、夏の観光客たちに交ざって移動した。ジーンズにポロシャツ姿で、肩には小さなバックパックをかけている。オルリーヴァル・モノレールに乗ってアントニー駅へ向かい、しばらく待っていると高速鉄道RERが到着した。

彼は先頭車両に乗りこんでプラットフォームを見渡し、自分を見つめている者がいないか、ドアが閉まる直前に横っ飛びで乗ろうとしている者がいないかどうか注意した。それからサン・ミッシェル・ノートルダム駅で降り、パリの穏やかな夏の陽射しの下に出た。人ごみにまぎれて通りを渡り、セーヌ川の左岸に着いた。そこから、世界でもっとも利用されているかもしれない川岸の遊歩道、ポール・ド・モンテベロに下り、東のトゥールネル橋へ向かった。左の対岸には、焼け落ちたノートルダム大聖堂が見える——いまでは巨大な防水シートで覆われている。目の前には大勢の観光客がひしめき合っていて、警察官たちがパリのこのあたりにはびこるスリや引ったくりに目を光らせていた。

カナダ人女性がド・パイヤンに向かって携帯電話を振り、〝写真を撮ってくれませんか?〟という世界共通のジェスチャーをした。ド・パイヤンはにっこりして携帯電話を受け取り、新婚カップルをまわりこんで背後に誰がいるかちらっと目をやった。笑みを浮かべたまま大聖堂を背景に写真を撮り、二人におめでとうと言った。

ド・パイヤンのキャリアでは、何時間も通りをひとりで歩きまわり、安全を確保しつつ任務に専念するために論理的思考や内なる声に従うことが多い。つねに頭に思い浮かぶのは、まわりとはちがう世界でちがうプレイアーたちと生きている、ということだった。マイクロフォンでサポート・チームとつながっているときには、サウンドトラックさえもちがう。まるで映画『マトリックス』のようだと思った。その映画では、多くの人たちがひとつの仮想世界で暮らすいっぽうで、ごく少数のグループがその仮想世界と並行した世界で作戦を遂行しているのだ。それは華やかでも、クールでもない。精神的に孤立し、現実につなぎ留めてくれるたったひとつのもの——家族——から多くの工作員たちを引き離してしまう。パリに戻ったことで、そういった感情が津波のように押し寄せてきた。

訓練を受けていることなどみじんも感じさせずに、さらに東へ向かった。映画で描かれているスパイの世界とはちがい、ド・パイヤンの仕事で重要なのは追っ手を飽きさせることだ。そのためには、パリの通りを歩くほかの人たちと同じように振る舞うのがいちばんだ。彼には、それが習慣になっていた——尾けられていないと確信しているとはいえ、追っ手を飽きさせるという行為はつねに練習しておかなければならない。そうしながらも、頭の片隅では家族のことを思い浮かべようとしていた。五歳の息子のオリヴァーは、ここから四十分ほど歩いたところで、夏休み明けの入学式をまえに最後の幼少時代を楽しんでいる。八歳のパトリックは、おそらく服の入った爆弾が破裂したかのようなベッドルームでテレビ・ゲームでもしているだろう。ロミーの専業主婦としての生活も終わりを迎える。博士号を取得し、しかもオリヴァーが学校に通うようになれば、ロミーはたとえパートだとしても仕事に戻るだろう。そのリスクについては二人で話し合っていた。なんらかのアプローチをたくらむ外国の機関にロミーが利用されるかもしれない、というものだ。ロミーは新しく出会う人たち、とくに親しげに近づいてくる人たちを疑うように叩きこまれ、いまではパソコンを使うときには強迫性障害になっていると言っても過言ではないほどだ。とはいえ、ロミーは何から何まで管理されるのを嫌がったので、ド・パイヤンは全体的なイメージを示すだけにし、日々の決断は彼女に任せることにした。ロミーが幸せなら、彼女からすればとても理想的とは言いがたい結婚生活でもつづけてくれるような気がした。セーヌ川のほとりを歩きながら、家族の存在を近くに感じると同時に遠くにも感じた。だが、あれこれ考えつづけるわけにもいかない。

広々とした石の階段にたどり着き、ド・パイヤンはそこを上った。階段の上まで行ったド・パイヤンは、左へ曲がって橋を渡った。そこは一方通行のため、ヴァンやバイクで尾行している者がいたとしても、ド・パイヤンを見張るためにはわざわざ一周まわってこなければならない。しかも、向かってくる車はどれも目に入る。

橋を越えてサン゠ルイ島に入った。二ブロックほど観光客とともにのんびり歩き、古いマリー橋を渡った。

やはり、追っ手の気配はない。

マリー橋の北側で右に曲がり、いくつもの狭い路地に入った。オテル・ド・サンス庭園に沿ってまた東へ向かい、オテル・ド・ヴィル通り周辺の迷路のように入り組んだところに入った。そこは中世に造られた通りが連なり、東へ行くほどわけがわからなくなっていく。このエリアは、パリの通りでの特徴的な足音に工作員を慣れさせるため、かつてカンパニーが利用したことがある。そこでは足音がベルのようにこだまし、ド・パイヤンのゴム底のスニーカーでも響き渡った。尾けられているとしても、サン＝ポール通りを北へ曲がるまでには足音に気づくはずだ。

バスティーユ広場へ行き、その広場の周囲を大きくまわった。その広場の中心には、一八三〇年の七月革命を記念する大きな七月革命記念柱が立っている。革命と言ってもおかしなものだ。というのも、この反乱ではブルボン朝がブルボン家支流のオルレアン家に取って代わられただけなのだ。ド・パイヤンは観光客たちと同じペースで歩き、尾けられていないことを再確認した。腕時計に目をやった――午後二時二十六分。広場の向かい側には〈カフェ・フランセ〉がある。作戦報告をするなら、二時半にその店へ入ることになっている。何もおかしなことなどないかのように予定どおりに行動する、それがマヌリーに言われたことだった。

カフェの青い日よけの方へぶらぶら歩いていき、二時半ちょうどに店へ入ってテーブルに着くつもりだった。とはいえ、マイナス一分からプラス二分以内なら問題はないだろう。

カフェはアメリカ人やオーストラリア人で混み合っていた。ド・パイヤンは空いている席を探し、店の外に置かれた色とりどりのテーブルのひとつへ向かった。広場に目を配れるだけでなく、カフェの正面の窓から店内が見える席に坐った。店内には、テーブルに緑のゴルフ・キャップを置いた男性客がいた。すぐにウェイトレスがド・パイヤンのテーブルにやって来た。その服装から、たくさんのチップをくれる外国人だとでも思ったのだろう。彼はコーヒーを注文して椅子にもたれかかり、窓の奥のゴルフ・キャップが見える姿勢を取った。ウェイトレスが戻ってくるまえに、ゴルフ・キャップを手元に置いていた男がその帽子をかぶり、〈カフェ・フランセ〉から出てきた。ド・パイヤンはテーブルに数ユーロ置いて男につづいた。

二人は三十メートルの距離を空けて歩いていた。前の男はジーンズに黒い無地のTシャツという格好をしている。二人は北へ向かい、パリ市内の通りをジグザグに歩きまわった。カンパニーでは〝回転ゲート〟と呼ばれる行動だ。この〝回転ゲート〟というゲームを行なう工作員の役目は、カンパニーの二人の工作員が待機している対外治安総局のチェックポイントを少なくとも三カ所通過し、参加者が尾行されているかどうか確認することだ。チェックポイントで見張っている工作員は〝キャンドル〟と呼ばれ、キャンドルたちは小さなワイアレス・イアフォンを使って互いに無線でつながっている。歩行ルートのそれぞれのチェックポイントにいるキャンドルたちの役割は、尾行役に目を光らせることだ。ド・パイヤンが尾けられていないことがわかれば、〝回転ゲート〟用の車がさっそうとやって来て工作員を拾っていく。

十五分後、ド・パイヤンの先を行く男がシャロンヌ通りをそれて右へ曲がった。ド・パイヤンが狭い路地に入ると、一台のシルヴァーのシトロエン・Cシリーズがアイドリングしていた。緑のキャップをかぶった男はそのまま歩いていった。車の左後部ドアが開き、ド・パイヤンが乗りこむと車は動きだした。

助手席には、見知らぬ赤毛の男が坐っていた。運転しているのは友人のガエル、通称テンプラーだ。

「さすがだな」車が路地から大通りに出たところで、テンプラーが言った。

「元気か？」ド・パイヤンは名前を呼ばずに言った。「どこへ行くんだ？」

「ボスのところさ」

8

Ｃａｔ本部までの八分間のドライヴのあいだ、ド・パイヤンとテンプラーは気軽におしゃべりをしていた。パリの外周環状道路、ペリフェリックを使えば目的地にもっと早く着けるはずだが、テンプラー——元海兵隊空挺部隊——はペール・ラシェーズ墓地の周囲をジグザグに走った。この古い友人が小型イアフォンに向かってつぶやいているところを見ると、車のうしろにはバイクが並走しているのだろう。ド・パイヤンは助手席の男を見たことはないが、テンプラーの態度にならった。知らないなら、黙っていろ、だ。

車はモルティエ大通りにあるＣａｔ本部へ向かい、警備の厳重な車用の入り口の前で停まった。カメラがシトロエンのナンバープレートをスキャンし、装甲ドアが開くと、車は床にカメラが設置された防弾仕様の四角い空間に入った。これで、内務部門の警備員たちの許可が下りるまで、出られなくなったというわけだ。スピーカーから声がし、車のウィンドウを下げるように言われた。青いスーツ姿の二人の内務部門の職員が車に近づいてきた。そのうちのひとりに、フロント・シートに坐る二人が身分証を手渡した。ド・パイヤンが身分証をもっていないことをテンプラーが告げると、もうひとりの職員が上部にカメラの付いたiPadを取り出し、ド・パイヤンの顔写真を撮ってスキャンした。七秒ほどでスキャンが終わった。その職員はMP5のガン・オイルの臭いがわかるほど近くにいるが、その銃を奪われないくらいの距離を保っている。

「OTナンバーは?」iPadを手にした男が訊いてきた。はじめて対外治安総局の工作員に任命されたときに与えられる工作担当官ナンバーを言っているのだ。ド・パイヤンの返答が内務部門のファイルにあるものと一致すると、目の前のセキュリティ・ドアが開き、彼らは敷地内に入っていった。

多くのヴァンやバイクが駐められている地下駐車場があるものの、テンプラーは三階建ての石造りの本館の前にある芝生の中庭に沿って車を走らせた。対外治安総局の本部の脇をまわりこみ、屋外駐車場へ向かった。

三人は、Cat本部のしっかり警備された受付の横にある職員エリアへ歩いていった。ド・パイヤンは、まだ紹介されていない男が引き締まったからだつきをし、百八十二センチの自分よりも少しだけ背が高く、左脇の下に銃を携帯していることに気づいた。つまり、右利きということだ。

彼らは諜報員の控室に入った。ド・パイヤンは自分の金庫の前へ行って暗証番号を打ちこみ、ストラップを取り出した。Ｃａｔ本部には決まりがある。磁気カードがない者は入れない、というものだ。磁気カードをなくそうものなら、寝返ったのではないかとすぐさま疑われ、内務部門で延々と尋問を受けることになる。どうやってなくしたかは関係ない。再発行してもらうと、次の給料から百ユーロが天引きされる――とはいえ、再発行されるのは内務部門が許可した場合のみだ。

彼らは磁気カードをとおして内務部門の警備員が監視するセキュリティ・ゲートを抜け、エレヴェータで四階へ上がった。そこは情報部《DR》や事務員たちが働く下の階とは雰囲気がちがい、静まり返っていた。そういった人たちは、ド・パイヤンたちＹセクションのメンバーと顔を合わせることを禁じられている。誰もＹファイルにアクセスすることも、Ｙ工作員の正体を知ることもできない。情報部の分析官は、アレック・ド・パイヤンをＯＴナンバーでしか知らない。彼らはＹ工作員の〝Ｒ〟報告書を読むことすらできない。〝Ｒ〟報告書には、その工作員の個人的な考えや、工作員が探り出した犯罪の証拠などが書かれている。それを目にできるのはＢＥＲ――支部長だけで、その支部長の金庫に収められている。分析官が読めるのは、Ｙ工作員の〝Ｏ〟報告書だけだ。その報告書に書かれているのは、公開されている客観的な情報だ。それを読んだだけでは、その秘密情報を提供したのは誰なのか、その情報を入手するために工作員は何をしたのか、そういったことを見抜くのは分析官といえども難しい。カンパニー内にはこんな言いまわしがある。ノー・R・イン・O——フランス語の発音では〝水のなかに空気はない《ノー・エア・イン・オー》〟という意味にもなる。

　彼らははめ板張りのドアの前にある小さな簡易キッチンで立ち止まった。赤毛の男がテンプラーに上官たちを呼んでくると言い、どこかへ姿を消した。

「大丈夫か？」テンプラーは棚からカプセルを手に取り、コーヒー・マシンに入れた。

「大丈夫だ」ド・パイヤンはそう言ったものの、疲労で思考が鈍り、マヌリーの件で頭がいっぱいだった。

「まだシュレックは見かけてない」テンプラーが言った。ぼさぼさの短い黒髪の下の肉付きのいい顔は、無表情だった。「パリでは、ってことだが」

　テンプラーがパレルモのことを聞きたがっているのはわかるが、報告するまえに話すわけにはいかない。差し出されたコーヒーを手に取ると、二人の人物が角を曲がってきた。ひとりは情報部の部長、クリストフ・スタートだ。四千ユーロのスーツと、毎週理容室に通って整えているあの有名な髪型のおかげで有能そうに見える。情報部の部長というのはたいてい高学歴で、対外治安総局の公式な代表として大使館でいくつかの職を経験している。彼らはシステムによって生み出された純粋な産物であり、〝フランス〟と口にするときの口調は、まるで自分の妻の話をしているかのようだ。スタートは副部長のシャルロット・ロカールを連れていた。彼女はヨーロッパ支部長で、厳密に言えばファルコン作戦の責任者だ。ド・パイヤンはロカールににっこりしたが、心のなかではカッとなっていた。シャルロット・ロカールは彼女の上司並みに高級服を好むだけでなく、何かと突っかかってくる先生のお気に入りタイプで、しかも現場での経験がまったくなかった。Yセクションの作戦にはまるで関心がなさそうにしているのだが、スタートが部屋に入ってきたとたんにころっと態度を変え、エキスパートに早変わりするのだ。

全員が並んではめ板張りの会議室に入り、係の者が手にした箱に携帯電話を預けた。ラフォンがセキュリティ・ドアをロックし、グループに加わった。これで楕円形の会議テーブルに、ド・パイヤンのほかに五人が着いたことになる。ド・パイヤンの正面に坐るのは運用部の部長、アントニー・フレジェだ。大柄な中年の男で、薄くなった頭頂の黒髪をうしろになでつけ、きれいにひげを剃っている。その左には、Yセクションのチーフ、ドミニク・ブリフォーが坐っている。上級管理官としてそのごつごつした大きな拳が似合うのは、対外治安総局内ではYセクションだけだろう。彼は工作員を指名したり、作戦計画を承認したりするのが仕事だ。そのほかの部署——技術部、管理部、情報部——は、ある程度の距離を置いて敵に対処する。だがブリフォーの部下たちは、フランスの敵のただなかで暮らすのだ。ブリフォーはとりあえず部下を信じることで知られているものの、その信頼を裏切った者には容赦しない。さらに、ユーモアのセンスにもあふれている。ブリフォーに西アフリカの血が流れているのは明らかだが、礼儀正しいフランス人に出身地を訊かれると、嬉しそうにフランスのアルザスだと答えるのだった。それは本当だった。ひどい訛りがその証拠だ。

「アギラール」フレジェが口を開き、ド・パイヤンに頷いた。

ド・パイヤンも頷き返した。フレジェはド・パイヤンをコードネームで呼んだ。それがYセクションの方針なのだ。ほかの部署では、ド・パイヤンや同僚たちはOTナンバーでのみ知られているが、部署内ではテンプラー、シュレック、アギラールといったコードネームで呼ばれている。フランス政府において、OTナンバーや本名、コードネームがまとめて記録されている公的資料はひとつしかない。その情報のハード・コピーをもっているのは、内務部門のトップ・スリーだけだ——マヌリーはそのひとりだった。

「さっそくはじめよう」フレジェが言った。彼はいつも時間に追われているふりをしたがるとはいえ、何ひとつ見逃さない男だった。フレジェはド・パイヤンの方へ一枚の紙を滑らせた。「それは、われわれと関係があるのか？」

それはロイター通信社のプリントアウトだった。日付は昨日のもので、〝イタリア、パレルモで二人が殺害される〟という見出しが書かれていた。その日の未明、パレルモの造船所で黒焦げになったメルセデス・ベンツのＳＵＶが警察によって発見された。車内には遺体があり、いまのところ身元不明ということだ。シチリア警察は、パレルモの旧市街にある〈バー・ルカ〉という人気のカフェ＆バーで殺されたトルコ人についても、目撃情報を求めていた。

ド・パイヤンは会議室の革張りの椅子にもたれかかった。発言が録音されているのは承知している。息を吐き、落ち着いて正直に答えればいいと自分に言い聞かせた。嘘をつくのはひとつだけだ。対外治安総局に入って九年、そのうちの八年はＹセクションで働いてきた。ありとあらゆる制約を甘んじて受け入れ、ブラックマネーをもらったこともなければ、カンパニーに嘘をついたこともない。些細な嘘をひとつくらいついてもいいはずだ。強制されているとなればなおさらだ。この報告聴取が終われば報告書を書き、家に帰ってシャワーを浴び、子どもたちにキスをしてロミーとワインを飲む。もし訊かれなければ、嘘をつく必要もないかもしれない。

「念のために確認するが」フレジェが口を開いた。「この報告聴取のまえに、ファルコン作戦について誰かと話をしたか？」

「もちろんしていません。まっすぐＣａｔ本部に来ましたが、監視されている様子はありませんでした。ファルコンについては誰とも話をしていません」

「わかった」フレジェは凍てつくような視線を向けた。「では、シチリアの件について聞かせてもらおう」

9

何年もまえに教官に教わったとおり、手早くシンプルに報告書をまとめた。〝工作担当官の書く文章に個性が感じられてはならない。その文体から人物像が浮かび上がってはならない〟つまり、文を短くし、言いたいことはひとつの文章につきひとつにとどめる。技巧も個性も排除する。パソコンのスクリーンは内部コンピュータとリンクしているが、ドライヤンに見えるものといえばスクリーンとキーボード、それにマウスだけだった。USBポートもDVDドライヴもなく、プリント機能もない。このシステムにアクセスする唯一の方法は、対外治安総局の自分のアカウントを開くことだけだ。

三人称の視点で九つの章に分けて書き、〝様相〟からはじめて〝意図〟で締めた。〝心理操作〟や〝命令〟〝新たにわかった情報〟といった素敵なことばも取り入れた。その〝新たにわかった情報〟にこう付け加えたい衝動に駆られた。〝これで、カンパニー内にわれわれをはめた二重スパイがいることがわかった〟と。が、そんなことは書かなかった。

その代わりにこう書いた。サイエフ・アルバールには、イタリアで活動する武装グループが存在するということ。サイエフ・アルバールは本物のフランスのパスポート一冊につき、およそ六十万ユーロを払う用意をしていたということ。そしてそのために、少なくともひとりのイタリア人を利用していたということ。フレジェに見せられたロイター通信社の報告には触れなかった。諜報機関の報告書というのは根拠のないことを書かないものなので、マイケル・ランバルディがどうなったかという憶測は書かなかった。報告できるのは、ファルコン作戦中にその目で見た事実だけだ——シチリア警察の調べで、焼け焦げたメルセデスのなかの遺体の身元がマイケル・ランバルディだと判明した場合、あとからカンパニーはファイルにその情報を追加すればいいのだ。

重要な名詞や名称は大文字で書いた。マイケル・ランバルディ（対外治安総局では准将と呼ばれている）と合流したカリアリでの夜のこと、そしてその後のパレルモへのフェリーの旅、さらにその日の夕方の出来事を説明した。安全確認行程や尾行の切断を何度も繰り返した脱出時の行動を並べ立て、マルセイユの〝オフィス〟を出てから部長やチーフが坐る会議テーブルの席に着く瞬間までに交わした会話をひとつ残らず報告した。パスポートについても真実を記した——パスポートはパレルモで破り、波止場周辺の三つのごみ箱に捨てたということを。何もかも包み隠さず打ち明けたが、マヌリーやジムとの会話だけは伏せておいた。それは脱出行動中のわずかな空白であり、何を訊けばいいかわかっている者がCat本部にいないかぎり、証明するのはほぼ不可能だ。

これで、内務部門の男のために嘘をついたことが正式に記録として残ってしまった。これまで多くの人たちを罠にはめて利用してきたド・パイヤンにとって、アムステルダムで撮られた写真のせいでマヌリーに強要される立場になってしまったのは、屈辱であると同時に複雑な気持ちでもあった。Yセクションに二重スパイがいるなら、ド・パイヤンはその人物を見つけ出したかった。だが、その代償がシュレックを探ることだとしたら？　あるいは、自分の上司である部長たちを？　彼らへの信頼は、国家への忠誠心などという抽象的な概念とは比べものにならない——彼らがいるからこそ、ド・パイヤンは発狂することなく自分の仕事をまっとうでき、さらに夫であり父親でもありつづけられるのだ。

しかしながら、報告聴取は満足できるものではなかった。フレジェは、ファルコン作戦のどこで情報が洩れたのか訊いてきた。工作員たちがパリまでたどられてしまうようなトラップを仕掛けられているかどうか、といったことも。パスポートに関して懸念しているのは、ムラドのメンバーたちの手に渡って悪用されないこと、そして逆行分析をされてパスポートの出どころがフランス政府だというのを突き止められないこと、この二つだった。

スタートはちがった——根っからの策士である彼は会議用テーブルに肘をつき、質問とはとれない訊き方をした。〝つまり、カメラで撮るはずだったパスポートの受け渡しができなかったというのだな？　つまり、作戦は失敗したというのだな？　つまり、バーに遺体を、波止場にフランスのパスポートの束を残してきたというのだな？〟

作戦が計画からそれたのは、ド・パイヤンに責任がある。彼は作戦リーダーであり、厳密に言えばランバルディがパスポートの受け渡しの時間と場所を変えようとしたときに作戦を中止するべきだった。だがランバルディがあのとき、あの場所でパスポートを欲しがったのはムラドがパレルモにいたからであり、フランスにとってはより大きな獲物を釣り上げる願ってもないチャンスだった。実際にその目で確かめて直接関わるのは、対外治安総局のような組織にとってはもっとも強力な知識になる。カンパニーにはムラドの写真さえないことを知るド・パイヤンは、危険を承知で賭けに出たのだった。

フレジェとスタートは確かに危険だがその価値はあると渋々納得したが、スタートの補佐役のシャルロット・ロカールはファルコン作戦の〝成果〟を明確にするよう求めてきた。〝この作戦のまえにはなかったけれど、いま手に入れたものは何？〟ド・パイヤンは成果を挙げていった。サイエフ・アルバールのヨーロッパにおける作戦を指揮する、なかなか正体を見せないリーダー、ムラドらしき人物を目撃したということ。本物のフランスのパスポートの相場は六十万ユーロくらいだと、アルカイダが考えているということ。そしてシチリアでマイケル・ランバルディのような代理人ではなく、サイエフ・アルバールそのものが活動しているということ。

報告聴取が終わると、ド・パイヤンはカンパニーの似顔絵捜査官に協力してムラド、あるいはサイエフ・アルバールのリーダーらしき人物の似顔絵を作成してもらった。

報告書のタイプが終わってコーヒーに手を伸ばしたド・パイヤンは、コーヒーが冷めていることに気づいた。〝保存〟ボタンを押し、対外治安総局のアカウントからログアウトしてパソコンの画面を切った。いまは午後五時五十三分だった。二時間ちょっとで報告書を書き上げたことになる。どちらかと言えば速いほうだ。伸びをしてからバックパックをつかみ、エレヴェータへ向かった。タバコを吸いたくて仕方がなかった。そして二、三日は家のなかをただぶらぶらしたかった。〈バー・ルカ〉での殺人を詳細に思い出さなければならないことで、精神的に疲れ果てていた。エレヴェータの下向きの矢印が音をたて、誰かが咳払いをした。振り向くと、ドミニク・ブリフォーが立っていた。初老と言ってもおかしくはないにもかかわらず、いまだに首や背中はたくましい。

「ちょっといいか？」

訊いているのではない。ブリフォーはエレヴェータのドアを押さえ、二人が乗りこむと幹部用駐車場がある階のボタンを押した。

エレヴェータ内では、規定どおりに二人とも口を閉じていた。地下の駐車場を抜けて整備士の作業場の脇にあるエリアへ行った。ブルートゥースのスピーカーから、モロッコのヒップホップが大音量で聞こえてくる。ブリフォーは消防ホースの横で立ち止まり、音楽に顔をしかめた。

「グアンタナモで聞かせてやれば効果がありそうだ」ブリフォーはつぶやき、上着の内ポケットからキャメルのパックを取り出してド・パイヤンに一本勧めた。

「運用部で身分証の作成を担当している連中が、あのパスポートの件でびくびくしている」ブリフォーが言った。エレヴェータから一組の男女が降りてきて青いBMWへ向かうあいだ、声を潜めていた。「パスポートは使えないんだな?」

「どのくらいのペースでごみ箱が回収されるか知りませんが、やつらには渡していません。確実に処分しました」

ブリフォーは頷いた。

「准将が殺されたのは確かか?」

ド・パイヤンは彼に目をやった。「確認はしていません。できなかったので」

二人のあいだに沈黙が流れた——ブリフォーに呼び止められたのはタバコを吸うためではない。ド・パイヤンは本題に入るのを待った。

「ここだけの話だが」ようやくブリフォーが口を開いた。「向こうでわれわれをはめたのは誰だ？　見当はつくか？」

ド・パイヤンは首を振った。「まえからサイエフ・アルバールにとって、准将はただの役に立つ間抜けだったのかも……」最後までは言わなかった。

「あるいは？」

「その」ド・パイヤンは地下の配管に向かって煙を吐き出した。「もしかしたら……〝パスポートをもってこなかったのか？――バン、バン、死ね〟なんてことに？　役に立つ間抜けの無駄遣いにも思えますが」

「あるいは」ブリフォーが言った。「ムラドが准将にこう言ったのかもしれない。〝おまえは酔っ払っているうえに、パスポートももってない。しかも、そのフランス人コンサルタントとやらが、いまこっちにやって来る。面倒なことをしてくれたな〟」

「准将へのムラドの最後の台詞がこうだとしたら？　〝おまえはフランスのスパイを連れてきてしまった。死ね〟」

二人は互いに見つめ合った。

「すでに調査をはじめている。部長に報告しなければならない」ブリフォーが言った。「厄介なことになっているなら言ってくれ、いいな？　ひとりでしょいこむことはない。

わかったな？」

「わかりました」

二人は黙ってタバコを吸い、ブリフォーがため息をついた。「明日、ノワジーに来てくれ。二時に」

ド・パイヤンは目をそらした。

「このタイミングですまない」ブリフォーはつづけた。「家族との時間が必要なのはわかっているが、今回は断われない」

「いったいなんですか？」

「詳しいことはわからない。マリー・ラフォンがある作戦を指揮している――パキスタンに注目しているようだ」

ド・パイヤンは納得した。マリー・ラフォンは情報部で大量破壊兵器拡散阻止部門を任されることになった新たなチーフだ。すでに彼女はアラブ支部長として、クリストフ・スタートの下で目覚ましい活躍をしていた。しゃれていて頭が切れ、彼女に任せれば安心だと思われたがっている――ただ探りを入れるだけの作戦も、彼女の場合は〝何がなんでも大成功〟に導く。とはいえ、彼女にはある噂がつきまとっていた――かつてYセクションに加わるために訓練を受けていたが、挫折したというのだ。ある朝、彼女が訓練に顔を出さなかった。内務部門が捜しに行くと、彼女のアパートメントのコーヒー・テーブルに携帯電話と財布、車のキーが置かれていて、争ったような形跡もなかった。数日後、ポワシー橋で丸くなっている彼女を警察が発見した。監視役に電話を盗聴され、アパートメントにも忍びこまれたと信じこんでいたそうだ。訓練が終了するまえに、〝青いネズミ〟にとりつかれてしまったのだ。Yセクションにとっては痛手だが、情報部は優秀な人材を手に入れることになった。

「なるほど」ド・パイヤンは言った。疲労でまぶたが下がってきた。「知っているとは思いますが、私にはほかにも気を配らなければならない身分があります。そのうちの二つには、人と会う予定があるんです。ラフォン・チーフの作戦に協力できる者は、ほかにもいると思いますが」

「ラフォンが指名したのはおまえだけだ。スタート部長も同意した」ブリフォーは深々とタバコを吸った。「だから仕方がない。ではこうしよう。この二カ月を乗り切ったら、特別休暇をやる、どうだ？」

ド・パイヤンは言い返さなかった。フランス諜報機関で特別休暇を取るというのは、現実の話というよりはたてまえだ。とはいえ、休暇を提案されるということは、働きすぎだというのを認めている証拠だ。

「約束ですよ」ド・パイヤンは笑みを見せた。

「それと、昼までにはバンカーに来るように、いいな？」

「昼までに？」

「ああ」ボスはそう言って指でこめかみを叩いた。「頭の検査だ」

10

ド・パイヤンがオステルリッツ駅を出ると、雨が降りだしてきた。〝更衣室〟まで数ブロック歩き、安全規定に従ってなかに入った。狭いキッチンを抜けてロッカーが並ぶ壁際へ行き、九番のロッカーの前で立ち止まって暗証番号を打ちこんだ。扉が開き、表に〝アラン・デュピュイ〟と書かれたマニラ封筒を取り出す。封筒にアラン・デュピュイのSIMカードと財布、腕時計を入れ、ロッカーに戻した。ラベルのない封筒から三つに分解されたノキアの携帯電話と鍵の束、腕時計と財布を取り出した。アレック・ド・パイヤンの人生が、一枚の封筒に収められているのだ。

小さなバスルームに入って顔を洗い、冷たい水を浴びてすっきりした。家族が待つ家に安心して帰るまえにしなければならない安全確認行程が、あとひとつ残っている。作戦を終了した工作員はこの行程を省きたいのだが、これがもっとも重要だということもわかっている。それは、オルレアンの郊外のセルコットにある対外治安総局の訓練施設で、実戦班とYセクションの研修生が教わる〝最後の要《かなめ》〟だった。悪者たちから家族を守る安全対策の最後の砦であり、細心の注意を払って正確に行なわなければならない。

メトロに乗り、ポケットからばらばらになったノキアの携帯電話とSIMカードを取り出して組み合わせた。画面が光り、一件のメッセージがあることを表示した。〝R〟からのメッセージで、夕食までに帰ってくるかどうか訊いていた。送られてきたのは、昨日だった。〝イエス〟と打ちこみ、車両を見まわした。それから雨のなかを傘をささずに歩いた――傘というのはあとを尾けるのに最適なのだ。あまりにも簡単に追えるので、傘だけを目印にする工作員も多い。ド・パイヤンは駐まっている車のフロント・シートが見えるよう、通りの左側を歩いた。何度もジグザグに歩きまわり、午後七時三十八分にアパートメントに着いた。

ド・パイヤンのアパートメントは、十九世紀に建てられた伝統的なパリの建物だった。正面入り口のセキュリティは厳重で、ドアのロックもしっかりしていて、地下に小さな駐車場がある。いつもの習慣から、入るまえに建物を一周して最後の確認をし、郵便受けをチェックしてから階段で三階へ上がった。部屋の外でドアに額を当てると、フランス最大の都市で食事どきに漂う特徴的な匂いがした。チュニジアやレバノン、インドネシア、タミル料理の匂いはわかったが、ウサギのシチューや蒸したムール貝の匂いはしない。自分がリラックスしてくるのを感じた。

大きく息をして鍵をまわし、素早くドアを入ってすぐに閉めた。やめることができない安全対策の癖だ。廊下の先でロミーの声がした。その楽しそうな口調から、電話で女友だちと話しているのだろうと思った。学生時代の友人のルネか、論文の指導者のマリーだろう。

廊下を曲がると、ロミーがコンロで何かをかき混ぜていた。小柄でセクシーな彼女を見るたびに心が躍る——ジーンズにTシャツというカジュアルな服装に、ブロンドの髪を手早く頭の上でまとめただけのいまの姿でさえだ。しかも、彼女はいつも二つのことを同時にしている。ド・パイヤンはロミーの頬にキスをした。彼女はにっこりし、もうすぐ電話を終えると合図した。ド・パイヤンはカウンターに鍵と携帯電話を放り投げ、冷蔵庫からリースリングの白ワインのボトルを取り出した。二つのグラスに注いでソファーへ行き、ため息をついてどさりと腰を下ろした。

ワインは美味しかった。テレビではニュースが流れているが音は消してある。いくつものことを同時に行なう妻の習慣だ。テレビの女性が記事を読み上げ、画面下には最新情報が流れている。〝フランスはイランとの新たな貿易協定を検討する——マクロン大統領〟

ロミーが電話を切り、ワインのグラスをもってきた。ソファーに膝をつき、ド・パイヤンの唇にキスをした。からだが離れると、彼女の緑色の目に笑みが広がっていた。

「二人ぶんの料理をしていたの――わたしたち、きっとテレパシーがあるのよ」親指でド・パイヤンの額を揉みながら言った。

ド・パイヤンはにっこりした。まだ戦闘機のパイロットをしていたころにはじめてデートをして以来、ちょっとした偶然や思いがけない出来事があるたびに心がつながっていると言っているのだ。

「大丈夫？」ロミーが訊いた。

「疲れているだけさ」何かが気になっていた。それが何かわかっているものの、深く考えたくなかった。とくにいまは。「子どもたちは？」

「休みが終わるのが待ちきれないみたい。オリヴァーはあと何日で学校がはじまるか数えているのよ。カレンダーにしるしを付けたりして」

ド・パイヤンはくすくす笑い、この楽しい雰囲気をつづけようとした。だが、できなかった。「電話の相手は？」

「新しい友だちよ。アナっていうの。オリヴァーの幼稚園で知り合ったお母さんよ」

ド・パイヤンは頷いた。「アナ？　いつ会ったんだい？」

「何度か公園や幼稚園で見かけたことがあったの」ロミーは神経を尖らせた。「夫婦でいっしょにお酒でも飲みましょうって、誘われたわ」

ド・パイヤンのこめかみが疼いた。「つまり、彼女も結婚しているってことか？」

「さあ」

「彼女の苗字は？」

「アレック！」ロミーのきれいな顔が曇った。

「向こうはきみの電話番号を知っているのに、彼女の苗字はわからないのか？」

ロミーが立ち上がった。「こんなことはしないって言ったわよね。約束したじゃない！ルールを決めるのはあなただけど、わたしの行動を何から何まで縛れるわけじゃないわ」

「どっちから話しかけたんだ？」いまや、徹底的に訊くつもりだった。

ロミーはグラスを手に取り、首を振りながらキッチンへ行った。「幼稚園なのよ。子どもたちが友だちになったの」

ロミーはワインを飲み、鍋をかき混ぜた。

ド・パイヤンは靴を脱ぎ捨て、テレビのリモコンに手を伸ばした。

「やめて」ロミーが言った。「お願い。テレビはそのままにしておいて」

リモコンを置いたド・パイヤンは、彼女に向きなおった。

「オリヴァーとチャールズが友だちだから、話すようになったの。どっちから話しかけたとかいうのはないと思うわ」

「チャールズだって？　フランス人なのか？」

「わからないわ。トルコ人かもしれない」

ド・パイヤンは眉を吊り上げた。

「わかったわよ。アラブ系に見えるけど、すごくフランス人ぽいわ。訛りもないし」

「家はどこ？」

「知らないわ」

ド・パイヤンは頷いた。「どうやって近づいてきた？」

ロミーは首を振った。

「おれのことは訊かれたか？」

「いいえ……わたしから話したかも」

「何を話した？」

「いまは仕事でいないって」

「軍事省の仕事だと？」表向きの姿として、軍事省で事務系の仕事をしていることになっているのだ。

「いいえ、それは言ってないわ、訊かれなかったから」

「車は見られた？」

ロミーはなんとか怒りを抑えようとしているようだった。「大事なことだっていうのはわかってるわ、アレック――わたしだって真剣に考えている。でも、少しは信頼してくれてもいいんじゃない？」

「それで？」

「車のそばでおしゃべりをしたかもしれない」

「彼女の車は？　ナンバープレートは？」

ロミーは首を振った。「見てないわ。車があるかどうかも知らない」

ド・パイヤンは笑みを作ろうとした。「もし悪いやつらが、フランスを裏切るよう脅してくるとすれば、きっとおれの家族を利用する。だから気になっただけさ」

つい口が滑ってしまった。ロミーの目を見てすぐに悟った。

「つまり、あなたはそうしてるってこと？　相手の家族を利用しているの？」

冷たい沈黙が降りた。それを破ったのは叫び声だった。

「パパ！」五歳の男の子の甲高い声が響いた。ド・パイヤンの目にバットマンのパジャマが映ったかと思うと、次の瞬間にはオリヴァーに飛びつかれていた。次男を腕に抱えてソファーで横に倒れたド・パイヤンはマイケル・ランバルディのことを思い浮かべ、彼の子どもたちはどうなるのだろうと考えた。

11

カンパニーの精神分析医は、ノワジーのバンカー内に自分のオフィスをもっていなかった。そこで、Yチームへの説明のためにCat本部や軍から専門家が呼ばれるまで使われることのない、上級管理官のオフィスのひとつを利用した。近代的なオフィスだが建物は古く、フランスの治安機関が置かれた苦しい現状を物語っていた。天井は高くて模様が入っているものの、調度品はイケアの二〇〇三年版のカタログで注文したようなものだった。天板がむき出しのデスク、小さな台車にのせられたオリベッティの電子タイプライター、固定電話、そして隅に置かれた金庫。スマートフォンもWi‐Fiもデータ・スイッチもなく、パソコンのスクリーンがつながっている先は内部システムだ。バンカーは〝ボーディング・ブリッジ〟のような施設なのだ。Eメールもインターネットもつながらず、たとえ内務部門の警備員の目を盗んで携帯電話をもちこめたとしても使えない。ハード・コピーさえ限られている——対外治安総局の施設から紙の書類をもち出すのはフランスの法律で禁じられているのだ。もち出せるのは部長か少将以上で、それでさえ特別な権限を与えられた者の同伴が義務付けられている。

ド・パイヤンはソファーに坐り、ドクタ・マルレーヌという名前しか知らない精神分析医が革製のバインダー・セットを整理するのを眺めていた。彼女は四十代後半でほっそりし、黒髪をボブカットにして真っ赤なリップスティックをつけている。おそらく神経質なタイプで、愛やセックスよりも地位や外見を気にするタイプだろう、ド・パイヤンは思った。彼女を利用するならお世辞を並べ立て、知性や趣味のよさを褒め称えるのがよさそうだ。

「では、アレック。アレックと呼んでもいいかしら？」

「もちろんです」そう言ってコーヒーが入った白いマグに手を伸ばした。そのマグには、フランスのラグビー・チームのエンブレムである金色の若い雄鶏が描かれている。

「いいマグね。ラグビーをするの？」

「学生時代に」

「学校はどこ？」

「ランスのサン・ジョセフ高校です」

「あなたのおじいさまが通っていた高校ね？」

ド・パイヤンはためらった。精神分析医たちはいつもこの事実を取り上げる。彼は十五歳のとき、父方の祖父が通っていたイエズス会の寄宿学校に黙って入学し、悪影響のある家庭環境から逃げ出した――自立心の強いイギリス人の母親と伝統を重んじるフランス人の父親のあいだで、喧嘩が絶えなかったのだ。

「はい、祖父が通っていた高校です。それと、いいえ、父は私がそこに入ることを知りませんでした」

ドクタ・マルレーヌはにっこりした。ほとんどのティーンエイジャーは意に反して寄宿学校へ送られ、自分から入学を希望したりはしない、というといつものコメントを聞かされるのをド・パイヤンは待っていた。だが、ドクタ・マルレーヌはそれに気づいたようだ。

彼女は話題を変えた。「これまでの任務で銃が関わったのは、どのくらい？」

「四回です」

「それはいつ？」メモ帳に走り書きをした。彼女の字が小さいことにド・パイヤンは気づいた。

「コソボで二回、チュニスとレバノンで一回ずつ」

「実際に発砲された？」

「二発――一発は私の拳銃から、もう一発は同僚の拳銃から。あとは銃を使って敵を脅したことと、九ミリ口径のベレッタをこめかみに突きつけられたことがあります」

彼女は笑みを浮かべた。「そのときは発砲されなかった、ということね？」

「ありがたいことに」

「荒っぽいことになったことは？　任務中に人が死ぬのを見たことはある？」

「空軍のパイロット時代には何度も目にしました。諜報機関に入ってからは、それほど見ていません」

ドクタ・マルレーヌは片方の眉を上げた。

「二日まえのシチリアの件ですね」ド・パイヤンは笑みをこらえた。セルコットでYセクションに加えられるときにされた質問のひとつに、子ネコを殺せるか、というのがあった。その後、実際に子ネコがいる部屋へ連れていかれたのだ！　いまさら暴力について訊かれても、意味がないように思えた。

「パレルモだったかしら？」

ド・パイヤンは彼女に視線を向けた。

「パレルモのことは聞いているわ。何があったのか話してもらえるかしら？」

「パレルモで、二人のこわもてが私と親しくなった人物を尾けていた。私がバーを出ようとすると、ひとりが近づいてきて拳銃に手を伸ばした」

「銃に手を伸ばすのを見たの？」

「男が背中に手をまわして銃を抜くのが、ガラス・ドアに映って見えました」

「それから？」

「相手をしようとして振り返ると、男の首に穴が開いていた」

二人は二秒ほど見つめ合った。

「穴ですって？」視線をそらして書きこんだ。「つまり……」

「その穴から血があふれ出していた。ペンや箸くらいの太さの穴です」

ドクタ・マルレーヌは頷いた。「ということは、近くにペンか箸をもった人がいたと？」

「男がいました」

「男？」

「ええ。バーにいた男です」

「あなたの知っている人？」

「はい」

「名前は？」

「言えません」

「言えないの、それとも言いたくないの？」

「両方です。名前は言えません」

「その男はギョーム？」

「名前を知っているなら、どうして訊くんですか？」

ドクタ・マルレーヌはバインダー・セットの上にペンを置き、目頭をつまんだ。「私はゲームをしに来たのではないわ、アレック。あなたを査定するために来たのよ」

「それで、査定の結果は？」

「こっちが聞きたいわ」

「男は私を撃つまえに首に穴を開けられた。別の結末になっていたかもしれないと考えると、よかったと思う」

「今回の相手、ターゲットについては？」

「准将ですね」

「ええ、その人よ。この一件で、その人はどうなったの？」

ド・パイヤンは肩をすくめた。「暗かったし、たぶん車に乗っていたと」

「それから？」

「後部ウィンドウの内側に血と肉片が飛び散った」

「それを見たあなたは……」

「准将は撃たれたと思った。おそらく頭を」

ドクタ・マルレーヌは背もたれに寄りかかった。「准将は死んで、あなたは殺されるところを見たとしましょう。どんな気持ち？　彼とは仲良くなっていたのよね、ちがうかしら？」

「彼は離婚して苦労していた。カネが必要だ、イタリアでは離婚すると男はとんでもない目に遭わされる、そう言っていた」

「それで、あなたはどうしたの？」

「カネをエサにできると思った。つけこむ材料はＭＩＣＥ（ネズミ）と呼ばれています――カネ《Money》、思想《Ideology》、強要《Coercion》、そして自尊心《Ego》。どれが有効か探り出すんです。彼の場合はカネだった」

「離婚のことは？」

「私はイタリアもそこまでひどくはないだろうと言ったんだが、男は裁判費用を全額払わされるうえに、子どもの養育費もかなりのものだ、彼はそう言っていた。二人の子どもと会うのにストレスを感じると」

「いまでも彼のことを考える？」

「ええ」この話題から話をそらしたかった。「子どもというのは人生の一部というわけではないけれど、でも考えてみれば、やはり一部なのかもしれない。私も家に帰って子どもたちと会うのを楽しみにしている。だが友人にする相手を選んだのは准将自身であって、私ではない」

「あなたは充分にやったと思う？」

「フランスのために？」

「いいえ、准将のために。後悔は？」

ド・パイヤンはことばに詰まった。スパイに後悔しているか本気で訊く人間がいるのか？　この職業は、後悔に対処できるかどうかがすべてなのだ。「彼が殺されたとすれば、それは仲間の手によるものだ。彼の友人を選んだのは私じゃない」そう繰り返した。

ドクタ・マルレーヌはその答えに満足したらしく、バインダー・セットをめくってうしろのファイルに目をやった。

「集中力は高いようね？」

「えっ？」話が変わって戸惑った。

「二十歳のときに、ミラージュ２０００戦闘機による戦闘訓練への参加を、空軍から認められているわね」

「大むかしの話です」

　彼女はつづけた。「戦闘機のパイロットというのは目の前のことだけに集中して、そのほかのことは締め出して見ないようにする」

「私も目を閉じていました」身震いするふりをして言った。「スピードやGがすごすぎて」

　一瞬、ドクタ・マルレーヌは笑みを浮かべた。「私が言いたいのは、いまの仕事でも目の前のこと以外は何もかも締め出している、ということよ」

「たぶん」

「でも、それは高くつく。わかっているんでしょう？」

「それは……」

「たいていの仕事には、背中を撃たれるなんていう危険はない。話がしたいなら、聞いてあげるわ。そういう話をするのは、ふつうのことよ」

　ド・パイヤンはにんまりした。「私を査定するんじゃなかったのか？　それが今度は、話をするだって？」

　話をそらそうとしているのは、自分の人格について話したくないからだ。彼が〝ジャットダウン〟と呼んでいるのは、学生時代から実践してきた精神状態――余計なこと、関係のないことを締め出し、目の前の課題に百十パーセント集中する能力のことだ。学校でいちばん筋骨隆々としているわけではないにもかかわらず、優れたラグビー選手になれたのは、そのおかげだった。ドクタ・マルレーヌの言うとおりだ。その能力があるからこそ、瞬く間に戦闘機のパイロットにまで登りつめることもできたのだ。何もかもその能力のおかげだが、その代償は極度の疲労、虚しさ、社会的孤立だった。ディジョン空軍基地からの出撃は、トータルしても四時間くらいかもしれない。対外治安総局の作戦は、一週間から一カ月つづくこともある。心理的負担は計り知れない。一週間眠りつづけたいと思うこともあれば、バーへ行ってとことん酔っ払いたいと思うこともある。ひとりきりで飲みたい気持ちもあるが、同時に仲間ともいっしょにいたかった。

どちらも願いつつ、そのどちらも嫌だった。

「よく眠れている？」ドクタ・マルレーヌが訊いた。

「片目を開けて寝ている」

今回は彼女も笑い声をあげた。「結婚生活は？　奥さんはあなたがしていることを受け入れている？」

「受け入れているからこそ、結婚しているんだ。こういう話が必要なのは、私よりも妻のほうだ。妻は誰とも話せないんだから」

ド・パイヤンは、このごたごたにロミーを巻きこんだことに自分でも驚いていた。精神分析医に結婚生活のことを正直に話すのは、めったにないことだった。ロミーが話せるのは夫が軍事省で働いているということだけで、詳しい話は禁じられている。ロミーには、悩みを打ち明けられる妻もガールフレンドもいない。カウンセラーに相談することもできないし、自分の夫について何ひとつ明かすことすら許されないのだ。

ドクタ・マルレーヌは頷いた。「パニックに襲われたことは？」

「ない」

「意識を失ったことは？」

「ない」

「怒りに駆られたり、攻撃的になったりしたことは？　これといった理由もなく」

「ない」

「渋滞で苛々したことは？」

「ここはパリだ、コペンハーゲンじゃない。パリの道路で平然としていられるのは、ドラッグをやっているやつくらいだ」

ドクタ・マルレーヌはバインダー・セットを閉じた。「最後の質問——毎晩、何時間くらい寝ている？」

「七時間四十五分」

「大丈夫そうね」彼女は立ち上がった。「疲れているけれど、問題はない。私の電話番号はカンパニーのシステムに入っているわ。話がしたくなったら、いつでも連絡を」

ド・パイヤンはドクタ・マルレーヌと握手をし、オフィスを出ていくのを見送った。眠れないことを正直に言うべきだっただろうか？　彼女なら、何かいい薬でももっているかもしれない。

12

ド・パイヤンは三杯目のコーヒーに口をつけ、Yセクションの兵器係のザックに差し出されたタッパーからマカロンを手に取って端をかじった。兵器係は誰もが変わった趣味をもっている。ザックの趣味は焼き菓子作りだった。ザックは元外国人部隊の兵士で、Yセクションの工作員に与えられる銃器やそのほかの機器が必要なときにちゃんと使えるように整備しておくのが仕事だ。ド・パイヤンは地下にあるザックの作業室で、彼が精巧な万力に固定されたサプレッサーに手を加えているのを見つめていた。

「ところで、ザック」怪我に悩まされるパリ・サンジェルマンFCや、マクロン大統領が打ち出した新たな燃料税の増税について話をしたあと、ド・パイヤンは訊いた。「内務部門のお偉方の護衛をしている、あのジムっていうタフガイのこと、何か知ってるか？」

ザックは万力から目を離してにやりとした。眼鏡をかけていると、いっそう若く見える。

「ジム・ヴァレーと会ったんだね？」

「ヴァレーっていうのか？」

ザックは頷いた。「元海兵隊の特殊部隊だったと思う。マヌリー部長のもとで、アフリカに派遣されてたって話だ」

ド・パイヤンはマカロンをもうひと口かじった。ビスケットの甘さでも、ガン・オイルの臭いはごまかせない。「いいやつなのか？」

ザックは含み笑いをした。「アギラール、あんたが言ったように——タフガイさ。敵にまわすより、味方にしておいたほうがいい」

ド・パイヤンはエレヴェータに乗って自分のオフィスへ戻り、椅子に腰を下ろした。特徴のないオフィスや隅に置かれた金庫、ガラス窓から見える木々に覆われたパリ東部の景色に目をやった。ミーティングまでは十一分ある。目を閉じて気持ちを落ち着けた。

「父が死んだの」女性の声がした。

わずかに驚いたド・パイヤンはまっすぐからだを起こした。ドアのところにマリー・ラフォンが立っていた。

「Yセクションの訓練で挫折したわけじゃないわ」腕を組み、ドア枠に寄りかかって言った。プリーツの入ったスカートに高そうなシルクのシャツという格好をしている。

「なるほど」ド・パイヤンはわれに返った。

「噂が出まわっているわよね？　〝青いネズミ〟に対応できなくなった私が橋の上で丸くなっているのを内務部門が見つけた、という」

「聞いたことがあるような気がする」

「父が脳卒中で倒れて、生命維持装置につながれていたの。私を除いて、家族はみんな生命維持装置をはずしたがっていた」

「それは知りませんでした」

まるで聞こえなかったかのように彼女はつづけた。「何日かパリから出たかったの。カンパニーには話すべきだったわ」

ド・パイヤンはなんと言えばいいかわからなかった。

「でも、どう言えというの？　〝ねえ、これから三日間、酒浸りになる。見苦しいことになるから、よそを向いていたほうがいいわよ〟とでも？」

ド・パイヤンは笑い声をあげ、椅子にもたれかかった。正気になるために酒を飲むなら、仲間ということだ。

「作戦について説明するわ」腕時計に目をやった。「いっしょに行く？」

ミーティングは少人数で行なわれた。作戦会議には、盗聴の心配がない部屋に二十人もの人が押しこめられるようなものもあるが、このミーティングに集まったのは五人だけだった。ブリフォー――スーツの上着を脱いでいる――とYセクションのサブチーフのマチュー・ギャラが、楕円形のテーブルの先端に並んで腰を下ろしている。ド・パイヤンの向かい側にはラフォンが坐り、その横には彼女の部下で大量破壊兵器拡散阻止部門のサブチーフを務めるジョゼフ・アッカーマンがいた。アッカーマンは陰気で面長な顔をしている――ゆえに〝カマキリ〟というニックネームで呼ばれていた。かつては大学で化学工学の講師をしていたことがあり、彼の専門知識は大量破壊兵器拡散阻止部門の作戦には欠かせないものだった。

ド・パイヤンの目の前に置かれたファイルの表紙には、〝アラムート〟というステッカーが貼られていた。それがこの作戦名というわけだ。ファイルを開くと一覧表があった――日付、承認番号、署名のほかに、いくつもの文字が並んでいる。それは、大量破壊兵器拡散阻止部門からのさらなる情報収集の要請にもとづき、情報部がアラムート作戦を指揮するということを示している。どの書類にも、対外治安総局の名前やロゴは載っていない。こういった文字や数字の意味を知らなければ、何を見ているのか見当もつかないだろう。ド・パイヤンは、CDM――作戦リーダー――のところに自分の工作担当官《OT》ナンバーが網掛けされているのに気づいた。網掛けされているということは、OTナンバーが対外治安総局における正式呼称であり、作戦中、および作戦に言及するときにはＯＴナンバーのみで呼ばれるということだ。一覧表には六人の呼称が並んでいた――この場にいないのは情報部の部長、クリストフ・スタートだけだった。

マリー・ラフォンが、アラムート作戦の目的はパキスタンのある施設の偵察および情報収集だと説明した。その建物の外側には〝パキスタン農薬会社〟と記されているが、西側の諜報機関のあいだではＭＥＲＣと呼ばれている。簡単に訳せば、物質・エネルギー研究センターということだ。

ラフォンがテーブルの上の天井から吊るされたプロジェクターのスイッチを入れると、照明が暗くなった。スクリーンにＭＥＲＣの航空写真が映し出された――本館を取り囲むようにして敷地内に十五棟の四角いコンクリートの建物が並んでいる。

「ロシア対外情報庁《SVR》がＭＥＲＣの敷地の素晴らしい写真を撮影しているわ」ラフォンが口を開き、ロシアの対外諜報機関の情報は筒抜けだということをジョークにした。「イスラマバードの南西のはずれ、市の中心部から十八キロ離れたところにある。付近にある郊外の町からサポートを受けていて、ＭＥＲＣの科学者や技術者たちもその町で暮らしているようなの」

ちがう角度から撮られた数枚の写真が映し出されたが、どれも鮮明ではなかった。一九九〇年代に建てられた建物の周囲には緑地が広がり、敷地はセキュリティ・フェンスで囲まれているうえにセキュリティ・ゲートまであった。

「パキスタンは一九九三年に化学兵器禁止条約に署名しているので、生物兵器の開発を禁じられているはずだけれど」ラフォンはつづけた。「細菌兵器開発プログラムは完成目前だと思われるわ、おそらくこの施設内で。表向きには、この施設の目的は農業研究ということになっているけど、それがメインだというのは疑わしい。まず第一に、そこで働く職員たちはセンターに人生を捧げているようなの」

「どういう意味だ？」ブリフォーが訊いた。

「職員たちは、何から何まで報告することが義務付けられているのよ。ほんのちょっとだけ出会った人のことから、なんの差し障りもない電話にいたるまで」

「まるで諜報機関の規則だ」ブリフォーが言った。「つまり、軍統合情報局の管理下にあると？」

ラフォンは頷いた。「職員の家庭や社会での生活は監視されていて、十五年間はパスポートを手放さなければならない。明らかに、軍統合情報局のやり方よ」

ド・パイヤンは一部の人たちの視線を感じながらも、ラフォンから目をそらさなかった。

ラフォンはつづけた。「現時点での情報によると、ＭＥＲＣで細菌性物質が開発されているということよ。ロシアの情報筋をとおした間接的な情報しかないけれど、それが正確なら、ここはイスラマバードの生物兵器開発施設ということになるわ。そこで、Yセクションの出番というわけよ」

ブリフォーとド・パイヤンは視線を交わした。

「MERCにアクセスする手段が必要なの。センター内の組織図、仕事や研究の流れ、現在のプロジェクトや資金源などが知りたい。兵器開発やターゲットの情報が手に入れば、それはボーナスといったところね。でもまずは、あそこには何があるのか、何を作ろうとしているのか、いまはどの段階なのか、そういったことを把握したい」

ブリフォーはテーブルに肘をつき、両手の指先を合わせた。タバコが吸いたいというはっきりしたサインだ。彼はド・パイヤンに目をやった。「三カ月で第一報を報告しろ」

「さっそく取りかかります」

「任せたぞ。とはいえ、相手はパキスタンだ。慎重に慎重を期すように、いいな？」

13

アラムートというのはペルシアの城だ。その城は、暗殺教団アサシンと呼ばれる中世の戦士たちによる秘密結社が、中東のイスラム教やキリスト教の支配者たちを攻撃するときの拠点にしていたところだ。政治的な暗殺活動を行なっていた一派にちなんで作戦名を付けるというのは、ド・パイヤンにとっては少しばかり短絡的に思えた。彼には気を配らなければならない些細なことがあれこれあるのだ。アラムート作戦のリーダーとして、ド・パイヤンは作戦計画を立てたり、ブリフォーから承認を得たり、必要なものをそろえたりといったことを任されていた。パキスタンでの最初の作戦は、MERCの構造や職員を機器を使って技術的に調査することだ——基本的にはCOMINT、つまり通信情報の調査で、これは〝接触〟せずに行なえる。この技術的な調査で充分な情報が得られれば、工作員を現場に派遣して現地調査をはじめ——MICEを使って利用できそうな気になる人物が見つかれば——ターゲットに接触しての調査に移行する。ド・パイヤンのような工作員がターゲットと接触し、親しくなり、巧みに操って寝返らせるのは、この段階だ。先の二つの調査環境が整うまでは、接触を試みることはない。接触は、ターゲットにとって不自然に思われてはならない――たった一週間でベストフレンドになるような相手は、友人ではないかもしれないのだから。

今回の任務は、人を利用するしかなかった。カンパニーは、職員のEメール・アドレスやIPアドレス、ネットワーク・シグネチャといった情報がなければMERCのコンピュータ・システムにアクセスできない。こういった手がかりになる情報を、対外治安総局は確認できなかった――これも、MERCが軍統合情報局によってコントロールされていると思われる理由のひとつだ。

ド・パイヤンのチームは、最低でもひとりはターゲットを見つけ出さなければならない。ターゲットは上級職員になるだろうが、現段階ではカンパニーは職員の名前すら把握していなかった。

ド・パイヤンは、そういったことをミーティング・ルームにいる三人に説明した。ガエル・ピー、ブラン・クレルク、ティエリー・シュケの三人だ。

この経験豊富な三人には基本的なことを説明するまでもないが、作戦会議の規定なので仕方がない。「MERC周辺で目立たない観察ポイントが必要だ。車やトラックを数えて、登録ナンバーを記録し、施設内でのランクを見極めて、カメラに収める」

「目星をつけている相手はいるのか？」ピーが訊いた。背中に十字軍のタトゥーを入れていることから、テンプラーと呼ばれている。「調査対象になりそうなやつは？」

「いない」ド・パイヤンは答えた。「ＭＥＲＣの敷地を出入りする車を記録して、最適な人物を絞りこむ。アクセスさせてくれる可能性がいちばん高そうな人物を」

ド・パイヤンは運をあてにはしたくなかったが、作戦チームを率いるのがテンプラーでラッキーだと思った。

「これはドローンから？」テンプラーがＭＥＲＣの航空写真に目をとおしながら言った。彼は長い会議用デスクでド・パイヤンの右隣に坐っている。上半身がひときわ大きく、薄手のスウェットシャツがはち切れそうだ。テンプラーはヨーロッパでも指折りのサポート専門の工作員で、厄介な脱出任務や実用的な偽装、強行突破や奇襲などのエキスパートだ。大都市の通りから誰かを連れ出し、安全な場所へ送り届けなければならないとすると、適任者はテンプラーだ。彼にできない唯一のことは、もっともらしい嘘をつくことだ。そのため、アプローチや心理操作を任されたことはない。この最初の任務でのサポート・チームはテンプラーだけだ。ほかの二人はＹ９――バンカーの技術スパイ・チーム――の技術者だ。

「ミーティングでは、ドローンによって撮影されたものかどうかという話はなかった」ド・パイヤンは、あと十二時間は寝られそうな気分だった。「誰かわかるか？」テンプラーからＹ９の主任のクレルクに目を向けた。クレルクは白髪頭の四十代の男で、カーゴパンツにスニーカー、ポロシャツという格好をしている。ばかばかしい冗談が好きな愛煙家だが、頭の回転が速く、何ごとにも慎重な男だった。チームにクレルクがいるのは、ド・パイヤンにとってはいつでも大歓迎だった。その横にいるのは、彼の同僚でジーンズにスウェットシャツ姿のティエリー・シュケだ。二十五歳のシュケは、大学生と言っても通用する――現に、トゥールーズにある工業大学で工学の博士号取得後にスカウトされたのだ。その若々しい外見とは裏腹に、彼は経験豊富な現場工作員であり、ヨーロッパ各国や中東で極秘の役割をこなしてきた。

　クレルクが、ＭＥＲＣに通じる大きな入場道路を写した写真をペンで指した。「センターへ向かうこの道路のどこかに、ＩＭＳＩキャッチャーを配置する。遠すぎず、近すぎないところに。気になる人物が乗っていそうな何台かの車から、電話番号を特定する。そして詳しく調べて絞りこんでいく。それでいいか？」ＩＭＳＩというのは国際携帯機器加入者識別情報のことで、国やセルラー・ネットワークによって携帯電話のネットワーク・ユーザーを識別できる。ＩＭＳＩはグローバル形式の国コード、ネットワーク・コード、通し番号に分けられている。その番号は固有のものであり、すべてＳＩＭカードに記録されている。

「そのなかで、ほかの連中よりも気になる人物がいればいいんだが」ド・パイヤンが言った。

テンプラーがつづけた。「それがうまくいけば、そいつらのあとを尾けて身元を確認して、それを足掛かりにする」

ド・パイヤンは頷いた。計画では〝スピナー〟を使って携帯電話の信号をスキャンし、そこからたどってその携帯電話の所有者や通話相手を突き止めることになっている。ＭＥＲＣの敷地内で妨害電波が使われているとすれば、あるいは機器の使用や通信が禁じられているとすれば、一日の仕事を終えた科学者や技術者たちが敷地を出たとたんに携帯電話に手を伸ばし、電源を入れる可能性が高い。アラムート・チームが調査対象になりそうな人物とその携帯電話を特定できれば、テンプラーが彼らを尾行して詳細を探り出す。

ド・パイヤンは、作戦の偵察段階は少人数のチームで二週間以内にやり遂げたいと思っていた。「パキスタンに入るのは、おれたち四人だけだ」

「車一台で？」クレルクが訊いた。

「そうだ」ド・パイヤンは二つ目の包みを開いた。「表向きは、美しいパキスタンでの映画のロケハンということになっている」

ド・パイヤンは包みから一枚の紙を抜き出した。その紙にはこの会議室にいるメンバーの名前と、アラムート作戦のために用意された彼らの身分が書かれていた。偽の身分の情報をひとつにまとめておくのは重要だ。作戦中に工作員が尋問を受けたり、身分証がチェックされたりした場合、カンパニーはそれぞれのしかるべき身分にもとづいて対応しなければならないのだ。

この会議室にいる四人全員が架空の身分とパスポートで旅をすることになる。パキスタンにいる理由や、生物兵器工場の疑いがある施設のまわりをうろついている理由を説明する、説得力のあるバックグラウンドも必要だ。彼らの身分の設定はＣａｔ本部の運用部によって用意され、アラムート・チームのメンバーひとりひとりがそれに合わせて役柄を作り上げなければならない。架空の人物になりきるというのは、ただ人生の詳細を覚えればいいというわけではない。偽りの身分を維持するためには、警察や諜報機関に呼び止められたり、ホテルの接客係やタクシー運転手に訊かれたりしたときのためのもっともらしい話も必要だ。新しい身分にはリンクトインやフェイスブックのアカウントも用意されている。とはいえ偽の身分を疑われないようにするために、工作員は使われていないアパートメントを見つけ、そこに手紙などが届くようにしたりもしなければならない。

そのリストに目をやったド・パイヤンは、どれもすでに利用している身分だということに気づいた。チームのメンバーはそれぞれの身分の体裁を整えておかなければならなそうだ。住所がいまだに存在し、そこに郵便物が送られていて、ソーシャル・メディアも更新されていることを確かめなければならない。ド・パイヤンが使う身分は、クレマン・ヴィニエだった。キャピタル・フィルムズという会社に勤めていることになっている。

テンプラーが、イスラマバードに行って〝街の戦術化〟をするのかどうか訊いた。つまり、現場の工作担当官が監視されているかどうか判断するために使う〝逢引きゲーム〟や〝迂回できない狭い道〟などを設定することだ。〝逢引きゲーム〟というのは一連の秘密の連絡手段で、それを使えばチームのメンバーは他人に気づかれることなく互いを〝見る〟ことができる。ハンド・サインや色の付いたステッカーのほかにも、緊急時に集まる場所や、密かに書類を受け渡す地点、デッド・ドロップに使う箱、示し合わせた時間なども含まれる。

ド・パイヤンは首を振った。彼はブリフォーと話し合い、四人のチームによる素早い偵察および機器を使った監視作戦がいいだろうという結論に達していた。見張られているかどうか確かめるために基本的なスパイ技術は使うものの、安全確認行程や〝回転ゲート〟は行なわない。フランス政府とは無関係の車も必要で、パキスタンにスピニング・マシンをもちこむときや車にのせて移動するときには充分に気をつけなければならない。パキスタンの秘密警察や軍統合情報局は、どちらもその活動において罪に問われることはない。パキスタンの諜報機関が自国内で勘ちがいからフランスの映画スタッフを拘束したとしても、法的にはなんの問題もないのだ。

ド・パイヤンは腕時計に目をやって立ち上がった。初回の打ち合わせはここまでだ。さらに数回のミーティングを経て、管理部――Ｃａｔ本部の事務担当――が最終的な予算と経費を出してくる。工作担当官がターゲットと接触していないときの生活費に含まれる食事代は、一食につきたった二十ユーロ以下だ。しかも、領収書が必要になる。それはなにかと問題になっていた。多くの場合、領収書を頼むと、ただでさえ厄介な状況がますます厄介になりかねないのだ。工作員たちのあいだでは、対外治安総局は雇用契約に高級スポーツカーのアストンマーティンを入れ忘れた、そんなジョークが流行っている。

チームが出ていき、ド・パイヤンは資料をまとめた。ドアのところでテンプラーが待っていた。

「シュレックに会ったか？」テンプラーが訊いた。

「いや、ファルコン作戦以来、会ってない」

「安全確認行程をやっているようだ」テンプラーは声を潜めた。「南から帰ったあとでも」

「ここで？」

テンプラーはド・パイヤンを見つめ、囁き声で言った。「サン・ドニで動けなくなって、安全確認行程を繰り返してるって話だ」

「シュレックは用心しているだけさ。国内治安総局《DGSI》であんな一件があったんだから」

二年まえ、国内治安総局——フランス国内の治安組織——の捜査官がパリの自宅に帰ると、ロシア連邦軍参謀本部情報総局《GRU》の工作員たちが彼の妻と娘を人質にしていたのだ。その出来事があってからというもの、ド・パイヤンやシュレック、テンプラーのような者たちは、あらためて気を引き締めなければならないと思うようになった——つねに最後の一歩を確認し、何があっても警戒を怠ってはならないと。

テンプラーは納得していないようだった。「今日の昼間になって、ようやく安全確認行程がうまくいったようだ」

「無事なのか？」

「無事だ。だが、おれたちみんな酒が必要だ、ちがうか《ノン》？　来るだろ？」

「携帯にメールしてくれ」ド・パイヤンは友人の大きなからだをまわりこみながら言った。

テンプラーと酒を飲むことになれば、赤ワインとジャックダニエルが欠かせない。とはいえ二日酔いになったとしても、それを上まわる見返りがある。命を預けられる人たちに囲まれてリラックスする必要があった。繭に包まれ、とことん酔っ払いたかった。

14

高速鉄道RERのポール・ロワイヤル駅で降りて通りに出ると、ジム・ヴァレーが待っていた。ポール・ロワイヤル駅は自宅のアパートメントから歩いて五ブロックのところにあり、それだけの距離があれば尾けられているかどうか見極められる。いま、ジムがそこにいた。元兵士はこれ見よがしに帽子をかぶった。〝ついてこい〟ということだ。いまは午後五時四十六分、美しいパリの夕暮れどきだった。ド・パイヤンは家へ帰りたかった。だがジムについていき、マロニエ並木の通りを歩いてグラン・エクスプロラトゥール庭園に入った。

ジムが天文台噴水を見下ろす無人のベンチに坐り、ド・パイヤンは彼の隣に腰を下ろした。二人ともタバコに手を伸ばす。

「それで、部長に報告することは?」ジムがタバコでパックを叩きながら言った。

「ない」ド・パイヤンはタバコに火をつけた。「友人は戻っていない」

「おれが聞いた話とはちがうな」ジムのがっしりした顔はアヴィエーター・サングラスで一部が隠れている。テンプラーが銃をもっているときに着るような、薄手の黒いウィンドブレーカーを着ていた。

「まだバンカーには戻ってきてない」ド・パイヤンは言った。

「ファルコンのことはなんと言っている？」

「わけがわからないといった感じだ。運用部が内部調査をしている」

「おまえが疑われているのか？」

ド・パイヤンは笑い声をあげた。「いや、ジム。おれは疑われてない」

ジムはタバコに火をつけ、二人の高校生が通り過ぎてからつづけた。「それで？」

ド・パイヤンは肩をすくめた。「仮説が三つある」

ジムが指で数えていった。「ひとつ目は、二重スパイがいる。二つ目は、たんにしくじった。三つ目は？」

「サイエフ・アルバールの作戦は、おれたちがはじめに考えていたよりも手の込んだものだということだ」

「それは二つ目に含まれる」

ド・パイヤンはジムを見つめた。「こういう作戦は、すべてがぴったりはまるジグソーパズルなんかじゃない、ジム。どちらかと言えば、スピニング・プレートみたいなものだ」

「戦争っていうのはクソみたいなもので、結局、最後は死ぬだけだ」ジムはウィンドブレーカーのポケットから安物の折りたたみ式携帯電話を取り出し、ド・パイヤンの方へ滑らせた。「使い捨てのやつだ。必要な番号はただひとつ、Qに登録されている」

ド・パイヤンは携帯電話を手に取り、ジーンズのポケットにしまった。「デッド・ドロップの場所は？」

「ブルトンヴィリエ通り一七〇」ド・パイヤンはその通りを知っていた。サン＝ルイ島にある通りだ。「中庭にその団地用の郵便受けがある。二〇一八の郵便受けを使え。鍵はない。隙間から指を差しこんで、掛け金を動かすだけだ。できそうか？」

「わかった」ド・パイヤンは苛立ちを抑えた。

「受け渡しは月曜か木曜の午前中。ベテューヌ河岸の角にある宣伝用ポスターに白いステッカーが貼ってあれば、準備ができたということだ。いいか？」

ド・パイヤンは頷いたものの、いまだにジムには目を向けていない。

「部長は進捗状況を聞きたがるだろうから、いつお友だちと話をするか教えてくれ」

「四十八時間以内だ」

ジムは何も言わずに立ち上がり、歩き去っていった。

ド・パイヤンのアパートメントは、ゼネラル・ルクレール通りから少し入ったところにある。モンパルナスのしゃれた地区だが、家賃はそこまで高くはない。リヴィング・ルームの大きな窓の外にはジュリエット・バルコニーがあり、街路樹よりも少し高いところに位置している。椅子を置けるほど広くはないが、ド・パイヤンは窓枠に坐ってバルコニーに足を出し、景色を眺めるのが好きだった。北側の樹冠の先には、モノリスのようなモンパルナス・タワーが見える。そのタワーは、映画『二〇〇一年宇宙の旅』の黒い石板に似ている。パリの環境ではかなり異彩を放っていて、ド・パイヤンには違和感があった。

「カラテ教室にパトリックを迎えに行ってくれない？」背後でキッチンからロミーが言った。ロミーは両親が街に来て卒業式に参列する話をしていたが、ド・パイヤンはほとんど聞いていなかった。彼はまずまずのボルドー・ワインをひと口飲み、タバコをもみ消して部屋の方へ向きなおった。ロミーは色あせたジーンズにタイトなタンクトップ姿だった。パリジェンヌには冬の女性と夏の女性がいる。ロミーはまちがいなく夏タイプだ。

「ついでに、バターも買ってきて」ロミーはド・パイヤンに腰をつかまれ、首にキスをされながら言った。計量カップはミルクでいっぱいだが、彼女は一滴もこぼさなかった。ド

・パイヤンはロミーの形のいいヒップからしばらく離れなかったものの振り払われ、パトリックの迎えに遅れないよう釘を刺された。

通りには人が多く、ド・パイヤンはブロックをまわって古い教会のホールへ行った。ジョン・センセイ――二十代後半の西アフリカ人――が十三人くらいの小学生を相手にしたカラテ教室を終えるところだった。子どもたちがセンセイにならってマットの上でストレッチをしている。パトリックはグループの奥の方にいた。そばにはサンドバッグやヘッドギアなどが積まれている。息子が自分に気づいたものの、師範に意識を集中しているのがド・パイヤンにはわかった。そのとき、ふと視線を感じた。ゆっくり振り向くと、アラブ系の女性と目が合った。四十歳くらいでヒジャブは身に着けておらず、パリジェンヌのような服装をしている。ほかの親たちといっしょにいたが、にっこりしてド・パイヤンの方へ歩いてきた。

「アレックでいいのかしら？」ド・パイヤンの前まで来た彼女が口を開いた。自信に満ちあふれ、ことば遣いも上品で、訛りもない。そのうえ、とても魅力的だった。「パトリックのお父さんですよね？」

「はい」ド・パイヤンは笑みを作った。

「チャールズの母親です。オリヴァーとは幼稚園の友だちで」

この男性は自分の子どもの日々の生活などまるで知らないだろう、そう思っている女性の口調だった。

「アナです」彼女はそう言って手を差し出した。

「はじめまして」ド・パイヤンは言い、握手を交わした。「チャールズもここに?」

「いいえ、ジョンのクラスは五歳からなんですけど、チャールズの五歳の誕生日は二カ月先なの。パトリックがこのクラスに通っているとロミーから聞いていたので、ちょっと見学してみようと」

「まだチャールズには会ったことがないと思いますが――苗字を聞けばわかるかも」

「ホムシです」アナは即答した。「チャールズ・ホムシです」

レバノン人のような名前だが、ド・パイヤンはそんなありきたりの受け答えを避けることにした。「シリアの方ですか?」

「驚いたわ!」完璧な真っ白い歯が輝いた。「よくわかりましたね、アレック。夫が聞いたら喜ぶわ」

子どもたちがストレッチを終えて親のところへ走ってくるころには、ド・パイヤンにはいろいろなことがわかった。彼女の夫はラフィという名で、パリの大企業で技術者をしているということ。そしてホムシ一家もモンパルナスに住んでいて、ド・パイヤンのアパートメントの少し北に家があるということだった。

その後、家族そろってデザートを食べているときも、まだアナのことを考えていた。

「さっき、チャールズのお母さんに会ったよ」ド・パイヤンが口を開いた。子どもたちはアイスクリームのボウルに夢中になっている。「五歳になったら、ジョン・センセイのところでカラテを習いたがってるらしい」

オリヴァーがびっくりした顔をした。「チャールズはテコンドーもやってるのに」

ド・パイヤンはロミーに睨まれているのを感じ、疑念を抑えこんだ。息子を問い詰めるようなまねはしない。

しばらくすると、ズボンのポケットで私用のノキアの携帯電話が振動し、目をやった。〝T〟からのメッセージで〝Sは喉が渇いた。二一〇〇にビッグ・ノーズで？〟とだけ書かれていた。

15

〈クロワ・ド・ロゼ〉は、パリのガイドブックに載っているような観光客向けのバーではない。右岸のマレ地区にあるが大通りからは離れていて、セーヌ川から南北に走る細い通り沿いにある――テラス席もなければ、カンパリを宣伝するかわいいパラソルもない。光っているクローネンブルグの看板の方へ石畳の通りを歩きながら、ド・パイヤンは歴代の王や皇帝たちがスラムを一掃するまえのパリの貧困地区を思い浮かべた。このあたりの通りには、数世紀のときを経て染みついた臭いや音があった。

午後九時一分、重々しいマホガニーのドアを開け、店内を見まわした――一七〇〇年代に造られてから二、三度しか改装されていないかのようなバーで、最後に改装されたのはおそらく一九七二年だろう。梁は低く、隅ではアコーディオン・プレイアーとギタリストのバンドが演奏し、薄暗い店内には丸テーブルが並んでいる。壁には額入りの写真が飾られている――カトリーヌ・ドヌーヴ、シャルル・ド・ゴール、ジャン＝リュック・ゴダール、アラン・プロストなどの白黒写真だ。ブランドもイメージももたないバーを彩る、多岐にわたるフランスのヒーローといったところだ。

「よう、アレック」〈クロワ〉の経営者でずんぐりしたオーストリア系フランス人のトマが声をかけてきた。七十代の彼は、あごひげや首筋のタトゥーによって取って代わられるまではパリのバーテンダーの制服だったフルエプロンをまとっている。かつてはザイールでフランスのために戦ったこともある。酔っ払い対策にカウンターの下に一本のスティール・パイプを置いているだけでなく、追い出された客が助っ人を連れて戻ってきた場合に備えて短く切ったショットガンまで用意してある。大きな顔が大きな鼻を支えているが、常連客たちはそのことを口にはしなかった。

「それを一杯」ド・パイヤンはクローネンブルグのレバーを指して言った。「それと、グレイグースをショットグラスで、トマ」

トマはカウンターにグラスを置いてグレイグースのウォッカを注ぎ、それからビールのハンドルに手を伸ばした。「同じものを」ド・パイヤンの左肩越しに声がした。

ド・パイヤンが振り返ると、シュレックが立っていた。

「おまえときたら、本当に足音をたてないやつだな」ド・パイヤンは友人と握手をし、背中に腕をまわして叩いた。「まったく、そのうちびっくりして心臓発作になっちまうぞ」

「三つってことか？」トマがシュレックの向こうにあごをしゃくって訊いた。二人が顔を向けると、テンプラーがウィンドブレーカーを脱ぎ、いつものテーブル席に腰を下ろしているところだった——正面ドアの近くだが、トイレのある通路が見えるテーブルだ。

「ビールを三つにウォッカを二つ、それとジャックダニエルをひとつ」ド・パイヤンが言った。

トマが含み笑いを洩らし、二本の折れた歯をのぞかせた。「今夜は本格的に飲むってわけか？」

「ロケットとルナンがいなくてよかったな」シュレックもくすくす笑った。

三人は席に着き、テンプル騎士団の紋章が入ったコインをテーブルに投げた。コインがテーブルにあるかぎり、そのあいだの会話は決して他人に洩らしてはならない。ド・パイヤンがグラスを掲げて言った。「〝祖国への奉仕により、彼は勝利せり〟」ほかの二人もそのモットーを繰り返し、三人は酒に口をつけた。そのことばは、一九四〇年にロンドンの自由フランスによって創設された解放勲章の裏に刻まれているものだ。秘密組織として結成された自由フランスは、もっとも有名な秘密組織、テンプル騎士団の影響を強く受けている。自由フランスのリーダー——シャルル・ド・ゴール——は総長と呼ばれた。いまのド・パイヤンは、対外治安総局に忠誠を誓った工作員だ。この秘密組織への誓いもまた、裏切ることはできないものだった。

三人はあれこれ話をした。テンプラーが大雑把だが素直に人のよさを認めるのに対し、シュレックは冷静かつ理性的に観察する。テンプラーが元気いっぱいないっぽうで、シュレックは自分の殻から出てきてジョークやコメントを言うと、また殻に引きこもってしまう。ひとりは大学から、もうひとりは空挺部隊から引き抜かれたのだ。とはいえ、二人ともその働きぶりは抜きん出ていた。シュレックは相手が誰だろうと心を読み、思いどおりに動かすことができる。しかもカンフーと剣術の達人ということもあり、その小柄なからだで筋肉のかたまりのような男たちを油断させて返り討ちにする。テンプラーは十人がかりでもかなわないような男で、実際にそう見える。まるでサイボーグといった感じだ。そのうえ、いっしょに酒を飲むと大変なことになる。

「向こうで何があったんだ?」二杯目のビールが半分ほど減ったころに、テンプラーが訊いた。三人ともファルコン作戦について聴取を受け、報告書も書いたが、正式な見解――それぞれの話をまとめたもの――はフレジェのオフィスが出すことになっている。

ド・パイヤンはまわりに目をやり、地元の人しかいないことを確かめた。「途中までは作戦どおりだったんだが、酒を飲みに行くときに、准将がいまパスポートを欲しいと言いだしたんだ」

「どうして？」シュレックが声を潜めて訊いた。

「ムラドが町に来ていて、パスポートに三百万ユーロ払うと言うんだ」

テンプラーが小さく口笛を吹いた。

「まさか」シュレックは首を振った。「ムラドって、サイエフ・アルバールのリーダーの？」

ド・パイヤンが頷くと、友人たちは身を乗り出した。「リスクはあるが、やつをこの目で確かめられるチャンスだと思った」

「そりゃそうだ」テンプラーはド・パイヤンに目を向けたままジャックダニエルを飲んだ。「それで、どいつがムラドだった？」

「シュレック、フェリーのなかで、准将が最後にトイレへ行ったときのことを覚えているか？」

「おまえはカーペットにビールをこぼしていたな」

「そう、そのときだ。おまえの位置からトイレが見えたかどうかわからないが、准将が出てきたとき、トイレのドアのところに背の高い男がいた——身なりがよくて、たぶんパキスタン人だ」

「おれからは見えなかった。接触があったのか？」

「断言はできない」早合点したくなかったのでそう答えた。諜報の世界において最初に学ぶことのひとつに、ものごとを自分の思いたいようにではなく、ありのままにとらえる、というのがある。数杯のビールを飲んだからといって、その教えを破るつもりはなかった。

「ことばを交わしたかもしれないが、背の高いパキスタン人がおれを見たのは一瞬だけだった」

「なんてことだ」シュレックは椅子にもたれかかり、額にかかった茶色の髪を払った。

「ひょっとして、カリアリから尾けられていたのか？」

「クソッ」テンプラーが悪態をついた。もしそうなら、気づけなかった自分の責任だからだ。「そんなはずはない」

「そう早まるな」ド・パイヤンが言った。「ところで、どうして作戦を中止したんだ？」

「バーの裏にいたジェロームが、二台のメルセデスが入ってくるのを見たんだ」テンプラーが答えた。「穏やかそうではなかったらしい」

「二台だって？」ド・パイヤンが訊いた。

「そう言っていた。いかにもプロといった感じで、銃ももっていた。待ち伏せしているようだったと」

ド・パイヤンは首を縦に振った。「おれには一台しか目に入らなかった」

シュレックが言った。「おれが見たのも一台だけだ」

「准将が乗った車か？」テンプラーが訊いた。

ド・パイヤンは頷いて酒を飲んだ。

テンプラーは動揺しているようだった。「准将と、フェリーのトイレの外にいたっていう男のことを聞かせてくれ」

「たまたまフェリーでチャンスがあったのかもしれない」ド・パイヤンは言った。「やつらはそのチャンスを見つけて利用した」

「チャンスだって？」テンプラーが繰り返した。「パスポートのことか？」

ド・パイヤンは頷いた。

「だが、ムラドがトイレの外にいたなら――」

「あれがムラドかどうかはわからない」ド・パイヤンは釘を刺した。

「それなら、そいつはどうしておまえがパスポートをもっていることを？」テンプラーはつづけた。「言っていなかったんだろ、ちがうか？」

「准将にパスポートのことを話したのはいつだ？」シュレックが訊いた。

「トイレに行く直前だ」ド・パイヤンはゆっくり答えた。

「つまり？」シュレックはド・パイヤンからテンプラーに視線を移した。「ムラドは准将と接触するまえからパスポートのことを知っていた。ムラドはトイレのドアのところへ行ってことばを交わし、指示を与えた」

「その指示というのは〝パスポートを手に入れろ、パレルモに着いたら取りに行く〟」テンプラーは歪んだ笑みを浮かべた。「だが、それでは答えになってない――どうやってムラドはパスポートのことを知ったんだ？」

ド・パイヤンは囁くような声で言った。「おれたちなら、どうやる？」

言わなくても、答えは明らかだった――サイエフ・アルバールはマイケル・ランバルディに通信器を付けていた。三人の工作員は、すでに次の疑問に移っていた。対外治安総局に備えてサイエフ・アルバールとムラドが仲介役に通信器を付けていたとすれば、誰を相手にしているかはっきり認識していたということになる。しかも三人の考えが正しければ、テロリストは〈バー・ルカ〉の裏でランバルディともどもド・パイヤンも撃ち殺すつもりだったのだ。計画を立て、プロとして行動し、標的を定め、確かな情報ももっている。サイエフ・アルバールはこちらの内情に通じている。

カウンターの奥にはビールの宣伝用の鏡があり、サン＝シルヴェストル醸造所の風車の絵が刻まれている。だがその鏡はあまりにも古くてくたびれているため、その醸造所のことを知らなければ何を宣伝しているのかわからないだろう。ド・パイヤンはお代わりを注文してその鏡を見つめ、ウイスキーのボトルの奥のひび割れた鏡に映る自分の姿をはっきり見ようと目を細めた。自分を見返しているのは、ある男のパッチワークだった。一部は夫で、一部は父親、そしてどこを取ってもスパイだ。ロミーやパトリック、オリヴァーのそばにいたいとはいえ、彼の仕事を非難しない人たちといっしょにいる必要もあった。彼の命を守ってくれる人たちに囲まれて緊張をほぐさなければならない。そのせいで結婚生活がゆっくりと終わりに向かっているかもしれないが、サメが泳ぎつづけなければ死んでしまうように、彼も自分のチーム――仲間――とともに過ごさなければどうにかなってしまうだろう。しかも、シュレックと自分がマヌリーと内務部門の件にどう対処するか考えなければならなかった。友人をスパイするつもりなどない。彼はシチリアで命を救ってくれたのだ。とはいうものの、どういうわけかシュレックは何かを隠しているらしく、ド・パイヤンは悶々としていた。

彼は酒をのせたトレイをもって店内の方へ向きなおった。ギターを手にした中年の女性がマイクで何か言ってにっこりすると、バーの奥にいる酔っ払いが歓声をあげた。アコーディオン・プレイアーが〝イデ・ノワール〟のオープニングを弾きだした。ベルナール・ラヴィリエの有名な曲で、人生や妻から逃げたがっているふさぎこんだ男のことを歌ったものだ。その女性の歌声に合わせて、バーの客たちも酔った勢いで歌いだした。テンプラーは椅子の上でからだをうしろへ反らし、目を閉じて歌いながら、指揮者のように手を振っている。

テンプラーは、フレンチ・アコーディオンとアメリカン・ウイスキーに酔いしれていた。そのときふと、ド・パイヤンはシュレックのあの催眠術師のような目で見つめられていることに気づいた。

「大丈夫か？」シュレックが訊いた。「疲れているようだが」

「酔ってるだけさ――そう言いたいのか？」

「ちがう。疲れ切っていて不安そうに見えるってことだ」シュレックは鋭い目を向けた。

「クソッ」ド・パイヤンは椅子にもたれかかり、顔をなで下ろした。「マヌリー部長が来た」

「内務部門の？」

「ああ。おれがイギリス秘密情報部のマイク・モランといっしょにいる写真を見せつけられた」

「なんてことだ。それで？」

「ＣＲＥを出さなかったんだ」ＣＲＥというのは、〝誰と会ったか報告する申告書〟のことだ。「その写真をどうするつもりかはわからない。あいつは薄汚いゲス野郎だ」

「ああ、そうだな。マイクとは、二カ月くらいまえにトゥイッケナムで会った」

「マイクを知っているのか？」二人が知り合いだとは思ってもいなかった。

「もちろんだ。わかるだろ」

「ああ」ド・パイヤンは、スパイ同士で酒を飲むのがどんなに油断のならないことか思い出した。「よくわかってる」

16

ド・パイヤンはコーヒーと温められた菓子パンの香りで目が覚め、強烈な二日酔いに襲われながらベッド脇の時計に目をやった。六時二十四分。時計付きラジオの上には結婚指輪が置かれている。ロミーと彼のシンボルだ。対外治安総局の工作員は結婚指輪をしない。はずしたときに跡が残るので、〝独身〟という設定を台無しにしかねないからだ。

うめき声をあげて仰向けに寝転がると、ベッドにロミーがいないことに気づいた。この半年間、彼女は午前五時に起き、子どもたちの世話をするまえに論文を書いていた。だが論文が仕上がって提出したいまでも、早起きが習慣になってしまったようだ。

ド・パイヤンはカーテンの隙間から射しこむ陽射しに顔をしかめ、昨夜は何時ごろ帰ってきたのだろうかと考えた。三時間も寝ていないにちがいない。

熱いシャワーを頭に浴びてすっきりした。ひげを剃ってからキッチンへ行って妻にキスをすると、大きなマグに入ったブラックコーヒーを手渡された。短めのネグリジェをとおして彼女のからだが透けて見える。長々とキスをしながら、子どもたちが起きてくるまえにベッドへ戻れないだろうかと思った。ロミーのふっくらしたヒップに手を伸ばしたが、彼女は応えようとはしなかった。

「頭はどう?」ロミーが訊いた。鎮痛剤のアドビルを二錠と水の入ったグラスを手にしている。

ド・パイヤンは鎮痛剤を受け取り、キッチン・カウンターに寄りかかって大きな窓からパリ南部に目をやった。いい天気になりそうだ。気温も二十五、六度まで上がるだろう。

ロミーは温めたパン・オ・ショコラをのせた皿を彼の方へ滑らせた。「アドビルを飲むまえに食べて。それと、ミルクがもうないの」

ド・パイヤンはパンを頬張りながらコート掛けのところへ行き、ウィンドブレーカーをつかんだ。

「二分で戻る」大声で言って出ていった。

玄関ポーチでいつもの行動を行なった。出かけるまえに正面のガラス・ドアから外の様子をうかがい、〝潜水艦〟——監視に使用されるヴァンや車——や何をするでもなくぶらぶらしている歩行者といった、いつもとちがうものがないかどうか確かめるのだ。もし視線をそらす者がいれば、まずは靴に目を向ける。靴というのは、尾行中に替えられないたったひとつのものなのだ。ド・パイヤンはつねに尾行役――他人を見張るプロ――に気をつけていた。

近くの食料品店でミルクを買い、アパートメントへ戻った。コーヒーをもう一杯飲み、ロミーが新しく用意してくれたパン・オ・ショコラを食べた。ロミーは愛想はいいものの、どこかうわの空といった感じもした。ド・パイヤンはその態度を受け入れていた。自分も同じような態度を取るからだ。ロミーの心のなかでは、卒業式が終わって両親とディナーをともにするまで、博士課程は修了していないのだ。それが終わるまで、ロミーは気もそぞろだろう。

「今日はちょっと用事がある――すぐに出かけるつもりだ」ド・パイヤンは地味なオメガの腕時計に目をやった。結婚一周年にロミーから高価なミリタリー・ウォッチをプレゼントされたのだが、それはベッド脇の引き出しにほぼずっとしまってある。ピカピカのミリタリー・ウォッチというのは、彼の仕事では目立ちすぎるのだ。

「親が来るのは明日よ」ロミーが念を押した。「でも、卒業式は次の土曜日、わかってるわよね？」

ド・パイヤンは頷いた。沈黙が一秒ほど長すぎた。

「式がはじまるのは六時で、八時半に〈ラ・ボエーム〉の店を予約してあるわ」ロミーはド・パイヤンの目を見て言った。

「わかった」ド・パイヤンは立ったまま残りのコーヒーを飲み干した。「すごく楽しみだよ」

「来るのよね？」

ロミーがふざけているわけではないことに気づいた。心配しているのだ。彼女を抱きしめて髪に鼻をすり寄せ、耳元で囁いた。「何があっても行く。本当に誇らしく思うよ」


また通りに出たときには七時二十一分になっていた。パリも活動をはじめる時間だ。並列駐車した配達用のヴァンから西アフリカのラップが響き渡り、運転手が荷物をもって建物の玄関ポーチへ走っていく。マウンテンバイクで通勤している人たちが車の運転手たちに怒鳴り声をあげ、何百人もの歩行者が広い歩道を行き来している。通りに危険はなさそうだ。混雑したメトロに乗って南の乗継駅へ行き、オデオン駅の方へ曲がる北行きの列車に乗り換えた。それから東行きのバスに乗ってノワジーのバス停で降り、安全確認行程をしてから脇道に入った。そこにバンカーへの秘密の通用口があるのだ。気が張り詰め、少しばかり疑心暗鬼になっていたが、二日酔いのせいにした。諜報機関から些細な情報が洩れただけで、誰もが不安になる。とりわけその影響を受けるのは現場工作員だ。パレルモでの問題が引っかかっていた。拷問されたあげくに殺されたアミン・シャルワズの件のかたがついていないだけでなく、そのパキスタン人技術者のことがどうやって軍統合情報局にばれたのかわからないのでなおさらだった。ド・パイヤンは、自分が本当はどれほど心配しているかロミーに打ち明けるべきだろうかと考えることもあるが、そのたびに思いとどまった。子どもたちの母親であるロミーに何もかも明かせば、彼女は結婚生活に終止符を打つだろう。

17

試作品を入れたガラス瓶はポリスチレンのキャニスターに密閉され、そのキャニスターもステンレス鋼でできた五つのカプセルのなかでしっかり固定されている。そのカプセルは土木作業員がもっているような魔法瓶に似ていて、ネジ式の蓋には小さなダイアル・ロックが付いている。

「それでは決まりかな？」ドクタがデスクの向かい側に坐る男に言った。「観察できる程度の住人が暮らす、田舎の小さな集落ということで？」

「いくつか候補地がある」男は言い、ドクタに渡した書類にあごをしゃくった。「シミタール作戦は話し合ったとおりに行ない、証拠写真を渡す」

「それと、糞便サンプルと検査用の綿棒も」ドクタは言ったが、念を押すのが少しばかり早すぎた。

ドクタは、目の前でくつろぐこの男が気に入らなかった。男は長身で身なりがよく、まるで映画スターやセールスマンのように洗練されすぎている。パキスタン人だというのは好感がもてるものの、大佐から押し付けられた、軍統合情報局と契約したコントラクターだった。それゆえ、コードネームで呼ばれている——ムラドだ。ドクタはその名前以外は何も知らなかった。とはいえ施設の地下にあるこの部屋にいるということは、機密情報を扱う許可を与えられているということだ。つまり、それなりの高い地位にいることをほのめかしている。ムラドが軍統合情報局に代わってアルカイダの下部組織を率い、そのおかげで諜報機関は北アフリカに影響力をおよぼしてコントロールしている、そんな噂を耳にしたことがある。仮にそうだとしても、ドクタは驚かなかった——軍統合情報局はアフガニスタンや北パキスタンでタリバンを操り、パキスタン政府の手が届かないような広範囲のエリアを支配するための道具として利用しているのだ。

ドクタが手掛ける非公式の研究で不都合なのは、外の世界とのありとあらゆるつながりが、幽霊のような大佐にコントロールされた軍統合情報局の秘密のオフィスによって管理されている、ということだった。三年まえ、MERCの前責任者が北朝鮮に秘密を売っていたことが発覚し、大佐が直々にMERCの研究プロジェクトを引き継ぐことになった。かつて大佐の監督下の極秘プログラムで不祥事があったとはいえ、いまやラーワルピンディーにあるヌル・カーン空軍基地のミサイル開発プログラムだけでなく、MERCの管理も任されていた。大佐は科学に関してはまるで素人ではあるものの、少なくとも責任者としては優秀だった。だが隠れて暮らすということは、ムラドのような者に頼らざるを得ないということだ。ムラドは有能かもしれないが、彼を動かしているのがカネだということは明らかだった。

「これがうまくいけば」ドクタはつづけた。「もちろんうまくいくのはわかっているが、合意したスケジュールどおり、シミタール作戦は最終段階に入ることになる。何か問題は？」

「まったくない」ムラドが言った。

「シチリアの一件については？　私たちと関係があるのか？」

「対処ずみだ」

「対処ずみ？」ドクタは繰り返し、彼の横柄な態度にむっとした。「どういう意味だ？」

「パレルモにフランスの諜報機関が来ていた」ムラドは真っ白に輝く歯を見せた。「だが、やつらが追っていたのはパスポートの密売だけだ。気づかれてはいない」

ドクタは大きく息をした。いまから二年ほどまえ、ちょっとした問題が起こった。部下の科学者の夫が、背信行為に手を染めたのだ。とはいえ、彼女の件はかたがついている。いまはこの男、ムラドを信用するほかない……とりあえずは。スポンサーは気まぐれなことで有名なあの大佐だ。ムラドが役目を果たしたあとでどうなるかなど、誰にもわからない。

「このガラス瓶とその安全な取扱い方法については話したはずだ」ドクタはキャニスターを指差した。「私が送った安全手順のヴィデオは、おまえのチームに見せただろうな？　これを扱うときには、万全の対策が必要だ。どんなことがあっても」

ドクタのプロジェクト・チームは、ガラス瓶にかぶせる紙のキャップを開発していた。そのキャップは、水に浸けると三十五分ほどしてから溶けはじめるようになっている。つまりこぼれる危険はほとんどないのだが、ドクタは不器用な兵士がへまをしでかして感染し、作戦が面倒なことになるという事態は避けたかった。

ムラドがキャニスターをもって出ていくと、ドクタはオフィスと研究室を隔てる厳重なエアロックに入った。暗証番号を打ちこみ、手のひら認識生体認証装置に手をかざした。これにより、ドクタはパキスタンでもっとも極秘の施設に入ることができるのだ。

とたんに臭いが鼻を突いた。そこには専用の換気装置があるとはいえ、それでも嘔吐物や排泄物の臭いは強烈だった。部屋は暗く、ぼんやりした赤い電球でほのかに照らされ、内側の構造がかすかに浮かび上がっている。タイマーで午後九時にメイン・ライトが消えるようになっているため、静まり返っていた。ドクタは入り口の階段のいちばん上に腰を下ろし、カーディガンからタバコのパックを取り出してタバコに火をつけた。パキスタン農薬会社の敷地内は禁煙だが、このエリアには独自の換気装置が備え付けられているので、警備室で煙探知機が鳴ることはない。

彼は自分の研究の実証実験が許可されて不安を感じていたが、興奮もしていた。たとえ大佐と軍統合情報局の判断により、実験に立ち会えないとしてもだ。幼かった彼が傑出した科学者になるまでの道のりは長かった。彼の発見は、アイザック・ニュートンやロバート・オッペンハイマーの発見に勝るとも劣らない。だがほかの科学者たちから称えられることも、国連で敬意を表されることもない。とはいえひとたび放たれれば、彼の発見はかつて自分の家族が受けた許しがたい所業に対して正義の鉄槌を下すだけではない——世界に名だたる大国のひとつにして、西洋文化の礎《いしずえ》とも言える国をひざまずかせることになるのだ。

18

「どちらにせよリスクがある」ブリフォーはポケットナイフで朝食のリンゴを切りながら言った。目の前に置かれているのは、アラムート作戦のためにド・パイヤンが考えた作戦計画書だ。作戦というのは情報部から説明を受け、ドミニク・ブリフォーのようなそれぞれの部署の長によって承認される。だが、具体的な計画を立てるのは作戦リーダーなのだ。「計画をシンプルにまとめているのは気に入った」ブリフォーはつづけた。「一チームだけで、車も一台。だが、気づかれやすくなるんじゃないか？」

計画は次のようなものだった。アラムート・チームはＭＥＲＣのおもな出勤時間と退勤時間を調べ、センターから通じる道の突き当たりにあるガソリンスタンド、もしくはその交差点の北の商店街にあるカフェを拠点にする。朝はイスラマバードで表向きの活動をするまえに二時間そこで待機し、職員が帰宅する時間帯に入場道路へ戻って二時間ほど目を光らせる。ＭＥＲＣを出入りする車は必ず目の前を通ることになる。何度も見かけ、しかも大物が乗っていそうな車があればその車のあとを尾け、スピニング・マシンを使って電話番号を特定する。さらに自宅を突き止め、その車を利用している人物の写真を撮る。

昨夜のジャックダニエルのせいで、ド・パイヤンのこめかみはいまだにずきずきしていた。シュレックとド・パイヤンだけならウォッカにするのだが、テンプラーはいつもアメリカン・ウイスキーを飲みたがる。「フルメンバーのサポート・チームは必要ありません、目を引くだけですから。こちらのカモフラージュだけで充分だと思います」

ブリフォーは顔をしかめた。「パレルモで無事だったのは、サポート・チームのおかげだぞ」

ブリフォーの言っていることもわかるが、それでもド・パイヤンはこの計画に自信があった。「複数のチームであたるより、目立たないようにしつつも少しは目につくほうがいいかと。映画会社のカモフラージュでいけると思います」

「パキスタンでロケハンか？　警察はだませるかもしれないが、軍統合情報局は？」

ド・パイヤンは頷いた。「うまく話を合わせます。手も込んでいるし、脚本だって用意してあるんです」

「どれも軽めの身分だ」ブリフォーはド・パイヤンから見せられた計画書の一ページを指で突いた。軽めの身分というのは、その偽名なら税関や出入国管理事務所を通過できるし、その映画会社の事務所におざなりな調査の電話がかかってきたとしても対応できるという ことだ。だが、その名義の銀行口座もクレジットカードもない。旅では現金を使うことになる。「それと、車も必要だ」ブリフォーは指摘した。

「イスラマバードには特別担当員がいます――彼女なら、現金で車をレンタルできるようハーツ・レンタカーに手をまわしてくれるはずです」

特別担当員というのは海外に住むフランス人で、その職業や社会的な影響力を利用して自ら対外治安総局に協力してくれる人たちのことだ。それでも、まだボスが気を揉んでいるのがド・パイヤンにはわかった。「次の日曜日に飛べ。それなら偵察に五日間使える。終わったら、さっさと戻ってこい」

「現地に着いてこの目で確かめれば、いろいろ状況がつかめます。ですが、一瞬たりとも気を抜かないようにして、慎重に慎重を期します」ド・パイヤンは請け合った。

「それと、迅速にな」ブリフォーはリンゴのスライスを口に入れながら言った。「慎重、かつ迅速に」

ブリフォーとのミーティングが終わると、ド・パイヤンは作戦チームの準備の状況を把握しにバンカーの地下へ向かった。作業室のひとつで、ティエリーとブランがノートパソコンを囲んでいた。

ブランが立ち上がった。「この新しいスピナーを見たか、ボス?」

ド・パイヤンは、十五インチの画面が付いたシルヴァーの東芝のノートパソコンを見下ろした。とくに変わったところは見当たらない。

「これが?」

「そうだ」ブランはクリスマス・プレゼントを手にした子どものような笑みを浮かべている。「アンテナが内蔵されていて、複数の携帯電話の信号をキャッチできる。国際携帯機器加入者識別情報《IMSI》や国際移動体装置識別番号《IMEI》を特定できるうえに、ふつうのパソコンとしても使える。見せてやれ、ティエリー」

ティエリーの手がキーボードの上を飛びまわり、画面が開いて通常のデスクトップのフォーマットが現われた。横にアプリケーション、右側にフォルダが表示されている。壁紙にはキャピタル・フィルムズというロゴが描かれている。

「ロケ地を見てみよう」ブランが言い、ティエリーは『許しの泉』という名前のフォルダを開いた――彼らの架空の映画のタイトルだ。フォルダには映画の概要や脚本、〝プロダクション・ノート〟という資料が入っていた。プロダクション・ノートには二十八のサブ・フォルダがあり、それぞれシーンごとにラベルが付けられている。

「フォルダをひとつ開いてみてくれ」ブランが言った。

ド・パイヤンは手を伸ばし、〝シーン22〟というフォルダをクリックした。〝22、野外――イスラマバードの郊外――日中〟というタイトルが表示された。その下にはストック写真や街の地図などがあり、いくつかの特定の建物に重点が置かれている。

「車にはカメラマンを二人乗せて、こういったフォルダに入れる写真を撮らせることにしよう」ブランは横のデスクに置かれたキヤノンのデジタル一眼レフカメラを指した。

「いいだろう」ド・パイヤンは、詳細にまでこだわっていることが気に入った。警察や諜報機関――あるいはただのホテルの支配人――に何をしているのか、どこへ行くのか訊かれたとき、いちばんまずいのはためらうことだ。別の人物を演じている工作員は、どんなときでももっともらしい説明ができなければならない。しかも即座に。というのも、他人の心を読むのがとりわけうまいのは、人間だからだ――一瞬ためらったり、左に目をそらしたり、あるいはただ〝ええと〟と言ったりするだけで、何かも台無しになりかねない。そこで、どんな作戦もそれぞれに見合った準備からはじめなければならないのだ。

「あと、こういうのもある」ブランは一冊のフォルダを開き、ド・パイヤンに中身を見せた――それは『許しの泉』のくたびれた脚本だった。薄いブルーのカバーが付けられ、二つの穴にはめられた真鍮の金具で綴じられている。ド・パイヤンはそれを手に取った。ダヴィド・ケラーという脚本家の名前があり、左下にはこの映画の製作権をもつキャピタル・フィルムズという文字とパリの住所が書かれている。

その偽名に見覚えがあるド・パイヤンはにやりとした。「ブラン、おまえが脚本家というわけか？　この脚本はどこで？」

「脚本作成ソフトウェアを使った。絶対に出どころは突き止められない」

「どうして？」

「ティエリーがコードを書いた」

ド・パイヤンは目を細めている天才の方を見た。「コードだって？」

「ああ」ティエリーが言った。「クラウドに保存されている脚本のなかから、父親と息子をテーマにしたもので、カシミール紛争や、イスラム教とヒンドゥー教の対立、追放やイスラム教徒への偏見を扱ったものを探すようなコードを書いて……」

「そんなことができるのか？」

「もちろんだよ。それをスマート・データベースに入れてAIを使い、九十分の脚本に仕上げた――もちろんフランス語で。登場人物の名前を変えたり、編集したりはしたけど、基本的に脚本をまとめたのはAIだ」

ド・パイヤンは二人が本腰を入れていることに気づいた。「いい脚本なのか？」

「セックスに暴力、戦争……」ティエリーが言った。

「それに真実が明かされるシーン」ブランが口を挟んだ。「なかなか趣《おもむき》のある映画だ」

「おれも読んでおかないと」ド・パイヤンが言った。「映画会社に郵送してくれないか？

それと、スピナーのほうは？」

ティエリーがキーボードで対応操作をすると、映画会社のノートパソコンから携帯電話スピナーに早変わりした。それにはグラフィック・ボックスを使う。ＩＭＳＩナンバーを特定するとその番号がグラフィック・ボックスに割り当てられ、時間や接続先といったほかの情報も送られる。スピニング・マシンというのは、映画で描かれているようなものではない——誰かの携帯電話を傍受し、座標を使って〝追跡する〟というのはほぼ不可能だ。スピナー——実際にはＩＭＳＩキャッチャー——は地元ネットワークの基地局に偽装するだけだ。つまりスピナーに表示されるのは、そのノートパソコン内の〝基地局〟に送信される付近の携帯電話のＩＭＳＩナンバーということだ。近くに携帯電話をもった人が大勢いれば、それだけ多くのナンバーが表示される。その携帯電話が動かなければ、そのナンバーは画面に表示されたままだ。現われたり消えたりするナンバーは、ノートパソコンの位置に対して移動していることを示す。数日ほど調べて気になるナンバーをいくつか選び出し、システムに登録する。その携帯電話がある車を尾けるのは、それからだ。作戦チームの車は同じスピードであとを追うので、絶えずノートパソコンとつながっている携帯電話は、その車にあるものだけというわけだ。そういったナンバーはルート上にあるアンテナからアンテナへと基地局を替えていくが、ノートパソコンのスピナーとは常時つながっている。ノートパソコンがつねに送受信可能な基地局のような役割を果たすのだ。

ブランがつづけた。「画面のアンテナを使ってターゲットを集めて、絞りこめたらそのIMSIとIMEIナンバーについて調べる」

IMSIはSIMカードに記録されているが、IMEIというそれぞれの携帯電話の識別番号はバッテリーの裏に記載されている。多くのネットワークでは、IMEIはEIRデータベースにも保存されている。そのデータベースには正規のすべてのIMEIが登録されているため、通信事業者は盗難されたり不正利用されたりした携帯電話を確認できるようになっている。

「上出来だ」ド・パイヤンは言った。「ブリフォー・チーフには、次の日曜日にパキスタン入りするように言われている。つまり、調査には平日五日間をまるまる使えるということだ。二人とも、それでいいか？」

「わかった」ブランが言った。

19

メトロから地上に出たド・パイヤンは、携帯電話にバッテリーを入れた。電源を入れると、ロミーから二件のメッセージが届いていた。二件とも、電話をくれという内容だった。午後遅くに会社へ向かう人たちに交ざって歩きながら、電話をかけた。

「ロミー、どうかしたかい？」電話に出た彼女に言った。二日酔いはまだ抜けない。

「ちょっと確かめたくて。アナから夕食に誘われているの」

ド・パイヤンは歩行者たちをよけて歩いた。彼らも携帯電話を耳に当てている。

「ええと……」

「子どもたちはすごく仲がいいのよ」ロミーは言った。「子どもたちにもせがまれているの」

ド・パイヤンは気が進まなかったが、子どもたちが成長するにつれ、友好関係まではコントロールできないこともわかっていた。

「七時ごろ行くと言ってあるの」

そいつはいい、ド・パイヤンは思った。何もかも決定ずみというわけだ。実際には選択の余地のない状況というやつだ。

通りの反対側にジムがいた。彼を待っているのは明らかだ。ジムが帽子をかぶり、ド・パイヤンは横断歩道へ行って歩行者用信号が青に変わるのを待った。RERのポール・ロワイヤル駅から西のモンパルナス墓地の方へ向かう。ジムは緑豊かな通りに入っていった。豪華なベル・エポック様式のアパートメントが建ち並び、一階にはレストランやカフェの日よけがかけられている。二人は路地を曲がった。ド・パイヤンは脇道に入るのが好きではなかった。その道は古い丸石が敷き詰められ、突き当たりには高い鉄のゲートがあった。ジムはそのゲートを引き開け、なかに入った。そこはパリにあるプライヴェート庭園のひとつで、モンパルナスの一ブロックぶんの裏庭からつづく公園になっている。樹齢数百年の木々のあいだを抜け、小川に架かる橋を渡った。広々とした芝生に入ったド・パイヤンは後ずさりをした。この庭園には馴染みがなく、まわりからまる見えのところに出て警戒したのだ。

ジムは彼がためらったことに気づいたにちがいない。芝生の端まで行ったジムは立ち止まり、ド・パイヤンの方を振り返って頭で小さなジェスチャーをした。それから、庭師の家のように見えるレンガ造りのコテージへ向かった。ジムがコテージのドアの前まで行くと、ド・パイヤンも歩を進めた。

「早くしろ。ばあさんみたいな歩き方だな」元兵士はそう言い、開いたドアを押さえてド・パイヤンに入るよう促した。

ド・パイヤンは入り口で立ち止まり、ジムの目を見つめた。「ここに連れてきたのはおまえだ、ジム。なかで何か問題があれば、おまえも問題を抱えることになる。わかったか？」

ジムは笑い声をあげた。「おまえもおれも、すでに問題を抱えている、相棒《モン・ポット》。ほら、さっさとなかに入れ」

ド・パイヤンはからだを屈めて苔むしたまぐさをくぐり、かつては家族が集っていたかもしれない天井の低い空間に入った。いまでは、芝刈り機や電動式の庭仕事の道具、化学肥料の置かれた棚などであふれていた。埃っぽい室内の隅にはキッチンと居間があり、シートのかけられたソファーにフィリップ・マヌリーが坐っていた。

「あまり時間がない」部長が口を開いた。「坐れ」

ド・パイヤンは木製のキッチン・テーブルのところへ行き、不安定な椅子を引っ張ってきた。

「ジムを困らせていたようだが、そんなまねをする必要はない」マヌリーが言った。「われわれは味方だ。ジムが指示することは何もかも、私からの命令だ」

ド・パイヤンは、ドアのところで見張りについている兵士に目を向けた。「すまなかったな、ダーリン」

「許してやるよ、ハニー」

「やめないか、二人とも」マヌリーが声を荒らげ、それからド・パイヤンを見やった。「きみの考えを聞かせてもらおう。ファルコン作戦の調査はどうなっている？」

「准将だと言い切れる遺体は、いまだに見つかっていません。トルコ人ボディガードの名前はわかりましたが、詳しい身元を探っているところです。報告書はすべて提出されているので、どこで失敗したのか運用部の部長なりに考えをまとめたら、私が意見を聞かれることになっています」

「彼はどう見ている？」

「あの夜、パレルモでの計画を知っていた身内の者によってはめられた、と」

「きみはどう見ている？」

「サイエフ・アルバールは、パレルモでフェリーを降りるまえからパスポートのことを知っていた。もしかしたら准将が伝えたのかもしれないし、通信器を仕込まれていた者がいたのかもしれません」

マヌリーが立ち上がった。

「ひとつだけ訊きたいことが」ド・パイヤンが言った。「二重スパイは誰ですか？　目星をつけているのは？」

「山ほどいる」マヌリーはドアの方へ歩いていった。

子どもたちがリヴィング・ルームのテレビでXボックスをしているあいだ、ド・パイヤンとロミー、アナの三人はキッチン・テーブルを囲んでボジョレー・ワインを飲んでいた。そこは居心地のいいアパートメントだが、豪華というほどではなかった――ベッドルームが三つにバスルームが二つというのはモンパルナスではかなりいいほうだとはいえ、コンパクトな作りだった。アナの夫のラフィがコンロの前に立ち、原子力発電所の冷却塔のようにも見えるセラミックでできた何かに目を配っている。そこから立ち昇る美味しそうな香りが部屋じゅうに漂っていた。

「……それで、ボスに訊いたんだ、どうして私に礼拝用の部屋がいるんですかって。そしたら、礼拝用の敷物を敷くためだ、だとさ」

そう言ったラフィはフランス流の肩のすくめ方を中東風にやってみせ、アナとロミーが笑い声をあげた。ド・パイヤンも笑いに加わったが、心から楽しんではいなかった。

「つまり、ラフィ」ド・パイヤンが言った。「きみはキリスト教徒ってことかい？」

「そういうふうに育てられたからね」ラフィが答えた。「でも、聖歌隊をするほどじゃなかった」

　ラフィは話し好きな技術者で、パリでの暮らしを満喫していた。妻のアナはフランス人だが、祖父母のひとりがシリア人だった。いかにもパリの一般家庭といった感じがし、ド・パイヤンが職業がら猜疑心に苛まれていなければ、リラックスして酒を楽しんでいただろう。しかしながら、イスラム教徒ではないと自分からアピールするような話を聞き、逆に不安になった。しかも、美しいうえに知的で自信に満ちあふれた女性が、それを活かそうともしないというのは、疑ってしかるべきだ。情報セクションからバンカーのYセクションに引き抜かれたド・パイヤンがはじめに教わったのは、防諜技術、とりわけ女性工作員に対抗する技術だった。バンカーでの仕事が板につくようになってはじめて、男の自尊心に訴える女性工作員がどれほど効果的かということを思い知らされた。美しい女性と付き合ったことのない、魅力の欠片もない男でさえ、そんな美人で知的な女性に言い寄られるのは当然だという気にさせられてしまうのだ。スパイ・ゲームでよく言われるように、美しい女性というのは相手を破滅させるのではない——相手が自ら破滅するように仕向けるのだ。

会話はマクロン大統領や黄色いベスト運動、燃料税、次のサッカー・ヨーロッパ選手権でのフランスの活躍といったことに移っていった。ロミーはアナから二杯目のワインを受け取り、ド・パイヤンへ背中を預けた。ド・パイヤンは彼女の頬に軽くキスをし、その柔らかいブロンドの髪を顔に感じた。もうすぐ夕食ができるとラフィが声をかけると、子どもたちがテーブルにやって来た。ド・パイヤンはトイレへ行くと言って席をはずした。子ども部屋と、客間と思われる部屋の閉じられたドアの前を通り、玄関近くにある白いタイル張りのバスルームに入った。なかにはトイレとシンク、それにシャワーヘッドが上に付いたバスタブがあった。棚には青いタオルが二枚置かれ、フロアの隅には子どものTシャツと下着が脱ぎ捨てられている。洗面台のところへ行き、キャビネットの鏡の扉を開けた。歯磨き粉や何本もの歯ブラシ、未開封の固形石鹸、髪ゴムを入れた透明なプラスティックのかご、シラミとりローションのボトルがあった。

キャビネットを閉じ、洗面台のカウンターをチェックしてその下の扉を開けた。スプレー式のバスルーム・クリーナーやいくつかの掃除用スポンジが置かれている。トイレのタンクは白いセラミックだった――なかに何か隠されていないかどうか蓋を開けてみた。それからトイレを流して手を洗った。バスルームを出たド・パイヤンは、アパートメント内にパチョリのような香りが染みついているのに気づいた。廊下で立ち止まった――廊下の向かい側のドアが三インチほど開いている。その隙間からなかに目をやると、そこはマスター・ベッドルームだった。もっとよく見えるように角度を変えて覗きこもうとした。そのとき、テーブルを離れたホムシの息子が左の子ども部屋でXボックスをいじっているのが目に留まった。まっすぐド・パイヤンを見つめている。ド・パイヤンはにっこりして子どもの方へ近づいた。すると男の子はすぐに立ち上がってテーブルへ戻っていった。席に着いたド・パイヤンはラフィが料理をよそうのを見ながら、ホムシの息子はXボックスで何をしていたのだろうか考えていた。ロミーからとがめるような視線を向けられ、椅子にもたれかかって笑顔を見せた。残っていたワインを飲み干し、グラスを差し出した。

アナがボトルを手にして待ち構えていた。「知り合えてよかったわ、アレック」彼女は勝ち誇ったような笑みを浮かべた。

20

ド・パイヤンがパトリックとオリヴァーの朝食用のパン・オ・ショコラを温め、ロミーにコーヒーを淹れていると、彼女がタオル一枚の姿でバスルームから出てきた。ド・パイヤンは子どもたちといっしょに朝食を食べた。子どもたちは『スポンジ・ボブ』を見ながら笑い声をあげ、ロミーはEメールをチェックしている。ド・パイヤンは全員ぶんのホットチョコレートを用意して六秒ほど妻にキスをしてから、午前八時六分に建物脇の入り口から通りへ出た。二ブロック東の細い路地へ向かう。その路地の突き当たりには石の階段があり、建物を上って交差点へとつづいている。その階段で歩を緩め、上まで行って右に曲がった。そこからは、さっきまで歩いてきた道が二百メートルにわたって見通せる。彼のうしろを歩いている人はいなかった。

そこからバスに乗り、メトロに乗り換え、十三区の南部で降りてカンパニーの〝更衣室〟へ行った。携帯電話とバッテリー、財布を取り出し、腕時計とレイバンのサングラスもはずし、工作担当官たちが〝命の箱〟と呼んでいるものにそれらをしまった。安全なロッカーのなかで、本人の私物を入れるところだ。ド・パイヤンは自分の姿を見下ろした――グレーのニューバランスのトレーニング・シューズと青いリーバイスをはいている。これはこのままでいいだろう。ダーク・ブルーのポロシャツを脱ぎ、ロッカーから薄緑色のボタンアップ・シャツを手に取った。そして黒いウィンドブレーカーを裏返しにして着た。いまのウィンドブレーカーの色はクリーム色だ。ロッカー内にある脚付きタンスの上にクレマン・ヴィニエのマニラ・フォルダの中身を出し、ヴィニエの財布をチェックした。残額三十ユーロほどのメトロ・カードと数枚の札、偽の住所が書かれた本物の運転免許証、フランス映画監督協会《SRF》のメンバーカードが入っていた。クレマン・ヴィニエ名義のノキアの携帯電話を手に取り、充電器からバッテリーをはずして別々にしたままウィンドブレーカーの内ポケットにしまった。この隠れ家から充分に離れるまでは、携帯電話の電源を入れるつもりはない。

　バスでシャラントンへ行った。細い脇道に潜りこみ、しばらく歩きまわってからドアの上に〝インターネット・カフェ〟という看板がある古ぼけた建物に入った。店のなかで五ユーロを取り出し、十一番のパソコンを使いたいと言った。それは店の奥にあり、防犯カメラにも映らない。

積み上げられた携帯電話の箱と水のボトルのケースのあいだを通り抜け、スカイプに夢中になっている二人の学生が通路にほったらかしにしたバックパックをよけていった。ド・パイヤンは席に着き、見られていないことを確かめてからパソコンのスイッチを切った。画面が真っ暗になるのを待ってから再起動し、モジラが入ったUSBキーを差しこんだ。見知らぬパソコンのブラウザからインターネットに接続しないというカンパニーの決まりに従い、USBキーからネットにつなげた。クレマン・ヴィニエのリンクトイン・アカウントを開く。そのプロフィールには、パリにあるキャピタル・フィルムズのリサーチャー、アシスタント・ディレクター、ディレクターと書かれていて、いくつかの業界スキルはほかのリンクトイン・ユーザーによって裏付けられている。自分のアカウントに目をとおし、ほかの人たちとリンクし、編集や脚本を手掛ける映画業界のスタッフに〝いいね〟をし、フランス映画における保護政策——何十年もまえから延々とつづく論争——についてのフランス映画監督協会のディスカッションに参加した。それから、パキスタンへ行って新作映画『許しの泉』のロケハンをするという投稿を書きこみ、イスラマバードのストック写真も載せた。フェイスブックのアカウントでも同じことをし、フランス映画監督協会のウェブサイトへ行ってフレデリック・ジューヴを特集したブログにコメントを書いた。クレマン・ヴィニエの足跡をいくつか残したド・パイヤンはモジラの入ったUSBキーを抜き、履歴とクッキーを七回削除した。六回以下の削除では、頭の切れる人たちなら高性能の装置を使ってデータの痕跡にアクセスできるのだ。

メトロに乗ってパリ北駅へ行き、モンマルトルまで歩いた。そこには、オフィス・ビルに改装された古めかしい建物があった。その建物の玄関ホールに入り、郵便受けのひとつから郵便物を抜き出した。郵便物をより分けてジャンク・メールをごみ箱に捨て、キャピタル・フィルムズのクレマン・ヴィニエ宛ての二通の封筒を開けた。一通は事業主に向けた低金利のクレジットカードの紹介で、もう一通は生命保険の勧誘だった。

角にあるコンビニエンスストアへ行き、カウンターの奥にいるタミル人の女性に挨拶した。「やあ、イジー、景気はどうだい?」

「いらっしゃい、ムッシュ・クレマン」彼女はにっこりした。「映画雑誌が入っているわ。こっちよ」

その背の低い中年の女性はド・パイヤンを雑誌コーナーへ連れていき、そこから一冊を手渡した。「昨日、入荷したの。日付を見て」

「最新号だ」ド・パイヤンはアメリカの《バラエティ》誌の発行人欄に目を留めた。「ありがたい」

「もっとあるわ」そう言って英語版の《エンパイア》誌や《ハリウッド・リポーター》誌

を見せた。

「すごいな」ド・パイヤンは《エンパイア》をつかみ、カウンターの方へ戻った。「今度、パキスタンへロケハンに行くんだ。いろいろ読んでおかないと」

コンビニエンスストアを出て通りを渡り、ポーランド人が経営する理髪店へ行った。店主のイゴールが先客の仕上げをしていたので、腰を下ろして待った。サッカーとボクシングの雑誌を眺め、さらに客が二人入ってくるとベンチ・シートの端にずれた。十一分後、イゴールが先客から料金を受け取り、ド・パイヤンに向かって頷いた。

「これはこれは、親友のパリのセシル・B・デミルじゃないですか」そのポーランド人が言った。ありとあらゆることが面白くて仕方がないといった感じだ。

ド・パイヤンが椅子に坐ると、ノーガハイドの人工皮革がこすれて音をたてた。「いつもどおりに頼むよ、イゴール」

「『ゲッタウェイ』のスティーヴ・マックイーン風に?」

「それがいい」ド・パイヤンは鏡に映る自分に向かってにやりとし、首に白いヘア・エプロンをかけられた。「いちばん好きなマックイーンの映画だ」

十五分後、新しい髪型になったド・パイヤンはさっそうと店を出て、一ブロック先のウクライナ人が経営する旅行代理店へ行った。そこには、キーウ・オデーサ間のリヴァー・

クルーズを宣伝する色あせたポスターが貼られている。その代理店の経営者のナジャは年配のヘビースモーカーで、近所に住む映画製作者を見て顔をほころばせた。

「これはフランシス・フォード・コッポラ、どんなご用件で？」いつもの冗談を言い、ド・パイヤンに椅子を勧めた。『ザ・シンプソンズ』の母親のような髪型をしているとはいえ、髪の色は紫ではなく黒だった。

「イスラマバードまでのチケットを四枚」ド・パイヤンはにこやかに言った。「現金でもいいかな？」

「もちろんよ」ナジャはあたりまえだと言わんばかりに手を振り、キーボードを叩いた。

「ホテルは？」

「あまり予算はかけられない。次の日曜日に着いて、二部屋に六泊する予定だ。市内にいい三ツ星のホテルでもないかな？」

彼女は何度かキーを打ちこんだ。「パール・コンチネンタル・ホテルなんてどう？　きれいなところで、安くてバーもあるわ」

「悪くない」あらかじめパール・コンチネンタルを調べていたド・パイヤンは、そこに決めていた。「安全なホテル？」

「ええ、安全よ。秘密警察が目を光らせているから」あまりにも激しい含み笑いで髪が揺れ、地震が起きたときの建物のようだった。秘密警察をジョークのネタにできるのは、かつてのソヴィエト連邦の同志くらいだ。

それから北行きのバスに乗り、メトロの駅で降りてプラットフォームへ下った。乗継列車に乗って西の南ミュエット地区へ向かう。緑あふれる大通りを歩いてスーパーへ行き、一リットルのミルクと菓子パンを二つ、食パン一斤を買い、店のオウナーとおしゃべりをした。そのオウナーは、彼をクレマンだと思っている。

そこから半ブロックほど歩き、かつては豪華だったがいまや廃れてしまったアパートメントの玄関ホールに入った。そこで空き部屋を見つけていたのだ。いまは正午まえということもあり、建物は静かだった。ポーチには自分の名前――C・J・ヴィニエ――が貼ってある郵便受けがあり、そこから七通の郵便物を取り出した。そのうちの二通には彼の名前が書かれていた。クレジットカードの勧誘の手紙や、近隣の住人が長期契約の駐車場を転貸するといった手紙などだ。階段を上がって三階の勝手に借りている部屋へ行き、ドアの蝶番側に差しこんであるペレット――針――をチェックした。針が差しこまれたままになっているということは、十日まえに彼が来てから誰も部屋に入っていないということだ。自分で作った合鍵を使って部屋に入った。どこにも変わったところはないように見える。床にはニスの塗られた木の板が張られている。ドアを閉めて膝をつき、リヴィング・ルームの床を見まわした。陽射しに照らされた埃にはなんの跡もない。誰も床を歩いていないということだ。次に三点軸合わせをすることにした。キッチン・カウンターのトランジスタ・ラジオ、コーヒー・テーブルの小物入れ、本棚に置かれた革装のヴィクトル・ユゴーの『ノートルダム・ド・パリ』が作る三角形の〝中心〟へ行った。それは、工作員が基準点として使う立ち位置だ。その〝中心〟に立つことで、正面、右側、左側の三方向の軸を確認できる。もし室内が調べられていれば、少なくとも軸のひとつがわずかにずれることになる。軸は三つともずれていなかった。リヴィング・ルームの窓辺には近づかないようにし、少しだけ開いているカーテンの隙間から向かいの建物に目を凝らした。大きなカメラのレンズや、目に双眼鏡を当てた人などがいないかチェックするためだ。

コーヒー・テーブルに《エンパイア》誌を置いてキッチンへ行った。冷蔵庫からミルクのボトルと食パン一斤を取り出し、シンク下のごみ箱に捨てた。冷蔵庫に菓子パンをひとつ入れ、もうひとつを口にくわえてベッドルームを見てまわった。マスター・ベッドルームのシーツをかけなおしてまえとはちがう折り返し方にし、ベッドサイド・テーブルの本をプルーストからフローベールに替えた。テーブルの下の棚に《バラエティ》誌を置き、九ページを開いた。バスルームで歯を磨き、鏡に歯磨き粉の泡を少しだけ付けた。それから顔を洗って手を乾かし、洗面台のカウンターにタオルを置きっぱなしにした。出ていくときに小さな玄関の明かりをつけ、そっとドアを閉めて隙間に針を差しこんだ。

こうした軽めの身分にも手をかけて注意を払っておかなければならない。ロシアやサウジアラビアが偽名をチェックするとすれば、彼の生活を調べるためにカフェのオウナーやバーテンダーに話を聞くだろう。すると訊かれた人たちはこう答えるのだ。〝ああ、映画監督のクレマンですか？　先週、話をしましたよ〟と。クレマン・ヴィニエのアパートメントを訪れるのは、食料品の買い出しも含めて十五分ちょっとで終わる。その十五分のあいだに、たとえ意味がないように思えたとしても、偽の身分を細部にいたるまで作りこむことで自分の命を守ることになるのだ。

この仕事の厳しい規律のことを考えた。そして、詳細に気を配ることで自分だけでなく家族も無事でいられるという現実にも目を向けた。これが彼の真実であり、生命線でもあるのだ。バンカーへ戻るためにメトロの階段を下りながら、これからもこの規律を守っていこうと心に決めた。ウィンドブレーカーのポケットのなかでマヌリーに渡された使い捨て携帯電話を右手で分解し、歩を緩めることなく途中にある二つのごみ箱に分けて捨てた。マヌリーとジムに弱みを握られているかもしれないが、だからといって基本的な安全対策を台無しにされるつもりはなかった。

21

その日の夜、ド・パイヤンはアラムート作戦の予算や後方支援についてチェックし、ようやくモンパルナスへ戻ったときには午前零時を過ぎていた。ポール・ロワイヤル駅を出たとたん、大通りの反対側にいるジムが目に入った。心のなかで何かが湧き上がってきたもののマヌリーの助手のあとについていき、駅の階段の向かい側にある公園の暗がりへ入っていった。

「耳が聞こえないのか、それとも携帯をなくしたのか？」そう言って、ジムはド・パイヤンと向かい合った。

ド・パイヤンはさらに一歩踏みこみ、ジムのみぞおちに強烈な左拳をお見舞いした。内務部門の男がふらついたところへ、膝で股間を蹴り上げた。ジムが片膝をついて小さく呻いている隙に、左脇の下にあるジムの拳銃に手を伸ばして上着から抜き取った。

「ふざけるな、ド・パイヤン」兵士の息は荒く、木々のあいだから射しこむ街灯の明かりに照らされた顔は苦痛に満ちていた。「ついてない夜だったのか？」

ド・パイヤンはベレッタの九ミリ弾倉を空《から》にし、銃を操作してブリーチに残っている弾薬も排出した。そしてそのひと握りほどの鉄のかたまりを藪に投げ捨てた。

「おまえに渡された、あのふざけた携帯電話のことか？　あれならごみ箱のなかだ。最初からそうするべきだった」アドレナリンが駆けめぐっているとはいえ、平静を保った。

「それに人前で、しかも同じ場所でおれに接触してきたのは、これで三度目だ。おれや家族を危険にさらすつもりか？」

「おまえが電話に出ないから……」

「黙れ」ド・パイヤンは敵意をむき出しにして兵士の顔に指を突きつけた。「マヌリーにはこう伝えろ。確かに弱みを握られているかもしれないが、ポケットにわけのわからない携帯電話を入れてもち歩くつもりはないし、おれの生活圏内でこういうアプローチをしてくるのも許さない、とな。二度とするな」

ジムはゆっくり頷いた。「マヌリー部長から伝言を預かっている。聞きたいか？」

「選択の余地があるのか？」

ジムはまっすぐ立ち上がろうとしてわずかに顔を歪めた。「おまえがどこかへ行くという話を耳にした。それで、行き先と目的が知りたいそうだ」

ド・パイヤンはもう一発殴ってやりたかった。「なんの話か見当もつかない」

「本当か？」

「ああ」

「マヌリー部長が聞いた話とはちがうようだが」

「公衆トイレで耳にすることには気をつけるんだな、とでもマヌリー部長に伝えてくれ」

少しばかり脈が落ち着くのを感じた。

「わかった」ジムはド・パイヤンをなだめるように両手を広げてみせ、にやりとした。

「何がおかしい？」ド・パイヤンは鼻から息をした。

「いつあの英雄アギラールが本性を現わすのか、考えていたんだ」ジムは心から楽しんでいるようだった。「でもまさか、股間に膝蹴りだと？」

「とっさの判断だ」ド・パイヤンは暴力の話はしたくなかった。〝英雄アギラール〟という呼び方の由来は、カイロでの大乱闘から来ている。古いホテルの非常ドアが開かなくなって閉じこめられたド・パイヤンが、三人の敵を叩きのめしたということになっているのだ。実際にはもっと単純だ——はじめに襲ってきたのは二人だったが、通路が狭いせいで同時に攻撃してこられなかった。三人目はロビーで彼が出てくるのを待ち構えていた。つまり、三人をぶちのめしたのは事実だが、どれも一対一の状況だったというわけだ。とはいえ、兵士というのはやはり兵士だ。ド・パイヤンはフランスのチャック・ノリスに仕立て上げられてしまったのだった。

「マヌリー部長に伝えろ」ド・パイヤンは立ち去ろうとした。

ジムが咳払いをした。「携帯電話にライトは付いてないか？」彼はそう言い、ド・パイヤンがベレッタを投げ捨てた方を指差した。「銃をなくしたら書かなきゃならない始末書を、見たことあるか？」


ド・パイヤンは午前一時七分にベッドに潜りこんだ。寝るときにはベッドルームを真っ暗にする妻に感謝した。頭が混乱していた。マヌリーだと？　アラムート作戦について何を知っているというのだ？　どうして関心がある？　ジムとひと悶着あったせいで、面倒なことになるだろうか？　影響があるかもしれないが、ジムは口にしない可能性が高い。兵士には、そういう面白いところがあるのだ。

暗闇で横になって枕に頭をうずめていると、ロミーが彼の方を向くのがわかった。

「大丈夫、あなた？」彼女が囁いた。

ロミーの石鹸の香りが漂ってきて、柔らかいブロンドの髪が顔に触れるのを感じた。

「大丈夫だ」

「歯ぎしりをしていたけど」

「大丈夫だけど、落ち着かないのさ」

「卒業式には来られないのね？」

胸の鼓動が激しく脈打った。「なんとかする。約束するから」

「大丈夫に見えないわ。心配なのよ」

言い争う気かと思ったものの、ロミーは泣いているのだった。

22

バンカーには、機密情報隔離施設《SCIF》が三つある。ひとつは幹部用で、もうひとつは作戦会議用、そして最後のひとつは、構造上の理由から実質的に地下全体がその役目を果たしている。その地下には、チーム9の技術スパイやフランス屈指の技術者たちの拠点がある。ド・パイヤンや彼のチームが敵の一歩先を行けるのは、彼らが作る装置のおかげだった。

地下の機密情報隔離室でド・パイヤンは技術チームとのミーティングを行ない、サポート・チームの力を借りずに安全を確保する方法を説明した。パール・コンチネンタル・ホテルはエレヴェータを中心に造られた標準的な八階建ての構造になっていて、裏口もある。監視対策にはカメラやマイクを使わず、しっかりとリハーサルをした表向きの役柄に徹することで対応する。彼らは映画製作スタッフとして宿泊し、ホテル内でもその設定に沿って振る舞う。唯一の安全確認行程は、テンプラーが調査対象人物を家まで尾けるときにのみ行なう。

「つまり、おれたち四人だけってことか？」ブランがゆっくり頷きながら訊いた。

「表向きは映画スタッフだから、違法なこともしないし、大人数で行く必要もない」ド・パイヤンは技術チームからの質問に備えていた。「スパイ対策は、ホテルの部屋の三点軸合わせだけだ」

「もし尾けられているのがわかったら？」ブランが訊いた。「パキスタンは荒っぽいまねをすることもあるぞ」

「役柄を演じつづけて観光客を装い、正体を隠しとおす」

「短期間ならうまくいくだろう」ブランが言った。

ド・パイヤンも同意見だった。「だからこそ、ハード・スケジュールでのぞむんだ――日曜日に着いて、平日の五日間を偵察に専念して、土曜日に発つ。確かにブランの言うとおり、ごまかせるのはこのカモフラージュがもつあいだだけだ」

テンプラーが口を挟み、ド・パイヤンの話に付け加えた。「とにかく集中して演じ切る。部屋ではいつもの安全対策を怠らないようにするが、人前ではキャラクターになりきるんだ」

彼らが頷き、ド・パイヤンは現地での作戦について話をした。まずはホワイトボードにMERC周辺の見取り図を描き、施設のセキュリティ・ゲートから延びる一本の道を示した。八百メートルほど先で、その入場道路は南北に走る公道とぶつかる。そのT字路の百メートル南にはガソリンスタンド、北には商店や学校、カフェなどが並ぶ小さな商業地区がある。ド・パイヤンはガソリンスタンドとカフェにX印を付けた。現地であちこち移動するにせよ、その行動を分けたかった。車で走りまわることになるのだが、ずっとそうしているわけにはいかない。映画のロケハン・スタッフが立ち寄るような場所も訪れなければならない。もちろん、ファイサル・モスクといった観光スポットがあるので、ド・パイヤンはそういった場所のリストを作っていた。とはいえ、偵察活動の拠点として利用でき、なおかつ拠点には見えないようなところが必要だった。

「下っ端の科学者や技術者たちが敷地内で暮らしているのはわかっている。だが施設を出入りする車の多さを考えると、上級職員たちは施設を出ることを許されているようだ。おれたちが特定するのは、そういう連中だ。そういう連中をとおして、MERCにアクセスする」

ブランが伸びをし、短いあごひげに指先を這わせた。「技術的に問題はないし、計画も悪くなさそうだ」

「でも？」ド・パイヤンが訊いた。

「秘密警察に目をつけられたら……」

「テンプラーが脱出プランを用意している。とはいえ、それをあてにするわけにはいかない。最善の策は、やはりプランA——プロに徹して、素早く行動し、無事に国を出ることだ」

ド・パイヤンが最終的なチェックリストを読み上げているあいだ、ブリフォーはほとんど口を挟まなかった——装備は整い、テンプラーはパキスタン入りして周辺地域を見てまわり、ホテルも調べている。違法行為や建物内への侵入などをともなう大がかりな作戦では、偵察チームはド・パイヤンの一カ月まえにイスラマバードへ入り、作戦リーダーの指示に従って〝街の戦術化〟をする——たとえば五つの安全確認行程、三つの〝回転ゲート〟、三つの連絡媒体、ひとつの安全地帯、三つのホテルにひとつの脱出プランなどを設定することもある。戻ってきた偵察チームがそれぞれひとつずつ説明し、実戦チームは二、三週間かけてそれを頭に叩きこみ、そういった要素を軸にして計画を立てる。

だがこの作戦では違法行為もしなければ、アプローチやスカウトもせず、家や建物に侵入することもない。四人がそれぞれ役柄を演じ、観光客として動きまわるだけだ。本格的な作戦チームを組むわけではないし、安全確認行程も行なわないので、調整することもほとんどない。それぞれが役割を果たし、七日以内にその国を出るということに全力を尽くすだけだ。そのためにはMERCに全神経を注ぐことになるいっぽうで、パキスタン側にとっては四人のフランス人チームの行動パターンを見極める充分な時間がない。理屈の上では、の話だが。

「緊急脱出プランは？」ブリフォーはド・パイヤンに目を向けたまま、デスクに置かれたステンレス鋼のライターをひっくり返した。

「おそらく必要ないでしょう。役に徹するだけです」

ブリフォーは頷いた。「ファルコン作戦はきわどいところだった」

「パレルモでは危機一髪でした」ド・パイヤンも認めた。

ブリフォーは視線をそらさなかった。「自信はあるのか？」

「もちろんです」

「チームの役割分担は？」

「みんな抜かりなく、準備万端です」

「それなら、何が気になっているんだ？」

「妻のことで。博士号の卒業式が土曜日なんです」

ブリフォーは無言だった。

ド・パイヤンは肩をすくめた。「妻の両親が来ているんです」

「タイミングも運も悪かったな」ブリフォーは無表情で言った。「この仕事がどういうものかはわかっているはずだ」

「わかっています」

「頼んだぞ」ブリフォーは手を差し出した。「何かおかしいと感じたら、すぐに作戦を中止しろ。いいな？」

「わかりました」

23

午後二時過ぎ、パキスタン国際航空のボーイング777がイスラマバード国際空港に着陸し、ゆっくりとボーディング・ブリッジへ向かった。天気のいい暖かな午後にもかかわらず、ド・パイヤンは凍えそうなほどクールだった。はじめて現場で作戦にあたったときから身に付いた習慣だ——はじめから、作戦中に取るつもりの態度でのぞむのだ。キャラクターになりきって役を演じ、無事に成果を挙げて戻る。心の片隅では、パリ・ソルボンヌ大学の大講堂で行なわれた妻の卒業式の夜のことを思い返していた。博士号を授与される妻の晴れ舞台を祝うことで、結婚生活の危機を乗り越えられたのだ。彼の両脇にはパトリックとオリヴァーが、左側には義理の両親が坐っていた。その目を見張るような建物のなかで、ド・パイヤンは幸せと誇らしさ、そして安らぎのようなものを感じた。スピーチがはじまってアーチ型の天井に目をやると、パリ大学を象徴する一対の魂が、集まった人たちを見下ろしていた。それはアルキメデスとホメロスの大理石の彫像で、科学と芸術がこの場所でひとつになったことを表わしている。ド・パイヤンは学問に関心はないとはいえ、ディナーのあいだ両親の誇らしげな様子に輝かんばかりの妻を見ていると、深く心を動かされた。ロミーに手を握られて耳元で〝ありがとう〟と囁かれたときには、思わず泣きそうになってしまった。

ボーイングがゲートに着き、ド・パイヤンは自分のなかにもある二つの魂のことを考えた——相手を手玉に取るスパイと、家族を誇りに思う夫であり父親だ。確かにロミーの言うとおりだ——彼は相手の家族を利用し、使える状況ではいつでも使う。あのときの彼女の表情——嫌悪感——は、ふつうの人間なら当然の反応だ。自尊心をもつことよりもロミーから尊敬されることのほうが大事だと思っているのはどういうことだろう、彼はそんなことを考えた。

シートベルト着用のサインが消え、ド・パイヤンは八時間近いフライトのあいだずっと隣に坐っていたブランやティエリーとふつうの観光客のようにおしゃべりをはじめた。頭上のロッカーに手を伸ばし、キヤノン6Dカメラとズームレンズが入ったバックパックを降ろした。プロが使うカメラだが高級モデルほどの大きさはないので、税関職員や警察官の目をそれほど引くことはない。それでも、マニュアルでISO感度を高くしたり、遠くに焦点を合わせたりすることもできる。この二つの機能は、偵察写真には欠かせないものだ。

彼らは入国審査を難なく通過し、スーツケースを引いて新しいターミナル・ビルの外にあるタクシー乗り場へまっすぐ向かった。五十分弱でパール・コンチネンタル・ホテルへ到着し、フロント係がパスポートのコピーを取るあいだ受付デスクのところで待っていた。しばらくするとテンプラーがやって来た。仲間の観光客兼映画スタッフとこれ見よがしに挨拶を交わし、ラーワルピンディー・イスラマバード都市圏を形成する双子都市のまわりにある名所について興奮気味に語った。車で出かけてロケハンをするのが待ちきれないといった様子だ。とくにシーン7とシーン13の撮影場所を探したいと言っていた。

彼らはそれぞれの部屋に入った。ド・パイヤンとブラン、テンプラーとティエリーが同じ部屋だ。中級ホテルにしてはどちらの部屋も広々としていて、きれいで快適だった。ド・パイヤンは窓辺に近づき、厚手のカーテンの隙間から外を覗いた。そこは三階にある北向きの部屋で、ホテルの正面にある公園や、遠くの巨大な給水塔のようなものが見渡せる。カーテンの隙間の脇にからだをずらし、交通量の多い通りを見下ろした。地図によると、この通りはモール・ロードだ。カーテンの反対側へ行き、別の角度から通りに目をやった。あとを尾けている者や見張っている者は見当たらない。だからといって、いまホテルのスタッフが秘密警察に話をしていないとはかぎらない。ド・パイヤンが通りを見ているあいだ、ブランは部屋の固定電話や家具、照明器具などを調べ、盗聴器が仕掛けられていないかどうかチェックした。数分後、ブランは親指を立てた。盗聴器はない。

その日の午後は休むことにした。翌朝、ホテルのレストランで集まり、朝食を囲んでおしゃべりをした。そのホテルがあるのは双子都市の古いほう、ラーワルピンディーだった。北側で首都のイスラマバードと接している。イスラマバードは政府機関や大使館、豪華なホテルなどを建てるために造られた都市だ。ラーワルピンディーのほうが騒々しく、アラムート・チームにとっては都合がよかった。

朝食を終え、午前九時まえに通りへ出た。縁石に駐められた水色のニッサン・マキシマの運転席で、テンプラーが待っていた。ハーツ・レンタカーで現金でレンタルした車だが、契約書はクレマン・ヴィニエとキャピタル・フィルムズ名義になっている。

車で南へ向かった。テンプラーはミラーで尾行を警戒している。そこは興味深い街だった。ダマスカスやアンマンで見られるような古《いにしえ》の建物があるいっぽうで、近代的な公共インフラも見受けられる——野外市場がありながら、パリやフランクフルトにあってもおかしくないような色鮮やかな店先も並んでいる。

テンプラーは西にステアリングを切ってMERCを目指した。彼らはカメラとノートパソコンを取り出し、キヤノンのカメラをブランの東芝のノートパソコンにつなげた。ブランはシーン・フォルダを開いた。映画に使いたい写真はノートパソコンにダウンロードされる。ド・パイヤンはバックパックから『許しの泉』の脚本とともにノートとペンを取り出した。

「脚本を渡すから、シーン7の出だしの部分を読んで聞かせてくれ」ド・パイヤンは装丁された脚本をティエリーに手渡した。

広大な街の南西部を走った。ティエリーがシーン7の出だしの説明を読み上げ、ド・パイヤンは重要な点をノートにメモしていった。シーン7は、日中のラーワルピンディー市内の通りを舞台にした屋外のシーンだ。主人公は歩道を走って野外市場を抜け、死の床に伏した母親にメッセージを届けるのだ。ド・パイヤンは通りの名前――ガンジ・マンディ・ロード――を書き出し、秘密警察が喜びそうなメモを添えた。〝モダンな服装、ヒジャブは着けない、きれいな通り……〟それからウィンドウを下げ、手はじめに街並みや人々の写真を撮っていった。

ロケハンの最初の写真を撮り終え、チームの緊張もいくらかほぐれた。テンプラーは街のブロックを出てイスラマバード高速道路に入り、南へ向かう車の流れに乗ってアクセルを踏みこんだ。アジアで西洋人が安全かつ目立たずに車を運転する技術というのは、軽んじられている。その点に関して、ド・パイヤンはテンプラーに絶大の信頼を寄せていた。

テンプラーは二台の過積載のトラックのあいだにニッサン・マキシマを割りこませ、その位置をキープした。「あと十一分だ」テンプラーは言った。


ラーワルピンディーの南西のはずれで高速道路を降りると、その近くに物質《M》・エネルギー《E》研究《R》センター《C》が公立高校のようにたたずんでいた。さらに西には国際空港と、ラホールへとつづくM2高速道路がある。MERC周辺の土地は、政府が使用するために確保してあるかのようだ——木々や牧草地が広がっているものの、建物や家は少ない。車は小さな商店街に入って速度を落とし、ド・パイヤンは通りにいる数頭のイヌを見つけて写真に撮った。映画のロケハンにふさわしい写真でカメラをいっぱいにしておく必要があるのだ。

「三秒後に右を見てくれ」テンプラーはそう言って商店や低いオフィス・ビルが並ぶ地区を抜け、丘を上がった。ド・パイヤンは右手に目をやった——まわりに建物はなく、茶色の低木地の二キロほど先にあるMERCの総合施設が見下ろせる。周囲を囲むフェンスのなかにドライヴウェイでつながったいくつもの低い商業施設が並び、たったひとつの出入り口には守衛詰所があった。

いま走っている通りの西の端は大きなロータリーになっていた。テンプラーは右に曲がり、アスファルトできれいに舗装された一車線の幹線道路を北へ向かった。

「さて」テンプラーが口を開いた。「一キロ先の右側にあるのがMERCに通じる道路だ。その脇道の手前の左側にあるガソリンスタンドに注意してくれ。その先には店が並んでいて、カフェもある」

北へ向かって時速七十キロで走り、車のなかは静まり返っていた。左側に一般的な大きさのガソリンスタンドがあり、黄色の日よけにはウルドゥー語の文字が書かれている。その脇には小さなミニマートがあり、テーブルと椅子が置かれている。さらに十秒ほど北へ行ったところの右側に、MERCへと通じる脇道があった。それは低木地のあいだを抜ける数百メートルの直線道路で、突き当たりにMERCの守衛詰所が見える。MERCへの道を通り過ぎ、数軒の店や家が建ち並ぶ地区に入ってから五分後、テンプラーはUターンして店に立ち寄り、T字路が見えるところに車を駐めた。カフェに入ってコーヒーと自家製ビスケットを買い、その小さな地区を出ていった。その後は表向きの仕事に励んだ。午後になるとそのエリアに戻った。調査や監視をするための、いっせいに車が出てくるMERCの終業時間を調べるためだ。

四人で道路に目を配っていた。午後四時三分、南からやって来たホイールベースの長いフィアットのヴァンがその道路を曲がり、総合施設の方へ向かった。四時九分にも、箱型荷台の軽トラックが同じようにしてつづいた。

「四時じゃないってことだな」ブランが言った。

彼らが調べたところ、政府機関の仕事が終わるのは四時から六時のあいだだが、四時半や五時半ではないということだった。しかも、パキスタンの公務員はいっせいに仕事を終える。西ヨーロッパの役所仕事のようなフレックスタイム制ではないのだ。

それから三十分ほど、あたりを車でまわって役柄を演じた。写真を撮ったりメモを書いたりし、T字路には近づかないようにしていた。パターンを見つけるためには何度もそのエリアに行かなければならないとはいえ、ずっと同じところにいると思われるわけにもいかない。

五時をまわったころに戻った。五時四分にT字路を通り過ぎて北へ、五時八分に南へ向かった。まだ帰宅ラッシュは見られない。

「六時ということだな」ド・パイヤンが言った。

MERCの西側を大きくまわりながら気楽な雰囲気をつづけ、キャラクターに徹して映画にまつわる冗談を言い合っていた。六時少しまえに南から戻り、まっすぐガソリンスタンドへ向かった。テンプラーがガソリンを入れているあいだ、彼らは見せつけるように車を降りて伸びをしていた。ブランがガソリンスタンド脇の小さなコーヒー・ショップへ行き、水のボトルを四本買った。彼が店を出てくると、MERCから緑色のプジョーの小型セダンがT字路にやって来て角を曲がり、北へ向かった。彼らがその日の朝にコーヒーを買ったカフェを通り過ぎていく。午後六時二分だった。

「一刻も早く離れたくて仕方がないようだな」ブランが言った。その横では、ティエリーがノートパソコンのIMSIスピナーを起動しているところだった。「きっと上司の名前はムスタファ・ブリフォーにちがいない」

彼らは大声で笑ったりおしゃべりをしたりし、隠すことなど何もないにぎやかな映画スタッフだということをガソリンスタンドのオウナーにアピールした。T字路に続々と車が押し寄せ、プジョーにつづいてニッサン・パルサーやフォルクスワーゲン・ゴルフ、白いトヨタRAV4がやって来た。どれも新車らしく、みな北へ曲がっていった。

数分もしないうちに、T字路にはMERCから出てきた十数台の車が列をなし、どれも北へ曲がって小さな商店街を抜けていった。

「IMSIが入ってきている」ティエリーがノートパソコンを見ながら小声で言った。

「うまくいった」

車の列のうしろの方に最新モデルの黒いメルセデスのセダンがあり、そのすぐうしろには真っ黒なウィンドウの黒いランドクルーザーが並んでいた。どの車も北へ向かった。アラムート・チームはのんびり自分たちの車に戻った。

「これで終業時間はわかった」ド・パイヤンが言った。テンプラーは南へ向かう車線に乗り、ホテルを目指した。「何か食べてから、ホテルの従業員たちの前で映画スタッフを演じよう」

「映画業界のことを調べてみたんだけど」ティエリーが言った。「みんな大酒飲みらしい」

「パキスタンについて調べてみた」ド・パイヤンがつづけた。「酒は飲ませてくれるが、公共の場所で酔っ払うのはまずいようだ」

「まったく、こいつらときたら」テンプラーは首を振り、タバコに手を伸ばした。「酒がそんなに気に入らないなら、なんだってフランスに住みたがるんだ?」

ド・パイヤンはホテルへ向かう車のなかから窓の外に目をやり、沈んでいく太陽を見つめた。「フランスの映画スタッフらしく酒を飲むとしよう。だが、気を抜かないようにな」

24

翌日は火曜日——パキスタンに着いて三日目だ。帰宅時間と道路や車の流れを把握できたので、調査を進めるチャンスだった。チームは双子都市の南部を重点的にまわり、映画のサッカー・シーンに合いそうな写真を撮っていった。主人公にはスポーツ好きの一面があり、彼らはいくつかのサッカー場をまわって目立つようにして写真を撮ったりメモを書いたりした。地元の住人と触れ合ったり、店のオウナーと気軽におしゃべりをしたりする絶好の機会で、そういった行為自体が役柄に説得力を与えてくれる。街の中心部以外では喫煙はそれほど厳しく制限されておらず、コーヒーを飲みながらタバコが吸えることもわかった。

ホテルで早めの夕食をとり、ホテルのスタッフに楽しそうな四人組という印象を与えた。午後五時半まえに、四人は別々に出ていった。通りで落ち合った彼らは、ニッサンに乗って西へ向かった。午後六時に黄色の日よけがあるガソリンスタンドへ行き、車を北に向けてガソリンを入れた。T字路に車の行列ができるのを待っていると、六時六分に車が並びはじめた。彼らは車に乗ってT字路を通り越し、車の列に目をやった。

「七台目にでかいメルセデスがあった」ド・パイヤンが言った。テンプラーはT字路の北でニッサンを停めてアイドリングさせ、ルームミラーから目を離さなかった。ブランは東芝ノートパソコンのキーボードを叩いてスピナー・モードに切り替えた。誰もうしろを振り返ったりはしない。

「よし……行くぞ」テンプラーはウィンカーを出して通りに戻った。車の流れに乗り、黒いメルセデスの三台うしろについた。

雑魚にかまっている暇などなかった。カンパニーがアクセスしたいのはトップシークレットのレベルであって、どうでもいい情報ではない。上級職員が乗っている車を突き止める必要がある。それなりの地位にあり、おそらくボディガードを連れているような人物だ。いかにもそれらしい車は、黒のメルセデスだった。

「レーダーには何が映っている?」ド・パイヤンがメルセデスから目を離さずに訊いた。

「IMSIが十三個だが、いまも増えている」ブランが言った。「十八個になった」

携帯電話の電源が入ると、いちばん近くにある基地局とつながる。この場合はスピナーというわけだ。北へ向かって十分ほど走っているうちに、幹線道路をはずれた車の携帯電話が別の基地局とつながり、ＩＭＳＩナンバーがスピナーのリストから消えていった。

調査をはじめて十五分後、アラムート・チームと黒いメルセデスのあいだを走っているのは一台——白いフォルクスワーゲンのヴァン——だけになった。ＭＥＲＣを出てからずっとスピナーとつながっているＩＭＳＩナンバーは四つだけだった。

「あのヴァンもＭＥＲＣから？」テンプラーが少し車を下げながら訊いた。

「そのまえから走っていたと思う」ティエリーが答えた。

それは重要なことだった。黒いメルセデス・ベンツに乗っているのがＭＥＲＣの上級職員だとすれば、その男、あるいは女にはボディガードがいるのだろうか？　もしいるなら、車に同乗しているのか、それともヴァンでうしろを走っているのか？　チームがはじめて黒いメルセデスを尾けるときにはたいして影響はないかもしれないが、ボディガードが別の車に乗っているとすれば、いずれはチームのニッサンに気づくだろう。白いヴァンが右側のウィンカーを出して曲がっていった。これで、スピナーの画面上に表示されているＩＭＳＩナンバーは三つになった。彼らは距離を空け、ニッサンとメルセデスのあいだに別の車を入れた。

陽が暮れはじめていた。そのとき突然、車のなかが赤く点滅する光で照らし出された。テンプラーが小声で悪態をついて砂利の路肩に車を寄せ、救急車が猛スピードで通り過ぎるのを待った。ド・パイヤンはフロントガラスの先にペンを向け、任務に意識を戻した。

車の流れがもとに戻り、テンプラーはメルセデスの三台うしろにつけた。前の車の一台が道を曲がり、リストのトップのIMSIはまた三つになった。

「たぶん、三つともメルセデスの携帯電話だ」後部座席のブランが言った。「三つともつながったままだ」

「科学者と二人のボディガードってことか？」テンプラーが予想した。

「三人の同僚が、いっしょに帰っているのかも」ド・パイヤンが別の可能性を挙げた。

「乗っているのは夫婦で」ティエリーが言った。「どっちかが携帯を二台もってる――ひとつは家用で、もうひとつは愛人用」

「ハッハッハッ！」テンプラーがステアリングを叩いた。「そういう考え方はしないほうがいいぞ――実戦チームにまわされることになるからな、そうだろう、アギラール？」

ド・パイヤンはにやりとした。「ティエリー、テンプラーの言うとおりだ、気をつけろよ」

あたりが暗くなっていくなか、三台は低木地域や市場向けの菜園のあいだを北へ向かった。ド・パイヤンは腕時計に目をやった。午後六時三十一分。尾行は七時までと決めていた。

　低木地域を抜けると、モダンな郊外の住宅地が広がっていた。その手前でメルセデスのウィンカーが点滅した。ブレーキ・ランプがつき、黒い車は住宅地の端にある信号で停まった。テンプラーはヘッドライトをつけて距離を置いた。ニッサンの車内は緊張に包まれていた。獲物に近づき、前の車に乗っている人物がうしろの車に目をやろうと振り返るのを待っていた。誰も振り返らなかった。

　信号が青に変わり、車は左の住宅地に入っていった。近代的な広い通りに沿って家が点々と建っている。周囲は緑で囲まれ、アカシアなどの木々が植えられている。水が引かれているものの、農地としては利用されていないようだ。ここは、パキスタンのステータス・シンボルなのだ。

　メルセデスにつづいて暮らしやすそうな郊外に入った。三台の車が大きなカーブにさしかかり、メルセデスが見えなくなった。カーブを曲がった先に、メルセデスはなかった。

「脇道だ」ド・パイヤンが言い、テンプラーは速度を落とした。右側の脇道の先でメルセデスのブレーキ・ランプが光り、左のドライヴウェイに入っていくのが見えた。

　テンプラーはさらに速度を落としてUターンし、引き返してその脇道を曲がった。ゆっくりとしたスピードを維持したまま、メルセデスを通り過ぎる。メルセデスは、一般的な大きさの家の脇にあるドライヴウェイに駐まっていた。黒いスーツを着た男が車の後部ドアを開け、もうひとりの黒いスーツ姿の男が家の横の通用口から入っていった。

テンプラーは車を進めた。幹線道路に戻って南へ向かい、また高速道路に乗ってラーワルピンディーの中心部を目指した。これで通りと住所がわかった。そして少なくとも二人の男を目にした。とはいえ、どちらも科学者には見えなかった。

「車に乗っていたのは三人だ」テンプラーが口を開いた。「あの二人はボディガードだろう。おれたちのＶＩＰはうしろに坐っていたやつだ」

「通用口から入った男は、家の安全確認をしていたのか？」ド・パイヤンが訊いた。

「おれにはそう見えた」テンプラーが言った。

「あの家を見張る。ＶＩＰの写真もほしい」

「了解」テンプラーが言った。「今夜あそこに戻って、家の様子を調べる」

「朝までに写真を撮れるか？」

「任せてくれ」

25

ド・パイヤンは三杯目の朝のコーヒーを飲んでいた。公共の場所での酔っ払いに厳しいイスラム共和国の姿勢のおかげで、二日酔いにはなっていない。ビールを二杯でやめておくのは、気楽だった。ド・パイヤンはそれほど気にしなかった。テンプラーはたいていなんらかの酒を数杯飲んでいたが、満足してはいなかった。

いまは午前九時過ぎだ。すでにほかの宿泊客たちは出ていき、ブランとティエリーは上の部屋でスピニング装置を調整している。ド・パイヤンは気を揉んでいた。朝早く目が覚め、マヌリーとシュレックのことを考えて気持ちが重くなった。いつブリフォーに……あるいはシュレック本人に話すべきだろうか悩んでいた。バンカーに二重スパイがいるというマヌリーの考えは、的外れではない。パレルモでの作戦を妨害した者がいるのは確かだ——おそらくはカンパニー内部の人物、あるいはそういった人物から情報を得ている何者かだろう。ド・パイヤンは、ムラドやマヌリー、ランバルディ、そして正体不明の二重スパイのことで頭がいっぱいだった。はっきりしないことが多すぎる。あの夜にランバルディが殺されてから深く考えないようにしていたものの、そのことが頭に浮かんで目が覚め、〝青いネズミ〟に悩まされていた。

「まだコーヒーを?」

ド・パイヤンが顔を上げると、夜の偵察から戻ったテンプラーが立っていた。ジーンズにTシャツ姿で、リーボックのバックパックを肩にかけている。近づいてきたウェイトレスに、コーヒーを二つ注文した。

「どうだった?」ド・パイヤンはもの思いにふけっているところを友人に見られ、気まずかった。

テンプラーは両肘をついて身を乗り出した。「調査対象は中年のアラブ系の男で、スーツや靴は安物だ。とはいえ、ここではみんなそういう格好をしている、政府の高官を含めてな。MERC全体を仕切っているわけではないかもしれないが、Sクラスのメルセデスに乗れるくらいの地位にはいる。この国では、金持ちだってことをあまりひけらかさない。シリアとはちがうからな」

「朝の行動は?」

「今朝は七時三十六分に黒いメルセデスが迎えに来た。運転手がひとりと、ボディガードがひとりだ」ウェイトレスがブラックコーヒーを二つもってきたので、テンプラーは口を閉じて椅子にもたれかかった。「全部カードに入れておいたが、いまは消してある」

テンプラーが言っているのは、対外治安総局における偵察写真についての決まりのことだ。偽の身分を裏付けるたくさんの写真のなかに、目的の写真をまぎれこませる。だがそういった写真は撮った直後に削除され、パリへ戻ってから使用される。データの痕跡を復元できる特殊なソフトウェアを使って取り出すのだ。肝心なのは、写真を撮ったらすぐに消すことだ。さもなければ、CFカードに収められた写真の番号から、欠けている写真があることを悟られてしまう。軍統合情報局が目をつけるのは、そういうところだ。

「つまり、中年の男と二人のボディガードというわけか。三人とも車に乗って仕事へ行くのか？」ド・パイヤンは訊いた。

「昨夜と同じルートで行った」

「対象が三人で、IMSIも三つ。VIPのIMSIを特定しないと」

「戻るのか？」テンプラーは一杯目のコーヒーを飲み干し、二杯目に手を伸ばした。

「戻る」ド・パイヤンは言った。

彼らはホテルの部屋で三点軸合わせを行ない、午前十時過ぎに出発した。まずは写真を撮ることに専念した。街の北部を車でまわり、メモを取ったり地図で方向を調べたりした。作戦で使用する携帯電話はたいてい使い捨ての安物で、工作員の表向きの役柄に見合うよう手を加えてあるが、ナヴィゲーション機能が付いていない。家族や同僚の写真が収められていて、偽の職業にふさわしい連絡先のリストも登録されている。フランスの諜報部員が任務中にスマートフォンをもち歩くことはないと言っても過言ではない。スマートフォンには大量の個人情報が入っているため、身元がばれてしまうからだ。スマートフォンにデータが入っていなくても、逆に怪しまれる。

キヤノンのメモリ・カードを写真でいっぱいにし、ノートパソコンにダウンロードした。ド・パイヤンは、場所やシーンに関して気づいたことや思いついたことをノートに書き記していった。映画に合いそうな曲を漫画の吹き出しのようにして書いてみたりもした。

手ごろな値段のカフェで食事をし、ウェイトレスにチップを渡してイスラマバード博物館の話をした。そこには二百万年まえの人類の道具、太古のインダス文明の品々が展示されている。

その日の終わりに南へ移動し、午後五時三十二分に黄色い日よけのあるガソリンスタンドでコーヒーを買った。ストレッチをしてタバコに火をつけ、携帯電話をいじりながらMERCからの夜の大移動を待った。黒いメルセデスから記録された三つのIMSIをひとつに絞りこまなければならない。ＭＥＲＣの調査対象をひとり選び出し、その人物に該当する携帯電話のＩＭＳＩを特定する――そうすれば、カンパニーは施設に侵入できるようになるのだ。

ＭＥＲＣの守衛詰所から幹線道路のＴ字路へ向かってくる一台目の車が見えた。四人はタバコをもみ消し、ニッサンに乗りこんだ。黒いメルセデスが通り過ぎ、彼らは二台挟んだうしろにつけて北へ向かった。十分後、昨日と同じ三つのＩＭＳＩが画面に映っていた。いまではかなり後方に離れてメルセデスを追い、ＩＭＳＩがその車のものだということを確認した。

彼らは街へ戻ってパール・コンチネンタル・ホテルでさっぱりしてから、ホテルに割引券が置かれていた角のレストランへ夕食を食べに行った。ウェイトレスがテーブルに水とメニューをもってきて、にこりともせずに戻っていった。ウェイトレスが声の届かないところまで行くと、ド・パイヤンがテンプラーに問題はないかどうか訊いた。

「部屋を調べられていた」テンプラーは無表情で答えた。「そっちは？」

「こっちもだ」ド・パイヤンが言った。「向こうもなかなかのものだ。〝針〟が気づかれてもとに戻されていた」

「でも、三点軸合わせは気づかれてない」ティエリーが言った。

四人はメニューを見たが、ウルドゥー文字とひどい英訳のようなものが書かれているだけだった。

「ゲーム開始だ」ド・パイヤンが言った。「しっかり役割を演じるぞ」

翌日、ド・パイヤンはチームにプレッシャーをかけつづけた。VIPはひとり暮らしだが住みこみのボディガードがいること、そしてVIPが寝ているあいだ運転手は車で適当に郊外をまわっていること、そのあたりはつかめた。

テンプラーはVIPの写真を撮ると、撮ったその場できっちり削除していった。フランス諜報機関では、工作員にはいい写真を撮る腕が求められる――近くからでも、二マイル先からでも、スーツケースのなかからでも、携帯電話からでも、飛行機や水中からでも。それができるようになるまでは、しかもさまざまな機器を使って撮れるようになるまでは、現場で任務に就くことはない。

五日目の木曜日の日中、テンプラーはどこかへ姿を消し、ド・パイヤンが車を運転した。そしてその日の夕方、街の南部にあるカフェでテンプラーと落ち合った。テンプラーは大音量でサッカー中継を流しているテレビの下に坐っていた。人がいるところで話をするときは、雑音が多い場所を好むのだ。テンプラーの話では、その日の日中、VIPの家の前に安っぽいおんぼろの車が駐まり、家のなかには無精ひげにだらしない服装をした男たちがいたとのことだった。

「おまえの考えは？」ド・パイヤンが訊いた。

「あの家は明らかに監視されている。しかも家のなかの連中の様子を見るかぎり、ふだんから行なわれているようだ。あの家は毎日、チェックされている」

「軍統合情報局か？」

「おそらく、だが精鋭たちではない」

ド・パイヤンは首を振った。「あの家には入れないということだな」

「ああ、入れない。あの運転手もあたりを走りまわっているしな。見張り役がいる可能性もあるから、かなり離れたところで様子をうかがっていたんだ」

ド・パイヤンはコーヒーに口をつけ、いまの話を考えてみた——パキスタンに入って五日目で、ホテルの部屋は調べられ、軍統合情報局が目を光らせているVIPを見つけ出した。VIPの電話番号を特定しなければならないとはいえ、番号は三つに絞られている——そのうちのひとつがVIPの番号だ。これでバンカーの技術班には、モニタする対象ができたことになる。ド・パイヤンはこの結果に大喜びというわけではないが、四人とも無事ということもあり、欲をかきたくはなかった。

26

金曜日の朝、ド・パイヤンは早めに起き、必要以上に長いことシャワーを浴びた。心のギアを入れ、態度を微調整しようとしたのだ——空軍時代に身に付けた習慣だ。空軍では、パイロットはありとあらゆる異変や緊急事態に対して飛行、連絡、操縦に専念するよう叩きこまれる。パイロットはどんな危機でも乗り越えられるわけではないが、たいていは自力でなんとかできる。そんな状況で怯えたりパニックになったりしても、うまくいくことなど決してない。かつてミラージュ2000で高高度を飛び、雷雨の上を越えなければならなかったときのことをよく思い出した。積乱雲から上に向かって稲妻が走り、ミラージュに直撃して機内の発電機がやられ、再スタートできなくなってしまったのだ。彼は〝蓋を取った〟つまり、クロノメーターのタイマーをスタートさせた——残りの燃料は二十分ぶん、機器もナヴィゲーションも使えない。そのうえ、真っ暗だった。

緊急シグナルを受け取った基地は、ド・パイヤンを誘導するために別の飛行機を送った。

ド・パイヤンは基地へたどり着くために、相手の機体が見える位置をキープしなければならなかった。そのためには、機体から三メートルの距離まで接近するしかない——それ以上離れれば、暗闇のなかで〝先導機〟を見失ってしまう。ド・パイヤンは電力がないなか、重力によって運よく開いた着陸装置を使ってカゾー空軍基地に着陸した——タンクには、ジッポのライターぶんくらいの燃料しか残っていなかった。

ド・パイヤンは度胸がすわっていたわけでもないし、ヒーローでもない——落ち着いて訓練どおりに行動しただけだ。この国でまるまる使える最後の一日の朝、彼の心にあったのはそのときのことだった。パレルモでの一件で、何ごとも用心しすぎるということはなく、見落としてもいい些細な手順などない、そのことをあらためて思い知らされた。チームがこの国に着いたときと同じく、涼しい顔をしてここから出ていきたかった。彼はブランとテンプラーがビュッフェから温かいクロワッサンを取ってテーブルに戻るのを見つめていた。ティエリーはマンダリンの皮をむいている。

「スピナーはここまでだ」ブランとテンプラーが椅子に坐ると、ド・パイヤンは言った。

「今日は観光に行こう」

「もうたっぷり見たじゃないか」ブランはにやりとしたが、ド・パイヤンが冗談で言っているのではないことに気づいた。

「役に徹するというわけか？」テンプラーが声を潜めて言った。

「ロケハンを終えた映画スタッフが、土曜日に帰るまえに観光を楽しむ。ブラン？」技術スパイに目を向けた。

「ＩＭＳＩの情報はたっぷり手に入った。いいデータがそろったと思う。パリに戻ったら、そういったＩＭＳＩがどれくらい送受信しているか調べられる。これで充分だろう」

ド・パイヤンはテンプラーに視線を移した。

「ＶＩＰと二人のボディガードの写真はばっちり撮れた。車の登録ナンバーや家の住所、それにＶＩＰの一日の行動パターンもわかった。おれは満足している。おまえはどうだ？」

電話や顔の分析は、パリに戻らなければできない。そこではじめてパズルのピースが組み合わされ、ＭＥＲＣへアクセスする手段を決めるのだ。「とりあえず、これで充分だと思う。ハードドライヴは削除したのか？」

テンプラーとブランは頷いた。

「よし、今日は役を演じよう。軍統合情報局に気づかれるような行動パターンはなしだ」

こういった作戦中にド・パイヤンがもっとも気をつけているのは、パターンを避けることだった。ＭＥＲＣのような施設のそばではなおさらだ。自分なら、まさにそういったことに注意する——機密施設の周辺を車で走るよそ者のグループ。一度だけなら偶然だ。二度目は意識が向く。それが三日つづけてとなると、糞にたかるハエのように相手につきまとう。

チームはＶＩＰの行動範囲にちがう時間帯、ちがう角度から四日つづけて侵入した。抜け目なく、慎重に、プロらしく行動し、同じ時間に同じ場所からルートに入ることもなかった。ＶＩＰを見張る者がいるとしても、気づかれていないという自信があった。いまは金曜日の朝だ。偵察の成果はしっかり記録され、翌日のフライトのチケットも予約ずみだ。あえてリスクを冒してまで欲をかく理由はない。

「わかった」テンプラーがクロワッサンをかじりながら言った。「二手に分かれて、観光客にまぎれるか？」

「ああ、そうだな」ド・パイヤンには、この友人が何かを感じ取っているのがわかった。テンプラーがド・パイヤンの肩越しに視線を向け、笑みを浮かべた。そのあまりにも間の抜けた笑みは、まわりに見せつけるための演技以外の何ものでもない。

ド・パイヤンはゆっくり振り向いた。役人ふうのパキスタン人の男が二人立っていた。愛想がいいわけでも、威圧的なわけでもなく、ただ見つめている。

「どうも、みなさん」ほっそりした背の高いほうの男が、なかなか流暢な英語で声をかけてきた。タカのような鋭い顔つきをした四十歳くらいの男だ。スーツの仕立てはいいが、靴はふつうだった。

「おはようございます、ムッシュ」ド・パイヤンは返事をしたが、握手の手は差し出さなかった。「フランス語は話せますか《パレ・ヴ・フランセ》？」

「少しだけ《アン・プ》」タカ顔が言った。「英語のほうがいい」

ド・パイヤンは笑みを崩さなかった。「政府のお役人の方ですか？　どれくらい酔っ払ってもいいか、しつこく訊きすぎましたか？」

タカ顔はわずかにためらい、それからにっこりした。「この国のアルコールに関する法律について訊いてくるフランスの友人には慣れています」

ド・パイヤンは手を伸ばした。「この友人のことは気にしないでください」テンプラーの方にあごをしゃくって言った。「飲んだくれなので」

タカ顔はそこまで英語が達者ではなかった。「少佐のダバッシュです」そう言ってド・パイヤンに名刺を差し出した。

ド・パイヤンはその名刺を受け取った。そこには軍統合情報局の緑色の盾の紋章があった。緑色の盾には銀色のマーコール——山岳地帯に生息する野生のヤギ——が描かれていて、口にヘビをくわえている。

ド・パイヤンはためらうことなく握手を交わした。「スピードを出しすぎましたか？二、三週間まえにも、ポーランドでやってしまったんです。つい夢中になって……」

「坐っても？」ダバッシュが別のテーブルから椅子を引いてきた。彼の部下——がっしりとした、死んだような目をした丸顔の警察官——は紹介されることもなく立っていた。

「クレマン・ヴィニエですね？」ダバッシュが訊いた。

「そうです」ド・パイヤンはコーヒーに手を伸ばし、手が震えていないことを見せつけた。

「彼らはあなたの……クルー？　この呼び方で合っていますか？」軍統合情報局の男が言った。

「はい」ド・パイヤンは笑ってみせた。「ふだんはそんな上品な呼び方はされませんが」

「映画スタッフだから？」

「そう呼んでもかまいません」

「映画のタイトルは？」ダバッシュは脚を組んだ。

「いまロケハンをしている映画は、『許しの泉』というタイトルです。これまで五本くらい作っていて、『チェンジ』という短篇はカンヌ映画祭で……」

「『チェンジ』？　どんな映画ですか？」

ド・パイヤンは、映画製作の経験があるカンパニーの新人や数人の見習い俳優たちと短時間で撮り上げた映画のことを思い出した。「ティーンエイジャーの少女が主人公で、自分を変えられれば世界も変えられるということに気づく話です。でも、自分を変えるというのはそれほど簡単なことではないわけで」

ダバッシュは顔をしかめ、テンプラーをまっすぐ見つめた。「このクレマン・ヴィニエという人は、いい映画監督ですか？」

「彼は一流です。ユーモアのセンスがあるだけじゃなくて、繊細さももち合わせている」

「いい脚本家を使っているからね」ティエリーが口を挟んだ。

ド・パイヤンがみんなを紹介するあいだも、ダバッシュは作戦リーダーをしっかり見据えていた。

「イスラマバードは映画を撮るには理想的な場所です」軍統合情報局の男は言った。「それで、どこでロケハンを？」

「北や南、東や西で」目の前の映画用のノートをダバッシュに差し出した。ダバッシュはページをめくっていき、あるページで手を止めて殴り書きされた文字に目を凝らした。

「ラジャ・バザー通り、料理もおいしくて、買い物にもってこい、と？」

ド・パイヤンは頷いた。「あそこでうまいピザを食べました」

「フランス語はあまり読めないので申しわけないが、ラジャ・バザーの少女たち——女性たち？――はとてもセクシーだと書いてあるように見える。ヒジャブもまとっていない。ラヴィが純潔を失うにはぴったりの場所だ、と」

ド・パイヤンは肩をすくめたが、ダバッシュは笑っていなかった。「この〝純潔〟というのは？」

「それは」ド・パイヤンは慎重にことばを選んだ。「ラヴィはまだ若くて、過保護に育てられてきたので――そういう女性たちを見たことがないんです」

ダバッシュは当惑しているようだった。「彼女たちはパキスタンの女性だと？　ティーンエイジャーの？」

ド・パイヤンは笑顔を作ろうとした。「成長の物語の一部なんです。十四歳の少年が自分の……」

「十四歳だと？　パキスタンでは結婚できる年齢ではない。アフガニスタンとはちがう」

「そうではなくて」ド・パイヤンはなんとか話を取り繕おうとした。「成長の物語といっても、結婚するというわけではありません」

ダバッシュと部下は、ド・パイヤンを見つめてつづきを待った。

ド・パイヤンは役に徹しようとした。「つまり、ティーンエイジャーたちが愛やセックス、いろいろなことを経験して……」

ダバッシュは本気で気まずそうだった。「カメラは?」

テンプラーがバッグからカメラを取り出し、電源を入れて表示モードに切り替えた。

ダバッシュは何枚もの写真をスクロールしたが、セクシーなものは一枚もなかった。四十秒ほど目をとおしてあきらめ、カメラを部下に渡した。

「パキスタンでは、アルコールに加えてポルノも禁止されているのはご存じですね?」ダバッシュはド・パイヤンを睨みつけた。「あなたに娘はいないのでしょうね、ちがいますか?」

ド・パイヤンは意表を突かれた。「その、ええ、いません」

「やはり」軍統合情報局の男はノートを振ってみせた。「娘がいる人なら、こんなふうに女性を貶《おとし》めるようなまねはしない」

ド・パイヤンは気軽な受け答えを考えようとしたが、諜報機関の男が立ち上がった。

「このノートによると、街の西へ行ったようだが?」

「空港のことですか?」

「もっと西の、少し南へ行ったあたりが思い浮かんだ」ダバッシュはにやりとした。「そこにセクシーな女性は?」

「残念ながらいませんでした」ド・パイヤンの胸が早鐘を打った。MERC付近にいるところを見られたのだろうか？

「そのあたりで、映画に使えそうなものは？」

ド・パイヤンはとっさに頭をめぐらせた。説得力のある嘘というのは、つねに八十パーセントは真実なのだ。「黄色い日よけのあるガソリンスタンドは気に入りました。建物の脇にいい雰囲気のコーヒー・ショップがあるところです。映画のシーンにぴったりです。コーヒーも美味しかった――パリでも通用しますよ」

ダバッシュは判決を下そうとするかのようにノートをもって考えこんでから、ド・パイヤンにノートを返した。

「明日、帰国するようだが」ダバッシュが言った。「その名刺は取っておいたほうがいい、ムッシュ・ヴィニエ。ここで映画を撮りたいなら、私ならしかるべき役人に脚本を渡せるし、何を避けるべきか忠告することもできる」

「ありがとうございます、少佐」ド・パイヤンはもう一度、握手を交わした。

軍統合情報局の男が立ち去ったあとも、チームのメンバーはキャラクターを演じつづけ、通りの方へ向かった。ホテルの受付の前を通り過ぎたド・パイヤンは、血の気の失せたホテルの支配人がいまにも泣きださんばかりに怯えているのに気づいた。

27

熱いお湯で、クレマン・ヴィニエの名残とパキスタンの臭いを洗い流した。隠れ家のシャワーを出てからだを拭き、一週間まえに置いていったアレック・ド・パイヤンの服に着替えた。コロンをつけ、自宅用の腕時計や鍵、財布、携帯電話を手にして通りへ出ていった。パキスタンとの時差のおかげで、いまのパリは昼過ぎだった。ド・パイヤンはメトロを二回乗り換え――そのあいだに携帯電話にバッテリーをはめて電源を入れた――ようやくポール・ロワイヤル駅で降りた。パキスタンやイランなどの国から帰ってきたときには、細心の注意を払う。そういった国の諜報機関は相手国の奥深くまで潜入し、パリ市内にも自由に動かせるしっかりと訓練された人たちが大勢いるのだ。隠れ家へ向かうときにも、カンパニーが設定した安全確認行程を行なって尾けられていないことを確かめ――帰国した工作担当官はカンパニーからそうするよう指示されている――自宅へ帰るあいだも神経を尖らせていた。

地元でカフェ＆バーを経営する女性から花束を買い、ピオニーの花を腕に抱えて階段を上がった。部屋のドアの前に着いたときには、胸が高鳴っていた。そのアパートメントの家賃が払えるのは、ロミーの蓄えのおかげだった。軍事省はパリのいたるところに住宅を所有していて、政府で働いている人たちが世界一物価の高い街のひとつで暮らせるよう住居を提供している。とはいえ、人気のあるアパートメントは〝温水と冷水〟つまり襟に付ける赤いレジオンドヌール勲章や青いリボンの国家功労勲章を自らに授けた軍や諜報機関の幹部たちの手に渡る。パリ七区、十四区、十五区にある省庁が補助金を出しているアパートメントで暮らしているのは、そういう人たちばかりだった。そういったアパートメントは、住人たちが軍服以外のスーツの襟に赤や青のリボンを付けていることから、〝温水・冷水ビル〟と呼ばれている。

ド・パイヤンはドアの鍵を開け、目の前に花束を抱えて部屋に入った。廊下を歩きながらしゃべりだし、ロミーと子どもたちをびっくりさせようとした。だがキッチンには誰もおらず、リヴィング・ルームのテレビも消されていた。カーテンが引かれ、家のなかは暗かった。

「ロミー！」ド・パイヤンは床にバックパックを落として呼びかけた。動悸が激しくなり、荒くなった自分の息の音が聞こえる。ベッドルームやバスルームを覗いてみても、誰もいない。ワードローブや廊下にある掃除道具用のクロゼットもチェックした。携帯電話を手に取り、ロミーの番号を押して彼女が出るのを待った。呼び出し音が鳴りつづけ、メッセージを残してくださいというロミーの声で終わった。

「クソッ！」きょろきょろ見まわし、あれこれ可能性が浮かんできて心がざわついた。鍵をつかんでエレヴェータへ向かい、自家用車のフォルクスワーゲン・ポロが駐められている地下に下りた。傷がないかどうか車を見てまわった。フードに触れ――冷たい――何かおかしなところがないかウィンドウから覗きこんだ。車のキーをもっているのはロミーだった。

エレヴェータで一階に上がって歩道に飛び出し、もう一度ロミーに電話をかけてみた。やはり出ない。

一ブロック半ほど先にある、ブティックやカフェが集まっているエリアへ向かった。よく行くカフェにロミーや子どもたちの姿はなく、いつも新聞やミルクを買っている小さな食料品店を営むヴァレリーも、その日の午後はド・パイヤンの家族を見ていないということだった。

そのブロックを歩きながら、またロミーの番号を押した。応答はない。血圧が上がるとともに、恐怖も湧き上がってきた。自宅のアパートメントの裏にある緑豊かな通りを北へ歩いていたド・パイヤンは、不意に立ち止まった。車の音に交じって、幼い子どもたちのかけ声が聞こえてきた。声のする方へ歩いていくと、教会のホールの開いたドアにたどり着いた。土曜日の午後ということは、ジョン・センセイのカラテ教室の時間だ。ホールのなかでは、壁際に置かれた折りたたみ式の木製の椅子に親たちが坐っていた。フロアの中央の青と白のマットの上では、白いキャンバス地の〝カラテ・ギ〟を着た子どもたちがいっせいにかけ声をあげて形《かた》の練習をしている。最前列の子どもたちのなかに、パトリックのブロンドの髪が見えた。真剣な顔つきをしている。口を結んで集中し、センセイの合図で口を大きく開いて声を張りあげている。その年齢のころのド・パイヤンに瓜二つだ。見学している親のひとりが手を振り、ド・パイヤンの目は笑みを浮かべた美しい自分の妻に引き寄せられた。次男——黒髪のオリヴァー——がまわりでカラテの形のまねごとをしている。

ド・パイヤンはロミーとオリヴァーの方へ脚を動かそうとしたものの、太腿に力が入らなかった。その場で動けなくなり、ドラッグをやったときのように感情の波が押し寄せてきて呑まれてしまった。ド・パイヤンは呆然としていた——誘拐された妻を救うための計画や緊急対策をあれこれ考えていたというのに、妻と子どもたちはこんなところにいた。そして自分はといえば、日常の生活のなかでひとり取り残されてしまっているのだった。

こんなことには耐えられない。どこかほかの場所にいたかった――ビッグ・ノーズのバーでテンプラーやシュレックとテーブルを囲み、自分の居場所、自分が自分でいられる場所で酒を飲みたかった。ドアから出ようとするより先に、オリヴァーが胸に飛びこんできて「パパ!」と叫んだ。そのあまりの大声に、母親たちから笑い声があがった。

ド・パイヤンは息子を抱きかかえて振りまわし、誰にも感情的な姿を見られないようにした。

「愛してる、オリヴァー」息子を抱えたまま囁いた。ド・パイヤンには、それが精一杯だった。

「ねえパパ、カラテとサッカー、両方やってもいい?」五歳の息子が訊いた。「ママはダメって言うんだ」

28

ド・パイヤンは最上階にある機密情報隔離室の照明を暗くし、プロジェクターをつけた。その部屋にいるのは、フレジェ、ブリフォー、ラフォン、ド・パイヤン、それにギャラだった。アラムート・チームが任務を遂行したのは先週だ。彼らは月曜日に十一時間かけて成果をまとめ、次の段階へのゴーサインが出ることを願っていた。

まずはMERCそのものから説明をはじめた。CFカードの削除された写真の痕跡から、見事に画像が復元されていた。ド・パイヤンは二重のセキュリティ・フェンスや、MERCのフェンスと道路のあいだの荒地や低木地帯を指し示した。午後六時にMERCから出てくる車の列の写真もあり、T字路で停まって幹線道路を北へ向かおうとしている黒のメルセデス・ベンツをレーザー・ポインターで指した。テンプラーが撮ったVIPと彼の自宅の写真も申し分なかった。そこに映っているのは四十代後半の小柄な男で、くたびれた中間管理職のような服装をしている。オリーヴ色の肌をしていて、白髪交じりのあごひげを短く切りそろえ、やはり白髪交じりの濃い髪も短く刈っている。

「この調査対象の名前も役職もわかってはいませんが、ごらんのとおり、しっかりと護衛されています」

ド・パイヤンは二人のボディガードの写真を交互にクリックした——ひとりはより胸や腕まわりが大きいとはいえ、二人とも三十代後半らしく、黒いスーツと白いシャツに身を包んでいる。黒いミリタリー・ブーツをはいているせいで正体は一目瞭然だ。体力を必要とする工作員というのは、足元がしっかりしていることを好むものなのだ。

「ボディガードのひとりは車に残り、近隣を不規則に走りまわっています」ド・パイヤンは少しばかり小柄なボディガードのクローズアップ写真をクリックした。「もうひとりはＶＩＰとともにこの家で暮らしています」今度はえらの張った男の写真を映し出した。

「車はパキスタン農業省に登録されていて、自宅も農業用の殺虫剤や除草剤を認可する政府機関が所有しているものです」

「ＭＥＲＣでほかに調査対象になりそうな人物は？」ラフォンが訊いた。

「とくにいません」ド・パイヤンは答えた。「これは施設から出てきたなかではいちばんの高級車で、この車からは調査当初から三つのＩＭＳＩナンバーが確認されています。この人物はＭＥＲＣの上層部の人間だと思われ、護衛されていると同時に、監視もされています」

ド・パイヤンは進め方を変えた。「DTにこの番号の通話記録を調べてもらいました」

DTというのは技術部のことだ。運用部、情報部、管理部とともに対外治安総局の四部門を構成している。「作戦期間中の木曜日、三つのIMSIのうちのひとつから発信があり、通話はちょうど十分で終わりました。決められた行動のように思えます。技術部《DT》は二年まえまで記録をさかのぼって、毎週木曜日の同じ時間に十分間の通話が行なわれていることがわかりました」

「それで?」ギャラが口を開いた。

「これを」ド・パイヤンは画像を進めていき、その十分間の通話を行なったIMSIの番号からの発信リストを表示した。「この電話からかけられたほかの通話のほとんどは、取るに足りないものばかりです。連絡先は施設の関係者らしく、どれも政府に支給された携帯電話の番号のようです。平均通話時間は三分九秒。話し好きではなさそうです」

「となると、十分の電話というのは際立つ」フレジェが言った。「しかも決まった日時となればなおさらだ」

ド・パイヤンは通話記録の次のページをクリックした。今度は、十分間の通話がオレンジ色で強調されている。

「これらの通話を調べてみましたが、ごらんのとおり、十分間の電話の連絡先はどれも同じ携帯電話の番号です。しかも、つねにイスラマバード時間で木曜日の午後六時をまわったころにかけられています」

ド・パイヤンには、その場にいる全員が釘付けになっているのがわかった。〝実行段階〟に移りたいなら、しかるべき語り口が重要だ。素材に意味をもたせなければならない。とくに、重大な決断を下す立場のフレジェに対して。

「この十七カ月、毎週木曜日の同じ時間に、十分間。十分を超えたことは一度もありません」

ラフォンがにやりとした。「その科学者の電話相手を教えてくれるの？」

「残念ながらわかりません——ですが、われわれの技術班の予想では、連絡先はモンスだろうと」

「ベルギーね」ラフォンが目を見開いた。

「国境を越えてすぐのところだ」フレジェが声を荒らげた。「それと、答えはイエスだ」

「フルメンバーのサポート・チームが必要です」ド・パイヤンは言った。

「イエスと言っただろう——さっそく取りかかれ」運用部の部長は首を振った。「ベルギーだと！　なんてことだ」

29

ド・パイヤンが子どものころと比べると、ジャングルジムと派手な色をしたプラスティックのチューブ式滑り台は飛躍的な進化を遂げていた。モンパルナスのアパートメントの西にある公園は一面に弾力のあるゴム・マットが敷かれているので、怖いもの知らずの女の子たちが膝をかけて逆さまにぶら下がっていてもそれほど心配にはならない。その日はド・パイヤンの出勤時間が遅いため、ロミーが仕事の面接を受けに行っているあいだ、オリヴァーを公園に連れてきていたのだ。新たな学歴を手にした彼女は、国際通貨基金《IMF》や経済協力開発機構《OECD》などでの仕事を探していた。ユネスコやEUもパリで活動している。ド・パイヤンがロミーに望んでいるのも、そういう仕事だった——給料がよく、やりがいがあり、彼女の蓄えを切り崩さずにアパートメントの家賃を払えるような仕事。だがロミーが面接を受けているのは、ド・パイヤンが聞いたこともないような国際的な経済シンクタンクだった。

十五分まえにロミーから携帯電話にメールがあり、いっしょにコーヒーを飲むことになった。面接がどうだったかはひとことも触れていないので、きっとうまくいったのだろうとド・パイヤンは思った。ロミーは感情を爆発させるタイプではないのだ。はじめての子どもを身ごもったのがわかったとき、ロミーはただにっこりして〝妊娠したわ〟とだけ言い、それからムール貝にもっとガーリックを添えたいかどうか訊いたのだった。

公園の〝船〟の船橋に立つオリヴァーが、指を差して大声をあげた。「ママ！」

木々の隙間から、ロミーの姿が見えた。両手にそれぞれコーヒーをもって歩きながら、笑みを浮かべている。横にいる女性も笑顔だった──アナ・ホムシだ。アナの息子のチャールズが前を走り、オリヴァーに呼びかけている。

ド・パイヤンは公園のベンチでからだをずらして二人の女性に場所を空け、ロミーからコーヒーを受け取った。

「こんにちは、アレック」アナが声をかけ、ロミーをド・パイヤンの隣に坐らせた。「急に押しかけちゃってごめんなさい。チャールズがどうしてもオリヴァーに会いたいって言うものだから」

ロミーから頬にキスをされ、ド・パイヤンは微笑んだ。面接帰りのロミーは、夏に見かける典型的なパリジェンヌのような服装をしている──ノースリーヴのしゃれた格好だ。

「それで、どうだった?」ド・パイヤンはコーヒーをひと口飲んで訊いた。

ロミーは顔をほころばせた。「話が弾んだの。あそこ、とっても気に入ったわ」

「あそこっていうのは?」

「チロル評議会よ」

ド・パイヤンは聞いたこともなかった。「チロルって、シュナップスとか膝までの革ズボンとかで有名なチロル地方のこと?」

「ちがうわ」ロミーは噴き出した。「ジュネーヴに本拠地があって、世界銀行に勤めていた経済学者や思想家たちが集まって作ったところよ」

それを聞いても、ド・パイヤンは嚙みつかなかった。彼にとって、〝思想家〟というのはほら吹きか共産主義者かのどちらかだった。「どんなことをしているんだ?」

「経済協力開発機構やEUと政策を練ったり調査したりしているの。東西ヨーロッパの貧富の格差を生んだ歴史的な要因を研究する人を探しているんですって。わたしの専門よ」

ド・パイヤンは乾杯するようにコーヒー・カップを掲げた。オリヴァーとチャールズは、どちらが先に滑り台を滑るか言い争っている。「博士号が役に立つと思っていたよ」

アナが身を乗り出してド・パイヤンを見つめ、顔に黒髪がかかった。「役に立つと言えば、タバコをもってない、アレック?」

「表向きにはもってない」ド・パイヤンはウィンドブレーカーのポケットからマールボロとライターを取り出し、アナに手渡した。

「あら、ごめんなさい」アナはロミーに向かって顔をしかめてみせた。

「たいしたことじゃないわ」ロミーは少しばかり不機嫌そうだった。「ただ、父親がタバコを吸っているところを子どもたちに見せたくないだけよ」

ド・パイヤンは両手を広げた。アナがタバコに火をつけ、そのパックを彼に返した。

「悪いことしちゃったわね」アナは下唇を嚙んだ。「でも、コーヒーを飲むときにはタバコが欠かせないの」

アナの携帯電話が鳴った。画面を見た彼女は失礼と言って立ち上がり、電話に出た。

「それで、面接には満足している?」ド・パイヤンはロミーに訊いた。

「本当にいい感じだったわ。質問も的を射ていたし」

アナがベンチに戻ってくると、ド・パイヤンは二人の女性に目をやった。「ところで、どうしていっしょに?」

「ポール・ロワイヤル駅でばったり出くわしたのよ」ロミーが答えた。

「病院の帰りだったの」アナが言った。「夏になると、チャールズの耳の調子が悪くなるの。きっと花粉のせいね」

「本当に偶然会ったのよ」ロミーが言った。

ド・パイヤンは腕時計に目をやった。テンプラーとブランの二人に会うまで、二十分ある。その日、二人は国境を越えてモンスを訪れていた。最初の偵察を行ない、パキスタンのVIPが毎週木曜日の午後に電話をするときにつながる三つの基地局のうちのひとつがカバーするエリアの様子を、その目で確かめてきたのだ。あらかじめ地図でチェックしていた——三つの基地局すべてでカバーされるエリアは街の少し西側にある。塀で囲まれた中世の古い地区の外側、コンパニョン通りの南北に広がる緑の多い地域だ。それはテンプラーが言うところの〝視察〟だ。周辺を見てまわり、明らかに作戦の妨げになるようなものがないかどうか調べるのだ。たとえば作戦エリアの真ん中にある警察署や、毎日、午後の下校時間に子どもを迎えに来る親たちの車で通りがいっぱいになる小学校などだ。

「ロマには気をつけろよ」テンプラーが出発するまえに、ド・パイヤンはそんな冗談を言った。

二年まえ、テンプラーとド・パイヤンは、モサドの指示役と会っていたフランス海軍の科学者を尾行していた。その科学者を追ってアルコル橋まで来たところで、ロマの女性がテンプラーに近づいてきた。背後からは財布をすり取ろうとする彼女の兄が忍び寄っていた。テンプラーをただの観光客だと思ったのだ。あきらめようとしない二人組を、テンプラーは自らの手で片付けた。そのときの映像は話題になった。テンプラーが男の胸ぐらとベルトのバックルをつかみ、流れるような動きでロマを橋の手すりからセーヌ川に放り投げたのだ。瞬きをしていたら、見逃していただろう。

ド・パイヤンは、いま書いている審査申請《DDC》書をまとめる時間がありそうだと思った。アナ・ホムシとはじめて出会ったときのこと、そしてそのあと彼女の夫も交えて夕食をともにしたときのことを思うと、このロミーの新しい友人に対して気を許せなかった。その日の朝、公園で会ったことも、不安を和らげる手助けにはならなかった。ロミーは博士号を取得した一週間後に、仕事のオファーを受けた——経済協力開発機構や国際通貨基金からではなく、ジュネーヴに拠点を置くシンクタンクからだ。チロル評議会というのを調べてみた——彼らが目指しているのはアフリカ全土のワクチン接種や、途上国への債務免除プログラムといったことだった。

アナ・ホムシのことを考えると心がざわついた。彼女に関して気がかりなことが二つあったものの、見て見ぬふりをしていた。ひとつは、彼女が幼稚園、そして次にカラテを通じて巧みにド・パイヤン家に近づいてきたこと。そしてもうひとつは、ひっきりなしにゲストにワインを注ぎながらも、自分ではほとんど口をつけなかったこと。そして今度は、ド・パイヤンがロミーから話を聞くまえに、面接帰りの彼女をつかまえて声をかけた。そういった先まわりの行動は、日ごろからド・パイヤンが協力者に対して行なっていることだった。

ド・パイヤンは短めの審査申請書を書き上げた。三人称の視点で書き——工作担当官がカンパニーに報告書を提出するときの決まりだ——彼のプライヴェートにおけるホムシ一家の様子も説明した。おもな調査対象の名前——#アナ・ホムシ#と#ラフィ・ホムシ#——を記入し、住所のほかにもド・パイヤンが彼らについて覚えているかぎりのことを書き加えた。とはいえ、たいして覚えていることはなかったが。ラフィが誰の下で働いているのかも、アナの素性も知らなかった。アナとの会話も書きこんだが、書けば書くほど根拠がないように思えてきた。審査申請書を読み返してみたド・パイヤンは、アナやその家族に疑わしいところがないことに気づいた。そこで審査の理由は、アナがロミーに夫の仕事先について訊いたから、ということにした。〝送信〟ボタンを押すころには、工作担当官の私生活で新たな出会いがあったときの通常の事例に思えることがわかっていた。自分が疑心暗鬼にとらわれているように見えることを自覚していたものの、対外治安総局の訓練で老いた教官から与えられた忠告に従った——無頓着に暮らして命を落とすよりも、疑心暗鬼になって恥をかくほうがましだ、というものだ。

30

ド・パイヤンが水を飲みに簡易キッチンへ行くと、二人の男が待ち構えていた——内務部門の真面目人間アラン・ポルトマンと、相棒のジュリアン・ラヴァルだ。

「やあ、アレック」ポルトマンが、上から目線と同僚目線のあいだのようなぎこちない口調で声をかけてきた。「ちょっと話せないか?」

ド・パイヤンは笑みを浮かべた。ポルトマンは、いわゆる〝いかにもＦＢＩ〟といった感じの男だ——真夏でも黒いスーツに無地の白いシャツ、特徴のないネクタイに茶色がかった灰色のトレンチコートという格好をしている。ド・パイヤンとポルトマンはフランス諜報機関に同じ年に入り、セルコットでは火器の習熟や鍵の解錠といった訓練を何度もともにした。そしてポルトマンは内務部門の道を選び、ド・パイヤンはいまの仕事に就いたのだった。

「いいとも」ド・パイヤンは言った。

彼らは取調室に移動した。白い長方形の合板テーブルの両側に布張りのオフィス・チェアが二脚ずつ置かれ、片側の壁一面は鏡になっている。天井にはドーム・カメラが設置され、室内での会話はすべて録音される。

ポルトマンはさっそく本題に入った。フォルダのページを読み上げ、ド・パイヤンを見ようともしない。「きみは国家の安全保障に関して弁護士の権利を放棄するという条項にサインしたことをわかっているか？」

「ああ」ド・パイヤンは答えた。フランス諜報機関で働いていれば、弁護士を雇う権利も黙秘権もない。部屋で坐らされ、同僚から責められるしかないのだ。それは個人攻撃ではないし、弁護士の入る余地もない。

ポルトマンはロボットのような口調で最初のいくつかの質問をしていった。「パレルモで五冊のフランスのパスポートを処分したというのは、本当か？」「正直に話せない理由は？」「この件に関して、対外治安総局以外の者と話をしたか？」

出だしとしてはごく当然の質問だが、それからポルトマンは核心に迫った。「カンパニーの指揮官にとって、三百万ユーロというのは大金だ、そうだろう《ネスパ》？　そんな大金を稼ぎたいとは思わないか？」

ド・パイヤンは肩をすくめた。

「五冊のパスポートに三百万ユーロを提示された」ポルトマンはファルコン作戦に関するド・パイヤンの報告書のコピーを掲げた。「きみは、そのパスポートを処分したということだが」

「確かに処分して――」

「あれは本物のフランスのパスポートだ、アレック」ラヴァルが口を挟んだ。平らで面長な顔は、日焼けしていない農家の男を思わせる。「サイエフ・アルバールに怪しまれてはまずいからな……」

「……それに、きみの胴体が首を失うのも困る」ポルトマンがつづけたが、わざわざそんなしゃれた言い方をする必要もない。

「ファルコン作戦の目的はわかっている、ご説明どうも、お二人さん」

「それならいい」ポルトマンが言った。「それで、ファルコン作戦が失敗して、きみはどうした？」

「パレルモのフェリー・ターミナルの脇にある波止場で、パスポートを処分した」

「どうやって？」

「ページと表紙を三、四十片くらいに破って、別々のごみ箱に捨てた」

「誰かいっしょにいたか？」

「いない」

「誰かに見られた？」

「見られていない」

「断言できるか？」

「できない」

「そのムラドという人物に売ったんじゃないのか？」ラヴァルは疑うように青い目を細め、ド・パイヤンの報告書を見つめた。「三百万ユーロだぞ。すごいな《パ・デギュラス》！」

「三百万ユーロなんか必要ない」すぐさまド・パイヤンは、最初からこれが狙いだったことに気づいた。

「本当か？」ラヴァルがぴしゃりと言った。「あのアパートメントはどうなんだ？」

ド・パイヤンはため息をついた。「アパートメントがなんだと言うんだ？」

ラヴァルはにやりとした。「省庁が補助金を出してくれるアパートメントではない」

「確かにそうだ」ド・パイヤンはこう言ってやりたいのをこらえた。〝政府の所有するパリいちばんのアパートメントは、おまえみたいなカクテルを楽しんでいるごますり野郎たちが躍起になって狙っているからだ〟

「パリは物価が高い」ラヴァルが指摘した。「奥さんが十四区に住みたいとなればなおさらだ」

ド・パイヤンは口を閉じていた。

「給料の四分の三は家賃に消えている」ポルトマンが言った。「きみの奥さんは働いていないしな」

「しかも、去年はソルボンヌ大学で博士課程にいた」ラヴァルが付け加えた。

ド・パイヤンには、二人の言いたいことがわかった。「おれの妻は、この部屋にいる全員のIQを足してもかなわないくらい頭がいい。ソルボンヌから、それを証明する紙だってもらっている。ようするに、何が言いたいんだ？」

「おれが言いたいのはな、アレック」ラヴァルが言った。「政府がくれる給料しかないのに、モンパルナスに住んでいては、奥さんの授業料を払うのは厳しかったんじゃないかってことだ」

「そんなとき、イタリアの移民申請代理人が本物のフランスのパスポートに三百万ユーロを払うともちかけてきた」ポルトマンがあとを継いだ。「そしてそのパスポートは、作戦が失敗したので、結局は都合よく破棄しなければならなかった」

ド・パイヤンは威嚇するような鋭い目でポルトマンを睨みつけた。「あの夜、二人の人間が死んだんだ——その話をするのに、〝都合よく〟という言い方はまちがっているんじゃないか?」

ポルトマンは視線をそらして咳払いをした。

ド・パイヤンはつづけた。「准将にもちかけられた内容はわかっているし、ちゃんと報告もしてある」

「モンパルナスのアパートメントの家賃を払っているのは誰だ?」ラヴァルが訊いた。

「パリの生活手当をもらっている」

それを聞いた内務部門の二人は含み笑いを洩らした。パリの生活手当は、月二百八十ユーロだ。〝グリニーの生活手当〟と呼ぶ者もいる。グリニーというのは、パリから遠く離れた南にある郊外の町だ。その程度の生活手当をもらったところで、パリで暮らせるわけがない。

ラヴァルがにやりとした。「どうやってやりくりしているんだ? 奥さんの親父さんが金持ちなのか?」

ド・パイヤンは立ち上がった。椅子の脚がこすれる音が大きく感じられた。いまにも飛びかかろうとしている自分に気づいた。

ドアがノックされ、フィリップ・マヌリーが入ってきた。大きく目を見開いたラヴァルに笑みを向け、それからポルトマンを見て言った。「ここからは私が引き継ぐ」

内務部門の二人がド・パイヤンを避けるようにして取調室を出ていくと、マヌリーがドアの方に首を傾けた。マヌリーとド・パイヤンは黙ったまま階段でひとつ下の階へ行き、ドアを抜けて古い砦を囲む芝生に出た。

「海外にいたそうだな」マヌリーが東へ歩きながら言った。「何か話すことは?」

「ジムを近づけないでください。家の近くで面倒はごめんです」

「わかった。よく言っておく。それで、どこへ行っていたんだ? トルコ? それともシリアか?」

「言えないのはご存じのはずです。ところで、モランと私の写真を誰かに見せましたか?」

「いや。だが、いまは私の質問にきみが答えるときだ。パスポートを捨てるところをシュレックに見られたか? シュレックをかばっているのか?」

ド・パイヤンは首を振った。「どうして内務部門はあのパスポートにこだわるんですか?」

「三百万ユーロというのは大金だ、アレック。そんな大金をくすねるためなら工作担当官がどんなことをするか、この目で見てきたのだ」

二人は砦の東側の壁際にある古い木々の立ち枯れのあたりで足を止めた。

「パスポートのことは忘れてくれ」マヌリーがタバコに火をつけた。「私が知りたいのは、シチリアでわれわれを売ったのが誰かということだ」

「シュレックじゃない」とっさにド・パイヤンは言った。

「断言できるのか？」

「部長を信じていいものかどうかわかりませんが、シュレックのことは信じています」

「私がきみを怪しいと見なせば、デスクワークにまわせるのだぞ。ところで、ラヴァルと揉めそうになったところを止めてやったのだから、私に借りがあるはずだ。ラヴァルを殴っていたら、毎週、精神分析医に頭を調べられることになっていたんだからな。だから、これ以上はぐらかすな、アレック。ブリフォーとフレジェが誰を疑っているのか知りたい。これはより大きなゲームで、私はその先頭に立たなければならないのだ」

マヌリーが立ち去ったあと、ド・パイヤンは足早にバンカーの玄関ホールへ向かった。頭のなかでは、ファルコン作戦や正体不明の内通者、三百万ユーロのことが渦巻いていた。

磁気カードを使って最上階のブリフォーのオフィスへ行った。マヌリーやポルトマン、ラヴァルが彼の邪魔をしてアラムート作戦からはずそうとするのを、阻止しなければならない。MERCの調査は重要だ。いまのいい流れを保ちたかった。ほかのことを気にしている暇などない。角を曲がって板張りのエリアに入ったド・パイヤンは、足を止めた。ブリフォーが、いつもは補佐役たちがいる控室にいた。フレジェともうひとりの男と話をしている。ド・パイヤンはキャビネットの陰に隠れ、三人が何かに同意するかのように頷くのを見つめていた。数秒後、ブリフォーはフレジェとともにオフィスへ戻り、もうひとりの男も歩き去っていった。シュレックだった。

31

　まずはモンスへ向かった技術部による機器を使った技術的な調査から手をつけた。いちからはじめなければならないのだ。毎週木曜日の十分間の通話先も使い捨ての携帯電話なので、所有者も住所もわからなかった。その携帯電話はベルギーのものですらなかった。技術部によると、それはフランスで購入されたもので、フランスのネットワークを利用しているということだった。監視用車両の後部座席で技術チームはＩＭＳＩスピナーを使い、対象の携帯電話が三つの基地局のうちのどれとつながるか調べ、夜になるとその人物が住んでいる大まかなエリアを探った。その携帯電話が動いていなければ、ＩＭＥＩを特定してそこから住所がわかる。そしてモンスの古い街並みの北西にあるモダンなアパートメントを突き止めた。ド・パイヤンは、近くにあるホテルの部屋から無線のヘッドフォンを使って作戦を指揮した。携帯電話のもち主が仕事へ行くと電話も移動し、チームはあとを尾けて電話が移動しているときに動いている人たちの写真を撮った。写真を撮るのは、たいていは特定されたアパートメントの前にある道路脇の芝地のあたりでだった。アパートメントの前に追跡チームを配置し、監視用車両に乗っている技術チームが対象の携帯電話に電話をかけた。ド・パイヤンのチームのひとりが対象を見つけた――あたりに誰もいないときに女性が電話に出たのだ。

彼女は三十代半ばの身なりのいいアラブ系の女性で、九歳と十二歳くらいの二人の女の子を連れて歩いていた。調査の進展を受けてド・パイヤンは喜んだものの、イスラマバードでメルセデス・ベンツに乗っていた男から電話があるのを確かめたかった。イスラマバードで電話をかける午後六時十五分というのは、モンスの時間では三時十五分だ。その女性は木曜日の三時二十五分まではアパートメントを出ず、それから子どもたちを迎えに学校へ行った。イスラマバードから電話がかかってくる携帯電話とそのもち主を探り出したとはいえ、アラムート・チームはその女性がＭＥＲＣの従業員からの電話に出るところをまだ見てはいなかった。

チームは女性のあとを尾けた。子どもたちを歩いて学校へ送ったあと、彼女はカフェに寄った。ド・パイヤンのチームの技術者もカフェに入って近くの席に坐り、ｉＰｈｏｎｅサイズのスピナーを使って彼女が例の携帯電話をもち歩いていることを確認した。五人のチームでド・パイヤンは、彼女がカフェを出たあとの尾行作戦も用意していた。

彼女を監視し、監視用車両内で技術部の工作員とともに待機しているド・パイヤンにリアルタイムで報告させるというものだ。

彼女がカフェを出るまえに、ド・パイヤンは全員がネットワークでつながっていることを確かめた。

「こちらY、無線のチェック」ド・パイヤンはTシャツの下のネックレスに付けられたマイクに向かって言った。スイッチはズボンのポケットに入っている。

次々と応答が返ってきた。「ジェジェ」「ダニー」「ポーリン」「車《ヴィークル》」

ド・パイヤンには彼らの声がはっきり聞こえた。「Y、オーケー。感度良好。ジェジェ、合図は任せる」

「こちらジェジェ、了解」

ジェジェは元海軍の潜水兵で、二十代後半で対外治安総局にスカウトされた。頭が切れるうえにタフな彼の合図によって、作戦ははじまる。

四十五分間の沈黙がつづいたあと、ド・パイヤンのイアフォンにジェジェから連絡が入った。

「警戒、警戒、警戒。ターゲットを確認。茶色の上着にジーンズ、黒いハンドバッグ。たったいまカフェを出て、ランプ・ボルニャガシュを南のヴァンヌ広場方面へ向かっている。

通りの番地の奇数側。ポーリン、そっちへ行ったぞ」

「こちらアギラール、了解」ド・パイヤンが言った。「ヴァンヌ広場へ向かう」

監視用車両が動きだし、尾行チームは綿密に連絡を取り合った。

「こちらダニー、了解。ターゲットを確認。通りの反対側にいる。監視をつづける」

「こちらポーリン、了解。彼女が通り過ぎたら、エシュロン1で配置に着く」

「こちらヴィークル、了解、待機中」小型のシトロエンに乗った運転手が言った。助手席のメンバーは、いつでも車を降りて歩いて追跡できるよう準備をしている。

「こちらジェジェ、モンス駅へ向かう。ダニー、ポーリンが引き継いだらエシュロン2で待機してくれ」

「こちらダニー、了解」

「こちらポーリン、ターゲットを確認。あとを尾ける。ボルニャガシュを右に曲がってヴァンヌ広場へ。車の流れとは逆方向、通りの番地の偶数側、四十二番地の前をゆっくり歩いている」

「こちらダニー、ターゲットを確認」

監視用車両はシャルル・カント大通りへ向かった。そこからはモンス駅が見下ろせる。

「こちらアギラール。シャルル・カント大通りに到着、ターゲットを待つ」

二十秒後、茶色のレザー・ジャケットを着たターゲットがヴァンヌ広場をあとにするのが見えた。シャルル・カント大通りに入り、駅のある左へ曲がった。

「こちらアギラール、ターゲットを確認。シャルル・カントをモンス駅に向かって南下中。番地の奇数側」

「こちらジェジェ、モンス駅で待機中」元潜水兵が言った。

「アギラールからヴィークルへ、モンス駅の南の駅でひとり降ろせ」

「ヴィークル、了解」

ド・パイヤンは典型的な列車の尾行作戦を立てていた。まずは彼女を駅まで尾ける。駅の反対側のプラットフォームでは、まえもってチームのひとりが待機している。彼女がプラットフォームへ下りてくると、反対側のプラットフォームから見張っているメンバーが前の駅で待っている別のメンバーに無線で連絡し、プラットフォームでの彼女の位置を伝える。前の駅にいるメンバーは次にやって来る列車に乗り、ターゲットが乗りこんできそうなところに坐る。そうすれば、彼女が乗ってきても疑われることはない。今回の目的は、二日つづけて彼女がどの駅へ行くのか探り出すことだった。

ド・パイヤンのチームは、ターゲットがひと駅北で降りるのを確認した。そこはオフィス・スペースの入った低い建物やメディカル・センターなどがあるエリアで、建物のあいだには豊かな緑や公園がある。高級品を扱う店が多いものの、高すぎるわけではない。彼女は白いモダンな建物に入っていった。テナント・ボードには経営コンサルタントや技師、生物科学系の企業などの名前が載っている。尾行チームのひとりから、彼女がエレヴェータを二階で降りたという報告があった。二階のテナントは、グローテックというベルギーの生物科学系の会社だけだった。

尾行チームがターゲットの日常の行動を探っているあいだ、技術部は彼女が住む建物の写真付き一覧を作るための装置を設置した。写真付き一覧というのは、主要プレイヤーたちの写真や名前、同僚、習慣のほかにも、作戦に関わる場所などを図にして並べたものだ。それは作戦指令室で作成され、最終的には一冊の資料としてまとめられる。

彼女の部屋のドア――二二〇六、つまり二号棟の二階の六号室――を突き止めた技術チームは、そのドアの正面にある緑色の非常口のマークにカメラを仕込み、誰といっしょに暮らしているか、誰が訪ねてくるかを探れるようにした。調査対象というのは、身元が判明するまで尾行され、写真を撮られるのだ。

ノワジーのバンカーに戻ったド・パイヤンは、作戦指令室の一室にあるコルク・ボードを使い、送られてくる写真や情報をもとに知識体系――対策――をまとめ上げていった。

まずはその女性の名前と仕事の特定に努めた。郵便受けやアパートメントのドアベルに名前が書かれているので、隠そうとはしていないようだ。彼女の郵便物を調べた現場チームの裏付けも取れている。身元を隠さないということは、偽装ということも考えられる。そこでチームは、その名前を公共料金の請求書やベルギーの運転免許証の名前と照合した。

チームの動きは迅速だった。二週間後には、ド・パイヤンはノワジーのオフィスに坐り、マチュー・ギャラに提出する自分で書いた報告書を読み返していた。モンスでの作戦を仕切っているのは、ブリフォーの副官のギャラだった。調査対象の電話――パキスタンのMERCにいる上層部の人物から毎週十分間の連絡をもらっている電話――のもち主の女性がアヌッシュ・アル＝カーシーだということは、九十パーセントまちがいない。チームの調査によると、彼女は二年まえに夫と二人の子どもとともにパキスタンから移住してきた。訓練を受けた諜報員のような行動は見受けられない。とはいえ二週間絶えず監視したにもかかわらず、夫の姿は確認できなかった。ド・パイヤンとギャラは、できればその欠けたピースをしっかりはめ合わせておきたかった。姿が見受けられない、あるいは素性を調査できない配偶者というのは、不確定要素やリスクをもたらす。それでも、ド・パイヤンは〝接触〟段階に進んで顔を見せる覚悟ができていた。ホテルの部屋に隠れるのも、ヴァンにこもって身を寄せ合うのも、コルク・ボードにきれいな写真を並べるのもこれまでだ。

現場に出ていき、訓練で叩きこまれたことを実践するときだ。必要なのはギャラのゴーサインだけだった。ゴーサインが出れば、アヌッシュ・アル＝カーシーの人生に足を踏み入れることになる。

最後にもう一度、報告書をチェックしてから〝送信〟ボタンを押し、三十秒ほど待ってパソコンをシャットダウンした。いまのパリは夏の真っ盛りだ。ド・パイヤンは子どもたちとサッカーをしたり、妻とワインを飲んだりしたかった。

32

マチュー・ギャラのオフィスはバンカーの角部屋にあり、パリの南に広がる木々や屋根を見渡すことができる。ド・パイヤンはドアの前で立ち止まり、その景色を眺めた。手にはコーヒーの入ったマグをもち、胃には鎮痛剤のアドビルが収まっている。

「アレック、アレック」ギャラは入るように合図した。「入って坐ってくれ」

ド・パイヤンが腰を下ろすと、ギャラは知的な鋭い目で彼を見つめた。「アラムート作戦ではよくやってくれた。チームはそろっているのか？」

「サポート・チームはテンプラーが指揮しています」

「頼もしい」ギャラの剃り上げられた頭が、朝陽を浴びて輝いている。「接触しての調査に入る準備が整ったようだな」

「準備はできています。彼女に張り付いているしかありません——ＭＥＲＣとのつながりは彼女だけですから」

ド・パイヤンには懸命に説き伏せる必要などなかった。フレジェ、ブリフォー、ラフォンはアラムート作戦を次の段階に進めたがっているので、ギャラもそれを止めようとはしないだろう。

「いまのところ、チームは九人だ」ギャラはキーボードを叩き、画面を覗きこんだ。「何を要請すればいい？」

「いまのアラムート・チームの継続を。これだけいれば、必要とあらばPECを設置するにしても充分です」

「わかった、いいだろう」PECというのは、目に見えない警戒手段を幾重にも張りめぐらせた、ミーティングや監視活動を行なうための管理されたエリアのことだ。

「調査対象の呼び方は？」

「ワタリガラスです」

「わかった」ギャラはキーボードに打ちこんだ。「アプローチの方法は？」

ド・パイヤンは作戦を詳しく説明した。テンプラーのチームは引きつづきワタリガラスを監視する。技術チームは彼女のパソコンやEメールに侵入し、車に追跡装置を取り付ける。ド・パイヤンは調査報告についても取り上げ、わかったことを挙げていった——彼女はパキスタンの生まれで、パキスタン人の薬剤師と結婚した。九歳と十三歳の二人の娘がいる。フランス語をウルドゥー語に翻訳するフリーランスの仕事をしているが、ブリュッセル近辺では珍しい職業ではない。パシュトゥー語とパンジャブ語もフランス語や英語に訳せるとのことだ。彼女の携帯電話に関する報告もあった。ふだん使っていると思われるベルギーの携帯電話のほかに、フランスのネットワークを利用している使い捨ての携帯電話――調査対象の電話――ももっている。その電話を使うのは木曜日の午後だけで、ほかの時間帯には使用していない。子どもを抱えた独り身のように思える女性ということは、離婚したのかもしれないし、あるいは寛大な追放処分を受けたとも考えられる。その場合、そこにつけこめば彼女を獲得できる可能性がある。翻訳の仕事も、彼女が依頼人を必要としていれば利用できるかもしれない。

「彼女のEメールを読んだり、友人や家族を調べたりします」ド・パイヤンはつづけた。

「二週間以内には接触計画を報告できると思います」

「いつでも報告してくれ。この作戦にはかなりの予算を注ぎこんでいる。この勢いを鈍らせないためにも、有益な情報が必要だ。わかったな?」

ド・パイヤンは笑みを浮かべた。「わかりました」

「頼むぞ。ラフォンが躍起になっている。それに生物兵器が関わっているということで、政治的なあと押しもある。とはいえ、この調子でいい報告を挙げてもらわないと困る――

ここの経理の連中のことはわかっているだろ」

「任せてください」

ギャラは椅子にもたれかかり、ネクタイをなでつけた。「そういえば、審査の結果が出たぞ」

「そうでした」ド・パイヤンは、アナと夫のラフィを調べるよう頼んだことを思い出した。「南から戻ってきたら、妻に新しい友人ができていたんです。気にしすぎかもしれませんが」

「そんなことはない。用心に越したことはないからな。とにかく、ホムシ夫妻について調査したところ――怪しいところはないとのことだ」

ギャラがかすかににやりとした。ド・パイヤンには、彼が何か言いたげなのがわかった。

「私の目の前にそんな女性が現われたら、警告のホイッスルを吹くまえによく考えてみるがな、わかるだろう？　警告のホイッスルどころか、彼女に向かって口笛を吹くかもしれない」

ド・パイヤンはギャラを下品だと思ったものの、本人は気づいていないようだった。ギャラはパソコンの画面をド・パイヤンの方へ向けた。「これで、いつでも彼女は私と秘密の活動ができるというわけだ、ちがうか？」

その画面の写真は、フランス政府のデータベースにも要注意人物リストにもアナ・ホムシを載せる必要がないと判断した内務部門が送ったものだった。専業主婦になるまえに勤めていた会計事務所の人事ファイルから拝借したデジタル写真も添えられている。審査対象の女性と内務部門が調べた女性が同一人物だというのは明らかだった。その写真の女性は長い黒髪に大きな丸い目をしていて、全盛期のクラウディア・カルディナーレに似ていなくもない。その写真が撮られたのは八、九年まえだろう。

「おれの好みではありません」ド・パイヤンは立ち上がった。

「嘘をつくな」廊下を歩いていくド・パイヤンに向かって、マチュー・ギャラは笑い声をあげた。「こんな女が好みじゃないやつなんているものか！」

33

ド・パイヤンはバンカーのまわりでランニングをしてから、午前十時まえに地下のジムへ行った。トレーニング・ベンチに坐って携帯電話を覗きこんでいる男のほかには、誰もいなかった。冷水器で水を飲み、ロッカーからボクシング・グローブを手に取ってサンドバッグの前に立った。壁に備え付けられたタイマーを押すと、三分間のカウントダウンがはじまった。ボクサーの構えを取ってバランスを保ち、まずはゆっくりからだを動かした。ジャブやフック、右ストレートを打ち、足先に均等に体重をかけてボビングやウィーヴィングをしながら、脚腰を使ってパンチを放った。

タイマーが鳴るころには、ド・パイヤンは息を切らし、脚にも力が入らなくなっていた。あえぎながら、どうして週に三回こういったトレーニングをしてコンディションを整えておかないのだろうと考えていた。あと三分二ラウンドをこなそうと心を奮い立たせていると、背後から声がした。

「それがボクシングのつもりか？」

振り返るとシュレックが立っていた。ブラジリアン柔術用のぴったりフィットしたシャツと短パンを身に着けている。

「ちょっと錆びついているだけさ」ド・パイヤンは言った。

「わかってる――来月、健康診断があるんだろ」シュレックは明らかに楽しんでいる。

「忠告したよな？　いつまでもむかしのようにはいかないんだ、相棒《モン・ポット》。練習しないと」

「ああ、わかってるよ」ド・パイヤンは、かつてジェット戦闘機を操縦していた元ラグビー選手のような外見をしている。それに対し、シュレックはチェスで相手を完膚なきまでに叩きのめす学者のように見える。だがシュレックは練習を積んで詠春拳の黒帯を取り、師範の資格までもっている。ド・パイヤンは一日一パックのタバコを吸い、年に一度の健康診断に備えて体調を整えようとしている。シュレックの言うとおりだ。拳に天性の才能が宿っていたのは、若いころの話だ。

「来いよ、いまの力を試してやるから」シュレックはロッカーのところへ行った。

「スパーリング相手をする気はないぞ」ド・パイヤンは言った。「冗談じゃない。いまだって、サンドバッグを相手にするだけでも精一杯なのに」

「大丈夫だって」シュレックは総合格闘技用の黒いグローブをド・パイヤンに放り投げた。

「手荒なまねはしないから」

「するに決まってるだろ」ド・パイヤンはボクシング・グローブからオープンフィンガー・グローブに付け替えた。

「わかった、手を抜いてやるよ」シュレックはジムの北の端にある青い格闘技用マットの方へ向かった。二人とも靴を脱ぎ捨て、麻の詰まったマットに上がった。ド・パイヤンは、どんな目に遭わされるか怖くて仕方がなかった。

「このまえ、フレジェ部長と話をしていなかったか？」ド・パイヤンは肩のストレッチをしながら何気なく訊いた。「ブリフォー・チーフのオフィスの外で？」

シュレックはにやりとした。「ずいぶんと具体的だな。スパイでもしていたのか？」いかにもシュレックらしい。ユーモアで本心を包みこんですっぽり覆い隠すのだ。しつこく訊けば、面倒なことになるのはド・パイヤンのほうだ。

「給料を上げてくれって頼みに行ったのかと思った——みんな、そう言っているから」

シュレックの目が光った。「みんなっていうのは——？」

「ほら！　引っかかった！　気取り屋め」

「この野郎」シュレックはド・パイヤンとグローブを突き合わせた。

二人は距離を取った。ド・パイヤンは両手のガードを上げ、からだを屈めて臨戦態勢に入った。シュレックはからだを横にひねり、滑らかな足取りで素早いバックステップを踏んでうしろまわし蹴りを放った。その蹴りをみぞおちに食らい、ド・パイヤンのからだが浮いて尻から落ちた。ド・パイヤンは咳きこんでシュレックを見上げた。

「手荒なまねはしないなんて、よく言えたもんだ」ド・パイヤンは呼吸を整え、スパーリングをつづけるのはつらくなりそうだと思った。

「おれはスパイだからな」シュレックは肩をすくめた。「嘘をついたのさ」

飛び起きたド・パイヤンは体勢を立てなおして身構えた。

「おっと」シュレックが言った。「柔術で挑もうっていうのか?」

「かかってこいよ」二人は互いに円を描くように動いた。シュレックは慎重になっていた。スパーリング・パートナーが寝技にもちこむチャンスをうかがっているのはお見通しだった。

ド・パイヤンは胴タックルに行くと見せかけた。シュレックがカウンターで放った踏み蹴りとパンチのコンビネーションは予測ずみだ。左のパンチをかわしつつ右のパンチを肘で受け、腕を伸ばしてシュレックの右肘をひねり上げた。足がマットを離れたシュレックは、腕を折られないようにからだを下にひねって振りほどこうとした。ド・パイヤンはその動きに合わせてシュレックを押し倒した。前腕をシュレックの首に叩きこみ、背後にまわってチョークホールドで絞め上げた。

シュレックがタップして立ち上がり、二人は向かい合った。これで一対一の同点だ。ここでやめてもよかったのだが、シュレックが片方の眉を上げ、ド・パイヤンもそれに応じた。シュレックはド・パイヤンの太腿に素早いまわし蹴りを打ちこみ、つづけざまにパンチを放った。ド・パイヤンは伸びた腕の内側に潜りこみ、払い腰でマットに倒したが、シュレックはそのまま転がって立ち上がった。ド・パイヤンは体勢を立てなおした相手に飛びかかり、腕を極《き》めようとした。だがシュレックはからだを反らし、宙に浮いたド・パイヤンのあばらに右のサイドキックをお見舞いした。つづくシュレックの左拳をからだを屈めてかわしたド・パイヤンは、相手をマットに投げ倒し、もう一度前腕を首にまわして寝技にもちこんだ。が、シュレックはからだをひねって逃れた。ド・パイヤンの右耳に左肘を打ち下ろし、自分より大きな相手をふらつかせる。二人は転がって距離を取り、それから飛び起きて身構えた。二人とも息が荒い。

ド・パイヤンは、肩甲骨のあいだを汗が流れ落ちていくのを感じた。からだがなまっている。「ウォーミング・アップとしては悪くないな、じいさん」ド・パイヤンは呼吸を整えようとした。

「ストレッチよりましだ」シュレックの声もかすれている。「さあ、つづきだ」

棚のワイングラスに手を伸ばしたド・パイヤンはあえぎ声を洩らした。いまにも左の肋骨が痣だらけの皮膚を突き破ってくるような気がした。

「大丈夫、あなた？」ソファーから見ていたロミーが声をかけた。

「大丈夫だ」二つのグラスにリースリングのワインを注いで言った。「シュレックとスパーリングをしたんだ」

「いつもあとで後悔しているわよね」

「仕方なかったんだ。ジムで逃げ場がなくて」

「どこが痛むの？　タイガーバームの軟膏があるわよ」

「あばら、脚、腹、腕」そう言ってグラスを運んだ。

「マッサージが必要ね」ロミーはワインに口をつけた。

ロミーは赤いトラックパンツをはいているせいで、テレビドラマの『かわいい魔女ジニー』の魔女のようだった。「おれもいっしょにきみを触るようなマッサージじゃないと」

ド・パイヤンはウインクをした。

「子どもたちをお風呂からあがらせて。それで手を打つわ、ムッシュ」

ド・パイヤンはグラスを置いて飛び起きた。太腿の筋肉が強張り、苦痛の声が洩れた。

「慌てないで、タフガイさん」ロミーはくすくす笑った。「いま約束したでしょう、覚えてる?」

34

ド・パイヤンはバンカーの機密情報隔離施設内の作戦指令室で椅子に坐っていた。いまでは〝ワタリガラス〟と呼ばれるアヌッシュ・アル＝カーシーの周囲の〝環境〟を整える計画について、ブランとテンプラーから説明を聞いているところだった。環境が整いしだい、ド・パイヤンはワタリガラスと接触することになる。それぞれのチーム・リーダーたちは計画の強みを売りこみ、作戦リーダーがカルマインボス国有林に埋められることはないと請け合った。パキスタンによる対監視活動がないことを確かめるため、チームは家族や友人、職場や余暇の過ごし方など、ワタリガラスを取り巻く環境情報をできるかぎり集める。第一段階は、イスラマバードの送信者とモンスの受信者の身元を特定し、二人の関係を明らかにすることだった。本格的な環境調査はより深く踏みこみ、ド・パイヤンが怪しまれることなくワタリガラスの生活に入りこめるよう、彼女の人生を詳細に調べなければならない。

ブランは技術面の計画を説明した。まずはワタリガラスの家の玄関に向けてカメラを設置する。車の後部座席に乗せたテディベアの目に仕込んだレンズと、通りに隠したレンズを交互に使い、ワタリガラスの住む建物の入り口をモニタするのだ。彼女の車――小型のシルヴァーのBMW――に装置を取り付け、ターゲットの車の動きだけでなく、携帯電話の通話状況も追跡する。いまでは彼女が東芝のノートパソコンでGメールを使っていることがわかり、彼女のメールを傍受するのは難しくはなかった。すでにブランのチームはターゲットの二つの電話に侵入して盗聴をはじめ、ソーシャル・ネットワークの使用にも目を配っている。

テンプラーは充分な人数をそろえて男女混合の三つのチームをローテーションさせ、ワタリガラスが使うそれぞれのルートを区切って交代して担当させる。娘たちを学校へ送るときや午後に連れ帰るとき、ダンス教室へ行くとき、翻訳のアポイント先へ向かうとき、それにグローテックのオフィスへ定期的に行くときのルートなどを見張るのだ。ターゲットのルートを複数のチームで分担して受けもつことで、正確なデータが手に入る。しかもモンスで軍統合情報局が監視をしていたとしても、簡単には気づかれにくい。

「郵便物を拝借する」テンプラーが言った。つまり、彼女がいないときにアパートメントの郵便物を抜き取って中身に目をとおし、またもとに戻すということだ。「すでに玄関ホールの合鍵は作ってある。それと、いまだに旦那の姿は見ていない。旦那も周辺環境の一部だ。旦那も含めて、彼女とつながりがある者はひとり残らず特定する」

後方支援についても話し合った。それなりの環境を整えるには一カ月近くかかることもあり、サポート・チームはある程度のローテーションを組むことになる――パリにも戻ってくるということだ。とはいえ、監視は二十四時間体制で行なわれるため、チームはホテルやペンションなどに分かれて現金で支払いをし、毎朝、あるいは毎晩、任務をはじめる場所に集まらなければならない。ド・パイヤンは重苦しい雰囲気に気づいた――彼らはイスラマバードで行動をともにし、正体を気づかれることもなかったとはいえ、今回は少しばかりそのときとはちがう。パキスタンの生物兵器研究施設のＶＩＰと直接つながりのあるターゲットを取り囲んでいるのだ。彼女の周囲で対監視活動が行なわれているとすれば、相手は情け容赦のないプロだろう。

「ばれないように徹底する」テンプラーは首を縦に振った。「おれたちが町にいることは、ウィジャ・ボードを使って交霊術でもしないかぎりわからないさ」

テンプラーとブランが出ていくと、ド・パイヤンはセバスチャン・デュボスクという架空の身分に注意を向けた。デュボスクは、ド・パイヤンにとって新しい身分ではない。ヨーロッパやアメリカで使ったことがある。デュボスクは、パリにオフィスをもつアルファファーマ・コンサルティングという会社の製薬コンサルタントという設定になっている。その会社名にしたのは、一般的な企業名にすることで敵の諜報機関がオウナーを特定しづらくなるからだ。毎月、ド・パイヤンは製薬コンサルタントとしての体裁を繕っていた。パリ九区にある自分のオフィスに顔を出したり、見込み客にEメールの返事を送ったり、ドイツやオランダでの学会に出席したりしていた。デュボスクは、ワタリガラスに翻訳を依頼するというかたちで近づくことになっている。パキスタンや近隣のスタン諸国の顧客たちにも彼のウェブサイトが理解できるように、ウルドゥー語とパシュトゥー語バージョンのウェブサイトを作りたいと言うのだ。セバスチャン・デュボスクという人物は、身なりがよくて洗練されている。しゃれたスーツを着こなして高級な靴をはき、カネの心配などしていない。モンスから送られてきた写真すべてに目をとおしたド・パイヤンは、ワタリガラスが高級なハンドバッグやアクセサリーを好むことから、彼女に有効なMICEは自尊心かもしれないと考えていた。亜大陸のブルジョアの女性といった雰囲気があり、セクシーなパリのビジネスマンからのロマンティックな誘いに応じるかもしれない。ド・パイヤンはきれいに髪を整えてもらうことにし、男性用の香水でもつけてみようかと考えた……たとえばパコ・ラバンヌといったものを。とにかく、セバスチャン・デュボスクは楽しみたいと思っているが、そこまで切羽詰まっているわけではないという印象を与えるのだ。

ド・パイヤンはメトロに乗って東へ向かい、カンパニーのフラットでシャワーを浴びた。自分のロッカーに入っている衣装のなかからダーク・ブルーのスーツを選び、新しい白いシャツとイギリス製の茶色いボーウェンの靴を合わせた。アレック・ド・パイヤンに関係するものをマニラ封筒に入れ、別の封筒からデュボスクの財布や私物、携帯電話を出した。金の薄型の腕時計を身に着け、ヴィンテージ風の金のロザリオ・リングを指にはめた。

デュボスクのアパートメントまではメトロで十二分かかり、そのあいだにデュボスクのノキアの携帯電話を組み上げた。ゴド・ド・モロイ通りのレストランの上にある彼のアパートメントは空っぽだが、玄関ホールにたまっている郵便物を抜き取り、通りを渡ってアルファファーマ・コンサルティングのオフィスへ向かった。階段を上がり、小さなサーヴィス・オフィスに入った。デスクのほかに、二脚の椅子と一脚のソファーがあり、デスクには電話とパソコンが置かれている。たいしてものはないが、これだけあれば充分だ。

明かりをつけ、オフィスのなかを歩きまわった。廊下の先にオフィスをかまえる保険ブローカーが電話に向かってがなりたてている声が聞こえる。デスクをまわりこんで腰を下ろし、パソコンの電源を入れた。特価品のエグゼクティヴ・チェアにもたれかかり、セバスチャン・デュボスクの思考に切り替えようとした。ド・パイヤンにはテンプラーが率いるヨーロッパ屈指の現場チームが二チームもついていて、すでに彼らはモンスの町じゅうに監視の目を張りめぐらせている。ワタリガラスの私生活の奥深くまで侵入し、軍統合情報局のボディガードや見張りがまわりにいないことを確認できれば、ド・パイヤンは二週間で現地に入れる。ファルコン作戦のことや、三百万ユーロのパスポートについて訊かれた内務部門との散々な面談のことが頭に浮かんだ。それはつまりパレルモの件がいまだに尾を引いていて、フレジェが最終報告を出していないということだ。これではマヌリーに伝えることも何もない。どうしてシチリアではあんなひどい結果になってしまったのか、あのフェリーにいた身なりのいい洗練された男は何者なのか、もう一度考えてみた。あれは本当にムラドだったのだろうか？　もしそうだとしたら、いつもは姿を見せない男が、どうして直接手を出す必要のない現場に現われたのだろう？　ムラドはオサマ・ビン・ラディンの幹部とつながっていると言われているだけでなく、パリやロンドン、マドリード、フランクフルトにいる潜伏工作員たちに資金を提供している疑いがもたれている。そんな男が安全な隠れ家――それがどこか見当もつかないが――から姿を現わし、フェリーやバーでマイケル・ランバルディに自ら指示を出したというのか？　なぜだ？

　オフィスの外の寄せ木張りの床にハイヒールの音が響き渡り、やがてその足音が止まった。

「セバスチャン？」女性の声がした。「いるの、あなた《シェリ》？」

「クレール！　入ってくれ」ド・パイヤンは、愛想のいい独身男性、セバスチャン・デュボスクに戻った。

　磨りガラスのドアが内側に開き、保険ブローカーのところで〝実質的にすべての業務〟をこなしているブロンドの従業員のクレールがドア枠に寄りかかった。黒っぽいペンシル・スカートをはき、ゆったりした赤いブラウスを着ている。ゆったりしたブラウスでからだのラインを目立たなくしようとしているようだが、まるで効果がない。

「あなただと思ったわ」ウエストバンドからタバコのソフトパックを取り出した。「また冒険に行っていたの、セバスチャン？」

「大変な仕事を〝冒険〟と言うならね。この仕事をしていると、クライアントは世界じゅうにいるんだ」ド・パイヤンは差し出されたタバコを受け取った。「年がら年じゅう飛びまわらなきゃならない。わかるだろう？」

「まったく！」クレールはド・パイヤンの愚痴をはねつけた。「一週間、男になれるとしたら、喜んでなるわ。あちこち行って、なんでもやりたいことをやるの」

「それほどいいことじゃないさ」ド・パイヤンは彼女に火をつけてもらった。

「冗談じゃないわ」ブロンドの女性は自分のタバコにも火をつけた。「自分の自由を愚痴るのは、男だけよ」

35

午前九時半のミーティングへ向かうまえに、ド・パイヤンは息子たちに朝食を作り、いっしょにテレビで『スポンジ・ボブ』を見た。ワッフルを作りながら――砂糖とシナモンをたっぷりまぶした〝パパ風〟ワッフル――女の子やいじめっ子たちの話をした。パトリックにいつになったらラグビーをできるか訊かれ、ド・パイヤンは声を潜めた。

「どうしてラグビーを？」ロミーにこの会話を聞かれたくなかった――彼女はラグビーを嫌っているのだ。「サッカーが好きなんじゃないのか？」

「パパがラグビーをしてたから」パトリックが言った。「学校の写真を見たよ」

「わかった、あとでママに訊いてみよう」ド・パイヤンはメープルシロップをかけた。

「もう訊いたよ」

「それで？」

パトリックはにんまりした。「絶対ダメだって。ママに頼んで、パパ」

「パパが頼むのか？」ド・パイヤンは笑い声をあげた。「どうなると思う？」

「優しく頼んでみたら？」オリヴァーが大きく目を見開いて口を挟んだ。

『スポンジ・ボブ』を二話見終わったころには、ド・パイヤンは動きたくなくなっていた。九月の第一週にはパトリックの学校がはじまり、オリヴァーも一年生になる。オリヴァーがまだ話せなかったころのことを思い出した。それがいまや、読み書きを習おうとしているのだ。あっという間にときが過ぎ去っていくのを感じていた。たんに年を取るというのではなく、家族としてのときが過ぎていくのだ。ド・パイヤンがいま現在の策略や人心操作に没頭しているあいだ、息子たちはカラテを習い、サッカーをし、のんびり『スポンジ・ボブ』を見ている――英語の放送を理解できているのが誇らしかった。家族のことを考え、もっと人として恥ずかしくない人生が送れればと思った。ド・パイヤンの世界では、家族というのは利用材料であり、つけこむべき弱点なのだ。どんなに理性的な人であろうと家族を守るためならなんでもするということは、子どもたちもゲームの一部ということだ。ド・パイヤンはそのことに向き合わないようにしてきた。パレルモから戻ってきてロミーにこう訊かれるまでは。〝あなたはそうしてるってこと？　相手の家族を利用しているの？〟

そうだ、アニメを見ながらコーヒーに口をつけ、ド・パイヤンは思った。それがおれのしていることだ、と。
子どもたちにキスをし、ロミーをもう少し寝かせておいてやるよう言った。そして八時半まえにドアをそっと出ていった。

彼らはドミニク・ブリフォーのオフィスに集まった。ド・パイヤンとマチュー・ギャラは、現地調査により作戦環境が整ったので接触段階に進むべきだとYセクションのチーフに説明した。テンプラーが指揮する三週間におよぶ環境調査では、ワタリガラスに特別な点は見受けられなかった。Eメールや電話でしょっちゅう夫の文句を口にし、もっと自由が欲しいと言っているくらいだ。MERCの謎の男との電話はモニタされ、Cat本部の暗号解読者たちの前で再生されたものの、買い物や交通、学校のランチといったつまらない会話のなかに暗号は見つからなかった。パキスタンやイランのような国では、機密情報を扱う政府職員が家族や友人に仕事のことを絶対に訊いたり口にしたりしないよう教えこんでいるというのは、めずらしいことではない。だからワタリガラスは仕事のことを訊いたりはしないし、MERCの調査対象も話したりはしない。ブリフォーは、ワタリガラスと調査対象《POI》の会話記録のファイルを手にしていた。適当にページをめくると、そこにはこんな会話が書かれていた。

POI：　元気か？
ワタリガラス：　ええ。
POI：　子どもたちは？
ワタリガラス：　楽しく暮らしているわ。
POI：　そっちの天気は？
ワタリガラス：　快晴よ。
POI：　仕事はどうだ？
ワタリガラス：　忙しいわ。

ブリフォーはため息をついた「これだけか？」

ド・パイヤンは頷いた。「あまりにも平凡なので、ワタリガラスがこう言うように仕込まれている可能性も考慮に入れるべきです」

ブリフォーはその可能性を考えて肩をすくめた。諜報戦においては、人というのはつまらない会話をするものだということも受け入れなければならない。

次に隠し撮りされた写真を検討した。そこにはワタリガラスの自尊心が浮き彫りになっていた。MICEとして利用できるかもしれない。彼女は美しい顔にセクシーなからだをしている。ある写真では、シルクのパラシュート・パンツとからだにぴったりフィットしたキャミソールという、典型的なパキスタンの女性ほど控えめではない格好をしていた。「テンプラーのチームの女性メンバーが、ワタリガラスを尾けてラテン・クラブへ行きました」ド・パイヤンは言った。「彼女の報告によると、そのクラブのダンス・リーダーは安っぽい感じのハンサムな男だったそうです。詳細は報告書に」

ブリフォーは顔をしかめ、写真に目をとおしていった。「対監視活動は？」

「見受けられません」ド・パイヤンは言った。「周囲に敵の目はありません」

ギャラは、ワタリガラスがヨーロッパで暮らす中東の移民女性たちと交わしたEメールを指し示した。そのメールのなかで、ワタリガラスはファディ——不在の夫——から逃げたいと言っていた。夫が彼女を束縛し、そのうえ急進的になったと。

ブリフォーはリングバインダーを閉じ、ギャラの方へ押しやった。それからド・パイヤンに目を向けた。「接触段階に進むとして、ワタリガラスに対する作戦は？」

「アプローチの方法は考えてあります」

ブリフォーは頷いた。心はすでに別のことへ向けられている。「いいだろう。フレジェ部長に確認を取る。今夜までに判断を下すはずだ」

36

新しいモンス駅は、白いコンクリートでできた巨大な神殿のようだった。まるでロサンゼルス国際空港のUFO型の建物とシドニー・オペラハウスのあいだに生まれた非公認の子どものようだ。ド・パイヤンはパリでタリス高速鉄道に乗り、ブリュッセルで乗り換えたインターシティの列車を降りた。きれいなベルギーのコンコースを外のタクシー乗り場へ向かう。タクシーの運転手にサン・ジョルジュ・ホテルの住所を伝えた。そのホテルを選んだのは、大通りから離れたところにあるからだ。宿泊代も、パリの旅行代理店をとおして現金で前払いしてある。財布を盗まれてしまったため、緊急用に取っておいた現金を使うしかないということにした。セバスチャン・デュボスク名義でチェックインして四階へ上がり、部屋をくまなく調べた。窓から通りをうかがい、車で坐っている人や、作業をしているというよりもただ駐まっているだけのような作業用ヴァンがないかどうか目を光らせた。

テレビをつけてダブルベッドで横になった。テレビでは、ベルギーとフランスの二カ国の放送が流れている。二日まえ、パリからワタリガラスに電話をかけて自己紹介をし、週の後半はブリュッセルにいると伝えた。モンスで会ってウェブサイトの翻訳の件で話ができないかどうか訊いた。いまはからだじゅうにアドレナリンが駆けめぐっていた。これこそが〝実戦任務〟であり、Yセクションはこのために作られたのだ。ド・パイヤンは、こういった任務のための特別な訓練を受けていた。もちろん車を猛スピードで運転したり、銃器を扱ったり、爆弾を作ったりすることもできる。だが他人の生活に近づいてその一部になり、相手とのあいだに築かれた信頼を裏切るというのは、レベルがちがう。きっかけを作るのが難しいだけでなく、悟られないように演じつづけるのも苦労する。しかもなんらかのかたちでターゲットが守られている場合は、危険もともなう。平静を保ち、自然に振る舞うためには、工作担当官は細部にまでこだわり、一瞬たりとも気を抜くことは許されない。池に浮かぶアヒルのたとえのようなものだ——ただ見えないからといって、水面の下で必死に水をかいていないというわけではない。

ベッドで横になったまま、頭のなかのチェックボックスを確認した——アルファファファーマ・コンサルティングの住所はほかの企業にも知られているし、商業登記もしてある。クライアントや契約のリストも照合できる。軍統合情報局がアルファファファーマのパリのオフィスを嗅ぎまわったとしても、デスクにはセバスチャン・デュボスクはいないかもしれない。だがおそらくはクレールと出くわし、つい先日いっしょにタバコを吸った男の話を聞かされるだろう。セバスチャンは身元がはっきりし、運転免許証をもち、住所もあるうえに、フェイスブックやリンクトインにソーシャル・ネットワークの足跡も残している。仕事の電話番号にかけてもちゃんとした応答があり、最近の二人のクライアントについてもYセクションの管理課のメンバーがその存在を証明してくれる。こういった準備は重要だ――諜報機関がターゲットを監視しているとすれば、ド・パイヤンの架空の身分をチェックするだろう。ひとつでもほころびがあれば、優秀な諜報員ならそこから何もかも解き明かしてしまう。

ワタリガラスとセバスチャンは、午後六時に〈カフェ・アーヴル〉で会うことになっていた――ビジネスとしては遅くはないが、打ち解ける足掛かりとしてはそれほどかしこまらずにすむ時間帯だ。第一印象が肝心だ。ド・パイヤンはシャワーを浴び、このために買っておいたパコ・ラバンヌの化粧品セットを開けた。デオドラントを使い、ひげを剃ったあとでコロンもつけた。まずはカジュアルな服装で出かけ、午後五時二十八分に現場の前を通ってみた。全体的な様子を頭に入れ、実際に会ったときにおかしなところがあれば気づけるようにしておきたかったのだ。そのカフェがあるのは、大通りと交通量の多い道との交差点だった。諜報チームならカフェのまわりや店内に人員をどう配置するかド・パイヤンには予想がついたが、気になるものは見当たらなかった。

ホテルへ戻り、スーツに着替えてイギリス製の靴をはいた。それから小さな革のショルダーバッグをもって三ブロック歩き、約束の時間の二分まえにカフェへ着いた。通りや入り口、トイレへの通路が見えるように、壁を背にして坐った。店内にはほとんど誰もいなかった――ベルギー人というのは、フランス人よりも夕食の時間が遅いのだ。水を注ぎに来たウェイトレスに連れがいるのかどうか訊かれたとき、ちょうどワタリガラスがカフェに入ってきた。しゃれたダーク・ブルーのシルクのブラウスに白いフレア・パンツ、ほどほどの高さのヒールという格好をしている。ド・パイヤンが勢いよく立ち上がって満面の笑みを浮かべると、彼女は顔を赤らめた。

「はじめまして、アヌッシュですね？」ド・パイヤンは握手の手を差し出した。「アルファファーマのセバスチャン・デュボスクです」

彼女は少し取り乱しているようだった。「はじめまして、ムッシュ・デュボスク」

「セバスチャンでかまいません」ド・パイヤンはさっとテーブルをまわり、彼女のために椅子を引いた。「時間どおりですね。たまにはこういうのも悪くない」

相手の見た目や服装を褒めるよりも、プロ意識に好意的なコメントをするほうが効果的だということを心得ていた。

「翻訳者に苦い経験でも？」ワタリガラスが勧められた椅子に腰を下ろして言った。

ド・パイヤンは話して聞かせた。ときには急に翻訳してもらわなければならないことがあり、しかも専門的な知識が必要な場合もある――どんな翻訳者でも対応できるわけではない、と。

「専門的な知識というのは、どういったたぐいの？」

「当然ですが、文書のなかには薬学や化学に特化したものもありますし、試験や検査体制について説明しなければならないこともあります。そういった内容は、ヨーロッパの言語から翻訳しにくいことがあるんです」

彼女の笑い声を聞き、ド・パイヤンは幸先《さいさき》がよさそうだと思った。「科学分野の翻訳をしたことは？」メニューを見ながらにっこりした。

「あまりありません。ですが、とんでもない翻訳を目にしたことはあります」

彼女はオピウムの香水をつけすぎているとはいえ、愛想はいいと思った。ド・パイヤンは話を進め、ウルドゥー語とパシュトゥー語に訳してもらいたいウェブサイトがあると言った。おもなクライアントは、パキスタンやイラン、スタン諸国の市場に将来性を見いだした製薬業界や農業界の人たちだということも説明した。

「とはいえ、秘密保持契約にサインをしてもらうことになります」彼女が興味を示し、そういった分野での経験もあることがわかると、ド・パイヤンは言った。「私がほかのクライアントには何も明かさないということを納得してもらってはじめて、クライアントとの契約が成立するんです」

ド・パイヤンはチャーミングに振る舞いつつも距離を保った。食事を終えるとワインのお代わりをするつもりはないことを示し、これは〝ビジネス〟だというのを明確にした。そして彼女をタクシーまで送って握手を交わし、会ってくれたことに礼を述べた。そしてサインをしてもらう秘密保持契約書と業務契約の書類を用意しておくので、一週間後にまた会おうと言った。

「ありがとうございます」彼女はそう言ってタクシーにからだを滑りこませた。「面白そうな仕事ですね」

長引く夕暮れのなかに彼女が消えると、はじめての接触に成功したド・パイヤンは興奮が湧き上がってくるのを感じた。彼にとっては、いつもこうだ――陰から姿を現わし、もはや幽霊ではなくなる瞬間だった。

37

ド・パイヤンは、次の日はパリでほかの五つの身分に気を配り、連絡相手たちと会う日程を調整することにしていた。二軒目のインターネット・カフェで、ブリフォーのイニシャルと数字が書かれたEメールを目にした。カフェを出て三百メートル離れてから、使い捨ての携帯電話でサーヴィス番号にかけた。自分の識別名を告げたド・パイヤンは、相手の女性から昼にバンカーで緊急のミーティングがあると伝えられた。

ブリフォーのオフィスに着くと、来客用のソファーにマリー・ラフォンが坐り、ブリフォーが固定電話で通話を終えるところだった。腰を下ろしたド・パイヤンは、ボスがネクタイをはずしていることに気づいた。ドミニク・ブリフォーが現場へ出るという前触れだ。

「あの生物兵器の件について、何か進展は?」ド・パイヤンが口を開くと、ラフォンが携帯電話から視線を上げた。

「もうすぐわかるわ」

ブリフォーが電話を終えた。「駐車場で車が待っている」そう言って立ち上がった。

三人はシルヴァーのメルセデスのヴァンに乗りこんだ。後部座席は向かい合う形になっていて、運転席とのあいだには防音カバーがはめられている。各セクションのチーフが使うヴァンというのはタイアが付いた機密情報隔離施設になっているということだが、ド・パイヤンは信用していなかった。車は外周環状道路を越えて南へ向かい、そのあいだにブリフォーは状況を説明した。ヴィラクブレー空軍基地内の厳重に警備された病院に、アフガニスタン国籍の者が搬送されてきたということだった。

「カピサ州で海兵歩兵落下傘連隊《RPIMa》が見つけた男だ」ブリフォーは言った。

「カピサ州ですって？」ラフォンが言った。「まだアフガニスタンでパラシュート部隊が活動しているの？」

「後方支援と人道支援のためだ」ブリフォーは表情を変えなかった。

ラフォンは首を振り、いつもと同じたわごとにうんざりした。「わかったわ、フランスの後方支援チームがその人を見つけて、パリまで運んできたのね？　どうして？」

「それを確かめる」ブリフォーが言った。

N一一八号線を南へ曲がってA八六号線に入ると、左手にヴィラクブレー空軍基地が見えてきた。ゲートでセキュリティ・チェックを受け、大きな管理棟へ行って車を駐めた。ド・パイヤンはブリフォーやラフォンとともに職員用の裏口へ向かった。ド・パイヤンにかつての感情がよみがえってきた。フランスの諜報機関に管理されているこの建物に入ったことはない。空軍時代には、基地内の西にあるもっと近代的な作戦センターで寝泊まりをしていた。ドアの前で立ち止まってマリー・ラフォンを先に通し、空を見上げた。二機のミラージュ戦闘機が、先導と後方のフォーメーションを組んで飛んでいる。機体のマークを見極めようとしたド・パイヤンは、別の時間と場所に引き戻された――二〇〇一年九月十一日だ。空中戦の訓練中に地上から連絡が来た。

「マルコウ・ホテル、こちらディジョン」

ド・パイヤンは返答した。「こちらマルコウ・ホテル」

「マルコウ・ホテル。ただちに中止して、そのまま待機せよ」

「ホテル、待機します」ド・パイヤンはこの指示に首をひねった。

「ホテル、雲頂高度《TOP》からの降下開始《TOD》を準備」ディジョン空軍基地の管制塔から指示が来た。

「ホテル、準備完了」

「ホテル、三、二、一、降下開始」

暗号化された無線周波数に切り替えると、また通信が入った。「マルコウ・ホテル、聞こえるか？」

「ホテル、周波数の切り替え完了」

「了解。ホテル、ただちにRTBせよ、速度や高度はいとわない」

それを聞き、ド・パイヤンの鼓動が速くなった。RTBというのは〝基地への帰還〟を指し、〝速度や高度はいとわない〟というのは〝どんなことをしてでも、大至急戻ってこい〟という意味だ。フランス空軍による管理された状況下では、そんな指示が出されたということなどほとんど聞いたことがなかった。

「ホテル、了解。ただちに帰還命令の理由は？」

「地上にて説明がある」

「ホテル、了解。ディジョンへ向かいます」

パイロットの望む高度でマッハ2を超えるというのは、めったにないことだった。ディジョンへの着陸許可を得たときも、アドレナリンが駆けめぐっていたのを覚えている。地上を走行して〝武装された〟エリアに入り、それから防弾仕様の格納庫へ引き戻された。シングル・エンジンを稼働させたままのミラージュ戦闘機の翼の下には、実弾の空対空ミサイルが装備されていた。パイロットたちは操縦席で待機するよう指示を受けた。移動式はしごを上ってきた整備士に座席の射出装置を解除され、ようやくド・パイヤンは何が起こっているのか訊くことができた。

「ニューヨークが攻撃を受けている」整備士の顔には緊張が浮かんでいた。「ワールド・トレード・センターが爆破された。第三次世界大戦だよ」

コックピットに坐ったままニュースを聞いていた。世界大戦の開戦時に、ディジョン空軍基地で武装されたミラージュ戦闘機の操縦席に坐っているというのはこれ以上ないシチュエーションだ、そんなことを考えていた。しかもこの戦争はほかの戦争とはちがい、勝利の鍵となるのは諜報戦だろうと。

整備士がミラージュをリセットし、三〇ミリ二連機関砲やミサイルをサポートするマジックII赤外線誘導システムとMICA・EMの〝撃ち放し能力〟を起動させた。無線はアンチジャミングのハーフ・クイックに設定され、通常のTOD通信から周波数を毎秒千回変えるQODに切り替えられた。飛行編隊は〝二分待機〟に移行した。パイロットは最初のスクランブル命令から少なくとも二分で離陸しなければならない――戦時体制だ。二分待機では、パイロットは滑走路の端で何時間も操縦席にとどまり、スクランブル命令に備えることになる。行き先と指令は、離陸後に伝えられる。

ラフォンとブリフォーが建物に入っていくのを見つめながら、ド・パイヤンはいまでもそのときの緊張と興奮の名残が湧き上がってくるのを感じた。その後のアフガニスタンやイラクでの任務を思い出し、そのときの疲労感もよみがえってきた。まるでこの何年ものあいだ、そういった疲労感がずっと骨のなかに潜伏していたかのようだ。その思いを振り払ってドアを入り、この新たなキャリアにおいてアフガニスタンから何がもたらされたのか興味を引かれた。

基地の諜報セクションには専用の刑務所や宿泊エリア、レストランのほかにも、専用の病院まであった。その病院は一九七〇年代のアメリカ風の施設で、波型ガラスの仕切りや、リノリウムの廊下に置かれた冷水器といったものまである。ド・パイヤンとラフォン、ブリフォーは大柄な諜報セクションの男性職員に案内されて院内の個室に入った。ベッド脇に、アントニー・フレジェが立っていた。白いマスクで顔の大部分を覆っている。

フレジェが職員に頷くと、職員は三人にマスクを渡して出ていった。

「ファゼルと呼んでいる」フレジェがベッドで寝ている男を指した。「一時間まえに運ばれてきた」

彼らはベッドに近づいた。ド・パイヤンは〝ファゼル〟をまじまじと見つめた。三十歳くらいで、黒髪をきれいに剃り上げている。イランかパキスタン、アフガニスタン出身といったところだ。ありとあらゆる管や機械につながれている。フレジェの横に、二十代くらいの中東の男性が立っているのに気づいた。

「二日まえ、フランス軍がとある村に入った」フレジェがつづけた。「三十七人が死亡——唯一の生き残りが、ここにいるファゼルだ。遺体を調べたチームの軍医の話では、からだじゅうの広範囲に大量の出血が見られることから、なんらかの薬物の使用が疑われるということだ。チームはこの生存者をカブールの病院へ避難させたが、しだいに症状が悪化していった。何があったのか訊けるよう、軍医がフランスへ移送することを勧めたというわけだ」

「どうして彼は生き延びたんですか?」ブリフォーがファゼルにあごをしゃくった。

フレジェは肩をすくめた。「ずっと意識がないんだが、これから彼を起こすことになっている。通訳も呼んである。廊下の先にある研究室で、運用部の医療チームが彼の血液を調べているところだ」

フレジェの脇に立つ通訳が彼らに向かって頷き、フレジェがドアのところへ行って医師を呼んだ。「ではお願いします」フレジェが言った。

軍医が部屋に入ってきて患者に近づき、モニタでバイタル・サインを確認してから大きな注射器を取り出した。

「二分ほどお待ちください」軍医がフレジェに言った。

やがて患者が目を開けて何度か瞬きをし、しだいに目の焦点が合ってきた。軍医が患者の目をライトで照らし、フレジェが咳払いをした。

軍医が顔を上げた。「あとはお任せします」そう言って部屋を出ていった。

フレジェが通訳に目を向けた。「われわれは怪しい者ではなく、ここはフランスで安全だと伝えてくれ」

通訳が早口で話しかけると、ファゼルは首を振って応えた。

通訳が言った。「あの村がどうなったのか訊いています」

「あの村だと？　村に名前はないのか？」フレジェが訊いた。

通訳が質問を繰り返し、ファゼルが長々としゃべりだした。通訳は何度も頷き、自分からも訊き返した。「北部からカブールへ向かう途中だったそうです。あの村のそばの十字路でトラックの運転手に降ろしてもらったと。パキスタンとの国境付近にある、ヌーリスターン自然保護区の東側です。午前四時半ごろに歩いて村に入り、古い貯水池で顔を洗った。水のボトルをもっていたので、貯水池の水は飲まなかったと。村の人たちが目を覚ますのを待って食べ物を買おうとしたのですが、一時間ほどして気分が悪くなってきた。貯水池の水で顔を洗ったのがまずかったのかもしれないと思ったそうです。さらに気分が悪くなり、三回吐いた。暗かったので最初は気づかなかったが、陽が昇ると血を吐いていたことがわかった。パニックになって村に入ったものの、誰も見当たらない。ドアをノックしてみても返事がない。窓から覗きこむと、子どもを含めた三人が血の海に倒れていた。ドアを押し開けてなかに入ったが、三人とも死んでいた。からだじゅうの穴という穴から血を流して。自分も同じ病気になったと思い、ボトルの水を全部飲んだ。そのころには足元がおぼつかなくなっていて、下痢も起こしてそこにも血が混ざっていた。ほかの家も見てまわったが、全員死んでいた。口や鼻、肛門から大量に出血して。からだが弱っていって動けなくなり、気を失った。そしておそらく六時半か七時くらいに、外国の兵士たちに起こされた」

「それから？」フレジェが訊いた。

通訳が訊き、ファゼルが答えた。

「兵士たちはアメリカ人やオーストラリア人には見えなかったので、フランス人かもしれないと思ったそうです。死を覚悟していたが、次に気づいたときにはここにいた。今日が何日かわからない、何日か気を失っていたのではないかと」

ヴィラクブレー空軍基地の課報セクションには独自の安全な通信システムや機密情報隔離施設があり、対外治安総局のチームは運用部のチームが待つサーヴィス・オフィスに移動した。フレジェがチーフ研究員とことばを交わして書類を受け取り、会議テーブルに着いているグループのところへ戻った。

「クロストリジウム属菌だ」フレジェは首を振った。「近ごろ、そんな名前を聞いたような気がするが、どこでだったかな？」

「ロシアがMERCで作られていると考えている細菌じゃないですか？」ブリフォーが言った。「人に使うとこんなことになると？」

フレジェは慌てるなと言わんばかりに手を挙げた。「クロストリジウムは生物兵器研究所の外の自然界にも存在している。さらにテストをして、これがなんなのかはっきりさせる」

フレジェがド・パイヤンに目を向けた。「アラムート作戦を安易に早めろというわけではないが、近道と遠まわりがあるなら、近道を取れ、いいな？　時間がないような気がする」

38

ド・パイヤンは、マリー・ラフォンをとおして送られてきた情報部の最新ファイルを閉じた。読むだけで気が滅入った――フランスのチームがアフガニスタンの汚染された村を掌握し、古い貯水池と遺体を調べた。ファゼルがヴィラクブレー空軍基地に搬送されてきてから一週間が経っていた。運用部の科学チームの結論では、アフガニスタンで採取されたサンプルは人工的に操作されたウェルシュ菌の変異株で、飲料水に混入されていたとのことだった。操作されたと考える理由は、検出された株はイプシロン毒素タイプD――ETX－D――と呼ばれるもので、ふつう人間の体内では見つからないウェルシュ菌のタイプだからだ。貯水池でもその上流でも、動物や動物の臓器は発見されなかった。その細菌は犠牲者の体内で大量の内出血や多臓器不全を引き起こし、死亡したからだはガスの詰まった膿疱《のうほう》で覆われる。カンパニーはその出どころを特定できなかったものの、傍受した軍の通信から、MERCでクロストリジウムの兵器化の研究が進められている、というロシアの考えをつかんでいた。

ド・パイヤンは報告書を置き、両手で顔をこすった。写真の遺体はおぞましく、数体見るのが精一杯ですぐに脇へ押しやってしまった。アラムート作戦を早めなければならない。その週、ド・パイヤンはモンスでワタリガラスと二度目の打ち合わせをしていた。カンパニーからは、いつもよりも強引かつスピーディーに進めるよう求められていた。彼は腕時計に目をやり、ギャラやラフォン、テンプラーとのミーティングに向かった。

ギャラが、ド・パイヤンとワタリガラスの二度目の打ち合わせの詳細をまとめた。大きな一歩になったのは、ワタリガラスが秘密保持契約書と業務契約書にサインをしたことだ。ド・パイヤンとワタリガラスの関係が深まれば、情報や考えを聞き出し、彼女を法的義務や忠誠心のグレー・ゾーンに引きこむ。こうして押しを強めることで、さらなる守秘義務をともなうもう一段上の契約につなげる。この二つ目のグレー・ゾーンの証拠書類こそが、最終的にはターゲットをブラック・ゾーンへ押しやるのだ。すでに相手が法を曲げていれば、法を破るよう頼むのも簡単というわけだ。そしてこの二つ目の契約書には、のちにターゲットを強請《ゆす》る材料になり得る条項が盛りこまれている。〝きみをだましただって？これはきみのサインだろう？　そしてこの写真は、きみがフランスのスパイと契約書のサインを交わしたところじゃないのか?〟そこまで来れば、ド・パイヤンのような人間なら――ターゲットが逃れようとした場合――契約を破棄して現実を突きつけることができる。〝軍統合情報局で防諜を担当している責任者なら、きみがパキスタン政府の機密資料をわれわれに届けることに同意したという契約に興味があるんじゃないか? きみにいくら払ったということまで、書面に書かれているんだから〟

相手をはめるのにはカネを利用する。カネを積み上げることで、グレーが濃くなっていくのだ。だが、それもある程度の金額までの話だ。フランス諜報機関は、財布の紐が固いことで知られている。ターゲットを〝ブラック〟まで引きこんでしまえば、たいていカンパニーはカネを引っこめてただの強請りに切り替える。〝この調子でどんどん頼む、さもないと、軍統合情報局に密告する〟

ド・パイヤンは、はじめからそういうやり方をするつもりはなかった。ワタリガラスに信頼され、好かれるように仕向けたかった。その信頼関係を利用して、MERCから電話をかけてくる相手の正体を突き止めようとしたのだ。

ギャラはモンスにおける電子機器を使った情報収集の件に移った。報告によると、ワタリガラスは友人たちへのEメールで〝素敵なフランス人の男性〟に会ったと書いている。MERC専用ではないふだんの携帯電話での友人との会話では、セバスチャン・デュボスクにその気があれば彼と浮気をしてもいいと明言していた。

　ギャラは会話記録を大声で読み上げながら、腹を抱えて笑っていた。〝ハンサムってだけじゃないの――本当の紳士なのよ〟

「これを聞いてくれ」ギャラはつづけた。「友人がこう言っている。〝でも、フランス人なんでしょう――横柄なんじゃないの？〟それに対してワタリガラスの答えは〝確かに自信たっぷりといった感じだけど、とっても面白いところもあるの〟だとさ」

「冗談はそれくらいにして」ド・パイヤンが口を挟んだ。「彼女は契約書を誰かに見せましたか？」

　ギャラは首を振った。「書類をEメールで送っていないし、二台の携帯電話でも自宅の固定電話でも、書類にサインすることについて誰かに意見を訊いたりはしていない」

　ド・パイヤンはテンプラーに向かって訊いた。「彼女のまわりに監視は？」

「いや。一カ月以上、見張っているが、その心配はない」

　ワタリガラスとの接触に成功したのはいいが、彼女は足掛かりにすぎない。アラムート作戦の目的は、MERCの上級職員の身元を探り出し、その男との接触を試みることとなのだ。ド・パイヤンはことを早く進めたいとはいえ、ワタリガラスと深く関わるのは避けたかった。バンカーから求められていることは察しているが、セックスはしないという経歴を守りたかった。

「やりましょう」ド・パイヤンが言った。「次の段階に進むときです。マチュー？」

「いいだろう」マチュー・ギャラが言った。「明日、向こうへ行けるか？」

ブリュッセル行きのタリス高速鉄道は、定刻どおり午前九時二十五分にパリ北駅を出発した。列車が速度を上げていき、ド・パイヤンは飛行機の座席のようなシートでくつろいだ。ギャラとのミーティングのあと彼はワタリガラスに電話をし、急に連絡して申しわけないがランチを食べながら仕事の話をしたいと言った。ワタリガラスが了承し、いままたド・パイヤンはセバスチャンになっていた。高級スーツに身を包み、パコ・ラバンヌの香りを漂わせながらベルギーへ向かっているところだ。

アラムート作戦を加速させるため、ほかの身分の約束を延期しなければならなくなった。そんなことはしたくはなかった。というのも、パリにいるときの行動はスケジュールが決まっていて、毎日ちがう身分に割り当てているのだ。たいていは電話やEメールでターゲットとアポイントを取り、会う約束を交わすと後方支援を含む旅の計画を立て、チームが必要かどうか判断する。対外治安総局はカネの無駄遣いを嫌うため、作戦の必要に応じて人員や資金は増減する。ワタリガラスのケースでは、チームは九人から四人に減らした。

そのなかには、カフェにいるワタリガラスとド・パイヤンを遠くから撮影するカメラマンも含まれている。

ワタリガラスと寝る覚悟はできていなかったものの、この関係をもっとロマンティックなものにするつもりではいた。ワタリガラスのプライヴェートでの会話から、セバスチャンに気があることは明らかなので、妻を裏切らない程度でそこにつけこむことにした。

その前夜、ド・パイヤンはロミーとワインを二杯飲み、早めにベッドルームへ行った。二人が出会ったころとは、状況が変わってしまった――その当時のド・パイヤンは血気盛んな空軍パイロットで、ロミーは経済シンクタンクの政策担当者だった。独り身で子どもがいなかったころの二人は、いまとはずいぶんちがっていた。バーで恋人といっしょにいるロミーと会ったときのことを思い出し、笑みがこぼれた。ド・パイヤンはその恋人をあおってどんどん酒を飲ませ――飲みすぎた男は吐いてしまった。その後、ロミーの職場へ会いに行き、彼女のような本物のフランス人女性には本物のフランス人男性、つまり酒に強い男が必要だと言った。

「もう恋人はいるわ」ロミーは言った。

「でも、おれはここにいるよ」

二人に共通のユーモアのセンスを失うことはなかったとはいえ、子どもが生まれてからはロマンティックな気持ちを忘れないようにするのは簡単ではなかった。Yセクションの作戦リーダーが現場で活躍する期間の平均は五年で、その後は心身の疲労に耐えられなくなったりアルコールに依存するようになったりしてつづけられなくなるか、もしくはギャラのようにデスクワークに昇進される。カンパニーで五年も現場に出ていれば、結婚生活を破綻させるには充分だ。ド・パイヤンは現場に出て八年になり、その仕事量も尋常ではない。同時に五人の架空の人物が実在するように見せなければならないのだ。つねにそれぞれの体裁を繕い、別人のふりをしたり嘘をついたりし、身分を変えるたびに携帯電話を分解してまた組みなおさなければならない。自分がしていることをロミーに話すわけにはいかず、仲間たちにも半分くらいしか打ち明けられない——それも、話せるのは作戦が終わったあとでだ。まわりからも孤立する。しかも対外治安総局の方針は、作戦リーダーたちが話をしたりメモを比べたりしないよう互いを遠ざけておく、というものだった。

テンプラーは離婚している。シュレックの結婚生活はいまだにつづいているが、子どもはいない。二人に話せることも限られている。彼の結婚生活は心の支えになっていた。キャリアという本土から切り離された、精神的な離島のようなものだとしてもだ。ロミーは彼をつなぎ留める岩、正気を保つための三角点なのだ。ド・パイヤンはワタリガラスと呼んでいるパキスタン人の女性を罠にはめる。だが、彼女とセックスをする気はなかった。

39

真夜中に電話がかかってきた。そんな時間にかかってきたのは、時差があるということと、この共謀者が高い地位にいるために電話をしづらいということがあった。電話に出たドクタは聞き洩らさないように耳を傾け、ほとんど口を開かなかった。

「例の人物がパキスタンから戻ってきた。CPのオフィスに報告をしたようだ」

「CPというのは？」ドクタは訊いた。

「大量破壊兵器拡散阻止部門《Counter-Proliferation》だ。核兵器や生物兵器といったものを扱っている。報告書を見たわけではないが、シミタール作戦に目を向けているのはまちがいないだろう」

「イスラマバードに来ていたのか」

「そうだ。詳細がわかりしだい、連絡する」

ドクタは相手に礼を言って電話を切った。キッチンへ行き、ボディガードにこれから出かけると伝えた。彼らは車でMERCへ向かい、ドクタはアジア屈指の優秀な科学者たちが働く広大な研究施設に入った。

地下五階まで下り、長い廊下を歩いて突き当たりのドアを開けた。明かりをつけると、巨大な研究室が浮かび上がった。そこにはアメリカやドイツ、日本製の最新デジタル機器が備わっている。加圧滅菌器や遠心分離機、粒子加速器のなかには違法に調達されたものもあり、あまりにも高度なためこの研究室ではまだ使用されていない。そういった機器を扱うのに必要な演算能力がないのだ。

昼間は三十五人の科学者からなるチームが細菌を分離、培養、強化し、さまざまな想定や状況下で増殖させている。この二十年間、MERCは南アフリカやイラン、北朝鮮、ロシアから専門家たちを招いてきた。期待に沿えなかった何千という細菌培地を処分し、研究や改良を繰り返し、ついに安定した株の開発にこぎつけた。それは輸送に耐えられるだけでなく、水に入れると活発化し、哺乳類の腸壁に存在する極めて重要な受容器細胞と結びつくまでじっと待つことができる。その哺乳類のなかにはヤギやヒツジ、ウシ……そして人間も含まれる。

ウェルシュ菌は、〝ガス壊疽〟と呼ばれる激痛をともなう致死率の高い感染症を引き起こす。それは、人類の歴史上もっとも古い生物兵器のひとつでもあった。壊疽に冒された人間や家畜を、あたりまえのように井戸や貯水池といった敵の水源に投げこんできたのだ。

軍事的に使用された最後の記録は、一八六〇年代のアメリカ南北戦争だ。その病原体は気づかれにくいわけでも、巧妙なわけでもない――体内に入ると消化管内で細菌戦争を引き起こし、重要器官を攻撃する。あっという間に内出血が広がり、大量に失血して苦しみながら死んでいく。とはいえ、触れた者すべてを殺すわけではない――その必要がないのだ。確かにひとつの水源を汚染することで、何千人もの人を動けなくすることはできる。だがそれだけではない。モラルが崩壊し、リソースを病人にまわさざるを得なくなり、社会的パニックが起こる。それは駐屯地だろうと街だろうと同じことだ。

ユスフの功績は、制御できる株の分離に成功し――あまりにも攻撃的な病原体なので、制御できる範囲内でだが――水を与えられることで劣化するどころか活発になるよう改良を加えたことだ。

地下の研究室を端まで歩き、自らの探求の道のりについて思いをめぐらせた。パキスタンの高校と大学で歩んだ道はやがてアメリカのスタンフォード大学へとつながり、そこで細菌工学の博士号を取得した。博士号の研究にはアメリカ陸軍の資金援助があり、軍の研究所のひとつからポストをオファーされた。その才能あるパキスタン人がイラン南部の農家の出身だということなど、彼らには知る由もなかった。ユスフの母親は一九五〇年代のなかごろに両親を亡くした。フランスの石油会社が涸れた水路に垂れ流した掘削泥水が原因だ。その涸れ谷は、農村が利用している太古の帯水層に水を貯える役割も果たしていたのだ。ユスフの母親は、欲深いフランス人たちのせいで内臓を損傷した両親が粗末な病院で死ぬのを目の当たりにした。母親の妹――ドクタの愛するラヴィおばさん――は中毒になって脳に傷害が残り、姉の家で甥と姪に子どもじみた歌を歌って余生を送った。かつて誇り高き地主だった彼の母親の家族は西洋人たちによってばらばらに引き裂かれ、それまでの人生から転げ落ち、第二の祖国となるパキスタンで慎ましく暮らすはめになったのだった。彼の肉親は復讐に燃えることはなかった。妹は特権階級の優しい父親の影響を受けた――パキスタンの文化に背を向け、型にはまった西洋様式をなんとも思わずに受け入れた父親だ。そのいっぽうでユスフはイラン人の母親と思いをともにするようになり、母親のフランスに対する憎しみも受け継いだ。優れた精神をもち、高い教養を身に付けた彼は、傲慢なフランス人をひざまずかせてやろうと心に決めた。彼の最大の武器――たぐいまれな知性を使って。

そしてその日がやって来た。イスラマバードの国立大学で准教授をしていたユスフが細菌性毒素の講義を終えてオフィスへ戻ると、愛想はいいが危険な雰囲気を漂わせた男が待っていた。〝大佐〟と呼ばれていること以外はいまだに何もわからないが、ユスフはその男に仕事をオファーされ、専用の研究室とスタッフも用意すると言われた。

細長い研究室の奥にあるぶ厚い防音のセキュリティ・ドアの鍵を開け、なかに入って鍵をかけなおした。階段を二つ下り、檻でいっぱいの大きな部屋に出た。予備灯のほのかな赤い明かりが、およそ百三十人の人を収容したその閉鎖空間を不気味に照らし出していた。

そのなかを通り抜けて自分のオフィスへ行き、デスク・ライトをつけてセキュリティで保護されたパソコンの前に坐った。そのパソコンは一般のネットワークどころか、パキスタン政府のネットワークともつながっていない。極秘施設の地下六階にはサーバファームがあり、週に一度、軍統合情報局のサイバーセキュリティ担当官によってアップロードされる、マニュアルで更新される科学的研究データベースが入っている。その施設内コンピュータ・システムの暗号化されたセクションに、シミタール作戦の秘密が隠されている。ウェルシュ菌には危険な細菌性毒素を生み出す能力が備わっている。それはボツリヌス菌や破傷風菌よりも猛毒で、致死率は悪性水腫菌の毒素の百倍だ。だが、この細菌の怖ろしさはそれだけではない。北朝鮮から盗み出された一九六〇年代の臨床論文を手がかりに、ドクタは何十年もまえに放棄されたウェルシュ菌の実験を再現し、過去の研究者たちがどこで行き詰まったのか突き止めた。北朝鮮はもっとも毒性の強い株――イプシロン毒素またはＥＴＸ――を分離していた。それを注射された、あるいはエサに混ぜて食べさせられたヤギやヒツジは、一時間から三時間で死亡する。肝臓や腎臓、心臓、肺、脳――さらに中枢神経までも——が機能不全におちいり、水腫や病斑、血液脳関門の喪失、細胞の損傷が怒濤のようにつづく。それはつまり大量の内出血や身体機能の停止を意味し、下痢をともなう苦痛にまみれた惨たらしい死が待っている。イプシロン毒素にワクチンはなく、それを抑えられるほど強力な抗生物質も存在しない。充分な量が人間に投与されれば、その人間は三時間以内に死亡する。

イプシロン毒素が分離され、その開発を西側の諜報機関が把握するやいなや、とくに人への危険性があることから、ただちに生物兵器の禁止リストに加えられた。人間にしかないG402やHRTEC、ACHNといった細胞株は極めてイプシロン毒素の影響を受けやすく、アメリカ疾病予防管理センターとフランス政府ではカテゴリーBの生物剤に分類されている。しかしながら最初に携わった研究者たちは、広範囲にわたって被害をおよぼす生物兵器としての可能性を秘めたイプシロン毒素に驚きながらも、その効果的な使用方法を模索するなかで——ドクタの考えでは——道を誤った。研究者たちは噴霧器や爆弾を使った方法を考えていたようだが、広範囲の大勢の人たちに影響を与えるためには、イプシロン毒素の濃度と効果をよりいっそう高めなければならないという必要性に直面した。有効な兵器として利用するにはカネがかかり、リソースを食いつぶすことになる。

ドクタは、使用地点におけるイプシロン毒素の投与量をそれほど多くしないですむよう改良を加えた。彼が専念したのは、体内に侵入したとたんに効果を発揮するイプシロン毒素の株の開発だった。シアリダーゼ酵素を分離し——その酵素があれば、イプシロン毒素のタンパク質は小腸の細胞とすぐさま結合できる——イプシロン毒素自体がその酵素を作り出せるようにした。そうすることでイプシロン毒素の効果は最大限に引き上げられ、たとえ投与量が少なくても感染率は高くなる。後輩の研究者たちのことばを借りれば、シアリダーゼ酵素を作れるように改良されたイプシロン毒素は〝臨戦態勢〟にあり、比較的濃度が低くてもその役割を充分に果たせる。重要なのは、いまのイプシロン毒素は水中でその致死能力を最大限に保てるということだ。

ユスフはいまの電話のことを思い返し、ジレンマに悩んだ——シミタール作戦で強化された病原体を解き放ち、母の家族の敵《かたき》を討つか、それとも完璧な病原体ができるまで研究をつづけるか。彼は完璧主義者ではあるものの、パリの情報源の話にも耳を傾けなければならない。フランスが迫っているとすれば、いまこそ実行に移すときだ。シミタール作戦を開始しなければならないだろう。

檻の前を歩きまわると、閉じこめられた人たちのなかには身じろぎをし、頭を上げて鉄格子の奥から見上げる者もいた。彼らは共産主義者や反乱分子だ。そのなかにはキリスト教徒やユダヤ人もいる。ほとんどは抗議活動や違法な政治集会で拘束された大学生で、国を挙げての研究をサポートするためにドクタのもとへ送られてきた者たちだ。彼らの宗教や政治的立場など関係ない、ユスフは思った。科学というのは、独断的なものではないのだ。

オフィスからメイン・ギャラリーに入ったユスフは明かりをつけた。すると目の前に、実験室に面した大きな窓が浮かび上がった。その白塗りの実験室の床には、裸で血まみれの若者たちが折り重なっている。誰もぴくりともしない。イプシロン毒素を混ぜた小さじ一杯の水で死亡したのだ。

オフィスに戻るユスフを、捕らわれた人たちの目が追っていた。軍統合情報局が管理する暗号化されたサーヴィスにアクセスし、このプロジェクトのパートナーのひとりを表わす〝To〟というタブを選んだ。このコンソールから彼のメッセージはMERC内の軍統合情報局のオフィスへ送られ、そこから安全なシステムを通じてEメールが中継されるのだ。

手を止めて母親とおばのことを考え、それからこう打ちこんだ。〝シミタール作戦開始〟

そして送信ボタンを押した。

これで準備完了だ。

40

カフェに入ってきたワタリガラスを見て最初に気づいたのは、髪をセットしてネイルもしているということだった。サロンで使われるありとあらゆる製品の匂いを漂わせている。黒髪を頭の上でふんわりとまとめ上げ、耳に付けたシルヴァーの小さなリングや首筋を見せつけるようにしている。ド・パイヤンのタイプではないが、自分を魅力的に見せるようめかしこんでいた。

「こんにちは、セバスチャン」彼女は満面の笑みを浮かべ、ハグとダブルキスというフランス流の挨拶をした。

彼女は頼まれていた試訳を手渡し、軽くおしゃべりをした。

「自分でこの訳をチェックできるわけじゃないけどね」ド・パイヤンは含み笑いをした。とはいえ、ヨーロッパのアルファベットとウルドゥー文字の両方に訳されているのがわかった。「内容で苦労したところはあった？」

「いいえ、それほど大変ではなかったわ」彼女はナプキンを膝に置いた。「よくわからない単語に出くわしたら、しっかり調べるから」

ド・パイヤンは笑みを浮かべ、テーブルの上で封筒を滑らせた。

「これは?」彼女は眉を吊り上げた。

「報酬の千ユーロだよ。現金のほうが楽だから。確認して」

彼女は札を取り出して数えた。カフェの西に面した窓の外のどこかから、テンプラーのチームのひとりがこのやりとりの一部始終をHDヴィデオで録画していた。

「こんなに早く支払ってもらえるなんて嬉しいわ。政府関係者が相手だと、二カ月近く待たされるのよ」

注文をしてから、ド・パイヤンはさらに踏みこんだ話をして引きこむことにした。「こういった基本的な文書を訳してもらって、印刷やアップロードが終わったら、もっと詳細な文書の翻訳を頼みたいと思っているんだけど」

「どういったもの?」

ド・パイヤンは、バンカーで用意された次のレベルの翻訳用文書を手渡した。「このビジネスの製薬方面はしっかりルートが確立されていて、誰をターゲットにしてサーヴィスを提供すればいいかはっきりわかっている。でも農業方面――バイオ技術や農業技術、農薬開発となると、もっと拡散しているんだ」

「どういうこと、〝拡散〟しているって？」

「つまり、明確じゃない、散らばっているということさ」

「あちこちにいるってこと？」にっこりして言った。

「シンプルなフランス語で話すべきだな」ド・パイヤンはそう言って説明した。クライアントが中東に売りこみたい物資や機器類のなかには、中心となる市場がないものもある。というのも、研究開発グループというのは大学や政府機関に付属する施設やキャンパス内に囲われているため、そういう〝拡散〟したグループを相手に商売をするのは難しいのだ。

アヌッシュは頷き、その問題に納得したようだった。とはいえ、それ以上の反応は見せなかった。

「見込みのある顧客リストのなかに候補になりそうな研究施設があるんだけど、そこで研究しているのが殺虫剤なのか、除草剤なのか、遺伝子組み換え作物なのか、肥料なのかわからない。もしかしたらニワトリ用のワクチンの研究とか、乳牛のミルクの量を増やす研究をしているかもしれない」

アヌッシュは肩をすくめた。「何を研究していてもおかしくないわ」

ド・パイヤンは、窓の外にいる男に話題を変えた――その男は連れている自分のイヌに、チェーンで留められた自転車に小便をさせていた。

「ご立派なやつだ」ド・パイヤンはウインクをした。「自分の自転車にはさせないだろうな。もしかしたらパリの男かもしれない！」

アヌッシュは笑い声をあげて相づちを打った。笑いが収まると彼女が訊いた。「それで、その研究施設というのは？」

ド・パイヤンは気軽な口調で答え、サウジアラビアとイラク、クウェートの四つの施設を挙げた。そしてこう付け加えた。「きみの国も忘れちゃいけない。パキスタンには、中東でも指折りの科学者たちがそろっているからね」ド・パイヤンは彼女の顔色をうかがった。

「よくは知らないわ」

料理が届き、ド・パイヤンは個人的な話に切り替えた。彼女の子どもたちのことを訊き、夫婦が疎遠になっていることには触れずにすむよう、夫の話題は避けた。コーヒーを飲むころには、ド・パイヤンはさらに打ち解けようと踏みこんでいた。「今回は、モンスに二日ほどいるつもりなんだけど、このあたりで観光客は何をするんだい？」

アヌッシュはコーヒーを見つめ、それから期待のこもった笑みを浮かべた。「わたしでよければ案内しましょうか？」

「ありがとう」ド・パイヤンは歯を見せてにっこりした。「それじゃあ、いっしょに楽しもう」

41

ド・パイヤンは午後の空いた時間にテンプラーと連絡を取り、夜の計画を説明した。ワタリガラスとラテン・クラブへ行くことになり、そのまえにバーで落ち合う予定になっていた。

テンプラーはわざとらしく笑い声をあげた。「おまえと会うまえに、彼女がビューティ・サロンに行ったのは気づいただろ。どうやら向こうもその気になってきたようだな、相棒《モン・ポット》」

「やめてくれ」

「ファックすればいいじゃないか。セックスに自信がないのか？」

ド・パイヤンは一時間ほどいくつかの大通りを歩きまわった。街の中心部には中世の名残をとどめた小さな地区があり、中心から離れるほど近代的になっていた。古風な書店を見つけて『ビグルスの八つの冒険』の一九五四年の初版本を買い、ホテルに戻って夕方まで昼寝をした。それからシャワーを浴びてカジュアルな服装に着替え、ワタリガラスと会うことになっているバーへ午後六時五十八分に行った。ライト・ビールとリースリングのワイン——彼女のお気に入り——を注文し、ドアの近くの小さな丸テーブルに着いた。三分後にワタリガラスがやって来た。席を立ったド・パイヤンには、彼女が緊張しているのがわかった。二人は酒を飲んで笑い声をあげ、酒を飲み終わると二ブロック先のラテン・クラブへ行った。彼女はステージから三列目に、長椅子付きのテーブル席を予約していた。ド・パイヤンは長椅子の端に腰を下ろし、彼女を真ん中に坐らせた。ウェイトレスがトレイにマルガリータを二つのせてやって来た。二人はグラスを合わせてそれを飲んだ。ド・パイヤンは時間をかけて飲み、ワタリガラスがよそを向いている隙に足のあいだにこぼしていた。キューバのプルドビーフを注文し、酒のお代わりをした。食事中に置かれた三杯目のマルガリータを飲むころには、バンドの演奏がはじまっていた。ボンゴの効いたインストゥルメンタル曲で、高音のトランペットによって徐々に曲調が変化していった。

ワタリガラスは言いたいことがあるときには身を乗り出し、ド・パイヤンは彼女のぬくもりと香水の香りに包みこまれた。ド・パイヤンが食べ終わったころには照明が暗くなり、ステージの前の寄せ木張りのダンス・フロアにスポットライトを浴びたダンス・リーダーが立っていた。詰めかけた客たちから――ワタリガラスも含めて――歓声があがり、拍手が巻き起こった。

ダンス・リーダーの訛りがひどく、ド・パイヤンには彼の言っていることがよくわからなかった。とはいえ、ほかの客たちには聞き取れているらしく、彼らはいっせいに立ち上がってダンス・フロアへ向かった。するとド・パイヤンはワタリガラスに手を握られ、ラテン・ダンス・ナイトに引きずりこまれてしまった。

三十分後、ド・パイヤンは椅子にへたりこんだ。激しくからだを動かしたせいで汗まみれになり、息も上がっている。ワタリガラスがマルガリータをピッチャーで頼み、今度は話をしたがっていた。ステージにバンドを従えた女性歌手が上がった。ワタリガラスがからだを寄せ、唇がド・パイヤンの首筋に触れた。

「あなたの家族の誰かが、宗教にのめりこんでしまったとしたらどうする?」彼女はろれつがまわっていなかった。

「それは大変だろうね」

ワタリガラスはうめき声を洩らしてからだを起こし、目をぐるりとまわしてまたド・パイヤンにもたれかかった。「わたしの夫がそうなの」

「無理に話さなくてもいいよ」

「わかってるわ。でも、とってもつらいのよ。ベルギーでは自由を満喫できて、女性も好きなように生きられるし……」

ド・パイヤンはグラスに口をつけ、彼女がつづけるのを待った。

「夫といっしょにこっちに来たのは二年まえよ。最初はよかったわ。夫にはいい仕事もあったし」

ド・パイヤンは耳をそばだて、少しだけ彼女にからだを寄せた。歌手とバンドは騒々しいラテン・アメリカの曲を披露している。

「でも、わたしたちが行くモスクは過激な人たちばかりで、ファディはそういう人たちと意気投合してしまった。ある日突然、わたしに酒を飲むなとか、パキスタンに戻って正しい生活がしたいとか、そんなことを言いだしたの。でも、わたしは自由を手放したくなかった」

「旦那さんはベルギーにはいないということ？」

「ワードローブにはいまでも夫の服がかかっているし、子どもたちも夫が帰ってくるのを心待ちにしている。でも、夫はイスラマバードへ行ってしまった。そこが夫の居場所なのよ」

「向こうでの仕事は？」ＭＥＲＣの中年の男性は、彼女の夫かもしれない。

「ちゃんと仕事はあるけれど、いまではドバイで働いている時間のほうが長いわ」

ＭＥＲＣの男ではないということだ。

ド・パイヤンは彼女のグラスに酒を注いだが、自分のグラスには足さなかった。

また彼女が寄りかかってきた。「ヨーロッパの女性は自立できる。教養とお金を稼ぐ手段さえあれば」

「そんなところだ。あるいは、裕福な家系の生まれなら。それもひとつの手ではある」

彼女はため息をついた。「それなら、よく知っているわ」

「本当に？」興味を引かれたド・パイヤンは促すように訊いた。ＭＩＣＥのうちの自尊心に訴えるきっかけになりそうだ。いままさに、彼女は心を開こうとしているのだ。

「でも、檻でもあるのよ」

ド・パイヤンは口を挟まず、バンドのビートに合わせて首を縦に振っていた。聞きたくてうずうずしているように思われたくなかったのだ。「パキスタンでのこと？」

彼女は頷いた。「特別扱いはされるけれど、ずっと彼らの言いなりになるしかないの」

「彼らというのは？」

「政府、それに警察」彼女はグラスを振った。

「きみの家族は政治に関わっているということ？　だから、英語もフランス語も話せるのかい?」

「いいえ。わたしの家族は学者系よ、とくに科学の分野の」酔いがまわり、ことばもたどたどしい。「あの施設のことだけど、さっきはとぼけたの」

「施設ってどこの? パキスタンの?」

彼女は酒を飲もうとした。「ええ、本当はもっと知っているのよ」

ド・パイヤンは肩をすくめてみせた。

「イスラマバードの郊外に、あなたが話していたような研究施設みたいなところがあるの」

ド・パイヤンは、なんの話をしているのかわからないふりをして眉をひそめた。

「パキスタン農薬会社というところよ。肥料や殺虫剤の研究をしていることになっているんだけど、政府のためにハイレベルな研究をたくさんしているわ――正確には、軍のために」彼女はあたりを見まわした。

ド・パイヤンの鼓動が速くなった。「軍だって?」平静な声を保った。「軍と農業にどんな関係が?」

彼女は冷たい笑い声をあげた。「農業と? よくわからないわ」

ド・パイヤンの胃袋が縮み上がった。彼女がこんな話をしているところを軍統合情報局に見つかれば、殺されてしまうだろう。

「そうか、なるほど」ド・パイヤンは表向きの役柄に戻った。「マーケティング資料としては申し分ないけど、どうしてそんなことを知っているんだい？」

「兄がそこで兵器開発プログラムを指揮する主席研究員をしているの」しゃっくりをしながら言った。「週に一度、兄と話をしているから」

「そうか」あくまでも何気ない口調を装った。そのいっぽうで、心のなかでは宙返りをしていた。〝あの調査対象はワタリガラスの兄で、しかもMERCを取り仕切っている！〟

次の台詞は慎重にことばを選んだ。「それなら、マーケティングのターゲットを絞る参考になるかもしれない、そう思わないかい？」

ワタリガラスは首を振り、ド・パイヤンにからだを向けた。「わかってないのよ。ユスフが兵器開発プログラムを仕切っているのはまちがいないわ。でも何から何まで政府に管理されていて、わたしと話すことを許されているのは一週間に一度、しかも十分だけなのよ」

ド・パイヤンは困惑しているふりをした。

突然、彼女の顔つきがパニックにでもなったかのように急変した。「このこと、絶対に誰にも言わないで。約束して」

「約束する」彼女に胸をつつかれ、ド・パイヤンは両手を挙げた。

「本気で言っているのよ。こんな話をしているのがばれたら、わたしたち二人とも殺されちゃうわ」

42

午前十一時まえ、タリス高速鉄道がパリ北駅に到着した。ド・パイヤンは通勤者たちに交ざって有名なアーチ型天井のコンコースを歩いた。さいわい二日酔いにはならなかったが、ワタリガラスはそういうわけにはいかないだろう。彼女をタクシーに乗せてアパートメントで降ろしたときには、完全に泥酔していた。酔いがひどくてドアまでたどり着けず、ド・パイヤンが付き添って部屋に入り、ベビーシッターにもカネを払ったのだった。

パリ北駅で尾行されていないことを素早く確かめ、エスカレーターでメトロのプラットフォームへ下り、南のオステルリッツ駅へ向かう列車が来るまで七分待った。車両は比較的空《す》いていて、座席に坐るとセバスチャン・デュボスクの携帯電話が振動した。ふだんなら、隠れ家で身分を変えるまえの準備として携帯電話を分解しているころだ。電話をかけてきたのはワタリガラスだった。

「アヌッシュ。思ったより早く目が覚めたんだね」

彼女は酒を飲みすぎた人が洩らすようなうめき声をあげた。「笑わないでよ。そういえば、ベビーシッターにお金を払ってくれてありがとう」

「気にしないで。きみはあのソファーで寝ると言って聞かなかったから」

しばらく気楽におしゃべりをしていたが、やがて彼女の口調が変わった。「昨夜、わたしが話したこと……本当に話しちゃまずいことなの」

「心配しなくていい。誰にも言わないと約束しただろ——それに、もう少ししたら仕事を替えるかもしれないから、私にとっては重要なことじゃない。重要なのは、きみが私を信頼してくれたということだ。胸を打たれたよ。ほら、ベッドに戻って、一週間後にまた会おう」

彼女が唇を噛む音が聞こえるようだった。「本当に？」

「きみが話してくれたことを正確に思い出そうとしているんだ」ド・パイヤンは彼女の機嫌を取ろうとした。「きみのことが気になって仕方がない」

「わたしひとりで大騒ぎしているだけかもしれないわ。とにかく、兄のことは話しちゃいけないの。だからあなたも黙っていてね」

「わかった」笑いながら言った。「大丈夫？」

「大丈夫よ。でもお願いだから、昨夜のことは忘れてちょうだい」

「アヌッシュ……」

「来週、またモンスに来たら会いましょう。でも、Eメールでもこのことには触れないで、いい？」

ド・パイヤンには、彼女が電話の向こうで怯えているのが手に取るようにわかった。

彼女が電話を切り、ド・パイヤンはオステルリッツ駅に着くまえに携帯電話を分解した。


その日は一日の大半が報告書の作成で終わった。昨夜のワタリガラスとの会話は、大きな収穫だった——MERCの調査対象はアヌッシュの兄で、細菌工学の元准教授のドクタ・ユスフ・ビジャールだったのだ。ド・パイヤンはこの成果に満足していたものの、この作戦を進めるのに自分は適任ではないと思っていた。次の段階はアヌッシュの家族に近づくことだが、いまや彼女はド・パイヤンとの関係に不安を感じている——少なくとも二人の関係からセバスチャン・デュボスクの身に危険がおよぶのではないかと心配している。この新しい友人が彼女の兄、もしくは軍統合情報局にどんな目に遭わされるか懸念しているなら、彼女は口を閉ざし、これ以上は自分の人生や家族に関わらせようとはしないかもしれない。

まえもってド・パイヤンはブリフォーやギャラ、ラフォンに連絡し、報告の準備ができたことを伝えていた。ミーティングまで二十分あるので、ブラックコーヒーが入った大きなマグを手に取って朝の陽射しの下に出ていった。タバコに火をつけて古い砦を囲む芝生を歩き、リラックスして脚を伸ばせるベンチを探した。夏の終わりというのは、秋の冷たい風が吹きはじめるまえの暖かさを楽しむ時期だ。疲れてはいるが疲労困憊というほどではなく、疲れているのはからだよりも頭だった。とはいえ、昨夜の出来事や今朝のワタリガラスからの電話の件に意識を集中した。彼女は外国に置き去りにされ、守ってくれる者もいない。週に一度だけ兄と話をしているものの、兄のことは口にしないだろうと思われている。秘密警察が本当の意味で勝利したのは、市民が自ら口を閉ざすように仕向けたことだ、そのことをド・パイヤンはポーランドや東ドイツから学んでいた。彼はタバコを吸い、コーヒーに口をつけた。ロミーやパトリック、オリヴァーのことを考えた。毎日のように、自分は家族の生活にどんな危険をもたらしているのだろう？　家族が自分の本当の姿を知れば、同じように怯えて暮らすのだろうか？

ジムの入り口脇の両開きのドアからブリフォーが出てくるのが見えた。自分のコーヒーのマグをもってド・パイヤンの方へやってくる。ドミニク・ブリフォーはド・パイヤンの十五歳年上だが、いまだに歩き方は力強い。

「一本くれないか？」ブリフォーはベンチに腰を下ろして言った。「そいつを吸っているのを見たら、急に私も吸いたくなってな」

ド・パイヤンはタバコのパックを手渡し、それを返されるともう一本抜いて火をつけた。

「ワタリガラスの報告書を読んだ」ブリフォーはタバコを吸った。「上出来だ。どういうふうにやりたい？　ワタリガラスからビジャールに連絡させるか？　それともイスラマバードへ行って、直接ビジャールとの接触を試みるか？」

「ワタリガラスをとおす必要があります。そして場所はイスラマバードでなければ。ビジャールは街を出ようとはしないでしょう。ですが、自分が適任とは思えなくて」

ブリフォーはタバコを吸い、ド・パイヤンを見つめた。「それは、いまのフレジェ部長が聞きたい台詞ではない。大統領に確かないい知らせを報告できると思っているからな」

ド・パイヤンにもそれはわかっていた。「作戦を打ち切るわけではありません。ただ接触するにしても、私ではないほうがいいかもしれません」

「彼女に深入りしすぎたと？」

「そんなところです。彼女は昨夜しゃべりすぎたと心底怯えています」

「おまえの心配をしているのか？」

ド・パイヤンは頷いた。「まえにも似たようなことがありました。彼女は兄との関係のせいで私に悪いことが起こるのではないかと心配しているんです。秘密を洩らしすぎたとパニックになっています」

「なるほど。それでおまえに避けられたくないから、これ以上は話さなくなると？」

「可能性は充分にあります」

「どうして？」ブリフォーは含み笑いを洩らした。「おまえに熱をあげているからか？」

「からかわないでください」

「このことをマリーに言うつもりか？」ブリフォーは首を振った。「ひと筋縄ではいかないぞ」


ド・パイヤンは報告書の説明をし、自分の言い分を早めに述べた。

「かなり親密な関係になっています」ド・パイヤンは言った。「親密になりすぎたくらいです。このままではビジャールに接触するチャンスをふいにしかねません」

「ビジャールの呼び名は？」ブリフォーが訊いた。

「シンリンオオカミでいいかしら？」マリー・ラフォンのことばに、全員が頷いた。「訊いてもいい？彼女が気を張り詰め、反論したがっているのがド・パイヤンにはわかった。

〝親密になりすぎた〟とはどういうこと？」

ブリフォーが口を挟んだ。「ターゲットがしゃべりすぎたと思った場合、これまでどおり楽しみたいがために口を閉ざすことがある。いまはそういう状況かもしれないということだ」

マリー・ラフォンは意地の悪そうな笑みを浮かべた。「それで、アレック、どれくらい親密になったの?」

「いっしょに酒を飲んだり、笑い合ったりして、仲良くなりました」

「ファックしたの?」ラフォンが訊いた。

ギャラとラフォンが笑いだし、ド・パイヤンは腹を立てるよりも調子を合わせることにした。「いいえ、まだしていません」

ギャラがラフォンに目を向けた。「私の言ったとおりだろ」

「ほら、二人とも、もうやめろ」ブリフォーが声を荒らげた。

「わかった、わかったわ」ラフォンが言った。「私が言いたいのは、〝親密になりすぎた〟というのは、たいていファックしたということよ。それでこれまでとは関係が変わってしまってややこしくなり、つけいる手段がなくなってターゲットを思いどおりに操るのが難しくなる場合がある」

「それなら親密になりすぎてはいないので、まだつけいれるかもしれません」そう言ったとたんに後悔した。女性工作員というのは、接触するときにセックスをするのが当然だと思われているのだ。

「それはご立派だこと」ラフォンは皮肉たっぷりに言った。

「アラムート作戦の目的は、MERCにアクセスできる人物を見つけ出すことです」ド・パイヤンはつづけた。「ワタリガラスをとおして探っているところですが、ワタリガラスが私に打ち明けることを不安に感じているなら、性的関係をもったとしても意味はないと思います」

「なら、私がやろう」ギャラが口を挟んだ。

二秒ほど沈黙が流れ、それからミーティング・ルームは笑いの渦に包まれた。大笑いしたブリフォーはタバコを吸いすぎたかのように咳きこみ、胸を叩いた。ギャラも恥ずかしそうに赤面している。

「どうしたっていうんだ？」ギャラは笑われたことを楽しんではいないようだ。「離婚しているんだから、かまわないだろう」

笑いが収まると、ラフォンがギャラに言った。「彼女のいやらしいEメールを読んだのね、マチュー？」

ギャラは首を縦に振った。「もちろんだ」

「Eメールにはそんなことばかり書かれていたから」ラフォンはド・パイヤンを指差して

言った。

ラフォンはド・パイヤンに向きなおった。「残念だったわね、アギラール。セックスするかしないかはあなたの自由だけど、接触する役目からは逃れられないわよ。あと少しのところまで来ているんだから」

ド・パイヤンがブリフォーに目をやると、彼は肩をすくめた。「彼女の言うとおりだ、相棒《モン・ポット》。もう一度、例のEメールを読んでみるか？」

43

ラフォンがド・パイヤンのオフィスまでついてきた。「さっきは悪かったわね」ド・パイヤンが金庫に二つのファイルをしまうとそう言った。「シンリンオオカミとMERCに対してもっといい考えがあるなら、耳を貸すわよ。でも、マチューは五年も現場に出ていないから――こんなに慎重を期さなきゃならないことを任せたら、へまをやらかすに決まっているわ」

「私がやります」ド・パイヤンは力なく椅子に腰を下ろした。「大丈夫です」

「大丈夫じゃないわ。私がこういうことをやったのは、まだ独身のころよ。あなたは結婚しているうえに、子どもまでいるじゃない」

ド・パイヤンは彼女に向かって両手を広げてみせた。「何かいい考えでも？」

「情熱的な激しいキスをして、からだを離す。打ち明けなければならないことがあると言うの――実は結婚していて、彼女への欲望と妻との誓いのあいだで心が引き裂かれている、というのは?」

ド・パイヤンは笑い飛ばした。「本気ですか? それでうまくいくと?」

「彼女に遠ざけられるより、引きつけてほしいなら——ええ、うまくいくかもしれない」

「あるいは、結婚しているくせに女癖の悪い男だと思われて、ただ浮気を楽しもうとしているだけじゃないかと……」

ドアのところにブリフォーが顔を出した。「フレジェ部長から連絡があって、アラムート作戦の件で至急集まってほしいそうだ。私の車で行くぞ」

Ｃａｔ本部の最上階にあるいちばん小さな幹部用の機密情報隔離室に集まったのは、五人だった。ド・パイヤン、ブリフォー、ラフォン、そして大量破壊兵器拡散阻止部門における化学の天才、ジョゼフ・アッカーマンだ。いつものように、フレジェが慌ただしくテーブルの上座に着いた。

「知っている者もいると思うが、ファルコン作戦の最終報告をなかなか出さなかった。率直に言えば、もっと詳細が知りたかったからだ」フレジェが言った。「アギラールにも彼のチームにも不備はない——作戦は中止せざるを得なかった。われわれもただ報告を聞いてまわっていたわけではない」

フレジェと目が合ったド・パイヤンは首を縦に振った。

「そこで五日まえ、シュレックをシチリアへ向かわせた。これまでつかんでいることを調べなおし、新たな発見がないかどうか確かめるためだ。昨日、シュレックが戻ってきて報告書を渡された。そのほかにも、あるサンプルをもち返ってきた」

フレジェは短い報告書を配った。そこには暗い背景に淡い色の粒状の物質を写した写真が載っていた。ページをめくると、古い倉庫の内側や鉄格子で覆われた四角い排水溝の広角写真もあった。

「シュレックは准将の動き——そしておそらくムラドの動きをさかのぼって、パレルモ埠頭の裏にある倉庫にたどりついた。倉庫はもぬけの殻だったが、排水溝で見慣れない粒状の物質のサンプルを採取した。その大半は塩素だが、ごく微量のウェルシュ菌も検出された。研究室で調べたところ、アフガニスタンの村で見つかったものと一致したそうだ。つまり、操作された……」ことばに詰まり、大量破壊兵器拡散阻止部門の二人組に目を向けた。

アッカーマンが引き継いだ。「イプシロン毒素タイプDです」

「アフガニスタンだって?」ド・パイヤンは、パレルモとつながりがあることにいささか面食らった。「アフガニスタンとどんな関係が?」

　フレジェはアッカーマンにあとを任せた。アッカーマンの説明によると、サンプルは六回テストされたということだった。「どのテストも、結果は同じです。その塩素サンプルは感染菌保管室で厳重に保管されていますが、その塩素が自然界では見られないウェルシュ菌の猛毒株にさらされたことは断言できます」

「つまり？」ブリフォーが促した。

「つまり、人為的に強化され、操作されたものだということです。このイプシロン毒素というのはヤギの体内に存在するものですが、人体に入れば死にいたります――人間には免疫がないんです。からだのなかをどろどろにして、ガス壊疽を引き起こします」

　ブリフォーは不安げな面持ちの科学者を見つめた。ブリフォーは深刻になると、その大きなからだがさらに膨らむように思える。「それがパレルモで見つかったと？　ファルコン作戦とこの壊疽兵器に、いったいどんなつながりがあるというんだ？」彼はド・パイヤンに目を向けた。「どういうことだ――どうして偽パスポート作戦に生物兵器が関わってくるんだ？」

　ド・パイヤンは肩をすくめた。「こういったたぐいのものと准将を結び付けるような情報は把握していません。准将はテロリストに偽の身分証を売っていた、ただの役に立つ間抜け、それだけです」

ブリフォーが訊いた。「この毒素を開発したのは誰なんだ？」

アッカーマンは肩をすくめ、ラフォンが口を開いた。「イプシロン毒素を兵器として開発した国は、数えるほどしかないわ。ロシアと南アフリカは八〇年代に研究を中止しているし、北朝鮮も過去には手をつけたけれど、いまでは核兵器の開発に専念している。そうなると、残るはパキスタンとイランだけ。でもイランが研究しているのはおもにサリンとリシンだし、核兵器にもリソースを注ぎこんでいる」

ブリフォーが頷いた。「やはり、パキスタンということか？　つまりMERCだと？」

ラフォンはつづけた。「確証はないけれど、その可能性が高いわ。ロシアの諜報機関が目をつけているのも、まちがいなくそこよ」

フレジェがひとりひとり顔を見ていった。「ということは、パキスタンのMERCで生物兵器の研究が行なわれていて、ロシアはクロストリジウムを疑っているということで、ほぼまちがいない。アフガニスタンの村でクロストリジウム兵器の実験が行なわれ、今度はヨーロッパでクロストリジウム兵器が確認された――アフガニスタンで発見されたのと同じものが」

「どうやって使うつもりでしょうか？」ド・パイヤンが訊いた。

「水のなかで効果を最大限に発揮するようです」アッカーマンが言った。「研究チームには外部の協力が必要です。彼らに特定できるイプシロン毒素タイプDは、それ自体が操作されたものということなので」

「どういうことだ?」

「それを調べるんです」

「ゲームの規模が大きくなったようですね」ブリフォーがフレジェに目を向けた。「どう思いますか?」

フレジェは報告書をまとめはじめた。「その倉庫は、シュレックが行く前日に片付けられていた。そこにあったのがなんであれ、いまはどこかほかの場所にある」ド・パイヤンを指差した。「時間がない——答えを見つけ出すんだ」

44

金曜日の午後、ド・パイヤンは任務のつづきに戻った。ワタリガラスを酔わせすぎたうえに、馴れ馴れしくしすぎたかもしれない。いずれにせよ、前回、彼女は兄について話してはいけないことまで話してしまい、急に口を閉ざしてしまった。

ワタリガラスは怯えている。それも当然だ。ド・パイヤンが接触役をほかの者に押し付けられないなら、自分でこの関係を修復するしかない。列車に乗って街を横切り、マレ地区でインターネット・カフェを見つけた。そのカフェからワタリガラスにEメールを送り、またベルギーに来ているので会えないかどうか訊いた。それからメトロでセーヌ川左岸地区へ行き、三カ所の店に立ち寄ったあと、別のインターネット・カフェに入った。セバスチャン・デュボスクのウェブ・メールを開くと、メールを送信した十八分後に返事が届いていた。ワタリガラスも会いたがっていた。土曜日に友人のボートを借りて運河で楽しむのはどうかという提案を読み、ド・パイヤンの心は重くなった。週末はロミーや子どもたちと過ごし、市場を歩いてまわったり、パトリックのサッカーの試合を見たり、オリヴァーの新しい学校用品を買ったりしたかったのだ。だがいまワタリガラスとの状況を修復しなければ、パキスタンのくわだてを阻止するには間に合わないかもしれない。

ド・パイヤンはEメールを送った。〝十一時にマリーナで？　近くまで行ったら連絡する、セバスチャン〟

いつもより早く家に帰り、途中で花束を買った。ありきたりとはいえ、うまくいくこともある。アパートメントの玄関を開けると、子どもたちが走りまわって騒いでいるのが聞こえた。ド・パイヤンはオリヴァーを捕まえてハグをした。キッチンでは、ワイングラスを手にしたロミーがふだんより少しだけ熱い、ほろ酔い加減のキスをしてきた。ジュリエット・バルコニーにはアナ・ホムシがいた。タバコを吸い終えて部屋に入ってきたアナに、ダブルキスをされた。

「ちっとも知らなかったわ」妻の新しい友人が口を開いた。「ロミーから聞いたんだけど、空軍で戦闘機のパイロットをしていたんですってね」

「ずいぶんまえの話だ」ロミーがグラスに注ぐあいだ、ド・パイヤンは笑みを浮かべていた。「いまではただの事務員さ。飛行機を一機飛ばしておくだけでも、大勢の世話係が必要なんだよ」

「はき心地のいい靴をはける事務員というわけね」アナはグラスを掲げた。

「カジュアル・フライデーというやつさ」ド・パイヤンもグラスを掲げた。

彼らは子どもたちを近くのカフェへ連れていき、早めの食事をした。その店で子どもたちにパリでいちばん高いチーズ・トーストを食べさせることになった。どうせ家に帰れば息子たちはシリアルを食べたがる、ド・パイヤンにはそれがわかっていた。アナがタバコを吸いに歩道へ出ていくと、ド・パイヤンは週末に仕事が入ったことを切り出した。「ごめん。どうしてもやらなきゃならなくて」

ロミーは落胆の色を隠せなかったものの、それなりに受け入れていた。両手で頬杖をつき、ほかの誰よりもド・パイヤンを見ている緑色の目を向けた。「パトリックはストライカーをするのよ。あなたが見に来てくれないとわかったら、きっとがっかりするわ」

「本当かい？　すごいじゃないか。おれも見に行きたかったよ」

「録画しておくわ」

ド・パイヤンは意気消沈した。仕事から犠牲を強いられることはあるが、大義のためだと思えば納得できることもある。だが、子どもたちとの失われた時間を取り戻すことは決してできないのだ。彼は話題を変えた。「どうしてパイロットをしていたという話を？」

「別になんでもないわ。あなたが体形を維持するために何をしているかアナに訊かれたの。

それで、その——軍で働いていたと言うしかなくて」

ド・パイヤンは黙っていた。笑みを浮かべ、内務部門の調べではこの女性にも彼女の夫にも怪しいところはないということを自分に言い聞かせた。肩の力を抜き、ふつうの家庭生活を心がけるようにしなければならない。

45

ド・パイヤンはボートでのデートに早めに着き、大型ボートやヨットが係留されているグラン・ラルジュ湖の西側を歩いていた。この人工湖は、ニミー運河で北海に通じている。彼はマリーナのそばで足を止めた。ボートのオウナーたちが船の上で腰を屈めて動きまわり、土曜日におそらく夏の最後のひとときを水上で楽しもうと準備している。ド・パイヤンはセバスチャン・デュボスクの携帯電話を取り出し、ワタリガラスに電話をかけた。

「やあ、早めに着いたよ」陽気な声で言った。「ここは最高だね。私たちのボートはどれ？」

マリアンヌ号という大きなモーター・ボートで、いちばん北の入り江に係留されているということだった。

「あと三十分で行くわ」わくわくしている口調だった。「ピクニックの用意をしているところなの」

ド・パイヤンは北へ向かい、マリアンヌ号を見つけた。四十フィートの豪華な船で、マリーナの入り江の奥にあった。あたりにはボートのオウナーがひとりいるだけだった。岸辺近くの船で忙しそうにしている。ド・パイヤンは木の踏み板を登り、船尾板をつかんでハッチを開けた。後部甲板に夜露が残っているのが目に留まった。足跡はない。ボートをざっと見てまわり、待ち伏せしている者の形跡がないかどうか窓を覗きこんだが、何も見当たらなかった。ド・パイヤンは後部甲板のリクライニング・チェアに腰を下ろした。

時間どおりにやって来たワタリガラスを見て、ド・パイヤンは雰囲気が変わったことに気づいた。髪をポニーテールに結い、白いパーカーに白いトラックパンツといういでたちだ。レジャー用の服に身を包んだ彼女はからだの曲線が際立ち、これまでよりも自信に満ちている。

「これをしまって。エンジンをスタートさせるから」彼女はそう言い、二つの買い物袋をド・パイヤンに渡した。そのうちのひとつには、マムのシャンパンのボトルが二本入っていた。

ワタリガラスはキャビンの鍵を開けて船橋へ行った。そのあいだに、ド・パイヤンは食料品や酒を冷蔵庫にしまった。彼女の香水もまえとはちがう。いつものオピウムほどきつくない――アルページュだろうか？

足元でエンジンがうなりをあげて始動した。ド・パイヤンは二つのグラスにシャンパンを注ぎ、ワタリガラスのところまでもっていった。

「ありがとう」そう言って彼女はグラスを受け取った。「甲板員役をお願い。出航するわよ」

ド・パイヤンが係留していたロープをほどいて船橋に戻ると、ボートはゆっくり係留所からグラン・ラルジュ湖へ出ていくところだった。北のニミー運河を目指し、そこから西へ向かった。水しぶきが陽射しに輝いている。ワタリガラスとド・パイヤンはグラスを合わせ、船上でシャンパンを楽しんだ。

「船乗りタイプだとは意外だな」ド・パイヤンは本気で感心していた。「学者系だと言っていなかった？」

「父が大のボート好きだったの」彼女はにっこりした。「ヨットレースに参加したり、自分でボートを造ったりするほどよ。兄は興味がなかったから、わたしが付き合うようになったというわけ」

「なるほど」ド・パイヤンはグラスに口をつけた。「おてんばだった？」

彼女は懐かしむように笑い声をあげた。「どうかしら。娘がアウトドア好きで、息子が本の虫だとしたら、父親は娘とばかり過ごすようになるかもしれないわね」

ド・パイヤンは何か意味深長なものを感じたが、あえて訊かないことにした。「ペルシャ湾に出たことも？」

「ええ、カラチに父のボートがあって、ショマリ島をまわったり、バーレーンやドバイにも行ったりしたわ。休日にモルディヴまで行って、いろんな島をめぐったこともある。二十歳まえには、必要な資格を全部取っちゃったの」

ド・パイヤンは楽しそうな彼女を見て嬉しくなり、対応力がありそうなことがわかって安心した。ボートの上では生き生きとしていた。とても獲物には見えず、これから彼女の身に降りかかることに対しても立ちなおれる力がありそうだ。

「びっくりしているみたいね」彼女は笑い声をあげた。

「正直に言うと、パキスタンの女性がこんなボートの船長を務めるなんて許されない、そんな印象をもっていたんだ。思いちがいかな？」

「まあ、だいたい合ってるわ。でも素晴らしい父親がいれば、素晴らしい人生を送れるのよ」

「それで、いまの旦那さんと結婚したんだね？」

大笑いしたワタリガラスがシャンパンにむせてしまい、ド・パイヤンは彼女の背中を叩いてやった。服をとおして彼女のぬくもりと柔らかさが伝わり、股間に彼女のヒップが触れるのを感じた。

「それが」彼女は笑いが収まってから言った。「わたしの人生というわけ。父さんにはどんな人間にだってなれると言われたけれど、アッラーを見いだした夫は、わたしが誰かわからなくなってしまったの。いまだにわかってないわ」

一時間ほどボートを西へ走らせ、笑い声をあげたり、シャンパンを楽しんだり、ほかのボートに手を振ったりしていた。家族連れのボートもあれば、ステレオでガンズ・アンド・ローゼズを鳴り響かせているボートもあった。彼女はサイクリング・ロード沿いにある水辺の公園の小さな岸壁にボートを寄せた。ド・パイヤンはマリアンヌ号から飛び降りてボートをつなぎ留め、後部甲板にいるワタリガラスのところへ戻った。彼女はチーズやパン、オリーヴ、フムスなどを並べているところだった。

フムスを食べていた彼女の手が止まった。「あの夜のことを考えていたんだけど」

「というと？」

「兄のことよ」

彼女が言いづらそうにしているのがわかり、ド・パイヤンは自分から話を進めることにした。「実を言うと、私もあのときのことを考えていたんだ」

「あなたを怖がらせようとしたわけでは……」

「わかってる。お兄さんのことをどうこう言うつもりはない——研究所が軍と関わっているかもしれないからといって。きっとお兄さんはすごく頭がいいんだろうね。そんな人と話ができたら面白そうだ」

彼女は目に見えてほっとしたようだった。「本気で言っているの？」

「もちろんさ。偉大な科学者のなかには、軍のプロジェクトに身を捧げていた人もいたはずだ。シラクサ包囲戦で、それまでよりも強力な投石器を開発したのはアルキメデスじゃなかったかな？」

「そう言ってもらえると嬉しいわ。兄は本当に立派な人で、心から誇りに思っているの」

そこで口をつぐんだ。「きっと二人とも気が合うわ」

ド・パイヤンは興奮していることを顔に出さないようにした。「そう思う？　どうして？」

「あなたが兄の研究分野に興味があるから——それに自分で言ったじゃない、アジアや中東にいい販売ルートを開拓したいって」

ド・パイヤンは気軽に頷いたが、心のなかでは大慌てだった。このチャンスを逃すわけにはいかない。「何が起こるかわからないよ、アヌッシュ。仕事の出張先を考えると、ひょっとしたらお互いの道が交わるなんてこともあるかもしれない」

彼女の顔が輝いた。「パキスタンへ行く予定なの？」

ド・パイヤンはにっこりし、シャンパンをひと口飲んだ。「そのあたりの国へよく行くんだけど、いつもホテルの部屋とオフィスを行ったり来たりするだけなんだ。向こうでもっと自由な時間が取れればいいんだけど。大むかしの歴史が好きだから、きみの国にある保存状態のいいムガールの遺跡とかにずっと行ってみたいと思っていた。きっとタイム・トラベルしているような気分になるんだろうな」

ワタリガラスは顔をほころばせた。「そうなったら最高だわ。もうすぐわたしも向こうへ行くつもりなの。わたしのところに泊まればいいわ」

「旦那さんは？」

彼女は笑みを浮かべて首を振った。「そっちの家じゃないわ。うちの家族がもっている小さなフラットがあるのよ。そこなら泊めてあげられる」

ド・パイヤンはチャンスがめぐってきたのを感じた。「それはありがたいけど、きみに迷惑をかけたくないし、きみが家族と揉めるようなことになっても困るから」

「心配しないで、そんなことにはならないから」

「それじゃあ、おことばに甘えて。お兄さんもいる？」

彼女は眉をひそめた。「どうして？」

ド・パイヤンは慎重にことばを選んだ。ここでしくじるわけにはいかない。「お兄さんと気が合いそうだと言っていただろ？　だから会ってみたいと思って」

彼女は頷き、緊張を解いた。「仕事がら、あちこち行けるような自由はあまりないの。たいていは、研究所と自宅を往復するだけ。ちょくちょく会えるのはわたしだけなのよ。もしかしたら、兄をディナーにでも誘えるかもしれないわ」

ド・パイヤンはにっこりした。「いい考えだ。イスラマバードへはいつ？」

「三週間後よ」

ド・パイヤンは、これが唯一のチャンスかもしれないと思った。「ちょうどいい。私もそのころニューデリーで用事があって、ラホールにいるクライアントと会うことにもなっている。イスラマバードはそこからちょっと北へ行ったところだから——レンタカーを借りて会いに行くのはどうだろう？」

「あとで連絡するわ」ワタリガラスはグラスを掲げた。

ド・パイヤンもグラスを掲げ、彼女とグラスを合わせた。「科学に乾杯」彼はそう言った。

46

アラムート作戦チームには、打ち合わせの時間がわずかしかなかった。ラフォンはドイツにいて参加できないため、ブリフォーは最上階の機密情報隔離室にド・パイヤンとギャラを招集した。切迫した空気が漂っているということは、フレジェが政府の官僚に作戦を説明したということだ。政府からの返答は、昨日来ているはずだ。

ブリフォーはシャツの袖をまくり上げていた。「いま、二つの作戦を同時に進行している――運用部はチームを組んで、あのパレルモの倉庫の入荷と出荷状況を調べている。何がどのくらいあって、どこへ運ばれたかということを。船か飛行機で輸送されたかもしれないし、量が少ないなら、いくつかのバックパックに分けて手荷物としてシチリアから持ち出された可能性もある」

すでにド・パイヤンは、運用部のチームが調査をはじめるにあたって手を貸していた。チームを率いるのは、ルイ・ブランコという優秀な課報部員だ。あの倉庫にあったのがなんであれ、物流の痕跡があればブランコなら必ず見つけ出すだろう。

「もうひとつの作戦がアラムートだ。ここに集まってもらったのは、そのためだ」ブリフォーはつづけた。「なんとしてでもMERCに近づき、そこでウェルシュ菌が作られたという証拠をつかまなければならない。チャンスはこれしかない――このクソの出どころを突き止めるんだ」

そのための手段はひとつしかない。ド・パイヤンとワタリガラスの関係だ。

「報告書によると、ワタリガラスから、イスラマバードでシンリンオオカミを交えてのディナーに招待されたそうだな。罠ではないという確証はあるのか？」

ド・パイヤンは自分の役目を心得ていた――ディナーが罠ではないという確証はないものの、ブリフォーはその考察を記録に残しておきたくはない。この非常に危険な作戦を推し進めるに足る確信がある、そしてすぐにでもイスラマバードへ行ってワタリガラスやシンリンオオカミとディナーを囲む手はずを整えられる、ド・パイヤンにそう言ってほしいのだ。懸念や〝もし〟ということばなど聞きたがってはいない。

ド・パイヤンはデスクに二枚の説明書を置いた。その日の朝早く、テンプラーと打ち合わせをしてまとめたものだ。「Eメールや電話の内容から判断すると、ワタリガラスは私をかばおうとしているようなので、その点では安全だと思います。本当に試されるのは、彼女がイスラマバードで兄とのディナーをセッティングして、私をゲストとして呼んだことを伝えるときです。そのときこそ、シンリンオオカミと軍統合情報局がなんらかの動きを見せるものと思われます」

沈黙が流れた。そういったディナーに顔を出すことは——しかも軍統合情報局の目と鼻の先のパキスタンで——ド・パイヤンだけでなく作戦チーム全体にとっても危険極まりない、三人ともそのことがわかっていた。

ブリフォーが咳払いをし、ド・パイヤンの作戦説明書を手に取った。「この作戦を急がなければならないことはわかっていると思うが、リスクにどう対応するか考えてあるんだろうな？」

ド・パイヤンはひととおり説明した。その日の朝、カンパニーの偵察チームがイスラマバードへ飛び、一週間かけて〝街の戦術化〟をすることになっている。安全確認行程や〝回転ゲート〟、サポート・プラン、ホテル、脱出プラン、それに〝逢引きゲーム〟などの準備を整えるのだ。偵察チームが〝戦術化〟を完了すると、今度は作戦チームが一週間かけてそれを頭に叩きこみ、練習を繰り返す。その後、作戦チーム——テンプラー、ダニー、ジェローム、ポーリン、シモン——はイスラマバードへ向かい、その二日後にド・パイヤンが現地入りしてワタリガラスとシンリンオオカミとのディナーにのぞむことになる。

ド・パイヤンは基本的なポイントを解説した——サポート・チームは五人しかいないとはいえ、ワタリガラスのフラットやド・パイヤンのホテル、国際空港への往復ルートといった周辺をしっかり固める。とくに注意が必要なのはワタリガラスのフラットだ——ド・パイヤンは通信器を身に付けないので、チームは目立たないようにしながらもド・パイヤンをサポートできる距離にいなければならない。フラットのまわりや入り口付近にワイアレス・マイクを設置してはどうか、とテンプラーが提案した——軍統合情報局は盗聴器がないかフラットのなかは調べるだろうが、外側はあまり気にしないだろうと考えたのだ。サポート・チームが泊まるのは観光客向けの三つ星ホテルで、ド・パイヤンが滞在するのはマリオット・ホテルだ。マリオット・ホテルはセバスチャン・デュボスクのキャラクターにふさわしいだけでなく、出入りできるポイントがいくつもあるからだ。対外治安総局の作戦では、複数の出口があるホテルが選ばれる。そうすることで、チームの脱出方法の選択肢が広がるのだ。そういった脱出方法も、ド・パイヤンがその国に到着するまえに設定される。

「車はどうする?」ブリフォーが訊いた。「またハーツ・レンタカーに手をまわせる担当員を使いたくはないだろう」

「テンプラーが、バックパッカー向けのホステルで何か手に入れることになっています。

車は問題ではありません。厄介なのはフラットそのものと、シンリンオオカミには軍統合情報局のボディガードがついているだろうということです。私は六時くらいからチームの目が届かないフラットへ入っていって、〝ドクタ・デス〟──シンリンオオカミや軍統合情報局のボディガードたちと顔を合わせることになります」

「気に入らんな」ブリフォーは身を乗り出した。「彼女のフラットになんらかの通信器をつけられるんじゃないのか？」

「私が行くまえに軍統合情報局がフラットを調べて、侵入されたことに気づけば、私はおしまいです」ド・パイヤンは言った。

「その危険を冒す価値はあると思うが」ギャラが言った。

ド・パイヤンは首を振った。「いいえ、私にとってはその価値はありません」

RERのポール・ロワイヤル駅の出口付近で、男がド・パイヤンを待ち構えていた。ド・パイヤンには、最近修復されたばかりの百年まえのガラス・ドアの向こうにいるジム・ヴァレーが見えた。ジムも彼に気づき、帽子をかぶって別のドアから出ていった。〝ついてこい〟という意味だ。五分ほど北へ歩き──充分な距離を空けている──グラン・エクスプロラトゥール庭園に入った。ジムは世界を支える女性たちの銅像で有名な噴水を通り過ぎたところで帽子を脱いだ。〝ここまで〟という合図だ。公園のベンチにフィリップ・マヌリーが坐っていた。ド・パイヤンはそのベンチのところへ行き、かなりあいだを空けて腰を下ろした。

「これでもうちに近すぎるとはいえ、少しはましです」ド・パイヤンはタバコに火をつけた。「なんの用ですか？」

「私も会えて嬉しいよ、アレック」マヌリーはパリの陽射しの下でダーク・グレーのフェルト・ハットをかぶっていた。「ひょっとしたら、われわれの関係を明確にしていなかったかもしれないな――Yセクションの二重スパイを探し出すため、私に報告することになっているはずだが」

「マヌリー部長、まえにも言ったとおり、私はその捜査には関与していません。それに――部長の部下から報告があると思いますが――私はサイエフ・アルバールに三百万ユーロでパスポートを売ったと疑われているんです」

「うまく話をそらしたな、アレック。だが、きみは友人のことで重要な事実を話していない」

「シュレックのことですか？」

「またシチリアへ派遣されたそうだな」

ド・パイヤンはふっとタバコの煙を吐き出し、噴水に目を向けた。「シュレックの報告書は見ていません」

「報告書のことなど訊いていない」

「それならいったい?」

「ムッシュ・ティベはどうしてパレルモへ?」

「ラフォン・チーフと同じ建物で仕事をしているんだから——彼女に訊いたらどうですか?」

マヌリーの顔つきが変わるのがわかった。色の薄い目が険しくなり、一瞬、特殊部隊の隊員の顔になった。「ラフォンだと? つまり、ファルコン作戦とは関係ないということか?」

ド・パイヤンはミスを犯したことに気づいた。ここからは慎重に対処しなければならない。「さあ。報告書を見ていないので」

「報告書などどうでもいい」マヌリーは声を荒らげた。「ファルコン作戦はラフォンの担当ではない。どうしてラフォンはパレルモに関心がある?」

「知りません、部長。パレルモの件について、ラフォン・チーフともティベとも話をしていないので」

「だが、ティベがラフォンの指示で動いているのは知っているんだな？　ラフォンはパレルモで何を調べている？」

ド・パイヤンは肩をすくめたが、マヌリーは引き下がらなかった。「マリー・ラフォンは大量破壊兵器拡散阻止部門のチーフだ。ギヨーム・ティベのような男を送りこむからには、重要な件にちがいない。ティベは科学者でも技術者でもないんだからな。となると、Yセクションはパレルモで何を嗅ぎまわっているんだ？」

「知りません」拷問官の視線が突き刺さってくる。

マヌリーはため息をつき、ゆっくり立ち上がった。「アフリカで捕らえたマルクス主義者のゲリラたちに私がなんと言っていたか、わかるか？」

ド・パイヤンは肩をすくめ、目を細めて見上げた。「なんて言っていたんですか？」

「嘘なら殺す、と」マヌリーは靴でタバコをもみ消した。「たいてい、それがあの共産主義者どもが楽しむ最後の会話になった」

ド・パイヤンは、マヌリーが歩き去っていくのを見つめていた。いまでは、噴水の音がひときわ大きく感じられた。

雨が降りだし、ド・パイヤンは午前一時過ぎに目を覚ました。ふだんから作戦のまえというのは眠りが浅かった。ベッドを出て室内を歩きまわった。子どもたちの様子を見に行き、玄関の鍵がかかっていることを確認した。窓もチェックし、ジュリエット・バルコニーの掛け金も寝るまえと変わっていないことを確かめた。通りを見下ろし、見慣れない車や違和感のある車、あるいは人が乗っている車がないかどうか注意した。通りは暗く、多くのパリの通りと同じく街路樹が視界をふさいでいる。夜の闇を見つめていると、頭のなかで疑問が噴き出してきた。パレルモで自分たちを売ったのは誰だ？　そして、その人物はアラムート作戦についてどの程度知っている？　ワタリガラスのことを考え、イスラマバードでディナーに招待した動機について頭をめぐらせた。シンリンオオカミと軍統合情報局の屈強な男たちが待つあのフラットへ、本当にのこのこ入っていくつもりなのか？　イスラマバードのど真ん中で、軍統合情報局に立ち向かう気なのか？

作戦まえの不安な気持ちを振り払い、ロミーがいるベッドへ戻った。これが最後になるかもしれない、そんな気持ちでロミーを抱きしめたいとはいえ、彼女を怯えさせたくはなかった。結局はロミーの肩に頭を寄せ、パリの雨音と彼女の寝息に耳を傾けていた。この瞬間を楽しみたかったが、心は翌週の作戦へ向かって駆けだしていた。

47

ド・パイヤンは正午にインディラ・ガンディ国際空港へ到着し、パリで現金を払って予約しておいた三つ星ホテルがあるニューデリーへシャトルで向かった。スニーカーにジーンズ、ウィンドブレーカーという格好で、キャスター付きのスーツケースにはスポーツ・ジャケットにズボン、高級な靴が入っている。チェックインをすませたド・パイヤンは、ダウンタウンにあるムガール庭園の静かな緑地へ歩いていった。セバスチャン・デュボスクの携帯電話を組み上げ、現地時間の午後二時過ぎにワタリガラスに電話をしていまどこにいるか伝えた。電話の彼女は嬉しそうだった。その声に強制されているような硬さが感じられず、ド・パイヤンはほっとした。

「もうすぐニューデリーでの仕事もかたがつく」彼は言った。「こっちの人がウルドゥー語やパンジャブ語を話すなんて思ってもいなかったよ。みんなヒンドゥー語だと思っていた。またきみに翻訳を頼むかもしれない、アヌッシュ」

「パキスタンにはウルドゥー語を話す人がもっとたくさんいるけれど、インドの北部にもいまだに結構いるのよ」

「きみに訳してもらったおかげで助かったよ。パソコンに保存してあったから、それをプリントアウトしてマーケティング・パートナーに見せることができた」

彼女はディナーの話をしたくてうずうずしていた。「ユスフがフラットに来るのは、日曜日の夜よ。お願いだから、あなたも来られると言って」

ド・パイヤンは必ず行くと約束した。「土曜日にタキシラ遺跡へ行って、日曜日に会いに行くというのでどうかな？」

ド・パイヤンはホテルの先にあるカフェで食事をした。翌朝、イスラマバードへ飛んで昼まえに着き、街の北にあるマリオット・ホテルにチェックインした。ワタリガラスのフラットは、そこから歩いて二十分のところにある。

ホテルの部屋は六階の東側にあり、ラウォール湖やその向こうのピール・パンジャル山脈が見渡せる。部屋に盗聴器やカメラが仕掛けられていないかどうか調べた。ドア枠に〝針〟を差しこんで外へ出ると、アガ・カーン・ロードを北東へ向かった。二分後にバス停に着き、車が通り過ぎるのを待った。誰にも見られていないことを確かめてから、時刻表のガラス・カバーの横に白い〝ステッカー〟を貼った。これが、現地入りしたことを伝える連絡媒体なのだ。そのまま歩きつづけて街を見てまわり、レイク・ヴュー・パークへ行く途中にある国会議事堂を通り過ぎたあたりで時間をチェックした。白いステッカーを貼ったちょうど二時間後にバス停へ戻り、このしるしに対する返事を探した。ド・パイヤンの白いステッカーのまわりに、四つのステッカーが貼られていた。サポート・チームが配置に着き、作戦リーダーの到着を確認したという意味だ。ド・パイヤンはステッカーをすべてはがして連絡媒体を〝きれい〟にし、右上に新しいステッカーを貼った。〝無事到着〟のステッカーは、チーム全体が配置に着いて作戦の準備が整ったことを知らせる合図なので、とりわけ重要だ。ド・パイヤンにとっては、これからキャラクターになりきることを意味している。サポート・チームと接触したいときには、バス停の時刻表に黄色いステッカーを貼って一時間後に戻る。時刻表に二つ目の黄色いステッカーが貼ってあれば、一時間後にホテルの一階のトイレでテンプラーが待っているということだ。黒いX印の白いステッカーは問題が生じたかしくじったという意味で、それを修正するのに六時間必要だということを表わす。修正が終われば、時刻表に白い無地のステッカーを貼る。

この役の設定に従い、仕事がオフになった出張中のビジネスマンを演じた。それは、頭に叩きこんであるとはいえ、実際の現場から遠く離れた場所で覚えた〝街の戦術化〟を、自分の目でこっそり確かめるチャンスでもあった。マリオット・ホテルのロビーでパッケージ・ツアーを調べ、タキシラ遺跡のツアーを見つけた。午前九時に迎えが来るよう予約し、午前六時のモーニング・コールを頼んだ。観光客と交わるのはいいカモフラージュになる。いかにもアメリカ人のような服装をした三十代半ばの地元の男性が、ロビーで坐って新聞を読むふりをしていればなおさらだ。通りに出たとたん、もうひとりの秘密警察官も目についた。ホテルのロビーにいた男よりも大柄で、黒い革のスポーツ・コートに乗馬用のサイドゴア・ブーツという格好をしている。ド・パイヤンはリラックスした——こういった尾行役とターゲットのダンスを何年もしてきた彼にとって、これがふつうに感じられるのだ。こうやって人前で振る舞うことは、なんでもなかった。孤独感が忍び寄るのは、ホテルにひとりでいるときだった。ホテルにひとりでいるときはロミーや子どもたちのことを考えてしまうのだが、家族の写真を見ることはできない。カンパニーの工作員は、出発前に持ち物検査をされる。実生活と結び付けられる怖れのある私物をもっていないことを確認するためだ。

のんびり通りを歩き、市場に寄ってパキスタンの装飾品を買い、商売人たちと冗談を交わした。三十分後、尾行役があきらめた。どこにもおかしな行動の見られない男に飽きてしまったのだ。映画のシーンとしては退屈だろうが、実際のスパイの世界においては、尾行役を飽きさせる能力はカンフーよりも多くの人の命を救ってきたのだ。それに加え、三点軸合わせをしっかりやることと、旅行鞄に特別なものを入れないことが重要だ。

秘密警察が興味をなくしたということにそれなりの確信を得ると、パリで練習した〝回転ゲート〟のルートを歩いてみた。ただし練習とは逆にたどり、実際に歩くときにそのルートを尾行役に気づかれないようにした。〝回転ゲート〟はワタリガラスのフラットからマリオット・ホテルまでの特定のルートにある。通りの目印に貼られる〝準備完了〟を示す緑色のステッカーがはじまりの合図だが、ド・パイヤンはそれを見るだけで触れはしない。歩いて十五分のルートにテンプラーがサポート・チームのメンバー——キャンドルー——を配置し、尾行役の気配がなければ、ルートの最終地点にある連絡媒体に緑色のステッカーが貼られる。尾行役がド・パイヤンを逮捕しようとしたり、尾行役に気づいた場合、貼られるのは赤いステッカーだ。尾行役がド・パイヤンを逮捕しようとしたり、力ずくで取り押さえようとしたりしているようなら、黒いX印の赤いステッカーで知らせる。それは、サポート・チームが準備し、パリでド・パイヤンが練習した緊急脱出プランを発動させる合図でもあった。

〝回転ゲート〟とはちがうルートでホテルへ戻り、マリオット・ホテルの向かい側にあるカフェで食事をした。携帯電話が鳴り、耳に当てた。それはワタリガラス専用のセバスチャンの電話で、サポート・チームとの連絡に使われることはない。

「やあ、アヌッシュ」笑顔で電話に出た。

「ユスフは味の濃い伝統的な料理が好きなの」彼女はいたずらっぽい口調で言った。「味が濃くても大丈夫？」

「かまわないよ」ド・パイヤンは冗談に付き合った。「口のなかの火を消す消火器でも用意しておいたほうがよさそうだな」

ワタリガラスは甲高い笑い声をあげた。「わたしたちはパキスタン人よ、タミル人じゃないんだから！　心配しないでも、口が燃えたりはしないから。約束するわ」

「わかった。何か飲み物があるならね」

「冷ますのにちょうどいいものがあるわ」

ド・パイヤンがマリオット・ホテルに入ると、出かけるときに尾行役が坐っていた椅子に別の秘密警察官が坐っていた。ド・パイヤンはその男ににっこりして通り過ぎ、まっすぐ自分の部屋へ行った。〝針〟が廊下に落ちているうえに、三点軸合わせもかなりずれていた。予想どおりだ。厳重に警護された生物兵器の研究者が、妹の家のディナーで謎めいたフランス人と会うのだ。少なくとも、軍統合情報局はその目で彼を確かめ、部屋やバッグを調べ、日中どこへ行くかあとを尾けるだろう。そういったことをお見通しのド・パイヤンは、ありきたりの行動をして連中の目をあざむく。あまりにも退屈で、嫌気がさすほどに。肝心なのは動きや歩き方を抑え、無邪気な観光客にだけ目を向けるようにし、スパイ技術を心得ているように悟られないことだ。

48

タキシラ遺跡までのミニバスは、運転手の気さくなおしゃべりが印象的だった。その運転手は、イスラム共和国における農場の規模や生産物、灌漑の役割などにも精通していて、専門家のような詳しいコメントもしていた。運転手の曲の好みはヘレン・レディやディオンヌ・ワーウィック、デミス・ルソスにかたよっていた——敬虔さとは無縁の歌手ばかりだが、きっと観光バスの運転手が流していいリストに入っているのだろう。

ツアーでは太古の居住地跡を歩いてまわった。いちばん古いところは、紀元前千年にまでさかのぼる。ド・パイヤンはアメリカ人の夫婦と仲良くなった。彼らはイスラエルやトルコ、ヨルダンをめぐり、いまはペシャワール渓谷をまわっているということだった。陽気な夫婦で、妻のエイミーはある程度のフランス語も話せた。夫のクエンティンに市場で手にしたチラシを見せられた。そのチラシには、慎重にことばを選んだ英語で〈アメリカン・カラオケ〉の宣伝が載っていた。この新しい友人の話では、それは〝アルコールを出す〟という暗号らしい。

ド・パイヤンは笑い声をあげた。「つまりこれをアメリカ人に渡せば、もっと喜びそうなフランス人にも伝わると？」

陽が沈むころにホテルで降ろしてもらい、食事をすませてエレヴェータへ向かった。尾行役が坐っていたロビーの椅子には、もはや誰もいない。たった二日間でド・パイヤンに飽きてしまい、彼の部屋でも行き先でも気になるものは見つからなかったのだ。作戦がうまくいき、気分がよかった。

シャワーを浴びたド・パイヤンは、疲れていないことに気づいた。それどころか気が張っていた。ビールが飲みたくなり、ジーンズから〈アメリカン・カラオケ〉のチラシを取り出した。部屋でイスラマバードの地図を広げ、その店がホテルから二ブロックのところにあるのがわかった。まだ午後九時にもなっていないので、服を着替えてホテルを出た。

そのカラオケ・バーは、大通りをはずれたところにある小さなホテルの地下にあった。ドア係にチラシを見せると、なかに通された。パリにある学生向けバーのような店で、ロックが流れ、長いカウンターの前には二十五卓の丸テーブルが並んでいる。ド・パイヤンは店内を見まわした。薄暗さに慣れてくると、西洋の服を着たヨーロッパ系の人たちがビールやワインを飲んでいるのが目に留まった——パキスタンでは、ふつうなら外資系のホテルでのみ可能な行為だ。ド・パイヤンの想像では、イスラマバードの警察は外国人が酒を飲もうと気にしないようだ。地元民、とくに地元の女性が酒を飲まないかぎりは。

ド・パイヤンは、ドアが見えるカウンターの奥のストゥールに腰を下ろした。むかしからの習慣だ。バドワイザーとハイネケンが置いてあり、冷たいハイネケンを頼むとリチャード・マークスの曲が流れてきた。ビールに口をつけ、意識的に脳の感情的な部分を抑えつけた。これから他人の人生を台無しにしようというときに相手の心配をするのは、健全なことではない。コソボへ飛んだときもこういった懸念に対処しなければならなかった。いまはそれに打ち勝つしかない。この任務の目的は、シンリンオオカミをとおしてMERCにアクセスすることだ。ワタリガラスは作戦を成功に導くための手段であって、人生に危機が迫るひとりの人間ではない、それを肝に銘じなければならない。頭のなかでリストを確認した――これからの行動、〝回転ゲート〟、そして脱出。ビールをひと口飲み、ありとあらゆる〝もしこうなったら〟という可能性について考えてみた。フラットに入ったとたんに捕まってしまったとしたら？　アヌッシュを拘束し、彼女を拷問して自分の口を割らせようとしたら？　何ごともなくディナーを終えたとしても、ホテルの部屋で待ち伏せされていたとしたら？　すでにサポート・チームのひとりが捕まっているとしたら？

そしていちばん大きな〝もし〟はこれだ。ことを急ぎすぎたとしたら？　偵察や計画にあと三週間かけるべきだったとしたら？

もしかするとこれが最後のビールになるかもしれない……ド・パイヤンはそんなことを考えた。そこでハイネケンを飲み干し、バーテンダーに指を上げてお代わりを頼んだ。

バーテンダーがユーロを受け取ると、スピーカーからロクセットの〝リスン・トゥ・ユア・ハート〟が流れてきた。

「これが何年の曲か、いつも思い出せないんだ」すぐ近くから声がした。「八〇年代、九〇年代、それとも二〇〇〇年代？　どの時代でもおかしくない、わかるだろう？」

ド・パイヤンはわれに返った。カウンターに四十代前半の男――そのアクセントからするとアメリカ人だろう――が立っていて、指先に五十ユーロ紙幣を挟んでいた。「彼と同じものを」その男が言った。

バーテンダーはハイネケンを開け、紙幣を受け取った。そのアメリカ人がつづけた。

「たぶん九〇年代だと思うけど、これはベルリン、それともロクセット？」

ド・パイヤンは噴き出した。ときどき自分でもその二つのバンドを混同することがあるのだ。しかも時代を超えたその歌は、発表された年を特定するのが難しい。

「まちがいなくロクセットだ」ド・パイヤンは言った。「でも、何年代の曲かはわからない」

バーテンダーがアメリカ人の釣りを置いた。「なあ、ナレク」アメリカ人が言った。「この曲は何年のだ?」

アメリカ人にチップを渡され、バーテンダーは小さく頷いて感謝を示した。「わかりません」ナレクが答えた。おそらく二十五歳くらいだろう。「クラシック・ロックですよね。いい、大むかしのです」

アメリカ人が振り向き、ほんの一瞬、ド・パイヤンは自分を見ているような気がした。いかにもプロを思わせるざっくばらんな態度、見知らぬ人へのこなれた気軽な接し方、人前で目立たないように抑えられた動き。ド・パイヤンよりも少しだけ背が低く、チノパンツにダーク・ブルーのポロシャツ姿だ。平凡な髪型から剃ったばかりのひげにいたるまで、すぐに忘れられてしまうように外見を整えている。ド・パイヤンと同じく一日に二回ひげを剃り、つねに人目を引かないように、つねに背景に溶けこむように心がけている男だ。自分の年金をかけてもいいが、このアメリカ人にはタトゥーもなく、ジュエリーやピアスも身に付けていないにちがいない。匂いさえしなかった——アフターシェーブやコロンの香りもせず、多くのアメリカ人が着ているものとはちがい、ポロシャツにはなんのロゴも入っていない。

「ピーター、アメリカ人だ」男は言った。「営業で来てる」

「セバスチャンだ、パリから来た。コンサルタントの仕事をしている」

二人は互いにビールを掲げたが、グラスを合わせはしなかった。

「ロクセットは変わったバンドだ」ド・パイヤンは言った。「スウェーデン人なのに、英語の曲を書いて歌っているんだからな」

「ABBAもそうだ」ピーターが言った。

「ああ、でもABBAはスウェーデン語でもレコーディングしている。ロクセットは英語とスペイン語だけで……」

「それとポルトガル語だ」ピーターが口を挟んだ。「まえにリオのタクシーで曲を聞いたことがある。たぶんロクセットだと思うが、もしかしたらベルリンだったかもしれない」

「ハッハッハッ！」この男のユーモアのセンスが気に入った。「リオだって？　いいところだよな」

「ブラジルの会社に大量のデータ・スイッチを売ってやったら、オリンピックのときにリオのホテルを何日か取ってくれたんだ。ボクシングや走り高跳びを観たよ。それとやり投げも少し。いかした街だ」

「ブラジルには行ったことがない」

「パキスタンははじめて？」

「四、五回目だ」ド・パイヤンは緊張を解いた。「でも、ホテルの外でビールを飲むのははじめてだよ」

ピーターは含み笑いを洩らした。「店のオウナーはナレクの父親だ。売っている相手が西洋人だけなら、警察も目をつぶっているのさ」

「それにしても〈アメリカン・カラオケ〉だって？　ちょっと言いすぎだろう。酔っ払いのレッテルを貼られているのはフランス人だと思ったが」

「オウナーは店の名前をザ・スピークイージー（アルコール密売所）にしたかったんだが、わざわざ警察を呼ぶようなまねはしないほうがいいと考えなおしたそうだ。そういうわけで、アメリカ人が酒飲みの汚名を着せられたのさ。もっとひどい呼ばれ方をしたこともあるしな」

「通信機器を売っているのか？」ド・パイヤンはでたらめだとわかったうえで訊いた。

「ああ。気が狂いそうなくらい退屈な仕事さ。あんたは？」

「製薬や化学業界でコンサルタントをしていて、いまは翻訳に携わっている」ピーターが信じていないことなど、百も承知だ。

「パンフレットの翻訳？」

「何もかもだ。フランスやアメリカの化学会社がスタン諸国に売りこみたいなら、ウェブサイトやマーケティング資料をファルシ語とかウルドゥー語とかパシュトゥー語といった、とにかく顧客が堪能なことばにしたほうがいい」

「なるほど」ピーターはバーテンダーに向かって指を二本立てた。「それで、景気はどうだ？」

「忙しい」

「おれもへとへとだよ」アメリカ人は目の前の札束を見やった。

「残業が多いのか？」

アメリカ人は肩をすくめた。「年がら年じゅうあちこち飛びまわっている。いろいろな人と会っているんだが、ちゃんと知り合う機会がない」

「疲れるよな」ド・パイヤンには、お互いに同じことを話しているという確信があった。

「誰かに近づくとしても、いつだって下心がある」

バーテンダーがビールを置き、ピーターの札束から紙幣を抜き取った。アメリカ流のバーでのやりとりに慣れているようだ。ド・パイヤンは、ニューヨークではじめてアメリカのバーへ行ったときのことを思い出した。バーテンダーの女性が友人の札束に手を伸ばすのを見て、とっさにド・パイヤンは彼女を止めたのだった。

「それに寂しい」ピーターはつづけた。「地元には愛する人たちがいるかもしれないが、自分のエネルギーを全部、知りもしない連中に注ぎこまなきゃならない」

「しかも、それは見せかけのエネルギーだ」ド・パイヤンはビールに口をつけた。「それなのに、地元の愛する人たちをちっともかまってあげられない」

二人は互いに見つめ合った。これから家族の話をするのか？　愛する人たちについて、嘘をつき合うのか？

ピーターの顔が終わりを告げた。「この曲、知ってるか？」〝ハングリー・ライク・ザ・ウルフ〟が流れだし、人差し指を立てた。「デュラン・デュラン、まちがいなく八〇年代だ」

49

ワタリガラスのフラットまでは、あえてのんびり歩いた。店に立ち寄って青い花束を買い、デリカテッセンにずらりと並んだトルコの菓子ロクムに目が留まり、その白い粉がまぶされたスイーツもひと箱買った。ヨーロッパで売られているものより色は薄い。それからカフェやレストランでにぎわう通りを歩いてフラットへ向かった。

そこは三階建てのアパートメントだった。それぞれの階には二戸ずつあり、ワタリガラスの部屋は二階だった。

午後六時ちょうどに、ド・パイヤンはセキュリティ付きのドアベルを押した。

「いらっしゃい、セバスチャン」ワタリガラスの声が聞こえた。「階段を上がったところの、四号室よ」

ブザーが鳴ってボルトがスライドする音がした。ド・パイヤンはドアを開けてなかに入った。なんとか気持ちを高揚させていたこともあり、階段を上がるときには心も軽やかだった。四号室のドアをノックするまえに、自分の手のひらを確かめた——汗はかいていない。緊張していない証拠だ。

　ワタリガラスがドアを開け、両頬に挨拶のキスをした。手に汗をかいていなくて助かった。彼女が紫のシフォンのノースリーヴを着ていたので、一瞬、二の腕にじかに触れたのだ。

「まあ、わたしに？」ド・パイヤンが花束とスイーツが入った箱を差し出すと、彼女はにっこりした。

「ロクムが口に合うといいんだけど」ド・パイヤンは言った。

「大好きよ」彼女はキッチンへ行った。そこから美味しそうな匂いが漂ってくる。「ちなみに、ロクムはトルコの喜びとも呼ばれているけれど、もともとはペルシアのお菓子よ」

　そこは築二十年くらいの、ベッドルームが二部屋ある整理整頓されたきれいなフラットだった。子どもたちや夫の気配はない。中東の父親が娘に贈るギフトのひとつにちがいない、ド・パイヤンは思った。娘がひとりの時間や自分の財産をもてるように配慮しているのだ。ムスリムの女性のための避難所というわけだ。

　ワタリガラスが、冷蔵庫から出したばかりのリースリングのボトルを手にして戻ってきた。

「パキスタンでは飲めないのかと思っていた」ド・パイヤンは言った。

「ベルギーではマリワナを吸えないみたいに?」

彼女がワインを注ぎ、ド・パイヤンはグラスを受け取った。

「ところで、お兄さんには私のことをなんて言ったんだ? 知っておいたほうがいいことでもあるかい?」

「あなたが関わっている業界と、わたしが依頼された仕事を話しただけよ。いっしょに食事をするのを楽しみにしているわ」

二人でワインを飲み、ド・パイヤンはどこを観光してきたのか訊かれた。彼はニューデリーのクライアントのことや、このあたりで話されている言語をすべて覚えておくのがどれほど大変かということを話した。不意に彼女は花束のことを思い出し、花瓶を取りにキッチンへ行った。ド・パイヤンもついていき、テンプラーから聞かされていた裏口を目にした。こういったアパートメントのキッチンには、非常階段に通じるドアがある。外を見下ろすと、非常階段がコンクリートの駐車場までつづいていた。チームの説明どおりだ。

ワタリガラスは花瓶に花を活けた。それからオーヴンを開け、セラミックの鍋の中身をかき混ぜた。

下で動きがあった。窓から見下ろしたド・パイヤンは、大きなアンテナを付けた黒いランドクルーザーが駐車場に入ってくるのが目に留まった。アウトドア用のレジャーウェアを着た二人のボディガードが車を降りたが、運転手は座席に残った。大柄なほうのボディガードは黒のウィンドブレーカーに濃灰色のハイキング・パンツという格好で、腰に九ミリ口径の拳銃を携帯しているのは明らかだ。その男が顔を上げ、ド・パイヤンと目が合った。

ド・パイヤンは笑みを作ろうとした。「お兄さんが着いたようだ」そう言ったものの、頭の片隅ではこんな声が聞こえた。〝おれはこんなところでいったい何をしているんだ？〟

窓辺にいるド・パイヤンのところにやって来たワタリガラスは、くるりと目をまわした。

「兄さんたら、あいかわらず大げさなんだから」

二人はリヴィング・ルームに戻り、ド・パイヤンは窓枠から外を覗いた。通りにはもう一台の黒いランドクルーザーと、いまや見慣れた黒いSクラスのメルセデスが駐まっていた。裏の駐車場の二人組と似たような男たちが通りを行き来し、下襟に口を寄せてつぶやいている。

フラットのブザーが鳴り、ド・パイヤンはびくりとした。

「フフッ、驚いたでしょう！」ワタリガラスはドアを開けるボタンを押した。「ここのドアベルの音で、そのうち心臓発作を起こしてもおかしくないわ」

しばらくしてドアがノックされ、ワタリガラスはドアを開けた。戸口いっぱいに男の姿が現われ、とたんにド・パイヤンはテンプラーを思い浮かべた——大きいとはいえ引き締まっていて、鍛え上げられた危険な雰囲気を漂わせている。そのボディガードが部屋に入ってきた。ドアのすぐ外には小さな男——ドクタ・デス、またはコードネーム、シンリンオオカミが立っていた。

その科学者は小柄で眼鏡をかけ、まさにステレオタイプの大学教授のようだった。茶色のスポーツ・コートにカーキのスラックスという格好で、上着の下にはマスタード色のカーディガンを着ている。科学者というのはどこの国であろうと同じようなエレガントな服の趣味をしている、というのは本当のようだ。ひとり目のボディガードがド・パイヤンの脇を通り過ぎてフラットを調べてまわるあいだ、シンリンオオカミはもうひとりのボディガードの横で立っていた。ドアのところにいるボディガードはド・パイヤンを見据えている。ひとり目の男はワードローブを開けたり、シャワー・カーテンを引いたりしていた。

「待つしかないの」ワタリガラスはすまなそうに言った。「ごめんなさい、言うのを忘れていたわ」

「少なくとも、あのウイスキーをもってきたのは私じゃないぞ」ド・パイヤンは冗談のつもりで言った。シンリンオオカミににっこりしてみせたが、科学者はまるで聞こえていないかのようだ。戸口のボディガードはド・パイヤンを睨みつけた。

非常階段から大きな物音がした。駐車場の男が裏口を調べているのだ。フラットのどこかでひとり目のボディガードが大声で話しているのが聞こえた。おそらく非常階段の男とやりとりをしているのだろう。ド・パイヤンには聞き取れなかったが、こんなことを言っているのかもしれない。〝異常なし〟あるいは〝この腰抜けのフランス野郎を見てみろ――いますぐフードをかぶせちまおうぜ〟

フラットを調べ終えたボディガードが戻ってきてシンリンオオカミに入るよう合図し、ド・パイヤンの腕に触れてついてくるよう促した。二人は客間へ行き――シングルベッド一台といくつかの収納ボックスがあった――ド・パイヤンは武器や電子機器といったものがないかどうか徹底的にボディチェックをされた。ノキアの携帯電話を見つけたボディガードがそれを調べ、たどたどしいフランス語で訊いた。「食事をするのに、これがいるのか？」

ド・パイヤンは首を振った。するとボディガードは慣れた手つきで携帯電話を分解し、ばらばらにしたパーツをド・パイヤンに返した。

二人がリヴィング・ルームに戻ると、二人目のボディガードがその場を離れて廊下に立ち、ボディチェックをした男がドアのところでもち場に着いた。ド・パイヤンはシンリンオオカミに向きなおり、満面の笑みを浮かべて挨拶をした。だが科学者は渋々握手を交わし、顔をしかめただけだった。「それで」目つきは暗く、ユーモアの欠片もない。「きみが例のフランス人か」

50

ドクタ・デスがテーブルの席に着いた。「イスラマバードに来ているアヌッシュの友人ということだが？」

「ええ。中東と亜大陸のあいだの古い交易ルートや大むかしの都市に興味があって。二日間の仕事でわざわざこっちまで来たついでに、せっかくだからタキシラ遺跡へ行ってみようと」

「なるほど。アヌッシュと仕事をしているそうだな？」

ド・パイヤンは肩をすくめた。「まあ、そんなところです。私はコンサルタントをしていて、アヌッシュにはクライアント用の翻訳をしてもらっているんです。知り合ったのは、そういう関係で」

会話がはじまり、しかも自分に関することだというのがわかったアヌッシュはキッチンへ戻った。ド・パイヤンは怪しいところなどどこにもないゲストを演じた。

「ところでドクタは――ご結婚は？　お子さんはいらっしゃるんですか？」

科学者は驚いた顔をした。「残念ながら。私がこの世界にしようとしていることを考えると、子どもはいないほうがいい」

ド・パイヤンはその場で彼を殺してしまいたかった。が、そんな凶悪な感情を笑い飛ばし、相手に共感を示さなければならなかった。ドクタ・デスにからかわれているのではないか、ふとそんな考えがよぎった。アヌッシュが二人の声の届かないところへ行くやいなや、科学者は身を乗り出し、ゆっくりとしたかすれ声で言った。「アヌッシュの夫は私の親友だというのを知っているか？　いっしょに勉強をしたこともあるし、二人を引き合わせたのも私だ」

ド・パイヤンはことばを選んで答えた。「いいえ、それは知りませんでした。あいにく、旦那さんとは会う機会がなくて」

シンリンオオカミはド・パイヤンの目を見据えたまま長いこと口を開かず、しばらくしてからつづけた。「きみが何者なのかわからない。ここで何をしているのか、妹とどんな関係なのかもわからない。だが、妹や私たち家族にとって恥ずべきことに思えるし、何かおかしい気もする」

ド・パイヤンは、首にロープが食いこんでくるような感じがした。シンリンオオカミはあえてあいまいな言い方をし、責めるというよりも反応を探っているのだ。ドクタの口調に緊迫感がないのは、あからさまに非難されるよりもかえって危険に思えた。この男は狡猾だ――目の前のフランス人をもてあそんでいるつもりのようだ。ド・パイヤンはここを出ていかなければならない。いますぐに。いますぐ、拘束されずに。シンリンオオカミのリズムを乱す必要がある。攻撃は最大の防御なり、というやつだ。

「どういうことですか?!」さも侮辱されたかのように言い返した。「いったい何が言いたいんですか? 私がここにいるのは、仕事仲間でもある友人の誘いを受けたからです。確かにあなたは大物かもしれませんが、だからといってこんな言い方をされる筋合いはありません」

会話の調子が変わったことに気づいたアヌッシュが、様子を見ようとキッチンから顔を出した。すかさずド・パイヤンは飛びついた。

「アヌッシュ、私の振る舞いは恥ずべきだと、お兄さんに言いがかりをつけられた。そんな言い方をされるのは気にくわない。悪いけど、もう失礼させてもらう。見苦しいところは見せたくない。どうか楽しいディナーを――私はまた別の機会にでも」ド・パイヤンは椅子から立ち上がった。「失礼します、ドクタ」硬い口調で言った。「では、ごきげんよう。邪魔をするつもりはありませんでした」

面白がっているドクタ・デスに見つめられ、ド・パイヤンは玄関へ向かった。ドクタ・デスがこの状況を楽しんでいるのはまちがいない。ド・パイヤンは神経を尖らせ、ボディガードを刺激しないよう急な動きは避けた。そしてキッチンのドアの脇にあるコート掛けからウィンドブレーカーを手に取った。いまや、演じるべき行動はひとつしかない――ばつの悪そうな顔をし、通りに出るのだ。両手が汗で湿っている。上着を着るときに、ポケットのなかで携帯電話のパーツが音をたてた。

ドアの向こう側では、ボディガードが待機していた。ド・パイヤンが脇を通っても、微動だにしない。ド・パイヤンはじっと見つめないようにしつつ、その男がどう動くか目で追っていた。銃に手を伸ばすようなら、男の喉を潰して銃を奪い、廊下の男に対処する。まだ心臓は早鐘を打っていないものの、部屋が小さく感じられ、喉で脈が痙攣しているのを感じた。乱闘の覚悟はできているとはいえ、なんとしてでも衝突は避けなければならない。無事に通りへ出るんだ、自分にそう言い聞かせた。チームの目に届くところへ行きさえすれば、テンプラーたちが軍統合情報局をなんとかしてくれるはずだ。かつてテンプラーは、正体のばれた協力者をカイロから脱出させたことがある。街をしらみつぶしに捜す秘密警察を相手に、その協力者の女性を三十六時間守り抜いたのだ。彼女をパリへ連れ帰る代償として、フランスの工作員が脚に銃弾を受け、車のドアに手を挟まれた別の工作員が指を一本失った。その程度ですんだのなら上出来と言える。

ド・パイヤンはさよならを言おうとした。ボディガードから目を離さないよう、ボディガードの方へからだを向けるようにして振り返った。目の前に立つワタリガラスの頰を涙が流れ落ち、きれいにセットされた髪も急にぺたんと潰れていた。ド・パイヤンをハグしたそうだったが、彼は握手の手を差し出した。

「今夜は楽しかったよ、ありがとう、アヌッシュ」ド・パイヤンは言った。彼女の肩越しに、自分の開発した生物兵器で何百万という人を殺せる男がド・パイヤンを見つめ、にやりとしていた。

「では、失礼します、ドクタ・ビジャール」

相手は返事をしなかった。

ド・パイヤンは階段の吹き抜けの方へ行った。階段を下りて通りへ出るまで四十三歩かかる——頭にフードをかぶせられたり、背中に銃弾を撃ちこまれたりしなければ、の話だが。ド・パイヤンの運命は、背後の連中の手に握られている。頭皮を伝う汗は、氷のように冷たかった。

ド・パイヤンは、これまでの人生でもっとも長く感じられる四十三歩のはじめの一歩を踏み出した。

51

セルコットでの訓練では、恐怖で呼吸が浅くなっているときこそ、息を整えるように教わった。からだが恐怖に支配されれば、脳の酸素量が減って判断能力が鈍る。空軍でも似たようなシミュレーションが行なわれ、脳から酸素が失われると認知機能がどうなるかということをパイロット候補生たちは教わる。取り入れる酸素量が減るほど、銃の分解や簡単な掛け算に苦労するようになるのだ。

ド・パイヤンはそのことを心に留めて鼻で大きく呼吸し、階段を数えながら下りていった。これから三十分のあいだに、正しい判断をしなければならない――正しく、プロらしい判断を。いまこの瞬間は、ロミーと子どもたちのことは頭になかった。背後に少なくともひとりのボディガードの気配を感じるものの、襲ってくるほど近くではない。膝頭のすぐ下に強烈なバックハンド・ブローを食らわせれば、ボディガードから銃を奪う時間くらいは稼げるかもしれない。臨戦態勢を整えているとはいえ、自分から仕掛けるつもりはなかった。教えられたとおりのことをするだけだ――役を演じ抜き、あとを尾けさせ、自分が訓練を受けているということを相手に悟らせないようにするのだ。

三十八歩目でロビーのドアを開けた。ドアのハンドルを引くとき、ガラスにボディガードが映っていた。銃を手にしてはいないが、いつでも抜けるような姿勢をキープしている。

通りに降り立ち、建物の正面の駐車禁止ゾーンに駐められた黒いSクラスのメルセデスが目に入った。この車はよく知っている。そのうしろにはランドクルーザーがあり、軍統合情報局のこわもての男が二人、その車に寄りかかっていた。ひとりは黒のストラップで肩にMP5サブマシンガンをかけている。

二人がからだを起こし、建物から出てきたド・パイヤンを見つめた。ド・パイヤンのうしろにいるボディガードが同僚たちに声をかけた。通りの向かい側でタバコのオレンジ色の光が宙を舞い、別のボディガード――短く切ったアサルト・ライフルをもっている――が街灯から離れて仲間たちに加わった。

ランドクルーザーの前を通ったド・パイヤンは彼らに頷いて挨拶をし、ホテルまでの長い道を歩きはじめた。その道はほどほどに人通りがあり、中心業務地区の北側、大使館エリアの西側に位置している。地元の住民たちがメルセデスのうしろに駐められたランドクルーザーをひと目見るなり、通りの反対側へ行くことに、ド・パイヤンは気づいた。

ド・パイヤンは〝回転ゲート〟の順路に従ってチーム――キャンドルたち――に尾行役がいるかどうか確認してもらい、最後の連絡媒体で判断を仰ぐことになっている。バス停の広告にX印の赤いステッカーがあれば、ド・パイヤンは何ごともないかのようにホテルへ戻る。それが肝心なところだ――設定された細い通りを抜けて尾行の切断をすることもなければ、カー・チェイスもない。カンパニーが銃の使用を指して言う〝バンバン〟もない。あとを尾けられている場合、工作担当官に要求されるもっとも難しいことのひとつをしなければならない。緊張しているわけでも怯えているわけでもない男のように、ごくふつうの歩き方をしなければならないのだ。もちろん、急に横でヴァンが停まって連れ去られるかもしれないなどという心配もしていない。なんの問題もなく、イスラマバードで生物兵器開発プログラムの主任からスパイ呼ばわりされてもいない、そんなふうに振る舞う必要がある。そうやって尾行役を飽きさせなければならないのだ。

歩きながらウィンドブレーカーからタバコのパックを取り出し、タバコに火をつけた。覚悟して歩いているということを悟られないように注意した。テンプラーが人ごみのなかからゲームの相手を見つけ出すときに注目するのがその歩き方だというのを、ド・パイヤンは知っていた。歩き方と、はいている靴だということを。

最初の大きな交差点で横断歩道を右に曲がり、ワタリガラスのフラットがある通りと直角の方向へ歩いていった。現地時間の午後六時二十七分、ド・パイヤンは通りの反対側にある角のカフェを通り過ぎた。外には掲示板が掲げられていて――最初の連絡媒体だ――緑色のステッカーが貼られていた。〝回転ゲート〟の準備が整い、テンプラーとチームが配置に着いたという合図だ。それを見て、ド・パイヤンはいくらか冷静さを取り戻した。

のんびり気楽に歩きながらも、心臓はパンケーキのようにひっくり返っていた。通りを渡って交差点をまた西へ向かおうと、車が来ていないかどうか左にちらっと目をやった。そのとき、歩いてきた道の八十メートルうしろにある駐車禁止ゾーンに緑色のヴァンが停まるのが見えたような気がした。実際にそこにないものを探そうとするのはやめろ、自分にそう言い聞かせた。

通りを渡り、観光客のようにあたりを見まわした。こうやって歩くのも終わりにしたい、バス停の掲示板で緑色のステッカーを目にしたい、そう思っていた。通りの反対側へ着き、建物の真ん中に入り口がある店の前を通り過ぎた。服のラックが大量に並び、イスラマバードの半数近くの女性に選ばれている店のようだ。その隣にはカフェがある――そこが〝回転ゲート〟のスタート地点だ。ド・パイヤンが指揮を執るとすれば、そのカフェにキャンドルを配置して角を曲がってくる尾行役がいるかどうか確かめさせるだろう。とはいうものの、チームのメンバーを探そうなどとはしなかった。そのまま歩きつづけ、側溝にタバコを捨てて上着のポケットに両手を突っこんだ。ばらばらのノキアの携帯電話を握りしめる。人前でそれを組み立て、相手を刺激するようなまねはしたくなかった。

この区間は二ブロックつづいている。ド・パイヤンの脇を二人のティーンエイジャーがスケートボードで駆け抜け、ぐずって大声をあげる子どもたちを連れた家族がレストランから出てきた。父親が世界共通のボディランゲージで〝うるさい、車に乗れ〟と言っている。

その区画の端まで行き、信号の手前で立ち止まった。この角で最初のキャンドルが目を光らせているはずだ。二人目のキャンドルは連絡媒体に向かい、バス停にどのステッカーを貼るかテンプラーからの無線指示を待っている。実際には、優秀なサポート・チームならひとり目のキャンドルで尾行に気づく。あとの二人のキャンドルでそれを確認し、さらにダブル・チェックする。しっかり準備された〝回転ゲート〟というのは監視されているかどうか見極めるだけでなく、尾行役の戦術や人数までも把握できるのだ。

歩行者用の信号が青になるのを待っていた。唾を飲みこもうとしても、喉がカラカラに乾いている。その夜のパキスタンの首都は涼しいにもかかわらず、首のうしろは汗ばんでいた。信号が青に変わると通りを渡り、ゆるやかにカーブする人気《ひとけ》の少ない脇道に入った。バス停があるのは、その道の反対側だ。縁石のところまで行き、左右を見まわした。ヴァンがやって来て停まった。車が来ないのを見計らって道を渡り、歩行者をよけながら歩道を進んだ。目の前にバス停が見えてきた。ヨーロッパのバス停にある広告とはちがい、この広告はバックライトで照らされていない。向こうからやってくる女性をあえてサイドステップしてよけることで、連絡媒体の真横に立った。さっと見下ろし、緑色のステッカーがあることを願った。

だが、ステッカーは赤だった。しかもX印が付いている。

52

十二分かけて尾けられていることがわかり、ここからマリオット・ホテルのロビーまでふつうに歩いて十七分くらいかかる。ホテルに着いたら三分で方向転換をする。部屋に戻って休むと見せかけ、車に乗ってパキスタンの国境を越えるのだ。

肝心なのは何もせず、何ごともないかのように振る舞うことだ。とはいえ、頭のなかでは地下室やトラクターのバッテリー、ペンチといったものが出てくるいくつものシナリオが浮かんでいる。また呼吸に意識を集中して充分な酸素を取りこむよう心がけ、尾行役を飽きさせるために脳をフル回転させた。

永遠とも思える時間が過ぎ、ようやくマリオット・ホテルに着いた。時間を確認する。午後六時五十九分。脱出のための待ち合わせ場所まで行くのに三分しかない。ぎりぎりまで待ってもらったとしても、せいぜい五分だ。すでにチームはカウントダウンをはじめている。ド・パイヤンはまっすぐ部屋へ向かった。彼らが利用するホテルは、裏に脱出口があることが条件だ。マリオットの場合、キッチンと管理室の脇にある長い廊下の先に裏道から通じる搬入口があり、そこに迎えが来ることになっている。ド・パイヤンは素早くスーツケースに荷物を詰めながら神経を研ぎ澄ました。廊下、非常階段、ホテルの裏口までの通路を思い浮かべる。もちろん急ぎはするが、走ったりはしない。その部屋から迎えが来る回収地点まで、百三十五秒かかる。ホテルへ着いた日に歩いてリハーサルをしていたのだ。

ド・パイヤンはキャスター付きのスーツケースを閉じてドアのそばに立った。ウィンドブレーカーのポケットには分解されたままのノキアの携帯電話が、リーバイスのポケットにはユーロ紙幣があることを確かめた。スーツケースを左手にもち、右手を空けている。大きく息を吐いてドアを開けた。廊下には誰もいない。部屋を抜け出してそっとドアを閉め、右へ向かった。エレヴェータの前でノキアの携帯電話をごみ箱に捨てたが、SIMカードは取っておいた。大至急イスラマバードを離れなければならなくなったとはいえ、またワタリガラスに連絡する必要があるかもしれない。

非常ドアを抜けて音をたてないように閉め、コンクリートの階段を下りていった。スニーカーの足音と呼吸音だけが、音の響く空間にこだましている。スピードよりもリズムに意識を集中することで音を抑え、つまずくことも靴がこすれる音をたてることもなく六階ぶんを下りた。いつ角を曲がって軍統合情報局と出くわしてもおかしくはない、そんな追い詰められた気分だった。X印の赤いステッカーは、連中がある意図をもって尾けているということを意味しているのだ。

階段のいちばん下までたどり着き、一階のドアの前で立ち止まった。そのドアは、ホテルの裏口へつづく廊下に通じている。つまり、尾行役たちが坐っていたロビーの椅子からは見えないということだ。とはいえ階段から出るときに、フロントにいる夜の受付係の女性に気づかれるのではないかと不安だった。彼女が軍統合情報局の協力者だとすれば、すぐに連絡するだろう。それを阻止する術《すべ》は、ド・パイヤンにはなかった。

腕時計に目をやった——車が出るまであと二十六秒。非常ドアを引き開け、ロビーを覗いた——客がチェックインをしていて、受付の女性は手が離せない。からだを横にしてドアをすり抜け、そのまま廊下の先へ向かった。右に目をやると、清掃係にまじまじと見つめられていた。ド・パイヤンは笑みを浮かべ、ビーコンのようにたたずむ突き当たりのドアへ急いだ。鼓動が激しく脈打ち、リノリウムの床に響く靴音はまるで警報のように感じられた。清掃用具がしまってある開いたドアの前を抜け、ドアの水平なロッキング・バーを押して搬入口に出た。搬入場所の上には常夜灯がひとつあるものの、そのほかの切り返しエリアや裏道は暗かった。ドアが閉まり、ド・パイヤンは振り返った。あの清掃係が廊下にやって来て彼を眺めていた。

ド・パイヤンは時間どおりに着いたが、車もサポート・チームも見当たらない。縁石のところまで行き、一方通行の道ではあるものの左右に目をやった。

真っ暗で、なんの動きもない。

背後でドアの軋む音がし、ド・パイヤンは振り返った。清掃係が顔を出していた。五十代前半で背が低く、均整の取れたからだつきをしている。その男の目を見たド・パイヤンには、彼が怯えているのがわかった。当然の反応だ。というのも、ド・パイヤンはその清掃係につかみかかって痛めつけられるかどうか考えていたのだ。ド・パイヤンが二人の距離――約八メートル――を目測していると、清掃係が笑みを浮かべた。清掃係はフランス語を話せないし、ド・パイヤンもウルドゥー語はわからない。ド・パイヤンは清掃係ににじり寄った。ドアに足を挟み、清掃係が大声をあげるまえにつかめばいいだけだ。

ド・パイヤンがさらに近づいたところで――あと六メートル――清掃係は英単語を思いついたようだ。「バッグ」そう言って手にしたものを差し出した。ド・パイヤンにはよく見えなかった。四メートルまで近づいてスーツケースを下ろし、飛びかかろうと身構えた。

そのとき、清掃係が手にしているものがなんなのかわかった。

「バッグ用の」そう言う清掃係が差し出しているのは、スーツケースからはずれた革のネーム・タグだった。安堵のあまり、ド・パイヤンは思わず息が苦しくなってしまうほど大きなため息をついた。

「クソッ」ド・パイヤンは口のまわりの唾を拭った。手を伸ばしてネーム・タグを受け取り、怯えた笑みに微笑み返した。自分の顔が差し迫った危険を知らせるネオン・サインのように見えたにちがいない、ド・パイヤンは思った。

「ありがとう」ド・パイヤンは英語で礼を言った。

清掃係の口を一生封じられるくらいそばにいた。そのとき、背後から車のエンジン音が聞こえた。清掃係はドアを閉じてホテル内へ戻っていった。

ド・パイヤンは振り向いた。テンプラーが白いトヨタ・カムリの運転席に坐り、サポート・チームの別のメンバー――ダニー――がトランクを開けているところだった。ド・パイヤンはスーツケースをつかみ、カムリのところへ行った。トランクに潜りこむと、下にゴムのヨガ・マットが敷かれていた。ダニーがド・パイヤンを隠すように箱やスーツケースを積み上げ、仕切りのところに押しこめられた水の入ったボトルと二つのリンゴ、何本ものミューズリーのシリアル・バーを指差した。シグ・ザウアーらしき黒い九ミリ口径の拳銃もあった。ダニーが蓋つきの空のボトルを叩き、ド・パイヤンは首を縦に振った。長いドライヴになるが、トイレ休憩はないのだ。

53

テンプラーとダニーは、カムリのトランクをできるだけ快適にしようと整えていた。それでも、ド・パイヤンはちょっとした揺れでもからだを打ちつけ、タイアの音も耳に響いた。トランクに入って五分後、ド・パイヤンは楽な姿勢を取ってリラックスすることにした。リンゴをかじり、水を飲んだ。どこかから外の空気が入ってくるとはいえ、どこへ向かっているのか、どこを走っているのか見当もつかなかった。

作戦後に行なういつものチェックリストにあたってみた。どこでしくじったのだろう？自分の顔を特定できる者はいるだろうか？　作戦は成功と言えるのだろうか？

最後の答えは簡単だ。ドクタ・ユスフ・ビジャール――パキスタンにおける最先端の生物兵器研究施設の主席研究員――はMERCへのアクセスに手を貸すつもりはない。彼は協力的ではないし、操ることもできないだろう。優秀な科学者かもしれないが、怖ろしい人間で、少しばかりイカれているかもしれない。カンパニーの訓練では基本的な心理学、とくに極端な人格について学ぶ。そういった人たち――ド・パイヤンが近づき、操り、利用するために理解しなければならない人たち――はたいてい知能が高く、人々を引き付ける強烈な個性を備えている。だが寂しい人生を送り、孤独で、どうしようもないくらい不安定なうえに、狭量で執念深い。彼らの過剰な自信には人生を一変させてしまうほどの過度な猜疑心がともない、その成功もよこしまな考えによって汚名にまみれている。シンリンオオカミが打ち明けた子どもをもたない理由には、背筋が冷たくなった。カンパニーで働くようになってからさまざまな怖ろしい人たちと関わってきたが、シンリンオオカミはほかとはちがった――自ら社会病質者であることを認めるはじめての科学犯罪者だった。大量破壊兵器に携わる研究をしている科学者や技術者の多くは自らを正当化し、自分たちの高い知性はモラルを超越しているとか、自分の発明は教養のない一般人には理解されないとか、そういったことを主張する。フランスに寝返った科学者でさえ、そんな妄想にしがみついている。だがシンリンオオカミは、自分のような人間が野放しになっている世界で子どもを育てるつもりはない、はっきりそう言い放ったのだ。ド・パイヤンに確証はないものの、シンリンオオカミは向かい側に坐るフランス人には子どもがいると踏んでいた、そんな印象を受けた。自分のことばがそれを聞いた親の頭から離れないことを承知のうえで、あえて挑発したのだ。

ド・パイヤンはどこでしくじったのだろう？　検証するほどミスは犯していない。フランスはMERCへのアクセスを求め、最善を尽くした。あと一カ月、半年、あるいは一年待つこともできた。もっと情報を集め、偵察をつづけ、ワタリガラスとより親密な関係を築いてもよかった。だが接触するのをどれだけ遅らせようと、結局はシンリンオオカミと対峙することになるのだ。

自分の顔を特定できる者はいるだろうか？　答えはイエスだ――シンリンオオカミ、少なくとも四人のボディガード、そしてホテルから尾行していた者たちはド・パイヤンをまぢかで見ている。悔やまれるとはいえ、〝接触〟段階においては仕方のないことだ。ひとつだけはっきりしていることがある――ド・パイヤンは完全に敵の目から逃れたというのを確信するまで、モンパルナスのアパートメントには戻らない。いまだにアミンのたどった運命が忘れられなかった――軍統合情報局を自分の家族に近づけるわけにはいかない。

最後の問題は、ワタリガラスの運命だ。ド・パイヤンはその考えを振り払わなければならなかった。敵の心配をするまえに、対処しなければならない問題が山積みになっているのだ。

からだが三センチほど浮き上がり、ヨガ・マットに落ちて目が覚めた。ド・パイヤンはあえぎ声を洩らし、一瞬、自分がどこにいるのかわからなかった。真っ暗闇のなか、顔の横のよだれを拭った。熟睡していたにちがいない。いまトヨタは速度を落としていた。激しい揺れや砂利の音から判断すると、アスファルトの道路からはずれたようだ。腕時計に目をやった、午後十一時四十五分。

車が停まり、役人と思しき人物と会話をするテンプラーの声が聞こえた。英語にフランス語、ウルドゥー語を交え、何度もわかったと言っているようだった。おそらくここは国境だろう。テンプラーにとっては国境を越えるのはお手のもので、この国境は最短記録で抜けた。これだけ長いこと車に乗っていたということは、インドかアフガニスタンに入ったにちがいない。テンプラーの立場の人間が、練り上げた緊急脱出プランの詳細をほかのメンバーに伝えないというのは、安全対策としてはよくあることだ。

一時間半後、カムリが停まってバックし、エンジンが切られた。沈黙が心地よく、ドド・パイヤンのからだじゅうの骨は休憩を感謝していた。航空機や港の音などが聞こえないかどうか耳を澄ましてみたが、聞こえるものといえば後部座席の仕切りの向こうのテンプラーの声だけだった。

「アギラール、じっとしていろよ」テンプラーが言った。「これから車を替える。それが終わったら、前に移ってくれ、いいな？」

「わかった」ド・パイヤンは答えた。

暗闇のなかで静けさを楽しんでいた。これで、脱出プランは飛行機やボートを使うのではなく、車で国を抜けるということがわかった。ド・パイヤンはもうひとつリンゴを見つけてかじりつき、ミューズリーのシリアル・バーをむさぼった。そのシリアル・バーにはドライ・アプリコットやチョコレート・チップが入っていた。

それから十五分間、テンプラーとダニーはラジオをいじり、流れてきた地元のポップ・ミュージックを聴いて笑っていた。すると、ド・パイヤンの耳に車のエンジン音が聞こえた。その音がだんだん近づいてきて、カムリの真横で停まった。ドアが開き、話し声がする。カムリの運転席側が重さで沈み、テンプラーの声がした。「もうすぐ出してやる。いまダニーがもう一台の車をチェックしているところだ」

やがてトランクの掛け金がはずれ、テンプラーの腕が伸びてきてド・パイヤンのまわりのスーツケースや箱をどかしはじめた。外は暗く、月も出ていない。

「よし」テンプラーが言った。ド・パイヤンは彼の腕をつかみ、トランクから引っ張り出された。脚がふらついて倒れそうになった。

そこは湖沿いの公園で、近くには公衆トイレらしき小さな建物があった――ピクニック・エリアのようだ。駐車場に駐まっている車は二台だけだった――カムリとシルヴァーのパサートが並んで駐められている。

「行きたいか？」テンプラーがその小さな建物を指して言った。「行くなら早くすませろよ、すぐに出発したい」

カムリが動きだした。ダニーが運転し、助手席には別の男が坐っている。シルヴァーのパサートが残された。

「ダニーはどこへ？」ド・パイヤンはトイレへ向かいながら訊いた。

「あいつにはあいつのルートがある。ここからはおまえとおれだけだ」

54

ド・パイヤンがパサートのところへ戻ると、テンプラーが運転席に坐っていた。オレンジ色の封筒を手にしている。

「これからおまえは、ジョルジュ・モレルだ」テンプラーはマップ・ライトをつけた。

「わかった——ところで、ここはどこだ？」

「アフガニスタンだ」

ド・パイヤンは封筒を開けた。なかには彼の写真入りのジョルジュ・アントワーヌ・モレル名義のフランスのパスポートが入っていた。ほかにもEUの身分証やフランスの運転免許証、ノキアの携帯電話と充電器もあった。

「まえの身分に関するものを始末してしまおう」テンプラーが言った。

二人はキャスター付きスーツケースの中身をチェックした。セバスチャン・デュボスクのパスポートを破り捨て、飛行機の搭乗券や領収書、手荷物バーコード・ステッカー、さらにニューデリーの観光地図を処分した。それからテンプラーはド・パイヤンのポケットを裏返しにさせ、もっていた紙を一枚残らずごみ箱に放りこんだ。シャツとウィンドブレーカーも捨て、黒いスウェットシャツと古ぼけた茶色の革のジャケットを渡した。

「カンパニーがフェイスブックのアカウントを用意してくれている。インターネットでジョルジュ・モレルを検索すれば、おまえはランキングで四番目に出てくる。社会正義や気候変動に関する活動に関心があるジャーナリストということになっている」

「それだけで自分のことが気に入ったよ」

「昨日、おまえはトルクメニスタンから国境を越えてきて、おれと旅をしている。おれはカメラマンだ」テンプラーはつづけた。「おまえはフリーランスのジャーナリストで、いまはこの地域での気候変動の影響を調べている」

「なるほど」

「もし誰かに訊かれたら、パキスタン北部とアフガニスタン東部は帯水層のずさんな管理のせいで問題を抱えている、そう言うんだ。地表に塩分が染み出してきて、家畜は地下水を飲もうとしない、とな」

ド・パイヤンは、この友人が帽子から取り出せるものにはいつも驚かされていた。

テンプラーが訊いた。「もっともらしく聞こえるか?」

「出会ったときから、たいしたやつだと思っていたよ」ド・パイヤンは言った。「記事を書いている雑誌は？」

「《社会主義的《S》気候《C》行動《A》》というウェブマガジンだ。おまえにぴったりだろ」

ド・パイヤンは笑い声をあげた。「おれたちの記事が載っているのか？」

「バンカーでブランが手を打ってくれた。SCAのウェブマガジンを検索すると、おれたちの写真や記事が載っているミラー・サイトに飛ばされるようになっている。一週間くらいしかもたないが、それだけもてば充分だ」

「記事を書いたのは？」

「ティエリーがどうやって『許しの泉』の脚本をまとめたか覚えているか？」

ド・パイヤンは頷いた。

「またティエリーがAIを使って、海のプラスティック・ボトル問題の記事を書き上げたのさ。クジラを救うとか、キューバの取組みは素晴らしいとか、そういうことを」

「写真は？」

「カメラに入っている。シャルリーにやってもらった」

「シャルリーって誰だ？」

「この車をもってきてくれた男だよ。カブールを拠点に活動している」

「どんな写真だ?」

「痩せこけた家畜の写真さ。ほかにも、帯水層はおしまいだと言っている農家の人たちのヴィデオ・インタヴューもある」

「シャルリーがちょっと出かけていって写真を撮ったっていうのか? それで農家の人たちもしゃべってくれたと?」

「そうらしい」テンプラーはパサートのエンジンをかけた。「ジャーナリズムがこんなに楽だとはな」

「動画もあるわけか。メモは?」

「さっき渡したノートを出して、汚染された帯水層やら生産量の減った農家やらについて書いておいてくれ。日付は昨日に」

二人はタバコを吸いながら、乾燥したところや青々としたところが点々とする景色のなかを走った。見た目には美しい田舎の風景だが、道路沿いには焼け焦げたトラックや鉄くずが残されている。

ド・パイヤンは首や背中のこりをほぐした。「それで、ここはどこなんだ? これからどこへ行くんだ?」

「ここはカブールの南だ」テンプラーは道路地図を手渡した。「いまはイランとの国境の先にあるザーヘダーンを目指して西へ向かっている」

　ザーヘダーンはイランにある大きな町だ。車で二十時間ほどかかる。アフガニスタンの西の国境を越えるようだ。

「今夜六時半のフライトに乗ることになっている。予約も支払いもパリですませてある。イスタンブール経由でフランスへ帰る」

　ド・パイヤンには情報が必要だった。「あそこで何があったんだ？　シンリンオオカミと会ったフラットで？」

　テンプラーは首を振った。その太い首の筋がピアノ弦のように張っている。「おまえもおれも、運を使い果たしてしまったようだ」

「そんなにまずかったのか？」

　テンプラーはため息をついた。「話がある」

　ド・パイヤンは口調が変わったことに気づいた。「話って？」

「情報が洩れた」

「クソッ！」ド・パイヤンは座席にもたれかかり、何か殴りつけるものを探した。「クソッ！」

「さいわい、洩れたのは会ったあとだ。ワタリガラスのアパートメントの入り口あたりに、いくつかワイアレス・マイクを仕込んでおいた。おまえが別れの挨拶をして出てきたあと、シンリンオオカミも部屋から出てきた。気づいていたか？」

「いや」ド・パイヤンはどっと疲れを覚えた。「振り返らなかったから」

「シンリンオオカミはボディガードたちに囲まれて通りに立っていた。おれもその場を離れてキャンドルたちに合流しようと思ったんだが、そのときやつの携帯電話が鳴った」

「ドクタ・デスの？」

「ああ。あの趣味の悪い上着から携帯を取り出して電話に出た。それで、なんて言ったと思う？」

「なんて言ったんだ？」

「〝ボンジュール〟と言ったんだ」

「そんな！　まさか！」

「電話してきたのは、そのまさかのフランス人だ！」テンプラーはそう言い放った。

ド・パイヤンは、やすりを飲みこんだような気分だった。とてもじゃないが受け入れられない。「それから、シンリンオオカミはなんて言ったんだ？」

「〝アギラール？　あのプレイボーイがアギラールだと?!〟と」

ド・パイヤンはぐったりした。正体がばれた。裏切られたのだ。その名前を知っているのは——あるいは使うことを許されているのは——世界じゅうに数えるほどしかいない。

「ほかには？」

「こんなようなことを言っていた。〝どうせなら一時間まえに知っておきたかった〟と。それから電話を切って、ボディガードたちにあとを尾けるよう指示を出した。それで、今夜じゅうに緊急脱出プランを実行するしかないと判断したというわけだ」

ド・パイヤンは頭のなかでわめき散らしていた。作戦中に彼らを売ったパリにいる人物は誰かということだけではない。ロミーやオリヴァー、パトリックが軍統合情報局に狙われるかもしれないのだ。家に連絡してアパートメントを出るよう伝えることはできない。それに、どこへ逃げればいいというのだ？　家族を守ってくれと、カンパニーの誰に頼めばいい？　シュレックに頼むことはできるが、やはり疑問にぶつかる——二重スパイは誰だ？

別の問題も頭に浮かんだ。「作戦がばれたなら、もしかすると脱出計画も？」

テンプラーは首を縦に振った。「フライトのチケットは現金で払ってあるが、パリで予約したものだ」

「計画を変えないと。別々にパリへ戻るしかない」

「車を使いたいか？」テンプラーが訊いた。

「おまえはどうする？」

「訊くな、言うな、というやつだ。この先に町がある——車で二時間くらいのところだ。ガルデーズという町だ。おれはそこで降りるから、おまえはこのまま車で行け」

二人は暗闇のなかでタバコを吸っていた。もうすぐガルデーズだ。そのあたりにはいくつもクレーターがあり、爆撃を受けたようだ。

「ドクタ・デスのことを聞かせてくれ」テンプラーが口を開いた。「あそこで何があったんだ？」

「あいつは頭がイカれている。おれはどこか怪しいと言って……」

「そいつは驚きだ」

「おれが妹の名を汚して、親友の妻を寝取ろうとしていると」

「つまり、やつがターゲットでまちがいないんだな？　まえから目をつけていたやつで」

「シンリンオオカミを確認できた。MERCの主席研究員で、しかも悪魔のようなやつだ」

テンプラーが横目でド・パイヤンをちらっと見た。「ほかには？」

「気にするほどのことじゃない」ド・パイヤンは何もかも見透かされているようで気に入らなかった。

「教えてくれ。ほかになんて言ったんだ？」

ド・パイヤンは息をついた。子どもたちが心配でならなかった。「やつに子どもがいないのは、自分が生物兵器を作っているような世界で子どもを育てたくないからだ、そんなことを言っていた」

テンプラーは笑い声をあげた。「なんてやつだ。酒を飲まないとやってられないな」

55

途中で車を停め、用を足すことにした。からだをひねって車を降りようとしたド・パイヤンは、うめき声を洩らした。

「怪我でもしてるのか？」テンプラーが訊いた。

「シュレックとスパーリングをして、いまだに肩が痛いんだ」

「シュレックにはみんな痛めつけられているからな」テンプラーは笑い声をあげた。「ところで、シュレックは元気か？」

ド・パイヤンは肩をすくめた。ファスナーを上げてパサートのボンネットに腰を下ろし、テンプラーが終わるのを待った。

テンプラーが肩越しに言った。「訊いたのは、おまえたち二人が――近ごろいっしょのところを見ないから」

「何かの任務に就いているらしい」シュレックがパレルモへ派遣されていたことをテンプ

ラーが聞かされているかどうかわからなかったので、そう言った。

「フレジェ部長の指示で？」

ド・パイヤンは耳をそばだてた。「どうしてそう思うんだ？」

「Ｃａｔ本部で二人がいっしょにいるのを見た」

ド・パイヤンはそのことを考えてみた。

「大丈夫か？」テンプラーが訊いた。

「ファルコン作戦だが、どうしてあんなことになったのか考えたことは？」

「毎日たった四十回くらい」テンプラーはファスナーを上げ、ポケットからタバコのパックを取り出して車の方へ戻ってきた。ド・パイヤンが言おうとしていることに気づき、テンプラーは立ち止まった。「まさか。シュレックじゃない。そんなわけないだろ！」

「マヌリーがおれに近づいてきたことは知っているか？　パレルモで何があったのか知りたがっていた。二重スパイがどうとか、あれこれ言っていたよ」

「マヌリーがファルコン作戦を調べているのか？　下の連中に任せるんだと思っていたが」

「おれもそう思っていた――とにかく、マヌリーはシュレックを疑っていて、今度はそのシュレックがおかしな行動を取っている」

「マヌリーが調べているのはシュレックなのか？　ファルコン作戦の件で？　どうして？」

ド・パイヤンはタバコに火をつけた。「わからない。おれはあのジム・ヴァレーっていうゴリラにせっつかれている」

テンプラーは頷いた。「弱みでも握られているのか？」

「ああ、ちなみにカネじゃない。人と会ったことを報告しなかった」

「その写真を撮られたのか？」

ド・パイヤンは笑い声をあげた。「そうだ。まったく、内務部門のやつらときたら」

「それで、どうしてシュレックが？」

ド・パイヤンは頭をめぐらせた。「おれが自分で思っているほどシュレックを知らないんじゃないか、マヌリーはそんなことをほのめかしていた。サルデーニャ島からのフェリーでおれといっしょだったのも、〈バー・ルカ〉でいっしょだったのもシュレックだと指摘された。シュレックはパスポートにも、カネにも近いところにいた、と」

「それはおまえにも言えることだ」

「わかっている。とはいえ、マヌリーがいちばん気にしているのは、ファルコン作戦に関するカンパニーの結論だ」

「話したのか？」

「いや、適当にごまかした。ブリフォー・チーフにはおれの報告書やサポート・チームの状況説明書を渡してあるが、チーフがフレジェ部長に提出した報告書は見せられていないし、フレジェ部長も最終報告をまとめていない、そう言っておいた」

「どうしてマヌリーは直接ブリフォー・チーフに訊かないんだ？」

二人は見つめ合ったが、少しばかりその間が長すぎた。はじめに口を開いたのはテンプラーだった。「まさか。ブリフォー・チーフのわけがない！」

ド・パイヤンは車のボンネットから飛び降り、円を描くように歩きまわった。「ブリフォー・チーフのはずがないのはわかっている――でも、おれたちがイスラマバードでオオカミの口のなかにいたとき、ドクタ・デスに電話がかかってきて、アギラールやカンパニーのことを話していた」

テンプラーは頷いた。「おまえやおれではなくて、シュレックでもブリフォー・チーフでもないとすれば……」

「ブランもそれなりに詳細を知っている」ド・パイヤンが言った。

テンプラーは首を振った。二台のトラックが通り過ぎていく。「ブランはおれたちの仲間だ。あいつの大おばさんは、連合国のパイロットに食事を与えたというので、ゲシュタポに拷問されて殺されたんだ。あいつは信頼できる」

歩きつづけるうちに、ド・パイヤンにある考えが浮かんできた。

「どうかしたのか？」テンプラーの口調が変わった。「浮かない顔だが」

「〝回転ゲート〟は八時半から九時のあいだにすることになっていたはずだ。ディナーが終わったあとで」

「そういう段取りだったが、おまえが早く出てきた」テンプラーが言った。「かなり早く」

「わかってる。階段を下りながら、チームの準備ができていることを祈っていた」

「それで？」

「ドクタ・デスに電話をしたのが誰かはわからないが、そいつはこっちのタイムスケジュールを知っていた」

テンプラーがあとを継いだ。「おまえがシンリンオオカミとディナーのテーブルに着いているころあいを見計らって電話をしたってことだ。おれたちの相手は、いったいどんなやつなんだ？」

「ファルコン・チームを一掃しようとしているやつだ」

　丘を越えると、目の前にガルデーズのほのかな明かりが見えてきた。ヨーロッパとはちがい、アフガニスタンの町はひと晩じゅう電気をつけておくことはない。道路近くの尾根にアフガニスタン軍の小さな野営地があり、武装された4WDの軍用車が駐められていた。とはいえ検問を行なっているわけではなく、二人のフランス人はそのまま通り過ぎた。

「町の向こう側に二十四時間やっているガソリンスタンドがある」テンプラーが言った。「そこでガソリンを入れろ。おれは車を降りて別行動を取る」

「カネはあるのか？」

「問題ない」

　ド・パイヤンはポケットからアメリカ紙幣とユーロ紙幣の札束を取り出し、友人に五百ドルを渡した。

「まだ軍統合情報局のことを聞いていない」ド・パイヤンが言った。「おれを尾けていたのはどんなやつだ？」

「歩いて尾けていたプロが二人、あとは監視用車両と普通車が一台ずつ。電話を受けたシンリンオオカミは、すぐさまおまえを追わせた。作戦は完全に失敗だ」

「どうしてやつらは通りで取り押さえようとしなかったんだ？」

「妹の前で面目を失いたくなかったんじゃないか？　それともおまえを脅かしておいて、

貸しを作ろうとしたのかもしれない」

「貸し？」

「ああいうやつらのことはわかってるだろ。いずれ、フランスに助けを求めてくる。それである日、おまえはエヴルー空軍基地に呼び出されて、独房に入れられたあいつにこう言われるんだ。〝私を覚えているか？　あのとき助けてやったんだから、今度はおまえが助ける番だ〟とな」

フランスは善意で動くという考え方に、ド・パイヤンはにやりとした。カンパニーに入った最初の年、ド・パイヤンはシリアの野党政治家をパリへ連れてくる作戦に参加した。そのシリア人がアサド政権の内部情報をカンパニーに渡すのと引き換えに、フランスは彼の家族を脱出させて国籍を与え、彼の政党に八十万ユーロを寄付することになっていた。実はその政治家が根も葉もない噂を広めてライバルたちを蹴落とし、主導権を握ろうとしているだけだということがわかると、Ｃａｔ本部はその政治家を切り捨てることにした。そして、その役目を任されたのがド・パイヤンだった。ド・パイヤンは交通量の多いパリの交差点へシリア人を連れていき、約束のカネが入ったアタッシュケースを手渡して車を降りるように言った。

「私の家族はどこに？」男が訊いた。

「それはあんたの問題だ」ド・パイヤンは言った。

「守ってくれないと殺されてしまう」その政治家はパニックになっていた。「アサド政権の半数近くの政治家や将校たちを裏切ったんだから」

「それはあんたの問題だ」ド・パイヤンは繰り返し、身を乗り出してドアを開けた。

それから十日後、そのシリア人がセーヌ川に浮かんでいるのが発見された。ド・パイヤンはカンパニーに試され、みごと合格したのだ。シンリンオオカミが頼みごとをしてきたとしても、なんの交換条件もないだろう。フランスというのは、そういう国ではないのだ。

共謀者からの電話を受けたドクタ・デスは、部下たちに向かって頷いた。「ホテルまで尾けろ、だが手は出すな。やつの仲間を探り出すんだ。ネズミを捕まえられるというのに、チーズを取り除くのはもったいない」

彼がメルセデスに乗りこもうとすると、フラットから妹が飛び出してきた。「なんてことをするの、ユスフ！　よくもわたしの家にやって来て、友だちにあんな口を利いてくれたわね！　どうしてわたしがヨーロッパで暮らしているか、わからないの？」

「部屋に戻るんだ」ユスフはできるだけ優しい口調で言った。「悪いのはおまえじゃない」

「そんなことわかってるわ」アヌッシュの美しい顔が、怒りで真っ赤に染まっていた。

「悪いのは兄さんよ」

あのフランス人が夜の闇へと消えていき、ユスフは説明した。「あの男がろくでなしというのは、おまえには知りようがなかった。ああいう西洋人にとって、夫がそばにいない人妻というのは」彼は肩をすくめた。「ただのゲームなんだ」

ユスフは部屋へ戻るよう言い聞かせようとした。状況を悪化させるようなことを口にしたくなかった。このフランス人と会うまえから何かおかしいと疑っていたものの、国家レベルの問題にすることなくアヌッシュの不謹慎な振る舞いに対処しようと思っていた。

「もう寝る時間だ」そう言ったとたん、失言だということに気づいた。

「あれこれ指図されるいわれはないわ、ユスフ・ビジャール！」金切り声をあげた。「わたしは父さんの娘なのよ、よく覚えておくことね」

「忘れるものか。それでも、いまは外にいるよりも部屋に戻ったほうがいい」

さらに妹の怒りがこみ上げてくるのがわかった。護衛役のほとんどはあのスパイを追っているとはいえ、運転手とボディガードは彼の騒々しい妹を見つめている。

「責められるべき人がいるとすれば、彼じゃなくてわたしよ」アヌッシュが言った。

「部屋に戻れ。いますぐに！」

「兄さんの仕事や立場のことを話して、すごい人だと思ってほしかったの。実際には、世界じゅうが兄さんのしていることに吐き気を覚えるけれど」

通りの反対側を、若い家族が何も聞こえていないふりをしてそそくさと歩いていった。ドクタは声を潜めた。「もう一度だけ言う、アヌッシュ。部屋に戻れ」

「すごい人になれたのに、ユスフ。でも、あそこで何をしているか話せないのよね？　いったいどうして？」

ユスフはアヌッシュに本音をぶつけたかった。忘れ去られた歴史のなかで母親とおばが人知れず地獄に耐え忍ばなければならなかったというのに、父親と同じ軟弱な西洋の生き方を受け入れた彼女を罵りたかった。母方の家系には輝かしい栄誉や不屈の精神があったにもかかわらず、フランスの企業がそれを奪ってしまった。そしてその傷は家族全員で負うべきものだが、アヌッシュと父親は堕落したボート遊びを楽しんだり、こっそり酒を飲んだりするのに夢中だった、そう言ってやりたかった。が、ユスフはこらえた——自分がどう思っているか、すでに妹は知っている。

ユスフはメルセデスに乗ってドアを閉めた。またもやアヌッシュのせいで面倒なことになった——パキスタンの安全保障と実の妹の幸福のどちらかを選ばなければならない状況に追いこまれてしまったのだ。大きく深呼吸をした。ルームミラーで軍統合情報局の男に見られているのはわかっていた。いま下さなければならない決断は、七年まえに下した決断に比べれば簡単だ。七年まえ、あれこれ質問をしすぎた父親がユスフを批判するというまちがいを犯したのだ。その後、父親は突然の〝心臓発作〟によって命を落とした。ユスフはいま、アヌッシュをどうするか決めなければならない。

社交的な妹とともに育った若いころのことを思い出していた。休日になるとアヌッシュと父親はスキーやセーリングに出かけたが、ユスフは静かな場所を探して本を読んだ。家族のなかでただひとり頭が切れるというのは、楽なことではない。家族の名誉を守り、幸せを奪われた恨みを晴らすというのも、好かれる役ではない。だが、それがユスフの役割なのだ。

アヌッシュが憤然とアパートメントへ戻っていくと、ユスフは携帯電話を操作して番号がつながるのを待った。

「大佐」携帯電話に向かって言った。「安全上の問題が」

56

二人には銃がひとつしかなく、ド・パイヤンはテンプラーがもつよう言い張った。それからテンプラーは小さなバックパックを肩にかけ、振り返りもせずに闇のなかへ消えていった。

そこはガルデーズの北のはずれだった。ド・パイヤンがいる場所の北にはガソリンスタンドがあり、カブールとのあいだを行き来するトラックのためにひと晩じゅう営業している。いまは午前五時二十四分だった。ド・パイヤンは給油場に車を入れ、ディーゼル車の列には並ばずにまっすぐ給油ポンプの方へ行った。ガソリンを入れ、ユーロとアメリカ・ドルをもってカウンターへ向かい、支払いをしているトラック運転手のうしろに並んだ。待っているあいだ、左側にあるコーヒー・スタンドに二人の国家警察官が立っているのに気づいた。ド・パイヤンがさっと笑みを見せると、二人に睨みつけられた。三十代前半のアフガニスタン国家警察の警察官で、腰には九ミリ口径のシグマの拳銃を携帯し、肩には

AKMライフルをかけている。前の客の支払いがすみ、ド・パイヤンは自分が使った給油ポンプを指差した。それから大きな水のボトルとプリペイドの携帯電話、マールボロをひとパック頼み、ユーロとアメリカ・ドルを差し出した。店員の若い男が受け取ったのはユーロだった。

車へ戻ろうとしたド・パイヤンは、背後に警察官の気配を感じた。トラックが給油の列に並び、あたりにディーゼルエンジンの振動音が響いている。

「こんばんは」背の高いほうの警察官が英語で声をかけてきた。「どこまで行くんですか？」

ド・パイヤンは振り返った。「カブールまで」そう言って笑みを浮かべる。

「アメリカ人ですか？」口ひげを生やした男が訊いた。

「フランス人です」

「なるほど」背の高いほうが言った。「わざわざ遠くから。どうしてアフガニスタンに？」

「ジャーナリストをしているんです。モレル、ジョルジュ・モレルといいます。パキスタン北部とアフガニスタン東部の帯水層について取材しているんです」

「これはあなたの車？」

「はい」ド・パイヤンは答えた。背の高い警察官がパサートの前にまわり、顔をしかめた。

「アフガニスタンにしばらくいるつもりですか？」背の高いほうが訊いた。

「明後日、飛行機で発つ予定です」頼むから放っておいてくれ、ド・パイヤンはそう願った。

「そうですか」背の高いほうがにっこりした。「三十日以上滞在するなら、ナンバープレートを替える必要があるので。パキスタンのナンバープレートではだめなんですよ」

車での北への移動は、思ったより順調だった。検問所は一カ所しかなく、止められもしなかった。午前七時四十三分にカブールへ入り、インターネット・カフェを探した。街なかで一店舗見つけて車を駐め、パソコンの利用料金を払った。シャルル・パリ名義のGメール・アカウントを開き、新しい電話番号を打ちこんだメッセージをデニス・ロンドンに送った。マイク・モランと言ったほうがわかりやすいだろう。

さらに車で五分ほど走り、不揃いの戦闘服を着た兵士たちの前を通り過ぎた。彼らは装甲兵員輸送車の上でタバコを吸いながらのんびりしていた。二年まえにド・パイヤンが訪れたときよりも、街の空爆は減ったように見える。英語の看板を掲げているレストランが目に留まった。店はオープンしているようだ。その店の女性オウナーがフランス人だということがわかり、ド・パイヤンは嬉しくなった。彼はコーヒーとパン・オ・ショコラ、オムレツを注文した。その女性が離れると、プリペイドの携帯電話が鳴った。

「もしもし？」

「モーニング・コールです」イギリス人の声がした。「久しぶりだな、相棒《モン・ポット》」

「まったくだ」

モランが言った。「これから会うか？」

「頼む」ド・パイヤンはコーヒーに砂糖を入れた。「いつものところで？」

「ああ。ゲートで待ってる」

「それじゃあ、一時間後に」ド・パイヤンはそう言って電話を切った。

オムレツを食べてコーヒーを飲み、パン・オ・ショコラはパサートにもっていった。

カブール北部にあるタジカン・ロードには早めに着き、その通りにある警察の特殊部隊の基地の前を歩いていた。人口四百万の街は活気づきはじめ、ウマやバイク、リムジン、軍用トラックなどが通りを行き交っている。基地の向かい側には、アフガニスタンでも指折りの規模の市場がある。通りには兵士や警察官たちが目につき、朝早いにもかかわらず基地の上空を舞うヘリコプターのエンジン音が聞こえる。そこは要塞の役割を果たしていて、これほど警戒するのもそれなりの理由がある。タリバン政権時代の元警察署長がかつての同僚たちと袂《たもと》を分かち、アメリカが支持する新たな政府に協力することにしたのだ。忠誠を誓う相手を替えただけで、暗殺や爆破、国家警察の関係者の誘拐などが十五年もつづいている。

ド・パイヤンは通りを歩いてまわりにいる人たちに気を配り、自分に関心がありそうな人がいないかどうか目を光らせた。誰にも見張られてはいないようだった。モランと話をしてからちょうど一時間後、ド・パイヤンは正面のセキュリティ・ゲートへ向かった。その手前で、パコールというアフガニスタンの帽子に民族衣装のサルワーズ・カミーズ姿の地元の男に腕をつかまれた。からだを強張らせたド・パイヤンに対し、その男は落ち着くよう言った。モランだった。二人は人ごみを抜けて脇道へ入った。クリーニング店の搬入口に、黒いトヨタ・ランドクルーザーが駐められていた。

「乗ってくれ」モランが後部ドアを開けた。

二人が車に乗りこむと、筋骨隆々とした地元の男がエンジンをかけて車を出した。

モランはさっと帽子を取ったが、膝丈の服を脱ぐのに苦労していた。「まったく面倒な服だ」丈の長いシャツを蹴り飛ばしたモランは、淡い色のチノパンツと黒っぽいポロシャツ姿になった。がっしりした体形の黒髪の男で、からだを鍛えているのは明らかだ。

「元気だったか、アレック？」そのイギリス人が手を差し出した。

二人は握手を交わした。ド・パイヤンは笑みを抑えられなかった。「まえより若く見える。ヨガでもやっているのか？」

「いや」モランはウインクをした。「二度目の離婚をした。この上ない幸せが、若さの秘訣というわけさ」

マイク・モランはド・パイヤンよりも二歳年下で、大学を卒業して以来ずっとイギリス秘密情報部で働いている。二人の祖父母が年に一度会っていたこともあり、子どものころからの知り合いだ。第二次世界大戦中、モランとド・パイヤンの祖父はド・ゴールのもとで自由フランスのために戦った。モランの祖父はイギリス人女性と結婚し、サウサンプトンで銀行の支店長を勤め上げた。ド・ゴールとともにフランスへ戻ったド・パイヤンの祖父は大統領と親交をつづけ、フランス南部にある大統領の松林の管理を任された。何年ものあいだ夏になると両家はボーンマスでいっしょに過ごし、その伝統はモランとド・パイヤンの両親にも引き継がれた。

「こんなふうに会うのはやめないとな」モランが言い、それから口調が変わった。「どうしたんだ？　大丈夫なのか？」

「ちょっとまずいことになって。パリに戻らなきゃならない。自力で」

モランはゆっくり首を縦に振った。「おまえが助けを求めてくるなんて、よほどのことなんだろう。ところで、お袋さんは元気か?」

「ネットフリックスにはまっているんだが、汚いことば遣いが気に入らないようだ」

「ハッハッハ! 変わってないな。あのお袋さんらしい」

それからモランは前の座席のあいだに身を乗り出し、地元のことばで運転手に何か訊いた。二人は頷き合ってさらにことばを交わし、運転手がルームミラーでド・パイヤンと視線を合わせた。

モランが座席に坐りなおした。「アベドが政府の物資輸送機に乗せてくれるということなんだが、行き先はフランクフルトだ。それでもいいか?」

「助かるよ」

車は西のカブール国際空港へ向かった。空港の裏へまわって重機関銃を搭載した車や兵士たちの脇を通り過ぎ、政府と軍の専用エリアに入った。ゲートで先端に鏡の付いた棒を使って車体の下を調べられているあいだ、探知犬を連れた兵士がランドクルーザーのまわりを歩いていた。ド・パイヤンはウィンドブレーカーからジョルジュ・モレルのパスポートを取り出し、モランに渡した。話をするのはモランに任せた。それからアベドが延々と連なる防空格納庫に沿って車を走らせた。外は熱気で朝の空気が揺らぎはじめているが、車内はエアコンのおかげで涼しかった。貨物格納庫が並ぶエリアで車が停まった。大きなパレットにビニールで包まれた箱がのせられていて、シーメンスやクルップといったヨーロッパの企業名が書かれている。ドイツからの貨物格納庫のようだ。

守衛所に車を寄せたアベドは、ヒジャブを着けていない警備員の制服姿の地元の女性に向かって満面の笑みを浮かべた。アベドの馴れ馴れしい態度——そして彼女の〝あきらめたほうがいいわよ〟というような顔つき——からすると、二人は親しい間柄のようだ。やがて立ち上がった彼女が助手席側にまわりこみ、電子クリップボードを脇に挟んで車に乗ってきた。

「どちらがジョルジュ・モレル？」そう言って後部座席の方を覗いた。

ド・パイヤンは手を挙げてにっこりした。

「お偉方にお友だちがいるようですけど、ムッシュ」彼女は言った。「乗客名簿には載せないと。何か問題はありますか？」

「ありません」ド・パイヤンはパスポートを手渡した。

彼女はiPadの画面を表示し、ド・パイヤンの偽名とパスポート番号を打ちこんだ。

「住所も必要です」

「フランス、ヴェルサイユ、アルム広場」ド・パイヤンがスペルを読み上げると、彼女はエンター・キーを押した。

「では、こちらへ」そう言って彼女はランドクルーザーを降りた。

モランが手を伸ばした。「じゃあな、兄弟」

「ありがとう、マイク。借りができたな」

「ビール一杯で手を打とう」むかしからの二人のジョークだ――お互いのために何をしようと、一杯の酒で貸し借りなしにするというものだ。

ド・パイヤンはランドクルーザーを降り、車が走り去っていくのを見送った。建物のあいだは風が通らず、気温は三十度後半くらいありそうだ。彼女につづいてセキュリティ・ドアを抜け、貨物用パレットや箱の置き場所にもなっている小さなラウンジに入った。ひと組のパレットにはウォーター・フィルターがのせられていた。おそらく、アフガニスタンの新たな水インフラに使われるのだろう。

その女性は胸のベルトから無線マイクをはずし、ドイツ語で誰かと連絡を取った。頷いてから、ド・パイヤンに目を向けた。「搭乗してください。前のタラップから」

ド・パイヤンはラウンジにあった水のボトルやビスケットの包みを詰めこみ、駐機場を歩いて尾翼に意味不明の頭文字が並んだDC-10の方へ向かった。タラップを上り、輸送機の前部にある小さなスペースに入った。コックピットのうしろに座席が一列並んでいる。

パイロットが振り向き、ド・パイヤンに訊いた。「モレルか？」強いオランダ訛りがある。

ド・パイヤンが頷くと、オランダ人は四十分後くらいに離陸すると言った。「ほかに乗客はいないから、くつろいでくれ」

ド・パイヤンは座席を倒してまぶたを閉じた。イスラマバードやパレルモでのこと、そしてドクタ・デスへかかってきた電話のことを考えた。壊疽兵器についても頭をめぐらせ、あの悪魔のような男は何をたくらんでいるのだろうと思った。

57

午前六時、フランクフルトから直通でパリ東駅に着いた。コンコースを歩いて尾行されているかどうか目を配り、メトロの駅へのエスカレーターを下って朝食を食べる店を探した。その後、列車を乗り継いでレピュブリック広場へ行った。午前八時に銅像の脇で手と髪を使って合図をし、八時半に〈カフェ・フランセ〉に入った。店内では、カンパニーのチームが安全確認行程の準備を整えていた。九時十六分、ド・パイヤンはドアを閉じたブリフォーのオフィスで坐っていた。

「シンリンオオカミへの電話の件は聞いている」ブリフォーはそう言って腰を下ろした。「逆探知してみたが、わかったのはフランスの電話からかけられたということくらいだ。おそらく北部の基地局だろう」

「パリですか？」

ブリフォーは肩をすくめた。「通話は録音してある。声紋データを照合しているところだ」

「クソッ」ド・パイヤンは首を振った。「作戦中に、何者かが私のコードネームをばらしたということですか？」

「いま調べている」

「私の家族は？」

「内務部門の報告では無事とのことだ。大丈夫か？」

「私は無傷ですが、シンリンオオカミは敵意をむき出しにしていました。身の毛のよだつような男です――なんだってやりかねません」

ブリフォーはド・パイヤンを見つめた。「手短に報告して、それから休め。そんな状態ではまともな話はできないだろう」

「二重スパイを見つけ出さないと。内通者の電話がかかってきたのは、ディナーを食べているはずの時間でした――シンリンオオカミは私の目の前で電話に出たかもしれない。そうなっていたら、私は殺されていました」

「興味深い話だな」

「あのディナーの時間を知っている人はごく限られています」ド・パイヤンは指摘した。

「私がテンプラーに知らせて、テンプラーがボスに最新状況をEメールで報告した。そしてボスからフレジェ部長とラフォン・チーフに転送した」

「ディナーの詳細は、誰にも訊かれていない。あの二人にも確かめてみる」そこで口を閉じた。「ほかにもわかったことがある。内出血やガスの詰まった膿疱をともなう大量の被害者が出たケースがほかにもないか、情報部が調べているところだ。赤十字の報告では、六日まえにミャンマー北部でそういったケースがあったそうだ。三十五人が死亡した。テストできるサンプルを手に入れようとしているんだが、写真を見るかぎり、アフガニスタンで偵察隊が撮ったものと同じように思える。検視の結果、細菌が体内に入ってから三時間ほどで死亡したらしい。短時間で死にいたるということだ」

「つまり、あの生物兵器は効果があると？」

ブリフォーは頷いた。「問題は、やつらがそれをどうする気かということだ」


ナシームは壁の時計にちらっと目をやり、ミーティングを終わらせた。これから二日間、プロジェクト・チームは大切な顧客を満足させなければならないとはいえ、彼にはあとまわしにはできない重要な件がほかにもあるため、五人の部下を下がらせた。五人が出ていくと金庫から新しい使い捨ての携帯電話を取り出し、エレヴェータで一階に下りて通りへ出た。

パリでは夏も終わりに近づいている。ナシームは人ごみに交ざってメトロのランビュトー駅へ行き、北へ向かう列車に乗ってレピュブリック広場で降りた。そして雑踏にまぎれこんだ。母国ではとくに目立たないのだが、パリではその長身と外見のせいであからさまに見つめられる。パリとはそういう街なのだ。ナシームは溶けこめるところではできるだけ溶けこみたかった。レピュブリック広場の南側にある細い通りで、客が三人しかいないインターネット・カフェを見つけた。指定されたパソコンの電源を入れてから一度切り、オフィス用のキーリングに付けた小さなUSBメモリを差しこむと、モジラのブラウザが起動した。適当な名前で登録してある暗号化されたウェブ・メールのアカウントを開き、腕時計に目をやった。午後二時五十八分。二分待ち、新しい使い捨ての携帯電話の番号だけを打ちこんだEメールを送信した。それからEメールとブラウザを閉じ、履歴を七回消してからパソコンをシャットダウンし、また再起動させた。

パリのユダヤ人地区とも言えるエリアのきれいな通りを歩いた。パキスタンで育てられたとはいえ、両親はユダヤ人を憎んでいたわけでもなく、彼もパリのこの地区にいると心が安らいだ。ナシームの裏の活動を知っている者たちは彼を反ユダヤ主義者だと勝手に思いこんでいるようだが、それはちがう。さまざまな方面で求められる能力を活用して、たっぷり稼いでいるというだけだ——元諜報部の人間に、その知識を活かしてほかにどうしろというのだ？　その能力を眠らせておけとでも？　彼を突き動かしているのは憎しみなどではなく、カネだった。

上着のポケットで携帯電話が振動し、彼は電話に出た。「前回のちょっとした情報は確かに受け取った」ナシームは前置きなしで言った。「英雄アギラールがイスラマバードで動いているだと？　とんでもなく焦っているか、とんでもなく鋭いかのどちらかだな」

「ほかにも情報がある」電話の声の主が言った。「フレジェがファルコン作戦の報告書をまとめた。パスポートはパレルモで処分されたということで納得したようだ。アギラールの話は真実だ」

「そうか」ナシームはピザ屋やパンク・シューズの店の前を通り過ぎた。「つまり、パスポートは本当にもうないということか？　そうなると、パスポートが五冊足りないぞ」

「私にできることはたいしてない」

「あんたの立場を考えると、そんなことはないと思うが」

沈黙が降り、ため息が聞こえた。「パレルモにいたのは私ではない」電話の相手が言った。ナシームは、その口調が気に入らなかった。「パスポートの件は、私の関与するところではない」

「あそこにパスポートがあると言ったのは、あんただ」ナシームは木立のそばで立ち止まった。「あのフェリーにお友だちのアギラールがいることを言い忘れたようだがな」

「知らなかったのだ」

「いまは知っているだろ。フランスのパスポートが五冊必要だ」ナシームは、この男にどこまで圧力をかけられるか考えていた。

長い沈黙があり、やがて声がした。「私にどうしろと?」

「あんたの立場を利用しろ。せっかく五冊ぶんのパスポートのカネを用意したというのに、まだ手元にあるんだからな」

58

ド・パイヤンは、アラムート作戦とディナーの一件に関する二ページの暫定報告書を書いた。システムをシャットダウンしようとしたとき、コンソールの電話に内線がかかってきた――〝D・ブリフォー〟と表示されている。

「もしもし？」ド・パイヤンは電話に出た。

「オフィスに来てくれ――いますぐに」

ド・パイヤンがオフィスに入ると、ブリフォーとブラン・クレルクがブリフォーのパソコンの画面を見つめていた。

「これを見てくれ」ブリフォーが画像を指差した。「これがムラドか？」

「エティエンヌがフェリー会社から手に入れたものだ」ブランが言っているのは、Yセクションの若手工作員のことだ。「こいつなのか、アレック？」

ド・パイヤンは顔を近づけ、目を細めた。それは旧式の防犯カメラで撮られた画像の荒いスクリーンショットで、Eメールで送られてきていた。フェリーのトイレの外を映していて、准将とド・パイヤンがカリアリからパレルモに着いた日の午後に撮られたものだった。

「こいつだと思う。でも、エティエンヌはどんなやつを探せばいいか、どうしてわかったんだ?」ド・パイヤンはマウスに手を伸ばし、画像を拡大できないかどうか試してみた。

「おまえの報告書には、ムラドと思しき男をどこで見たのか、詳しく書かれていた——フェリーが着く十分くらいまえに准将がトイレから出てきたときに、トイレの外で見たと」

「なるほど、とにかくこの男だと思う。とはいえ顔がはっきり見えないので、からだつきと服から判断するしかないが」

その男がトイレから出てきた准将を見ているのは明らかで、二人のボディランゲージから推測すると、何かことばを交わしているようだった。

「誰もこの男を知らないんですか?」ド・パイヤンが訊いた。

ブリフォーが首を振った。「アラブ支部が調べているところだが、この画像では参考にならない。この画像と、おまえの説明をもとに描かれた似顔絵が頼りとはいえ、いまのところ似顔絵のほうがまだましだ。いまのわれわれにあるのはそれだけだ」

「しかも、これがムラドかどうかもわからない」ド・パイヤンが言った。

「そういえば、パレルモの件で少しだがわかったことがある」ブリフォーが言った。「シュレックが見つけた重要な手がかりは倉庫に残っていたイプシロン毒素だが、マイケル・ランバルディがパレルモにある弟のデイヴィッドの不動産会社を利用して、請求書の作成や会計、それに電話といった事務処理をしていたことも探り出した」

ド・パイヤンは眉を吊り上げた。「デイヴィッドのことは聞いたことがありますが、会ったことはありません」

「これは准将の通話記録だ」ブリフォーはパソコンの脇から印刷された紙の束を手に取った。「ブランのチームに通信記録を調べさせた」

ド・パイヤンは一覧表に目をやった。マイケル・ランバルディの二つの電話番号が抜き出されている――ひとつは地元のビジネス用らしく、イタリアの幅広い番号にかけられているがとくにパターンは見受けられない。だがもうひとつのIMSI――使い捨ての携帯電話――にパターンがあるのは一目瞭然だった。二台目の携帯電話からかける番号はひとつだけ、しかもかけるのも一日一回だけだった。

「その相手の番号を調べてみた。使っている基地局はパキスタン北部のおそらくイスラマバード、それにヨーロッパのイタリアとスペインだ。だが、もっとも頻繁に利用されているエリアは、フランスだ」

「クソッ」ド・パイヤンは毒づいた。「パレルモの件の裏には、いったい何が？」

ブリフォーが一覧表を指差した。「日付を見てみろ。フランス北部――おそらくパリの基地局に送信されている通話が一週間つづいて、ファルコン作戦が失敗する二日まえからはイタリアにつながっている」

「准将がサイエフ・アルバールとムラドから指示を受けていたのはわかっています」ド・パイヤンは言った。「でも、ムラドはパリで何を？」

「サイエフ・アルバールはヨーロッパに手を伸ばそうとしている。シチリアはやつらの足場なのかもしれない」

「足場といっても、なんのための？」ド・パイヤンが訊いた。「あの壊疽兵器の？」

ブリフォーは肩をすくめた。「もっと情報がいる」

ド・パイヤンはカンパニーのアウディで北上してパリへ向かい、北ミュエットの地下駐車場へ寄った。そこで車を替えて街を横切り、深夜零時過ぎに隠れ家のある地域に着いた。

ド・パイヤンは隠れ家のベッドルームに入った。ジャーナリストのジョルジュの服装からアレック・ド・パイヤンの服に着替え、ジョルジュに関連するものをロッカーのタンスに置いた。腕時計をしてポケットに財布と鍵を入れると、どっと疲労と猜疑心が押し寄せてきた。タンスをつかんでからだを支える。ドクタ・デスの視線が脳裏に焼き付いていた。家に帰れるかどうかわからないが、帰らなければならない。地に足をつける必要がある。

ポール・ロワイヤル駅へ急ぎ、アパートメントまでの長い道を歩いた。玄関のドアを開けて忍び足でキッチンに入ったときには、午前一時近くになっていた。換気扇の明かりがつけっぱなしになっている。いつもロミーには消すように注意されていた。ド・パイヤンが笑みを浮かべて明かりを消すと、キッチンが薄暗くなった。ゆっくり振り向いた彼は、いつもとはちがう匂いに気づいた。ほんのかすかだが、嗅いだことのあるような……しかも男の匂いだ。オールドスパイスのようだが、ド・パイヤンはその香水をつけない。リヴィング・ルームへ行ってジュリエット・バルコニーに面した窓辺に立ち、いつもの癖で通りを見下ろした。

ベッドルームへ向かおうとしたとき、外からの街の光でコーヒー・テーブルに何か置かれているのが目に留まった——ロミーの財布と鍵だ。ド・パイヤンはそれを見つめた。疲れているうえに疑心暗鬼になっているのもわかっていたが、何かおかしい。ふだんロミーのもちものが置かれているのは玄関近くのホール・テーブルだ。それは、二人のあいだで冗談の種になっていた。ド・パイヤンにしてみれば、チャンスをうかがっている泥棒にドアを覗いて盗んでくださいと言っているように思えるからだ。それにしても、携帯電話はどこにある？　何ごとも整理しておくタイプのロミーは、いつもｉＰｈｏｎｅを財布や鍵といっしょに置いていた。

スニーカーを脱ぎ捨て、足音を忍ばせて暗い廊下の先へ向かった。外の街の明かりもここまでは届かないので、からだに染みついた感覚を頼りに動いた。パトリックとオリヴァーの部屋の前で立ち止まり、ドア枠から顔を出した。オリヴァーのキルトの掛け布団には『トイストーリー』のバズ・ライトイヤーの絵があり、パトリックのキルトの柄はパリ・サンジェルマンＦＣだ。

そっと部屋に入った。子どもたちがいない。

母親のところかもしれない。ド・パイヤンがいないときには、よくそうしていっしょに寝ているのだ。隣の部屋へ行き、覗きこんだとたんに空っぽだというのがわかった。寝息も聞こえなければ、寝ているときのぬくもりや匂いも感じられない。明かりをつけると、頭のなかが真っ白になった。ベッドには誰もいなかった――寝ていた形跡すらない。

ポケットから携帯電話を取り出し、ロミーの番号にかけてみた。

直接、留守番電話につながった。帰ってきたというメッセージを残し、次にメールを送った。冷静になろうとしたものの、頭がどうにかなりそうだった。

部屋を見てまわってワードローブやベッドの下を調べているあいだも、息が乱れていた。

悪態をつきながらアパートメントを走りまわり、パニックになっていた。総毛立ち、頭のなかでは古い無線機のような雑音が鳴り響いている。次々とイメージが浮かんだ。ドクタ・デスからイスラマバード、壊疽兵器から電動ドリルや子どもたち。車のキーをつかみ、靴をはいてドアから飛び出した。

地下の駐車場まで非常階段を一段飛ばしで駆け下り、自家用車のフォルクスワーゲンのところへ向かった。いつもの場所に駐められている。車を見てまわり、下を覗きこんでからドアを開けた。変わったところは見当たらない――後部座席にはバズ・ライトイヤーのおもちゃがあり、助手席には学校のブック・リストが置かれている。エンジンをかけ、ロミーの最新の走行軌跡をスクロールしてみた――おかしな点はない。画面に最新の通話記録を呼び出した。昨日の午後三時四十九分にアナから電話があったが、出そこねたロミーは四時二分にかけなおし、六分ほど話をしている。

ド・パイヤンは部屋へ戻ってソファーに腰を下ろし、呼吸を整えて気を静めた。自分の携帯電話をスクロールし、アナの番号を見つけてメールを打った。〝起きてる？〟

二十秒後に返事が来た。〝いま起きた〟

ド・パイヤンが電話をかけると、すぐにアナが出た。こんな時間に電話をしたことを謝り、家に帰ると誰もいなかったことを説明した。「ロミーと子どもたちがどこにいるか知らないか？　今日、三人と会った？」

アナは眠そうだった。「来週から学校がはじまるから、学校指定の靴のことを訊こうと思ってロミーに電話をしたわ。ざっと調べて、二、三日中に公園で会うことにしたの。だから、急にいなくなるなんてことないと思うけど。ロミーの両親のところでは？」

「ロミーの財布と車のキーが置きっぱなしなんだ。オリヴァーのテディベアも部屋にある。泊まりに行くときには、必ずテディベアをもっていく」

しなければならないことはわかっている——カンパニーの工作員の私生活における安全を担当しているのは内務部門だ。規定では、安全が脅かされた場合には緊急通報用の番号に連絡することになっている。アナとの電話を終えたド・パイヤンは、すべての工作員が覚えておかなければならない番号に電話をかけた。電話の向こうから男の声で工作担当官ナンバーを訊かれ、それを伝えると男が口ごもった。「こちらでは対応できません」内務部門の男が言った。

「なんだって?!　いったいどういう——」

「メモがあるので、ただいまおつなぎします」回線が切り替わる音がし、別の番号にかけなおしているかのように呼び出し音が鳴った。

「やあ、アレックか？」男の声がした。

その声には聞き覚えがあった。

「マヌリー？　どうなってる、あんたなのか？」

59

「連絡を待っていたよ」

ド・パイヤンに冷たい怒りがこみ上げてきた。「待っていただと？　マヌリー、いったいどういうことだ？　おれの家族はどこにいる？」

「十分で外へ出ろ」フィリップ・マヌリーが言った。「映画でよく言うように——このことは誰にもしゃべるなよ。誓いを忘れるな」

ド・パイヤンは携帯電話を見つめた。すでに通話は切れている。ロミーはどんなことに巻きこまれてしまったのだ？　内務部門の部長から家族が行方不明になったことを口にしないよう警告され、カンパニーに入局したときに交わした誓いのことばを忘れるなと釘を刺された。その誓いというのは、情報を他言してはならないという上からの命令には絶対に従わなければならない、というものだ。自分より上の者から秘密だと言われたことは、許可が出るまで知っていることを認めてはならない。そこに例外はない。

息が乱れているのがわかっていた。危険にさらされているのが自分の命なら、どうやって切り抜ければいいか心得ている。彼にはその技術があり、対応するだけの精神力ももち合わせている。だが、危ないのが家族となると純粋な恐怖に襲われた。

また電話を手にし、シュレックかテンプラーに連絡しようかと考えた。あるいはブリフォーに。だが、マヌリーと会ってからにしようと思った。そして、訓練で教わったことに立ち返ることにした——機会があるなら、会う場所の下調べを怠るな、というものだ。事前調査というのは、決してやっておいて損はない。もう一度、非常階段を駆け下り、駐車場へ出た。いまは午前一時二十九分だ。駐車場の奥へ行った。そこには建物の管理人用の柵で囲まれた個所があり、水道メーターや電気メーターのほかに、排水ポンプやはしごといったさまざまな備品が置かれている。ド・パイヤンはキーリングのワイアを使って柵の扉の南京錠を開け、パイプや導管が上の建物の内部に伸びている隅の方へ行った。脚立をセットして上がり、パイプの隙間に手を差しこんでカンバス地の防水布に包まれたものを取り出した。包みを広げて九ミリ口径のCZ拳銃を手に取り、安全装置や弾薬を確認した。その拳銃をベルトに挟み、防水布をもとの場所に戻した。それから柵を出て鍵を閉めなおした。

通りは先ほど降った雨で滑りやすくなっていた。ド・パイヤンはアパートメントから百メートルほど離れて怪しいものがないか目を光らせ、通りを渡って街路樹の影を歩いた。あたりで動いているのはド・パイヤンだけだった。前方にあるものが目に留まり、頭のなかで警報が鳴った――アパートメントの五十メートル西に、青い商用のヴァンが駐まっている。モンパルナスに住んでいる商売人はいない。ヴァンの方へ歩いていると、黒いアウディのSUVが速度を落とし、アパートメントの正面で停まった。乗っている者たちはアパートメントの入り口に目を配っているはずなので、ド・パイヤンは影のなかをゆっくり歩いて車を観察した。乗っているのはひとりだけのようだ。ド・パイヤンは歩道から通りに出た。一ブロック先で、トラックのエンジンがかかった。アウディのウィンドウをとおしてマヌリーが見えた。運転席にひとりで坐り、計器盤の光でぼんやりと赤く照らされた顔はこの世のものとは思えなかった。ド・パイヤンは助手席側のドアを開け、マヌリーの意表を突いた。

「おれの家族はどこだ?」ド・パイヤンは言った。

「乗れ」マヌリーは、かつてアフリカの戦闘地域を歩きまわっていたころのような無表情の顔をド・パイヤンに向けた。

ド・パイヤンが乗りこむと、マヌリーは車を出した。

「ロミーと子どもたちは無事だ」部長が言った。チノパンツにポロシャツ姿で、その上にウィンドブレーカーを着ている――偽の身分で行動していないときにスパイが着る、基本的な現場服だ。ド・パイヤンがうしろに目をやると、後部座席にキャスター付きの小さなスーツケースがあった。

「どこかへ行くのか、マヌリー？」

「おまえには関係ない」内務部門の男は言った。「ロミーと子どもたちは訓練中だ」

「誘拐されたときのための訓練だとでもいうのか？」ド・パイヤンのはらわたが煮えくり返った。「そんな話、聞いてないぞ」

マヌリーは無視した。

「それに、二重スパイを見つけるのとどんな関係があるんだ？　いったいどうなっている？」

マヌリーはにやりとした。「今日の午後五時、私が現場チームに電話をして訓練が終わることになっている。みんな笑顔で、幸せな家族がモンパルナスに帰ってくる、というわけだ」

ド・パイヤンはマヌリーのこめかみを睨みつけ、銃弾を撃ちこみたくて仕方がなかった。

「電話、電話をするだと？」ド・パイヤンは声を荒らげた。「まさか、おれを脅しているのか？」

信号で車を停め、マヌリーはド・パイヤンに顔を向けた。そのとき、何もかも一瞬ではっきりした――マヌリーの目を見て、ド・パイヤンは真実を悟った。

「あんたが？」

マヌリーは肩をすくめた。

「二重スパイはあんただったのか?!」家族のことを考え、目の前が真っ暗になった。「ふざけるな、マヌリー！　いったいなんてことを」

信号が青に変わり、マヌリーはアクセルを踏みこんだ。思わずド・パイヤンは内務部門の男の首にCZの銃口を押し当てた。「車を停めろ」

〈カフェ・オデッサ〉の向かい側にあるバス・ゾーンの縁石に寄せてアウディが停まった。ド・パイヤンはさらに銃口を食いこませた。呼吸を整えようとしたが、感情を抑えられなかった。

「緊迫した睨み合いになったようだな」マヌリーの頭はウィンドウに押し付けられている。

「丸く収まるよう、準備をしたつもりなんだが」

「おれの家族を使ったのか？」

「利用材料というやつだ。おまえのほうが詳しいだろう？」

ド・パイヤンはさらに力をこめたが、急に銃を引いた。マヌリーの右の耳たぶの下に丸い跡がついていた。最優先なのは、ロミーと子どもたちだ。自分をコントロールしなければならない。

マヌリーはからだをまっすぐにし、首をさすった。「取引だ――おまえはおとなしくして、誰にも話さず、規定にも従わない。一日休みを取るのもいいかもしれない。休みを取っても怪しまれないようならな。私が無事に脱出したら、電話を入れる。おまえの家族は、ただの訓練だと思っている。これもフランスのためだと」

「あんたの話を信じるとでも思っているのか、マヌリー？　裏切り者のあんたを」

「選択の余地はない、アレック」

二人は睨み合った。二人とも、ド・パイヤンには受け入れるしかないのがわかっていた。

「わからない」ド・パイヤンは言った。「なぜおれなんだ？　どうしてこんなことを？」

マヌリーは笑い声をあげた。「おまえのせいで三百万ユーロを手に入れそこねたんだぞ。そのおまえが理由を訊くのか？　面白いやつだ」

「三百万ユーロ？　あのパスポートのことか？」

通りの反対側で〈カフェ・オデッサ〉の前にベーカリーのヴァンが停まり、カフェから人が出てきた。

「三百万ユーロのためにおれを売ったのか？」

「おまえがあのフェリーにいるのは想定外だった」マヌリーは声を荒らげた。「おまえがわれわれの友人を目にした瞬間から、何もかもきれいさっぱり消し去ることになった。ああいう人間は、目が合うのを嫌がるものなんだ」

ド・パイヤンは頭のなかでわめき散らした。「あの夜、おれを殺すつもりだったのか？」

「指示したのは私ではない。パレルモに本物のフランスのパスポートが五冊用意してあるが、受け渡しの現場は監視されている、あの男にはそう言った。われわれの友人はフェリーで准将と話をすることにしたのだが、対外治安総局の男に見つめられるはめになった。嬉しいわけがないだろう！」

「カリアリの件は直前になって決まったんだ。准将に呼ばれて、マルセイユから会いに行った」

「准将は指示役にそのことを話さなかった。その代償を払ったというわけだ」

「だが、あのカネは准将のものに……」

マヌリーが笑い声をあげた。本気で面白がっているようだ。「三百万ユーロをマイケル・ランバルディのような間抜けに？　あのカネが准将の懐《ふところ》に入ることはなかっただろう」

マヌリーは腕時計に目をやり、車を出した。Uターンしてもといた場所へ戻っていく。ド・パイヤンは納得していなかった。「これで、おれや家族を生かしておくとは思えない。あんたにどんなメリットがあるというんだ？」

マヌリーが浮かべた笑みは、助手席の男へというよりも自分自身へ向けられていた。「おまえはちょっとした旅行へ行って、面倒を起こしてくれた。これから十四時間は、ハチの巣をつつくようなまねは控えてもらう。それが私のためでも、おまえのためでもある。理解し合えると思うのだが？」

「ちょっとした旅行だと？」ド・パイヤンは、マヌリーに行き先を聞かれてはぐらかしたことを思い出した。「イスラマバードでおれを密告したのは、あんたなのか？」

マヌリーの顔が憎しみで歪んだ。「密告だと？　私にそんなことばを使うな、ド・パイヤン」怒鳴り声をあげた。「おまえやおまえのご立派な家系と同じように、私はフランスのために戦った。それに、マイク・モランのこともずっと黙っていた。それを密告と言うのか？」

「おれは作戦の極秘情報を洩らしたことはない」

「ふざけるな、ド・パイヤン」さらにマヌリーはいきり立った。「モランはイギリス秘密情報部の人間だ。外国の諜報機関の正式な工作員なんだぞ」

「空軍に入隊したときにも、そのあとでカンパニーに入ったときにも、モラン家のことは申告した。家族ぐるみの付き合いなんだ」

「年に四回もマイク・モランと酒を飲むことは申告していない。ルールそのいち、〝外国のスパイと酒を飲んで酔っ払うな〟」

マヌリーはド・パイヤンのアパートメントの前で車を停めた。「午後五時だ」マヌリーが言った。「私はいまでも内務部門の保安責任者だ。おかしなまねをすれば、すぐにわかるからな」

ド・パイヤンは車のドアを開け、通りに降りた。彼が口を開くより先に、マヌリーは走り去っていった。

ド・パイヤンは恐怖に打ちひしがれていた。アパートメントに向かって歩きながら、駐まっている商用のヴァンに目をやった。その助手席側のドアが開き、男が降りてきた。暗いとはいえ、そのシルエットには見覚えがあった。

60

暗闇のなかを、ブリフォーとシュレックが近づいてきた。ヴァンは二人の脇を走り去っていった。

「部屋へ行くか?」ブリフォーが口を開いた。「あまり時間がない」

シュレックがキッチンでコーヒーを淹れ、ブリフォーとド・パイヤンはテーブルでタバコを吸いながら話をした。

「ヴァンにはテンプラーとブランが乗っていて、マヌリーの携帯電話をスピナーで追っている」ブリフォーが言った。「マヌリーの行き先がわかるか?」

「きっと空港です。でも、飛行機でどこへ行くのかはわかりません。ここで問題が起こっているのが、どうしてわかったんですか?」

ブリフォーはばつの悪そうな顔をした。「電話をかけただろう?」

「アナへの電話? まさか、盗聴していたんですか?」

ブリフォーは両手を広げた。「パレルモの作戦が失敗した直後から、カンパニーはおまえを監視することにしたんだ。すまない」

「それで、いつマヌリーだと気づいたんですか？」

「昨夜のおまえの話がヒントになった。ワタリガラスとシンリンオオカミのディナーの詳細を知っているのは誰かという話だ。おまえ、私、テンプラー。洩らしたのは私たちではない。となると、ラフォンにちがいない。彼女に電話で訊いたら、ふざけるなと怒鳴られた。残るは、アラムート作戦について最終的な報告を受けた、フレジェ部長だけだ」

「フレジェ部長でもなかった？」

「ちがうだろうと思った。フレジェ部長に電話すると、最新のファイルは運用部の金庫にしまってあって、読んでいないということだった。私の警告を受けて、そうしたそうだ。その金庫にアクセスできるのは誰だ？」

「内務部門の部長」ド・パイヤンは首を振った。「作戦が洩れた場合に備えての安全対策のはずが」

「内務部門の夜勤担当者に、あのディナーの日のフレジェ部長の金庫へのアクセス記録を調べてもらった。四回アクセスされているということだったので、防犯カメラでその時間の映像を確かめた」

「マヌリーが映っていた」

「マヌリーは午後十二時十一分に金庫にアクセスしていた――フレジェ部長がランチでいない隙に。そしてイスラマバードの現地時間でその日の夕方、シンリンオオカミが電話を受けたのをテンプラーが記録している」

シュレックがテーブルにコーヒーをもってきた。

「マヌリーの声と照合できるんですか？」ド・パイヤンは訊いた。

「あれはマヌリーではない。おそらくムラドだろうと考えて動いている」

ブリフォーは携帯電話を取り出した。「これを聞いてくれ」音声ファイルの声は滑らかで洗練された南アジア人のような声で、どこかイギリス的な響きも感じられる。

ド・パイヤンは頷いた。「これで、ドクタ・デスとイプシロン毒素、そしてパレルモでのサイエフ・アルバールの活動がつながったというわけですか？」

ブリフォーの携帯電話が鳴った。彼は電話に出ていくつか質問してから切った。「テンプラーからだ。マヌリーの車からの通話をとらえたそうだ。電話会社のシステムを調べて、連絡先を突き止める。一時間くらいかかるかもしれない」

ド・パイヤンはコーヒーを手にして椅子にもたれかかり、むかしからの友人のシュレックに目を向けた。「ここのところ、どこにいたんだ？」

シュレックは肩をすくめた。

「私といっしょにいた」ブリフォーが言った。

「ボスと？」

「ずっと見張っていたんだ、マヌリーと……」

「おれを？」

「マヌリーから、内務部門がおれたち二人を調べていると言われた」シュレックが言った。「ノワジーの情報を流すよう強請られたようなものだから、ボスに相談した。パレルモでの行動をたどって、マヌリーは何がばれるのを怖れているのか調べていたんだ」

「パレルモでどうしてあんなことになってしまったのか、いまならわかる」ド・パイヤンが言った。「マヌリーはパスポートのカネを約束されていた。ところが、おれがカリアリから付き添うことになって、偶然にもフェリーでムラドを目にしてしまった。そこで、やつは作戦を中止することにした」

「やはりあいつがムラドということか？」

「マヌリーの話では」

ブリフォーは電話をかけ、資料をまとめて諜報機関や警察署、大使館へ送るよう指示した。「ひどい画像の写真だが、いまはあれしかない」

61

アウディのSUVは、パリ北部にあるシャルル・ド・ゴール空港の立体駐車場のなかへ消えていった。テンプラーはヴァンの運転手のジャン＝ミッシェル・ルグランに、車を停めるように言った。

「いまマヌリーをびくつかせるわけにはいかない」テンプラーはマヌリーの車が視界から消えていくのを見送った。午前二時をまわったところで、空港エリアも活発になってきていた。テンプラーの役目はただひとつ――アギラールの家族を見つけ出し、無事に連れ帰ることだ。厄介なのは、母親と二人の子どもが訓練だと思っていることと、アギラールができれば三人にそう信じこませておきたいと願っていることだった。子どもたちが実際に拉致されたということにロミーが気づけば、カンパニーとの結婚生活に終止符を打つだろう。

ヴァンのうしろの作業スペースでは、またブラン・クレルクがCat本部の技術部に電話をしていた。先ほどのマヌリーの通話先の基地局がつかめたかどうか、もう一度訊いているのだ。技術部は協力的な電話会社と話をしているところだが、時間がかかっていた。

テンプラーは体力を温存してひたすら待ちつづけ、チャンスが来れば容赦なく正確に任務を遂行するよう訓練を受けていた。イラクやアフガニスタンへ特殊空挺部隊として派遣されたときも、アフリカで長距離偵察をしたときも、そうやって命令を実行したのだった。それがカンパニーでの彼の役割なのだ。印象に残らない男、人ごみのなかのひとり、一瞬たりとも頭をよぎらない人物——そしてそのときが来たら行動に移る。テンプラーは待つことに関してはエキスパートだが、いまの待機状態を楽しんではいなかった。この任務を受けるべきではなかったかもしれない。アギラールとロミーは友人であり、子どもたちも赤ん坊のころから知っている。猛り狂う怒りを抑えるよう、自分に言い聞かせなければならなかった。ここがアンゴラの茂みなら、フィリップ・マヌリーを捕らえて命乞いをするまで徹底的に痛めつけ、ロミーやパトリック、オリヴァーのところへ連れていかせるところだ。お願いだから三人のところへ案内させてくれ、マヌリーがそう泣きついてくるまでぶちのめしてやる。だがここはアフリカではないし、状況も危うい。主導権はマヌリーに握られているため、テンプラーはさらなる情報を待つしかなかった。

二時間近く待ったあと、ようやくヴァンのうしろで携帯電話が鳴り、ブランが電話に出た。三十秒くらい話をし、座席のあいだに身を乗り出してきた。「ディジョン基地局一三二八の北東、アティニーだ。座標を確認した」

テンプラーは携帯電話を手に取り、ブリフォーに連絡してこのことを伝えた。

ブリフォーが応えた。「軍の補助施設にカラカル・ヘリコプターを待機させてある。基地局のあたりに着いたら連絡しろ、ジム・ヴァレーに電話をかける」

夜明けまえ、軍のカラカル・ヘリコプターはフランス北部に広がる農村地帯を北へ飛んだ。基地局の座標付近に来たテンプラーは、放牧地に着陸してもらうことにした。川沿いでヘリコプターを降りると、あたりの景色が見渡せた。パイロットがエンジンを停止させる。「二時間で戻る」テンプラーはそう言い、ダッフルバッグからアサルト・ライフルと双眼鏡、通信器を取り出した。気づかれていないという確信があった。目標地点の風下から、高度百フィート以下で飛んできたのだ。

三人――テンプラー、ブラン、ジャン＝ミッシェル――は田園地帯を横切り、木立のあいだの低い尾根に建つ白い基地局の方へ向かった。基地局の東には二軒の農家、北西には一軒の農家がある。下草のなかで隠れられる場所を見つけたテンプラーは、バックパックから軍用の双眼鏡を取り出した。しゃがみこみ、手首を膝に置く。ジャン＝ミッシェルも同じ姿勢を取った。

「南の農家、タイル張りの屋根の白い建物」テンプラーが言った。

「了解」ジャン＝ミッシェルが応える。

「トラクター、農作業用トラック、バイクが見える。納屋にあるのはたぶんコンバインだろう」

「了解。実際の農家のようだ」

テンプラーは北にある二軒目の農家に視線を移した。「北の農家、白いタイル張りの屋根。あれはヴァンか？」

ジャン＝ミッシェルが応答した。「黒いルノーのヴァンが見える。母屋の裏に駐められている。そのうしろには、最新モデルのアウディも駐まっている」

二台とも、カンパニーで使用されるタイプの車だ。農作業用の機械は見受けられない。

「見張っていてくれ」テンプラーは尾根の反対側の農家に目を向けた。そこも実際の農家のようだった。

それぞれの農家の監視をつづけて一時間半後、ジャン＝ミッシェルから連絡が入った。

「ボス、北の農家の外に数人を確認。このゲームのプレイアーのように見える」

テンプラーは二軒目の農家に双眼鏡を向けた。三百メートル先で、男が建物の正面へ歩いていき、別の男――ひとり目よりも大柄で、黒い帽子をかぶっている――がひとり目の男に近づいていった。

「ヴァレーだ――黒い帽子のでかい男。ブラン、ボスに連絡して、配置に着いたので例の電話をするよう伝えてくれ」テンプラーは建物の外にいる二人の男から目を離さなかった。

ブランが連絡をした。「準備完了」

テンプラーの双眼鏡に映る男たちがタバコを分け合った。ジム・ヴァレーがもうひとりに何かを伝え、指示を出しているようだった。

「来たぞ」ブランはノートパソコンを見つめている。「着信が入った。こっちのＩＭＳＩに」

テンプラーは双眼鏡を覗きこんだ。ヴァレーが上着のポケットから携帯電話を取り出し、画面に触れて耳に当てた。

「まちがいない」ブランが言った。「ジム・ヴァレーがフィリップ・マヌリーからの電話に出たということだ」

「荷物を下ろせ」テンプラーは立ち上がり、地面にバックパックを下ろした。「忘れるな――子どもたちを怖がらせないように気をつけろよ」

三人は七時過ぎにそれぞれの待機地点から移動した。農家から見えないように、低い尾根の反対側から下りた。三人ともヘッケラー＆コッホ416アサルト・ライフルを携帯している。テンプラーに不満はないとはいえ、以前に使っていた〝軍隊ラッパ〟とも呼ばれるファマスのほうが好みだった。ファマスにはアフリカで何度も世話になっていた。敵の数がわからないので、三人ともウエストバッグには手首を縛る結束バンドやダクトテープを入れている。農場にはいくつか離れの建物があった。テンプラーはジャン＝ミッシェルを西側へまわし、別の方角から侵入するよう指示した。テンプラーはいちばん大きな納屋の裏から忍び寄り――なかには何もなかった――母屋に目を向けた。ひとり目の小柄な監視役は家のなかへ戻っていたが、ヴァレーはヴァンの運転席に坐り、タバコを吸いながら携帯電話をいじっている。そのおかげで、マヌリーの部下には死角ができた。テンプラーがヴァンの側面から近づけば、家から見られることはない。

テンプラーは開けた場所を走っていき、ヴァンの側面で足音を忍ばせた。開いたドアのところにたどり着くと、ジム・ヴァレーのこめかみを狙ってヘッケラーの銃床を振り抜いた。とっさにヴァレーは頭を反らし、直撃をまぬがれた。それでもあまりの衝撃で、左耳が半分裂けた。

テンプラーが追い打ちをかけようとしたところへ、ヴァレーの脚が杭打機のようにまっすぐ伸びてきてみぞおちにめりこんだ。うしろへふらついたテンプラーめがけて、ヴァレーが左フックを放った。芯をはずしたものの、つづけざまに肘をぶちこむ。テンプラーは左頬に肘を食らって仰向けに倒れた。ヴァレーが飛びかかり、柔術のチョークホールドで首を絞め上げようとした。テンプラーは右肘でカウンターのアッパーを突き上げた。まともにあごをとらえ、ヴァレーの歯が何本か折れたような音がした。そのままもみ合いになり、テンプラーのライフルが草むらへ飛んでいった。ヴァレーがうつ伏せの体勢からまわし蹴りを放ち、テンプラーの鼻の横にヒットした。鼻から血と鼻水が飛び散る。テンプラーは頭を振ってこらえたが、ブーツで口を蹴り上げられて背中から倒れた。馬乗りになったヴァレーが首を押さえつけ、顔面めがけて右拳を振り下ろした。テンプラーは上腕で拳をかわし、ヴァレーの左目を引っ掻いた。ひるんだヴァレーが苦悶のうめき声を洩らし、テンプラーの首を放した。テンプラーは腰を跳ね上げてヴァレーを押しのけ、背後にまわりこんでチョークホールドでとらえた。首を絞め上げ、両脚で背中を押さえつけて思い切りからだを反らす。頭へ血が行き渡らなくなり、地面をタップしていたヴァレーの力が抜けていった。ヴァレーは鍛え上げられた大きな男だが、ようやく意識を失った。すかさずテンプラーは手首と足首を縛り、ダクトテープで口をふさいだ。

テンプラーは無線器を手にし、〝ヴァレーを捕らえた〟とチームに伝えて状況を訊いた。

ジャン＝ミッシェルは、西側から家に近づいているところで敵は見当たらない、そう小声で答えた。だが、ブランからの応答がない。

テンプラーは立ち上がってまわりに目をやり、ライフルを拾い上げた。折れた鼻から血がしたたり落ちている。袖で血を拭い、家の北側へ向かった。誰もいない。空っぽの納屋の西側には、使われていないブタ小屋があった。その小屋をまわりこむと、小柄な監視役がブランの頭に拳銃を突きつけているのが目に入った。ライフルは草むらに落ちている。テンプラーに気づいた監視役が彼に銃を向けた隙に、ブランは顔にバックハンド・ブローをお見舞いし、そのまま地面にしゃがみこんだ。テンプラーが二歩詰め寄り、監視役の右膝にローキックを放った。膝を折られた監視役は石ころのように倒れた。ブランが手首を踏みつけて男を取り押さえ、銃を回収した。

「手足を縛って口をふさげ」テンプラーが言った。「ほかに誰がいるか確かめたい」

ライフルを構えて家の西側へ向かい、無線で連絡をした。「ジャン＝ミッシェル、聞こえるか？」

ジャン＝ミッシェルが応えた。「家の正面から、コーヒーのマグを手にした別の監視役が出てきた。タバコに火をつけている」

「武器は？」

「ホルスターに拳銃がある」

「西からまわりこめ、おれは反対側から近づく」

テンプラーは引き返して家の東側を走った。角から覗きこんだ。家のなかから、朝のテレビ・アニメの音が聞こえる。家の正面で立ち止まり、角から覗きこんだ。足元のコンクリートの道に血が垂れている。監視役は玄関ポーチの木の椅子に坐り、片手にマグを、もう片方の手にタバコをもっている。ポーチの反対側からジャン゠ミッシェルが現われ、男の頭に素早くライフルの銃床を叩きつけた。木の板に監視役の歯がぶつかり、マグが落ちて割れた。監視役は立ち上がろうとしたが、テンプラーが手首を踏みつけて手で口を押さえた。

「なかにはほかに誰がいる？」テンプラーが訊いた。

男は大きく目を見開いて首を振った。テンプラーは自分の噂を耳にしたことがあるとはいえ、この反応はいくらなんでも大げさだと思った。「ひとり？」

男は頷いた。

「二人以上？」

今度は首を振った。テンプラーは〝静かに〟という世界共通のジェスチャーをし、近づいてきたジャン゠ミッシェルが男を縛り上げた。テンプラーは顔の血を拭い、銃を構えてドアから入った。オムレツとコーヒーの匂いが漂ってきて、腹が鳴った。右手にドアがあり、そっと開けるとそこはベッドルームだった。寝た形跡がある。廊下の反対側にもベッドルームがあった――二台のシングルベッドには、やはり寝た跡が見受けられる。バスルームをチェックし、からだを屈めてトイレットペーパーをつかみ取った。それで折れた鼻を押さえ、顔を拭いた。別の部屋へ移動する。そこはキッチンとつながったリヴィング・ルームだった。右に目をやると、二人の男の子がテレビで『スポンジ・ボブ』を見ていた。銃を下ろし、背中に隠した。年下の子――オリヴァー――が顔を上げた。「おはよう、ガエル」オリヴァーはそう言い、またテレビに視線を戻した。

パトリックもほんの二秒ほどテレビから目を離し、「おはよう」とだけ言ってくれた。「おはよう、二人とも」テンプラーは部屋を見まわし、キッチンの方へ行った。角を曲がると、目の前のコンロのそばにロミー・ド・パイヤンが立っていた。ブロンドの髪、緑色の目、しなやかなからだ。ジーンズにTシャツ姿でも、あいかわらずゴージャスだ。ロミーがフライパンから顔を上げてにっこりした。「ガエル！」

テンプラーは笑みを返したが、彼女の背後では四人目の監視役が縮み上がり、銃に手を伸ばそうとしていた。そのとき、男の脇からブランが現われ、銃に伸ばした腕を押さえつけた。反対側からジャン＝ミッシェルも近づいてきた。

「訓練終了だ」テンプラーはそう言い、監視役をキッチンのドアから連れ出すチーム・メンバーに向かって頷いた。テンプラーの考えが正しければ、たったいまここで何があったのか、三人の命がどれほど危なかったのか、ロミーも子どもたちもまったく気づいていないはずだ。

ロミーがテンプラーのところへ来て、ハグとダブルキスをした。「血だらけじゃない」

ロミーはペーパータオルに手を伸ばした。

「ドアにぶつかったのさ」

「これで押さえてて」ロミーはテンプラーの鼻の下にペーパータオルを当てた。「訓練はちょっと大変だったけど、子どもたちは楽しんでいたみたい」

ロミー・ド・パイヤンはコンロの前に戻った。「オムレツにソーセージを入れる？」

62

ド・パイヤンはブリフォーのソファーで横になっていた。疲れ果て、気が滅入っていた。不安と罪悪感で気分が悪かった。これまで子どもたちとの時間を犠牲にしてきたというのに、今回は自分のせいでその子どもたちを危険にさらしてしまった。すべてのスパイにとって、まさに悪夢だった。

ブリフォーはデスクで二つの電話に応対していた。受話器を置き、シュレックにシチリアからの積荷の調査状況を訊いた。

「情報部から連絡が来ることになっています。インターポールに協力を要請して、怪しい貨物を追跡しているところです」

「それを追ってくれ」ブリフォーは電話に戻った。

テレビで流れているフランス24のニュースからあることばが聞こえ、ド・パイヤンは注意を引かれた。彼はコーヒー・テーブルのリモコンをつかみ、音量を上げた——画面いっぱいに三十代半ばのきれいなブロンドの女性のカラー写真が映し出されている。その顔に見覚えがあった――正確には、その顔を知っているのはセバスチャン・デュボスクだ。レポーターの声がつづけた。「司法警察中央局《DCPJ》によると、三日まえにセーヌ川で発見された遺体の身元は、パリの保険ブローカー、クレール・フーシェ、三十四歳とのことです。損傷の激しいこの女性の遺体は観光船の操縦士によって発見され、調査当局は目撃者情報を求めて……」画面が刑事に切り替わった。その刑事は、はっきりとは口にしなかったが拷問の可能性をほのめかしていた。

「大丈夫か、アレック？」ブリフォーが訊いた。

ド・パイヤンはがっくりとソファーに倒れこんだ。「クレール・フーシェ」テレビの画面を指して言った。「セバスチャン・デュボスクのオフィスの隣で働いていた女性です」

「拷問だと？」シュレックが訊いた。

ド・パイヤンは呆然と首を縦に振った。「誰を相手にしているかわからないが、やつらはパリにいるということだ」

「警察の連絡役にあたらせろ」ブリフォーがシュレックに言った。「それと、シチリアからの貨物の動きについて、インターポールの情報が欲しい」

ド・パイヤンの携帯電話が鳴った。発信者は〝T〟と表示されているが、聞こえてきたのはロミーの声だった。

「まったく、面倒だったわ」嬉しそうな口調だった。「でも、子どもたちにとっては楽しい休日になったみたい。これからヘリコプターで帰るんだけど、オリヴァーったら大はしゃぎしちゃって」

ド・パイヤンは感極まり、ことばにならなかった。目頭をつまんで気持ちを抑えつけた。

「大丈夫なんだな、きみも子どもたちも？」

「ええ。ガエルは鼻が折れたようだけど。ドアにぶつかったそうよ」

「ああ」ド・パイヤンは笑い声をあげた。「よくやるんだ」

電話を切ったド・パイヤンはへたりこんだ。「あのアパートメントには戻れない。情報が洩れている」

「考えがある」ブリフォーが言った。「私に任せてくれ」

彼らは機密情報隔離室に移動し、ブリフォーが会議テーブルの上座に腰を下ろした。ラフォンと化学の天才ジョゼフ・アッカーマンもやって来て、ギャラはテンプラーやシュレックと並んで坐った。部屋のスクリーンには、ヨーロッパとアジアの地図が映し出されている。

「情報はたっぷりあるとはいえ、いまのところ全体像が見えない」ブリフォーが口を開いた。「ジム・ヴァレーはCat本部で拘束している。まだ内務部門には知らせていない。まもなく尋問をはじめることになっている」

その場にいる全員がうつむいた。カンパニーで内通者の話をしたい者などいやしない。

「いまわかっているのはこういうことだ」ブリフォーはつづけた。「パレルモの倉庫でクロストリジウム兵器が発見され、それと同じものを使った実験がアフガニスタンの村で行なわれて三十人以上が死亡した。情報提供者——ファゼルは、汚染された水で顔を洗っただけで重症になった」

ジョゼフ・アッカーマンが口を開いた。「汚染されたミャンマーの村を調べた赤十字の結果が出ました。パレルモとアフガニスタンで発見されたものと同一の、クロストリジウム兵器です」

ブリフォーがレーザー・ポインターで地図上のイスラマバードを指した。「ここがMERCだ。生物兵器がここで開発されたという証拠はないが、ここで作られたと思われるものとつながりのある人物が二人いる」

ブリフォーがラフォンに頷くと、スクリーンに三枚の写真が表示された。「これはムラドと呼ばれる男だ」左に映し出された画像の荒い防犯カメラの写真を指した。「サイエフ

・アルバールのリーダーだ。ヨーロッパのど真ん中にテロリスト・グループを配置することを請け合い、そのために五冊のフランスのパスポートを手に入れようとしていた」
次にブリフォーはポインターで真ん中の写真を示した。「この男はマイケル・ランバルディ、通称、准将だ。准将はムラドに仕えるシチリアの移民申請代理人だが、そのムラドによって殺された。准将の弟、デイヴィッド・ランバルディが貸しているパレルモの倉庫で発見された粒状の塩素から、極微量のクロストリジウム兵器が検出された」

そして最後の写真を指した。「この男はユスフ・ビジャール。ここではシンリンオオカミと呼ばれている。イスラマバードのMERCで主席研究員をしている。ディナー・デートが失敗してアギラールがアパートメントを出たあと、シンリンオオカミは電話を受けている。長年にわたって傍受してきた記録から判断するに、その電話の声の主はムラドと思われる。ムラドはアギラールというコードネームだけでなく、彼がわれわれの工作員だということも知っていた。このシンリンオオカミへの電話は重要な鍵だ――MERCが軍統合情報局の施設だということを示している」

そこでブリフォーは間を空けた。「結論としては、軍統合情報局の指揮下にあるMERCが生物兵器を開発し、軍統合情報局の得意先とも言える組織――サイエフ・アルバールがヨーロッパでその兵器を使おうとしている、ということだ」

その部屋にいる全員が、納得して頷いた。

「問題は」ブリフォーはつづけた。「その生物兵器がどこにどのくらいあって、サイエフ・アルバールがそれを使って何をしようとしているか、だ」

チームがそれぞれ電話をかけられるよう休憩を取ると、ド・パイヤンはコーヒーをつかんでシュレックとともにオフィスへ戻った。Ｃａｔ本部の情報部からの電話をスピーカーにつなげ、パレルモを出た海上貨物や航空貨物の調査の進捗状況を訊いた。だが、とくに気になることはなかった。最大の問題は、探しているものの大きさだ。クロストリジウム兵器を入れた小さなキャニスターなら手荷物鞄に入れてもち運び、ちょっとした水道施設に混入させることもできる。ガス壊疽兵器のテスト実験は地方の飲料水の水源を使って行なわれ、村の住民が標的にされた。だが大規模な攻撃となると、どういったものになるのだろう？ そしてテロリストたちはどうやって気づかれないように細菌性物質を運ぶのだろう？ シュレックの報告では、パレルモの倉庫の広さは約三十×二十メートルということだった。運搬役に数個のキャニスターをもたせるだけなら、そこまで大きな倉庫は必要ない。パレルモの倉庫で積み替えられたイプシロン毒素のクロストリジウムは、バックパックに入る程度の数個のカプセルどころではないにちがいない。サイエフ・アルバールがリスクを冒してまで大きな倉庫を借りたのは、そのサイズの場所が必要だったからだ。

ドアのところで動くものが目に入り、ド・パイヤンは顔を上げた。テンプラーとジョゼフ・アッカーマンが立っていた。

「カフェに行くんだが」テンプラーが声をかけた。「何か欲しいか?」

ド・パイヤンは椅子にもたれかかった。「ジョゼフ、さっきはずいぶんおとなしかったな」

科学者は肩をすくめた。「ラフォン・チーフに訊かれるまでは出しゃばらない」

「おれからも訊きたいことがある」ド・パイヤンが言った。「この件を手短にまとめると、パキスタンはガス壊疽を引き起こす物質を開発した。そしてその物質は、おれたちが毎日使う水のなかでもっとも効果を発揮する」

「そうだ」

「自分がテロリストだとして、これをヨーロッパで使いたいとすれば、最大のインパクトを生むためにはどんな方法を使う?」

アッカーマンは天井を見上げて考えた。「いちばん効果的なのは、大都市――たとえばロンドンやパリ、マドリードの水道施設にできるだけ多くの物質を混ぜることだな。だが……」

「それではうまくいかない」ド・パイヤンが言った。

「確かにそうだ。大都市の水道に影響を与えるには大量の細菌が必要だし、大きな街にはフィルターや薬品を使った処理設備があるから、細菌性病原体は死滅する」

「人工的に作られた細菌兵器だとしても？」

「MERCで作られたこの細菌はとても強力で耐性も強い。シアリダーゼ酵素を作り出せるように改良してあるから、水で薄められてもそれほど影響はない。腸に届けば効果を発揮できる」

「でも？」

「でも、そのためには浄水施設や薬品処理を突破しなければならない。とはいえ、ひとたび水道管に入ってしまえば、話は別だ。大勢の人が死ぬことになる」

63

アラムート・チームは早めにランチをとった。さっさとランチをすませ、解決策を考えて集まるようブリフォーが指示したのだ。

ドミニク・ブリフォーはデスクの固定電話のコンソールに四桁のコードを打ちこんだ。すぐさま電話に出たフレジェに、生物兵器がイタリアにあったことから標的はフランスの可能性があると説明した。そのため、国内治安総局《DGSI》——国内を担当する治安組織——に伝えるべきだ、と。フレジェがその提案を受け入れると、ブリフォーはつづけた。「およそ十分後に、これから行なおうとしている取引の承認を求められると思います。ぜひ、イエスと言ってほしいのですが」

「何にイエスと言うのだ？」部長は知りたがった。

「私なりに、マヌリーに礼をしたいんです」

長い沈黙が流れた。

「答えはイエスだ」ようやくフレジェが口を開いた。「必ずやってみせろ。私は国内治安総局に連絡する」

ブリフォーは経理担当部門に電話をし、詳細を説明した。それから古いノキアの携帯電話の連絡先をスクロールし、ある番号を押した。電話に出た秘書にこう言った。「十二時半にムッシュ・ロッシュが会いに行くと、ムッシュ・シャリフに伝えてくれ」

その女性秘書が何か言うまえにブリフォーは電話を切った。それから立ち上がってネクタイをなおし、陽射しの下に出ていった。通用口のセキュリティ・ゲートを抜け、北にあるユヴィエ・スタジアムの緑地へ向かった。サラミとチーズのバゲットとコーヒーを買い、パラソルの下のテーブル席に坐った。六分後、高級スーツに黒いサングラス姿の恰幅のいい亜大陸の男性がコーヒー・スタンドにやって来て、コーヒーを買ってブリフォーのテーブルに着いた。二人とも他人のふりをしている。

「ムッシュ・ロッシュ」コーヒーをかき混ぜながら、男が声を潜めて言った。「久しぶりだな」

「来てくれて感謝する、ムッシュ・シャリフ」ブリフォーが言った。イヌを三頭連れた女性が通り過ぎていく。「今朝、高官による背信行為があった」

「誰のことだ?」シャリフが訊いた。

「フィリップ・マヌリーだ」

コーヒーを混ぜていたシャリフの手が止まり、サングラス越しにブリフォーを見つめた。

「ただの高官ではすまないと思うが」

「何年ものあいだ、マヌリーは両天秤にかけていた」

「フランスとパキスタンを？」

「そうだ」ブリフォーはバゲットにかぶりついた。「しかも、われわれ双方をイスラエルに売っているようだ。今朝から姿を消しているが、おそらくイスラマバードにいるだろう。このところ、あの男にとっての最高の材料がそこから来ているのはまちがいない」

「本当か？」

「ああ」ブリフォーはバゲットを食べ終え、コーヒーに口をつけた。「あの男からパキスタンの機密情報を受け取っているとはいえ、われわれはどの情報も価値はないと思っている。そこをはっきりさせておきたい」

「わかった」

「これを見れば面白いことがわかるかもしれない」ブリフォーは銀行の口座番号が書かれた紙を差し出した。

シャリフはその紙を手に取り、上着に忍ばせた。

「では、失礼する」ブリフォーはコーヒーを手にして立ち去った。

64

カンパニーから自宅に九ミリロ径のCZをもち出すことは禁じられているため、ド・パイヤンはブリフォーに返却を求められていた。ランチのあと、ド・パイヤンは武器庫と小さな射撃場があるバンカーの奥深くへ下りていった。そこではよくザックがテレビで面白いヴィデオを流したり、この建物内のありとあらゆる噂話をしたりしていた。

「受け取りのサインを頼む」ド・パイヤンはそう言って拳銃を渡した。「返却期限を二年くらい過ぎているが」

ザックにマカロンの入ったタッパーを差し出され、ド・パイヤンはラズベリー味を選んだ。ザックの作業台には拳銃が固定され、照明が当てられていた。

「それは何をしているんだ？」ド・パイヤンは拳銃の方にあごをしゃくった。

「空砲だよ。空砲を使うと銃が痛むんだ。空砲を撃ちすぎた銃は、分解して組み立てなさないといけない。セルコットでは何千発も撃つから」

「空砲で？」ド・パイヤンはマカロンをかじった。

「そんなこと、考えたこともなかった」

「何も入ってない、だから〝空砲〟って呼ぶんだと、ほとんどの人は思っている」ザックはつづけた。「でも、やっぱり弾には装薬が仕込まれている。火薬とかいろいろ入っているんだけど、先に付いているのは弾丸じゃなくて紙の詰め物なんだ。高性能の銃というのは、紙なんか撃ちたくないのさ」

「つまり、本当は空っぽじゃないってことか？」

「そう、替え玉ってところかな。こっちだと何もかもふつうに見えるけど」ザックは手のひらを右側で広げてみせた。「でもこっちから出てくるのは、入れたと思ったものとは別ものというわけさ」

ド・パイヤンは立ち上がった。頭がフル回転している。「ありがとう、ザック」

午後一時にチームは機密情報隔離室に戻った。すぐさまド・パイヤンはジョゼフ・アッカーマンに詰め寄った。「ジョゼフ、クロストリジウム兵器で大規模な攻撃を仕掛けるには、街の水道施設に大量の物質を混ぜなければならない、そう言っていたよな？　それに、浄水場にはたくさんのフィルターや薬品処理の行程があるからすり抜けるのは難しいと」

「ああ、七段階くらいある。水質工学というのは、かなり進歩しているからな」

「最後の段階は?」

ジョゼフ・アッカーマンは身を乗り出し、ファイルに目をやった。「薬品処理だ。塩素、もしくは新しい浄水場ではクロラミンを使う」

「どうやって塩素を使うんだ?」

アッカーマンはカラー・パンフレットを開き、大きな青いプラスティックの容器の写真を見せた。「処理工程の最後の段階では、パイプにカートリッジみたいなものがはめこまれている。そこで水は塩素処理されて、カートリッジを通過すると、まえの六つの工程を生き残ったばい菌も完全に死滅する」

ド・パイヤンは、空砲というより替え玉と言ったほうが正しいという、ザックの話を考えていた。「キャニスターに塩素が入っていないとしたら?」

アッカーマンは困惑の表情を浮かべた。「水は最終処理をされないことになる」

「なるほど」ド・パイヤンは言った。「塩素のあと、どんな処理があるんだ?」

「それで終わりだ。キッチンの流しの下にフィルターでもあれば別だが」

「では——たとえばの話だが——キャニスターから塩素を取り除いて、代わりにクロストリジウム兵器を入れたらどうなる?」

マリー・ラフォンが顔をしかめた。「ぞっとするわ」

アッカーマンは息を呑んだ。

ブリフォーがシュレックに顔を向けた。「パレルモからもち帰ったサンプルだが、クロストリジウムは塩素に交じっていたんだったな？」

「ええ、そうです」シュレックの目つきが険しくなった。

「やつらが塩素入りの実際のキャニスターをもちこんで、塩素を抜いてクロストリジウムと入れ替えたとしたら？」

「パレルモ港で降ろされた浄水用キャニスターは、中身をすり替えられて運び出されたということだ」ブリフォーが言った。「情報部に連絡を。彼らに任せるのがいちばん速い。塩素の取扱いは報告義務がある。誰がもちこんで運び出したか、突き止めるんだ」

マリー・ラフォンがテーブル中央にある会議用の電話に手を伸ばし、背を向けた。

二十三分後に最初の報告をしてきたのは、パレルモ港当局だった。シュレックが情報部からの電話をスピーカー・モードにした――ロッテルダム・アソシエイツという会社が、オーストラリアのスキャンドランド社のウォーター・フィルター、十四コンテナの輸入申請をしていた。塩素の総重量は二百五十トンになる。許可書にサインされた名前は、ジーナ・ボラーロになっている。情報部の女性が現住所を読み上げた。フィアンメッタ通り一六二五。

「やっぱり」シュレックが言った。「パレルモ事業用不動産会社の住所だ——デイヴィッド・ランバルディの会社で、あの倉庫の経営代理店をしている」

「その会社がパレルモからコンテナを運び出したのはいつだ？」シュレックが訊いた。

「七月二十八日です」女性が答えた。「十四個のコンテナが、バルティック・レディ号という船で運び出されています。貨物利用運送事業者は、グローバル・トランジット・グループということです」

チームのメンバーは互いに視線を交わした。

「わかった」シュレックが言った。「船の行き先は？」

女性は間を空けてから答えた。「エジプトのアレクサンドリア港です」

ブリフォーはイタリアの治安機関の協力を得ていたが、国外へもち出された塩素の委託貨物の書類に不備はなく、怪しい点も見当たらなかった。

「エジプトに何があるというんだ？」ブリフォーが訊いた。「どうしてエジプトへ？　シーア派とスンニ派の対立と関係があるのか？」

情報部の女性が言うには、バルティック・レディ号が着港したその日に委託貨物は降ろされたそうだ。

「ありがとう。何かあったら連絡してくれ」そう言ってブリフォーは電話を切った。

ブリフォーはチームのメンバーを見まわし、全員でパレルモの件を調べなおした。すぐにジーナ・ボラーロというのが偽の身分だというのはわかったが、さらに調べようとしたところで電話が鳴った。

ラフォンが受話器を取った。「また情報部からよ」そう言い、スピーカーにつなげた。

「進展がありました」情報部の女性が言った。「例のコンテナはアレクサンドリアで降ろされたあと、保税倉庫に保管され、別の貨物利用運送事業者によってまた積みこまれました。それがわかったのは、アレクサンドリアのRFIDリーダーを現地にいる情報部の担当者が調べたからです」

ブリフォーは声を潜めて毒づいた。「積みこまれた船は？」

「そこなんですよ。バルティック・レディ号にそのまま積みなおされたんです」

「その船の向かった先は？」ド・パイヤンが訊いた。

「スペインのカディスとフランスのル・アーヴルです。ル・アーヴルに着いたのは二週間まえです」

コンテナがフランスに着いたのはずいぶんまえということもあり、調べるものも押収するものも見つからなかった。ル・アーヴルの税関に協力を要請し、報告どおりの日付にアレクサンドリアからカディス経由で塩素ウォーター・フィルターが輸入されたことは確認できた。コンテナは十四時間、アトラスＨＫという国際貨物利用運送事業者によって保税倉庫に保管されていた。アトラスＨＫに確認を取ると、十四個のコンテナはジーナ・ボラーロが引き取り、列車でランスへ輸送されたということだった。コンテナは、ハパック・ロイド海運会社の二十フィートの白いコンテナということだ。そこから先は偽名や偽造書類、偽のトラック運送会社などが使われ、追跡しても無駄だった。すでにコンテナはランスのコンテナ・ハブから運び出されていた。おそらくそこでコンテナはばらばらにされ、別の貨物に仕立て上げられたのだろう。いまやフランスの、あるいはヨーロッパのどこにあってもおかしくはない。

機密情報隔離室のドアがノックされ、アントニー・フレジェが入ってきた。「下にヴァレーを連れてきた」

その古い砦の地下へ下り、武器庫や技術者の作業室、ジムとは別のところにある狭い拘置所へ行った。チームが入った部屋には、九脚の椅子がガラス窓に向かって並べられていた――ガラスの向こう側にはジム・ヴァレーが坐っていて、目の前のテーブルに備え付けられた鉄の輪に手錠でつながれている。

ブリフォーが小型イアフォンを付け、ド・パイヤンを指差した。「尋問はアレックと私がする。ほかの者はやつのたわごとの裏を取って、私に伝えてくれ、いいな？」

ヴァレーの顔はひどいありさまだった――唇は膨れ上がり、目は腫れ、左耳はテープや包帯で血まみれの頭に押さえつけられている。ブリフォーとド・パイヤンが部屋に入って腰を下ろすと、その兵士は顔を上げた。「念のために言っておくが、テンプラーにうしろから殴られたんだ。それを考えると、善戦したほうだと思うがな」

「取引はしない」ブリフォーは単刀直入に言った。「カンパニーのことはわかっているはずだ――裏切り者は裏切り者、ということだ」

ヴァレーは頷いた。「ああ、わかってる。だが、おれは役目を果たしただけだ――指揮官の命令に従っていたにすぎない」

ブリフォーは首を縦に振った。その点をとやかく言うつもりはない。

「タバコはないか？」ヴァレーが訊いた。

ブリフォーがタバコに火をつけて手渡した。「取引はしない。とはいえ、裏切り者の大物を捕らえるのに協力してくれる小物となると？　こちらにとっては、いいことしかない」

ヴァレーはあざ笑い、タバコを吸った。「もう、おれはおしまいだ。さっさと本題に入ろう」

「おまえはマヌリーとどっぷり関わっていた」ブリフォーが言った。

「結局はな」

「結局は、だと?」

「何年かはマヌリーの運転手だった。彼を助手席に乗せるだけの」

「きっかけは?」

「むかし、コンゴでマヌリーが指揮を執っていた部隊の隊員だった」

「マヌリーに誘われて、カンパニーに?」

「そうだ。はじめは、偵察やサポート・チームの仕事をしていた。だが、マヌリーがおれを内務部門に欲しがっているのはわかっていた。ムラドとのごたごたがはじまって、それでこのくだらない面倒ごとに呼ばれたというわけさ」

「ムラドとのごたごたというのは?」ブリフォーは自分でもタバコに火をつけた。

ヴァレーはブリフォーを見つめ、心底後悔しているかのように大きくため息をついた。

「おれたちに協力しているパキスタンのミサイル技術者がいた。マヌリーはそいつをムラドという男に売ったのさ——ムラドは軍統合情報局とつながっているが、民間人でもある」

「マヌリーから聞いたのか？」

「マヌリーは酒好きだ。自分で決めたことのなかには、悔やんでいることもあるようだ」

「どうしておまえが呼ばれたんだ？」

「ムラドはマヌリーをカネで釣った。だが、その技術者のことがばれたとたん、ムラドはマヌリーを強請りだした——少なくとも、マヌリーのキャリアは終わりだと脅すようになった」

「それで？」

ヴァレーはにやりとした。「マヌリーはおれを呼んで息巻いた。おれたちはアフリカの奥地で任務をこなしてきた、ふざけたまねは許さない、そう言いだしたんだ。ようするに、いきがったのさ」

「いきがっただと？」ド・パイヤンが繰り返した。「おれの妻と子どもを誘拐しておいて。たいしたもんだよ、タフガイ」

ヴァレーはタバコを見つめ、ゆっくり首を縦に振った。「自慢できることじゃない。部下たちには、もう終わりにして帰ろうと話していたんだ。そんなときに、ハリケーン・テンプラーに襲われた。おれは、三人を家に送り届けるつもりだった、本当だ。だが、いまさらそんな言い訳をしたって通用しないよな」

　ブリフォーが口を挟んだ。「ひとつはっきりさせてくれ。ムラドは軍統合情報局の一員なのか？」

　ヴァレーは頷いた。「あいつらから仕事を請け負っている。サイエフ・アルバールというグループの創設者だ。悪党だよ」

　ブリフォーがイアフォンに触れた。「ムラドの本名は？」

「おれの知るかぎり、ムラドはコードネームだ。直接会ったことはないし、遠くから目にしただけだ。見られるのが嫌らしい」

「マヌリーはどこでムラドと会っていた？」

「パキスタンで会ったことはない。フランスやスペイン、イタリアで何度か会ったが、たいていは使い捨ての携帯電話で話をしていた。ムラドはまわりに溶けこんでいて目立たない、まえにマヌリーがそう言っていた。ヨーロッパのどこかに事務所をもっている。どこかは知らないが」

「ムラドは何をたくらんでいる？」

　ヴァレーは肩をすくめた。「おれが黒幕に見えるか？」

「いまから名前を挙げていくから、何か知っていたら教えてくれ――ユスフ・ビジャール」

「聞いたこともない」

「アヌッシュ・アル＝カーシー」

「さあな」

「マイケル・ランバルディ」

「ランバルディだと？」ヴァレーは笑い声をあげた。「あいつは間抜けだ。フェリーでムラドがランバルディと接触しようとしたら、アギラールに見つめられていたんだからな。おかげで大騒ぎさ」

ド・パイヤンは自分を抑えられなかった。「そのせいでランバルディは殺された」

ヴァレーはあざけるような笑みを浮かべた。「本物のフランスのパスポートをテロリストに流して、三百万ユーロを手に入れようとしていた男だぞ。気分を害したなら謝るがな」

「あの夜、アギラールも殺そうとしたのは知っているか？」ブリフォーが訊いた。

「あとで聞いた。シュレックがしゃれたペンの技を使ったそうだな」

「次は、デイヴィッド・ランバルディ」ブリフォーはつづけた。

「パレルモで不動産業をしている——パレルモ事業用不動産会社だ。あいつも役に立つ間抜けさ」

「役に立つというのは、誰にとって？」

「ムラドはあの会社のシステムを利用してヨーロッパでの物流を行なっているようだ。あの会社を通じて支払われているものもある。大金じゃなくて、サイエフ・アルバールの日常の活動資金とかだ」

「どうやって？」

「あっちには頭の切れる女が……」

ヴァレーが口ごもり、ブリフォーは身を乗り出した。「その女というのは、ジム？」

ヴァレーは黙りこんだ。痛いところに触れたのだ。

「親しい間柄なのか？」

「まえはな」ヴァレーはため息をついた。「本名はハイディ・ヴィネンだ。おれたちは、その……わかるだろ？」

「彼女の役割は？」

「つねにいろいろなものがもちこまれたり運び出されたりしている。人件費を払わなきゃならないし、書類には住所が必要だ。詳しいことは知らないが、そういったことを仕切っているのが彼女だ」

ド・パイヤンが口を開いた。「ヴィネンというのが本名なのか？　ほかにどんな名前を使っている？」

「ジーナ・ボラーロだ。彼女のこと、本当に好きだったんだよ」

彼らは機密情報隔離室へ戻った。その八分後にはマリー・ラフォンがハイディ・ヴィネンの経歴をまとめ、ノートパソコンを使って部屋のスクリーンに彼女の写真を映し出した。

「彼女はロッテルダム・アソシエイツという会社の化学技術者よ。大学時代には、ナシーム・アル＝ハクという恋人がいた。その恋人というのはパキスタン人の理系の学生で、パレスチナ問題に没頭していたそうよ」

「ハイディは過激な思想に染められたのか？」ブリフォーが訊いた。

「そこまではわからないわ。世界じゅうの主要な水インフラの設計に携わったことがあって、いまはロッテルダム・アソシエイツでフランスやドイツ、スペインの水道施設への営業を任されている。面白いのは、ロッテルダム・アソシエイツの経営者はナシーム・アル＝ハク――大学時代の恋人ということよ。その会社はパリにあるわ」

「そのナシームというのが、ムラドなのか？」

「写真を調べているところよ」

ド・パイヤンが訊いた。「ロッテルダム・アソシエイツは何を売っているんだ？」

「新しいケミカル・ウォーター・フィルターの設置を請け負っている。クロラミン殺菌装置というらしいわ」

「クロラミンだって？　塩素じゃないのか？」

ラフォンは目の前の資料を読み上げた。「塩素とアンモニアを使った最新の浄水システム、とうたっているわ。水を処理する行程の最終段階で使うものよ。ここにプレスリリースへのリンクがある。今週、ヨーロッパ最大の浄水システムに設置することになっているわ」

「設置される場所は？」ド・パイヤンが訊いた。

「サン＝クルーよ」

「サン＝クルー浄水場？　パリ市内じゃないか」ド・パイヤンは言った。

フレジェが固定電話に手を伸ばし、国内治安総局の番号を押した。

「クロード」声を張りあげた。「さっき話した例の件だが。サン＝クルー――やつらの狙いはサン＝クルー浄水場だ」そこで間を空けた。「そう、パリの水道施設だ！」また口を閉じる。「わかった。電話を切らないでくれ」

フレジェは消音ボタンを押し、テーブルを見まわした。「サン＝クルー浄水場に連絡するようクロード・マルに頼まれた――彼も電話に加わる。あそこの最高経営責任者につないでくれ」

サン＝クルー浄水場は、パリとパリ水道公社が管理する六つの上水道プラントのひとつだ。遠く離れたノルマンディーやブルゴーニュなどの水源から水を引いている。四百年以上まえのメディシスの時代からつづく水道橋によって水を運ぶという伝統を、いまでも引き継いでいるのだ。

ラフォンは携帯電話をスクロールし、対外治安総局の番号にかけた。それから身を乗り出してクロード・マルの通話を〝保留〟にし、別の番号にかけた。七分後、統括責任者のジャン＝ピエール・トランとつながり、事情を説明した。

「国内治安総局のクロード・マルと、政府関係者のアントニー・フレジェです」フレジェがトランに言ったが、トランはまるで心配していないようだった。

「われわれのインフラ・セキュリティはヨーロッパの基準を上まわっています。アメリカが視察に来るほどですから」横柄な口調で言った。「われわれはパリに水を提供しています。国の安全保障に指定された重大なインフラなんです、ムッシュ・フレジェ」

「それはわかります」ブリフォーが割って入った。「ただ、ロッテルダム・アソシエイツという開発会社に、妨害工作をくわだてている者がいるかもしれないんです。今週、その会社が新しいクロラミン・フィルターを設置することになっていますね？」

「正確には、今日です」トランが言った。

「わかりました。ムッシュ・トラン、私のことはご存じないでしょうが、私は政府のために働いているドミニク・ブリフォーという者です。ロッテルダム・アソシエイツから専門家と技術者チームのリストを渡されていると思うのですが、そこにハイディ・ヴィネンという責任者の名前があるはずです」

ド・パイヤンにはキーボードを叩く音が聞こえた。「確かに、ですがそれが何か？　おそらくその会社で働いているのでしょう——彼女の名前はウェブサイトにも載っていますから」

「妨害をくわだてているのは、彼女です」ブリフォーは言い張った。

トランは譲らなかった。「おわかりいただけないようですね。ここは厳重に守られた施設です。請負業者が操業エリアにアクセスするには、まず会社からその人たちのリストを提出してもらって、彼ら自身も着いたときにパスポートを見せることになっています。ここは完全に立入禁止のエリアなんです」

「パスポートですって？」ブリフォーが繰り返した。

「ええ、パスポートと名前が一致しなければ入れません。制限区域に入れるのはフランス国籍の人だけです」

「何人ですか？」ブリフォーが訊いた。

「ロッテルダム・アソシエイツの請負業者のことですか？」

「ええ」

キーボードを叩く音がし、トランが答えた。「七人です。お望みなら名前を読み上げます――マルグリット・ヴェルニエ、ナシーム・アル＝ハク、ハイディ・ヴィネン、ダヴィド・ケラー、クレマン・ヴィニエ、ピエール・バスティア、アントニー・アギーレです」

対外治安総局のチームは大きく目を見開いて視線を交わした。ロッテルダム・アソシエイツが提出した名前のうちの五つは、Yセクションが使っている偽名だったのだ。

パレルモでパスポートを手に入れそこねたムラドの一味は、内務部門の連絡役に直接頼むことにしたのだろうか？　マヌリーはなんてことをしてくれたのだ？

みながショックでことばを失っていたが、ブリフォーがその沈黙を破った。「ムッシュ・トラン、ふだんどおりに振る舞ってほしいのですが、できるだけ請負業者を足止めしてください。われわれもすぐに向かいます」

「いったい何ごとですか？　たちの悪いいたずら？」

国内治安総局のクロード・マルが電話に加わり、咳払いをした。「ムッシュ・トラン、これから話すことは何もかもトップシークレットで、フランスの法律で守られた情報だということをご承知おきください」

トランは納得した。

「ウェルシュ菌というのを聞いたことは？」マルが訊いた。

「細菌ですね。非常にたちが悪くて、確か……」

「ガス壊疽を引き起こします」

トランはわずかに口ごもった。「われわれのシステムでそんなことは起こせません。サン＝クルー浄水場はパリに水を供給しているのですから」

「わかっています」マルはつづけた。「この連中が最後のろ過に使われるキャニスターのクロラミンを、ウェルシュ菌兵器とすり替えた疑いがあります。サン＝クルー浄水場に設置しようとしているのは、そのキャニスターですね？」

電話先で沈黙が流れた。「ええ、そうだとしたらとんでもないことに」

「では」ブリフォーが口を挟んだ。「連中を警戒させるようなまねはせず、近づかないように。あなたにもするべきことがあるでしょうが、警察が行くまで下がっていてください」

65

国内治安総局は、公式作戦の指揮をティボー・ヤンスン大佐に任せた。ヤンスンは、ヴェルサイユの南のサトリーに本拠地を置く、国家憲兵隊の治安介入部隊《GIGN》の指揮官だ。治安介入部隊の役割は化学・生物・核兵器に迅速に対応することで、最初に現場へ駆けつけることになっている。治安介入部隊は、ローレン・フランシスキ大佐が率いる特殊作戦司令部《COS》の支援を受けることになった。

国内治安総局のクロード・マルは、ブリフォーの対外治安総局チームが作戦に同行することを渋々認めたとはいえ、うしろに控えて手を出さないよう釘を刺した。

「おまえたち二人、いっしょに来い」ブリフォーはド・パイヤンとシュレックを指差した。

機密情報隔離室を出るド・パイヤンに、ラフォンがプリンターで印刷した写真を手渡した。

「西側の諜報機関でムラドを目にしたことがあるのは、あなただけよ。この男がそう？

うしろにいる、白いシャツに黒いネクタイをした男」

ド・パイヤンはA4の写真を手に取った。それは、とある施設でインドの政治家がテープカットをしている写真だった。うしろに三人の男が立っていて、その長身と整えられた身だしなみでひとりだけ際立っている。パキスタンのエロール・フリンといったところだが、口ひげはない。

「フェリーで見たのはこの男です」ド・パイヤンは写真を指して言った。写真の下には、名前と役職が書かれていた。〝ナシーム・アル＝ハク、ロッテルダム・アソシエイツの主任技術者〟

「ようやくこのろくでなしを見つけたわ」ラフォンは写真を返してもらい、電話の方へ行った。

二人は地下へ下り、武器庫へ行ってCZの拳銃と416アサルト・ライフルを借り出した。ド・パイヤンが防弾チョッキを手にしたところへ、テンプラーがやって来た。鼻と頬に白いギプスが当てられている。

「おれたちはどこへ行くんだ？」テンプラーが訊いた。

「フレジェ部長に言われて来たのか？」シュレックが訊き返した。

「おれがおまえたちだけで行かせるとでも思っているのか？」

装備を整え、バンカーの前の芝生へ走っていった。ブリフォーとフレジェが、ヘリコプターの到着を待っていた。

「おまえを呼んだ覚えはないぞ、テンプラー」ブリフォーが言った。カラカル・ヘリコプターが機首を上げ、芝生に着陸しようとしている。

「呼ばれてはいません、ボス」傷だらけの顔でにやりとした。「でも、ハイヒールをはいたこの女性たちが転んだら、誰が助け起こすんですか？」

「おまえは怪我人だ——現場へ行かせるわけにはいかない」

「すっかり治りました。わかりませんか？」

「二日酔いが抜けるのだって、人一倍かかるくせに」ブリフォーが首を振っていると、ヘリコプターが着地した。「まあいい、行くぞ」

フレジェは国内治安総局との調整があるのでバンカー内へ戻った。サン＝クルー浄水場まではヘリコプターで六分かかる。そのあいだにフレジェが彼らとヤンスンの部隊を無線でつなぎ、ド・パイヤンはヘルメットのスピーカーをとおしてやりとりが聞こえるようになった。

ヘリコプターはパリの南西を飛んだ。街は何ごともないかのように活動をつづけている。無線を通じて、ヤンスンからフランシスキ大佐への連絡が聞こえた。まずは治安介入部隊が着陸して配置に着くということだ。「施設内には民間人がいるうえに、テロリストたちは生物剤で上水道を狙っている。二分くれ」

「了解」フランシスキが言った。彼の率いる特殊作戦司令部が得意とするのは強襲作戦であり、生物兵器は専門外だった。

ブリフォーはパイロットに、離れたところにある浄水場の駐車場へ下りるよう指示した。そこは、広大な緑地の真ん中にある産業施設だった。

「いいか」ブリフォーがマイクを切って言った。「現場に着いたら下がっているんだぞ。作戦に立ち会うだけだ——余計な始末書は勘弁してくれ」

治安介入部隊と特殊作戦司令部の無線通信を使い、特殊部隊のフランシスキ大佐がトランと話をしていた。「施設をシャットダウンできますか？」

「二、三時間はかかります。ただパリの水道の蛇口を閉めるだけ、というわけではないので」

「まもなく到着する」ヤンスンが言った。「請負業者たちはどこに？」

「すでにロッテルダム・アソシエイツの技術者たちは制限区域内に入っています」トランが言った。「ですが、器材の一部はまだトラックにあるようです」

「おそらく技術者などではないでしょう」ヤンスンが言った。「彼らにもキャニスターにも近づかないように。いま着陸するところです」

広い従業員用駐車場の脇の広場に、二機の治安介入部隊のヘリコプターが着陸するのがド・パイヤンには見えた。巨大な施設——サン＝クルー上水道プラント——は、緑地に立つ灰色の巨獣のようだった。Yセクションのヘリコプターは、特殊作戦司令部の兵士たちを乗せた二機のヘリコプターのうしろに着陸した。ヘリコプターの窓から、建物のそばに駐められたロッテルダム・アソシエイツの二台のトラックが見える。一台は側面の幌シートが上げられ、荷台には二メートルの青いキャニスターが積み重ねられている。そのキャニスターにフォークリフトが近づいていった。

ド・パイヤンとシュレックは、建物の側面をまわって搬入口へ展開する特殊部隊の兵士たちについて行こうとしたが、ブリフォーに止められた。「私としては、おまえたちが顔を見られたり、殺されたりしては困る」ブリフォーは釘を刺した。「ここはイスラマバードではないのだからな」

無線が鳴った。先行する治安介入部隊の隊員たちが本館の角をまわり、搬入口の正面に着いたのだ。銃撃戦がはじまり、イアフォンに銃声が響き渡った——ほんの六十メートル先なので銃撃戦の様子がはっきり見える。一部はトラックの陰になっているものの、搬入口から三人の男が発砲し、コンクリートの欠片が飛び散った。水道技術者にしては、いい銃の腕をしている。トラックのところにいるひとりが撃ち殺されて倒れた。ロッテルダム・アソシエイツの残った二人が、施設のなかに退避した。兵士たちがあとを追い、対外治安総局のチームからは見えなくなった。

「ちょっと覗いてみたいんですが、ボス」テンプラーが言った。

「その場を動くな」ブリフォーは命じた。無線からオートマティックの銃声がとどろき、突然の大音量にからだをすくめた。治安介入部隊の隊員たちのあいだで飛び交う大声がひっきりなしに聞こえる。チーム・リーダーの指示とその返答から判断すると、隊員たちは建物の奥へと進攻しているようだ。

シュレックがド・パイヤンを小突いて指差した。建物の正面入り口から白髪をうしろになでつけた背の高い中年の男性が出てきて、ヘリコプターの方へやって来る。

「行儀よくするんだぞ」そう言ってブリフォーはヘリコプターのサイド・ドアから降り、それ以上近づけないように男の行く手をふさいだ。

「何かご用ですか?」ブリフォーが訊いた。

「トランです」長身の男が手を差し出した。「ジャン＝ピエール・トラン、ここの最高経営責任者です」

「ドミニクです」ブリフォーは差し出された手を握った。「先ほど電話で話を」

「従業員たちをどうすれば？」トランが訊いた。

「みんな怯えています」

「治安介入部隊はなんと？」

「まっすぐ突入していきました。ロビーで待機しているよう言われたのですが、危険なので──銃声がすぐそばで聞こえるんです」

ド・パイヤンはガラス張りの入り口に目を向けた──目を大きく見開いた民間人たちがうろうろし、なかには抜け出して駐車場へ行こうとする者もいる。

「なかでは何が？」ブリフォーが訊いた。

トランの話では、搬入口のなかは奥行きのある開けた空間になっていて、そこで五段階のろ過と薬品処理が行なわれているということだった。建物の端から端まで橋型クレーンが設置され、治安介入部隊は施設の奥にある大きな二枚の鉄のスライド・ドアの方へ攻めこもうとしている。そのドアの先が制限区域になっているのだ。

「ロッテルダム・アソシエイツの人たちがいるのはそこです」トランはつづけた。「最終段階のろ過装置を設置する準備をしていました。そこでクロラミンによって水が殺菌されてから、パリの水道管へ送られるんです」

「連中はそのセキュリティ・ドアの向こう側に？　ロッテルダム・アソシエイツの技術者たちは水道システム内にいるんですか？」

「ええ、そうです。パスポートをもっていたし、セキュリティ・チェックでもそのパスポートに問題はなかったので。どうやってあなたがたがあのドアを抜けるつもりなのか見当もつきません——あのドアは爆弾でもびくともしないと思います」

イアフォンから手榴弾のような爆音が聞こえた。ド・パイヤンはそのセキュリティ・ドアのことはそれほど心配していなかった——治安介入部隊はこういった重要なインフラ施設での訓練を受けているだけでなく、こうした場所の最高経営責任者でさえ存在を知らないマスターキーやマニュアルのオーバーライド・コードをもっているのだ。心配なのは、イプシロン毒素の入ったキャニスターに銃弾で穴が開くことや、いまこうして治安介入部隊が迫ってくるあいだにもキャニスターの中身を水道システムに流しこもうとしているかもしれないということだった。

ド・パイヤンは建物の方に向きなおった。銃撃戦の音で、メイン・ロビーにいた従業員たちが駐車場の方へ出てきていた。ロビー内に残った人たちは互いに身を寄せ合っている。どちらにいようと、銃をもった男たちの恰好の的になってしまう。ド・パイヤンは不安になった。

ブリフォーに顔を向けた。「あの人たちを助けないと」

ブリフォーはためらっているものの、パニックになった人たちが目に入っていた。「わかった。だが〝バンバン〟はなしだぞ」

ド・パイヤンがヘリコプターから飛び降りるとシュレックとテンプラーもあとにつづき、三人はメイン・ロビーへ走っていった。三十歳くらいの男がロビーを飛び出し、まっすぐド・パイヤンのところへやって来た。

「あれは銃声なのか？」男が訊いた。「どうなってるんだ？」

「落ち着いて」ド・パイヤンは男の上腕をつかんだ。「なかに銃をもった人は？」

「いない」男が答えた。「建物に兵士たちが入ってきて、壁の向こう側で銃撃戦がはじまった。おれたちは大丈夫なのか？」男はライフルに目をやった。

「われわれとここにいるほうが安全だ」テンプラーが言った。「なかはどうなっている？」

ド・パイヤンが振り返ると、ヘリコプターのドアのところにいるブリフォーに見つめられていた。オートマティックの銃声が鳴り響き、新たに恐怖の悲鳴が上がったが、ド・パイヤンは建物には入らないことにした。

ブリフォーから視線を戻したド・パイヤンは、建物を出てくる従業員のなかには取り乱していない人たちがいることに気づいた。「あの人たちについていけばいい」落ち着いて駐車場を抜けていく人たちを指差し、男に言った。「歩道に出るんだ」今度はサン＝クルー浄水場の敷地の向こうにある大きな通りを指した。「でも慌てずに――パニックにならないように」

いまや駐車場は人であふれ返り、大勢が走りまわっていた。そのなかで、黄色いヘルメットと安全ベスト姿の女性が目に留まった。そこから遠ざかるように駐車場の反対側へ向かっているが、いたって冷静に歩いている。ド・パイヤンは気になった――銃撃戦が展開されているというのに、肩越しに振り返りもせずに背を向けていられるだろうか？　大きな音が響き渡り、状況は緊迫している。銃撃戦というのは、人の注意を引きつけるものだ。目を向けずにはいられない。

その女性が左へ曲がった。自分の車へ向かっているようだ。そのとき、目が覚めたかのようにド・パイヤンの心臓がわずかに跳ね上がった。つい最近、その横顔を、そのブロンドの髪を見たばかりだった――ハイディ・ヴィネンだ。

「まさか、ヴィネンだ」ド・パイヤンは両手でライフルを構え、テンプラーとシュレックのもとから走りだした。

コンクリートの駐車場を駆け抜けた。私服姿の銃をもった男が自分たちのまわりを走っていることに気づいた従業員たちの口から、悲鳴が上がった。騒ぎを耳にしたヴィネンがド・パイヤンの三十メートル先で振り返り、ベルトから拳銃を抜いた。銃を向けられたド

・パイヤンはライフルの照準をブロンドの女性に合わせたまま、プジョーの陰に身を隠した。
「あきらめろ、ハイディ」ド・パイヤンは狙いを定め、声を張りあげた。彼女はヴァンのうしろへ滑りこみ、ド・パイヤンの方へ二発撃ってきた。

「これはこれは、諜報部じゃないの。いったいどうやって私を見つけたの？」ハイディが大声で言った。

「懸命な調査と、あとは運だ」ド・パイヤンも大声で返したところへ、テンプラーが追いついてきた。シュレックは左の車の陰に隠れている。Yセクションの男たちとヴィネンのあいだには、もう一台車があった。その車まで走ろうかと考えたド・パイヤンが距離を測ろうと頭を出したとたん、プジョーにもう一発銃弾が撃ちこまれた。

ド・パイヤンは頭を引っこめた。「なあ、ハイディ、おまえがやろうとしていることには反吐《へど》が出る」彼がそう言うあいだも、シュレックはハイディの側面へまわりこもうと動いていた。「飲み水にあんなものを混ぜようなんて」

「これは科学よ、ムッシュ・デュピュイ。それともアギラールと呼んだほうがいいかしら？」

「科学だと？　おまえは頭が切れるし、技術者でもあるんだから、なんだってできる。それなのに、パリに毒を垂れ流すのか？　自分のしていることを考えてみろ」

ヴィネンは即答した。「ようく考えたわ、アギラール。これが私のやりたいことよ」

「街じゅうを汚染することが？　さぞかし両親は誇りに思っているにちがいない」

「ねえ、知ってる？　西側諸国はウィルスなの——ほかのあらゆる文化を滅ぼす病原体なのよ」

「人々の暮らしをよくしたり、長生きできるようにしたりして、たくさんの国に力を貸してきた。女の子や女性の将来への希望も高めてきた。経歴としては悪くないと思うが」

「あいつらは癌よ。そして何もかも、ここからはじまったの」そのオランダ人女性は金切り声をあげた。「どんな病気にも発生した場所がある。西洋の伝染病の感染源は、このパリなのよ」

テンプラーが右側の車へ移動した。背後では、さらなる銃声で建物が揺れている。ド・パイヤンはヴィネンと話をつづけ、時間を稼ごうとした。「イスラマバードで、この生物兵器開発プログラムの考案者と会った」

「そのようね」ヴィネンはヴァンの反対側へ行き、そちらの様子をうかがった。

「ビジャールほどパッとしないやつには会ったことがない。あんな悪党がリーダーだと、思いやられるな」

ヴィネンは笑い声をあげた。「面白い男ね、アギラール。でもビジャールは天才よ——あんたに天才の何がわかるというの？」

「たいしてわからない」ド・パイヤンは銃の照準をヴァンのうしろに向けたまま、素直に答えた。彼女のブーツを見るかぎり、シュレックが忍び寄っている方へ顔を向けているようだ。「だが一時間まえに、ムラドの正体を突き止めた。それくらいの頭はあるぞ」

一瞬、沈黙が流れた。彼女の声からは、先ほどまでの自信が消えていた。「信じないわ」

「ナシーム・アル＝ハク、アムステルダム大学時代は過激な思想の学生だった。パレスチナがどうとかいうたわごとを聞かされて、若かりしころのハイディはやつに心酔したにちがいない。アラファトはイランのオイルマネーで私腹を肥やしていたというのにな」

「パレスチナの何を知ってるっていうのよ？」怒りもあらわに叫んだ。「あんたたちフランス人ときたら！　イスラエルよりもたちの悪い大嘘つきだわ！」

「ナシームがパレスチナを気にかけていると、本気で思っているのか？　あいつはパキスタンの諜報機関で働いているんだぞ」

また沈黙があった。「嘘よ！」

「あんたはスカウトされたんだよ、ハイディ。あいつがタリバンのヘロインを売って儲けた何百万というカネを、分けてもらったことがあるか？」

ヴィネンの一列うしろで、イヴェコのシルヴァーのヴァンが駐車場の出口へ向かって猛スピードで走っていった。ヴィネンが振り返って車の方へ駆けだした。車に視線を向けたド・パイヤンは、運転手と目が合った——かつての過激な学生、いまではムラドと呼ばれる、数カ月まえにパレルモ行きのフェリーではじめて目にしたテロリストだった。

ヴィネンがヴァンへ向かったが、運転手は恋人のために速度を緩めるどころかアクセルを踏みこんで走りつづけた。

「止まれ」ド・パイヤンは叫んだ。ムラドとヴァンを追いかけるヴィネンの姿は、滑稽に見えた。彼女は走るのをやめ、困惑し、不意に自分を追ってきた者たちと向かい合った。

「やめろ！」シュレックが言ったが、ハイディ・ヴィネンは銃を撃ちはじめた。テンプラーがライフルで応戦し、そのオランダ人女性はコンクリートの地面に倒れるまえに死んでいた。

66

ド・パイヤンは息を切らせ、ヴィネンの血まみれの遺体を見下ろした。「ヴィネンは確保した」

「だが、ムラドには逃げられた」シュレックが指摘した。

テンプラーはあきらめていなかった——十一台先に駐められているバイクのところでしゃがみこみ、ガソリンタンクの下に指を入れていじっている。シュレックとド・パイヤンも駆け寄った。エンジンはかかったが、テンプラーが地面に倒れて脚を押さえた。

「クソッ」テンプラーは苦痛の声を洩らした。

ド・パイヤンは友人の脇で膝をついた。右太腿の真ん中に銃で撃たれた傷があり、そこから血が染み出ている。ズボンを裂くと脚に血だらけの穴が開いていたが、血は噴き出しているわけではなく、したたっている程度だった。

「ちょっと脚を撃たれただけだ。動脈はやられてない」テンプラーは大声で言った。「おれのことはいいから——あの野郎を捕まえろ」

シュレックがそのヤマハ・ドラッグスター1100に飛び乗り、うしろのド・パイヤンにヘルメットを手渡した。

「あそこに」ド・パイヤンが指差した。シュレックはクラッチを開き、別のバイクへ向かった。バイクを降りたド・パイヤンがヘルメットをつかんでシュレックに渡すと、シュレックはヘルメットをかぶってエンジンをふかした。

「ちょっと待っててくれ」ド・パイヤンはバイクへ戻らずにそう言った。駐車場に入ってきていた警察のサポート用のヴァンから、防護服に防護マスク姿の警察官たちが展開しているところだった。ド・パイヤンはそのヴァンに忍びこみ、フックにかけられた警察官の上着に付いているプラスティックの身分証を二つはずした。

二人はバイクにまたがり、やじ馬たちのあいだを縫うようにして走った。ムラドが従業員たちの真ん中を突っ切っていったあと、脇へよけていた人たちがまた集まってきていたのだ。ようやく通りに出た二人は左右を見まわした。東へ向かうイヴェコのヴァンを見つけ、あとを追ってD九〇七号線に乗った。交通量が多く、大型のヤマハを操るシュレックはヴァンを見失わないよう時速百四十キロで車のあいだをすり抜けていった。ド・パイヤンはしっかり後部座席にしがみついている。アメリカの映画で描かれているのとはちがい、パリは派手なカー・チェイスには向いていない。あまりにも車が多いうえに、小さな交差点だらけなのだ。バイクで追いかけて見失わないようにするので精一杯だ。シュレックやド・パイヤンは、こういった追跡には慣れていた——対外治安総局の者にとって、パリをバイクで走りまわるのはお手のものだった。

ド・パイヤンのイアフォンにブリフォーの声が響いた。「いまのバイクはおまえか？」

「はい——運転しているのはシュレックです」

「あのヴァンに乗っているのは？」

「ムラドです」

「クソッ。ムラドひとりか？」

「運転しているのはムラドです。うしろに誰かいるかどうかはわかりません」

「いまどこだ？　ヘリコプターを向かわせる」

ド・パイヤンは現在地を伝えた。そのとき、ムラドのヴァンが交差点を右折した。シュレックはギアを下げてエンジンをふかし、なんとか小さな渋滞を避けてヴァンにつづいた。南下してまた東へ向かい、いまはフリーウェイのA一三号線を走っている。ヴァンは猛スピードで飛ばしていた。シュレックもヤマハの速度を上げ、時速百八十キロに達するとあっという間にまわりの車が視界から消えていった。

「距離を保て、あくまで監視だ」ブリフォーが言った。「われわれにはなんの権限もない」

距離を保てという指示に、ド・パイヤンはほっとした。ヴァンのうしろに誰がいるかわからないのだ。生物兵器の計画が明るみになったいま、彼らの役目はムラドがどこへ行くのか、誰と合流するのか、誰に守ってもらおうとするのか突き止めることだ。

ヴァンがセーヌ川を渡り、シュレックとド・パイヤンもあとにつづいた。目の前にはエッフェル塔がそびえている。

ヴァンが速度を落とし、シュレックもヤマハのギアを下げていった。距離を空けたまま自然な走りをつづけたが、それなりの速度は維持している。ヴァンは道の右側をゆっくり走り、脇道に目をやって側道をチェックしているようだった。ヴァンはまた速度を上げてロータリーに入り、最初の出口を降りていった。ヴァンは商用車を駐められるようになっている右側の縁石の内側に入った。シュレックは同じ商用車用の駐車スペースで空いているところを見つけ、トラックのうしろでブレーキをかけた。ド・パイヤンのヘルメットがシュレックの背中にぶつかった。二人が振り向いて通りを見まわすと、メトロのブローニュ＝ポン・ド・サン＝クルー駅の入り口が目に入った。

「ここにいてくれ」ド・パイヤンは声を張りあげた。ヘルメットをかぶったままムラドを目で追う。黒いボンバー・ジャケットにジーンズ姿のムラドは歩道を走り、メトロの駅へ入っていった。

「ここで待ってる」シュレックが言った。

「気をつけろよ」ブリフォーが無線で言った。ド・パイヤンがヘルメットを脱いでバイクを降りると、頭上から警察のヘリコプターの音が聞こえた。

ジーンズのウエストバンドにCZ拳銃が挟まれていることを確かめ、メトロの駅へ向かった。セーヌ川を越えて西を走る主要路線のひとつで、コンコースは人でごった返していた。限られた数しかない改札口を抜けようと、人々がひしめき合っている——地上の通りよりもひどい渋滞だ。ド・パイヤンはコンコースを走り、黒いジャケットを着た長身のパキスタン人を必死に捜した。中央改札に着いたド・パイヤンは、人ごみをまわりこむことも突っ切ることもできないのを見て取った。長いコンコースのどちら側にもムラドの姿は見当たらないので、テロリストはプラットフォームへ向かっているにちがいない。ド・パイヤンは改札のいちばん短い列に並び、プラットフォームかトイレを捜せばムラドを見つけられるだろうと考えた。

うしろに並んでいるロサンゼルス・レイカーズの白いパーカーを着た長身の男が極端に間隔を詰めてきたが、ド・パイヤンはただの厚かましいパリ市民だと思って振り払った。

彼の前にいる老人がナヴィゴ・カードの使い方に戸惑い、列が止まっていた。機械が鳴ってから通り抜けるのが遅いのだ。もう一度通ろうとしてまた戻り、機械も混乱している。列に並ぶ人たちが〝間抜け〟やら〝アルマンド・ダンス〟やらぶつぶつ文句を言っていると、その老人がメトロの駅係員に向かって手を挙げた。ド・パイヤンは我慢できなくなり、ほかの列へ移ろうとした。そのとき、腎臓のあたりに銃口が押し付けられ、耳元で〝騒ぐな〟という訛りのある声がした。うしろの長身の男が左側へまわりこみ、からだを密着させたままド・パイヤンを改札口から引き離した。背中に銃を突きつけ、もう片方の手でド・パイヤンのウィンドブレーカーの袖をつかんでいる。

「なんの用だ？」メイン・コンコースに戻りながら、ド・パイヤンは銃口が食いこんでくるのを感じた。

「保険が欲しい」フードの下から声がした。ド・パイヤンは、ムラドの録音テープで聞いた特徴的な声音に気づいた。ヴァンを運転し、黒いボンバー・ジャケットを着ていた男が、完全に見た目を変えたのだ。

「なんの保険だ？」ド・パイヤンは訊いた。

さらに銃口を食いこませ、ムラドはド・パイヤンを押していった。言い争っているカップルを避《よ》けようとしたとき、ド・パイヤンは右肩をひねりながら足先を軸にしてからだを反転させ、ムラドの右耳の下に左手で手刀を食らわせた。銃からからだを振りほどいたド・パイヤンの背後で銃声が響いた。ド・パイヤンが力いっぱい脚を振り下ろしてムラドの足の甲を踏みつけると、悲鳴があがった。ムラドの手首を極めて九ミリ口径の銃をつかみ、流れるような素早い動きで銃を奪うと同時に靭帯と骨を砕いた。甲高い叫び声が耳をつんざいた。ド・パイヤンは黒いシグ・ザウアーを奪い取ったものの、あごひげを生やした三十代の男につかみかかられてバランスを崩した。反射的にド・パイヤンはひげの男の喉を殴り、何も考えずに顔にガン・スリングを叩きつけた。ひげの男が膝をつき、パニックになった人たちが悲鳴をあげた。ド・パイヤンは、ひげの男が無関係だということに気づいた――相手をまちがえた、ただの善良な市民だった。

過ちを悟ったド・パイヤンはムラドに向きなおったが、すでにテロリストは改札口を抜けて走っていた。プラットフォーム側のコンコースの人ごみのなかに、頭ひとつ突き出した白いフードが見える。ド・パイヤンは駆けだして改札口を飛び越えたが、鉄道警察官がやって来て銃を抜いた。

「銃を捨てて」若い女性警察官が言った。ド・パイヤンを警戒すればいいのか、倒れて苦しんでいるひげの男に目を向ければいいのか決めかねている。シグ・ザウアーを手にしたド・パイヤンは、強引に突破してムラドを追おうかと思った。息をあえがせていると、左から別の鉄道警察官が近づいてきて肋骨に警棒を振り下ろしてきた。

痛みで息が詰まり、ド・パイヤンはシグ・ザウアーを落とした。警察官たちが迫ってきた。銃を構え、手錠を準備している。

「取り押さえたわ」若い女性警察官はド・パイヤンの背中を膝で押さえつけ、手錠をかけた。

「あの白いフードの男……」ド・パイヤンはそう言おうとしたものの、息がつづかなかった。肋骨をやられたようだ。

67

ナシーム・アル＝ハクの捜索は二日目に入っていた。パリ市内やその周辺は、ムラドと呼ばれる男を追い詰めて捕らえようとする警察や諜報機関、軍などであふれ返っている。メディアでは〝蛇口を閉めた男〟と呼ばれているが、諜報機関や軍のあいだでは〝パリの息の根を止めようとした男〟でとおっていた。

新聞は、パキスタンの裕福な家庭に生まれた男のことを書き立てて大騒ぎしていた。ムラドは工学系の学位を取得したが軍統合情報局に入り、やがてそこを辞めてコントラクターになった。そして自分にカネをもたらすことを目的にしたアルカイダの支部、サイエフ・アルバールを立ち上げたのだ。

浄水場の被害を修復し、どの水道管も汚染されていないことを確認し終えるまで、パリ市民はちょろちょろとしか出ない水で我慢するしかなかった。この攻撃の真の目的――ムラドがシミタール作戦で強化されたウェルシュ菌イプシロン毒素タイプDをパリの水道に流しこもうとしたこと――は極秘扱いされた。水や食糧の汚染でもっとも問題になるのは、心理的な影響だ。ふだん飲んでいる水の安全が信用できないとなると、街は長くはもたない。そこで、フランスの保安機関は何世紀にもわたって行なってきたことをした――パリの市民のために、嘘をついたのだ。

ド・パイヤンは折れた肋骨の治療を受けている病院のベッドで、この過熱した報道合戦を見ていた。長いことムラドを追いつづけたすえに、仕事熱心な鉄道警察官に肋骨を折られるという、おかしな結末のことを考えていた。ムラドが隠れられそうなところはどこだろう、そんなことにも頭をめぐらせた。パリは大きな街とはいえ、たったひとりの男を見つけ出すために諜報や警察機関がここまで力を入れているのを見るのははじめてだった。対外治安総局、国内治安総局、軍の情報部、フランスの全警察組織、インターポール、欧州刑事警察機構《ユーロポール》、それにフランス関税局がいちがんとなって捜査にあたっている。外国の諜報機関も協力を申し出ていた――アメリカ、イギリス、ドイツ、それにイスラエル。なかでも軍統合情報局は真っ先にＣａｔ本部を訪れた組織のひとつで、全面協力を約束した。

対外治安総局の幹部たちがパキスタンの諜報機関からの使者に愛想笑いを見せるいっぽうで、ドミニク・ブリフォーはアラムート作戦を推し進め、ムラドとユスフ・ビジャールの捜索にあたっていた。その目的はテロリストをフランスの管理下に置き、この怪物たちをゲームから排除するだけでなく、どんなドラッグや拷問を使ってでも接触した者たちをひとり残らず探り出して一掃することだった。カンパニーにはそういった情報を引き出す専門的な技術があり、なんとしてでもやり遂げるという決意もある。ド・パイヤンの家族が拉致されたという話が組織内に知れ渡り、ムラドとシンリンオオカミは怒りの標的になっていた。とはいえ、ムラドの消息は不明だ。ユスフ・ビジャールがイスラマバードで暮らしていることはわかっているが、パキスタン政府はお気に入りの研究者とその研究センターを守ろうと結束を固めていた。ロシア、アメリカ、そしてフランスの政府は、イスラマバードにテロリストがかくまわれていると抗議したものの、パキスタンはオサマ・ビン・ラディンのときと同じようにその情報を否定した。

パリでは、国内治安総局がMERCで開発されたおよそ九万リットルのイプシロン毒素クロストリジウム兵器を押収した。それは精巧な紙の蓋で密閉された五百リットルのチューブに分けられていた。そのチューブが塩素系薬剤の代わりにクロラミンのキャニスターに差しこまれていたのだ。もしそのキャニスターが設置されていれば、水をきれいにするどころか、人類史上もっとも強力な細菌性毒素で水を汚染していただろう。押収したものを調べた軍の研究者たちによると、それは少なくとも二百万人の命を奪い、街全体の機能を停止させるのに充分な量ということだった。

テンプラーとド・パイヤンが療養しているあいだ、シュレックはアラムート作戦の任務を遂行していた。サン＝クルー浄水場襲撃の三日後、シュレックはパレルモでの奇妙な目撃情報を受けて現地へ向かった。街の旧市街にあるプライヴェート・ホテルのオウナーから、挙動不審な長身のパキスタン人の宿泊客がいるという通報があったのだ。その宿泊客は別人になりすましているように思え、しかもヨーロッパじゅうのテレビのニュースで報道されているテロリスト――ムラドと呼ばれる男に似ているということだった。

シュレックはパレルモのそのホテルを訪れ、その宿泊客について訊いた。オウナーに男のパスポートのコピーを見せてもらった――それはパキスタンのパスポートで、名前はアミン・シャルワズになっていた。

シュレックはポケットにコピーをしまい、このホテルでわかったことは口が裂けてもアレック・ド・パイヤンには話さないと心に決めた。MERCの関係者たちは〝リスト〟に載せればいいだけだ。いずれ対処すべき人たちのリストに。

テロリストたちは現われては消えていくが、対外治安総局は決してそういう連中を忘れはしない。

68

イスラマバード国際空港の到着ターミナルから出てきたフィリップ・マヌリーは、陽射しに目を細めた。パリからの直通便を待っている時間がなかったため、二十時間ものあいだ飛行機を乗り降りしてきた。まずはローマへ飛び、乗り換えで数時間待ったが、いまや聖域にたどり着いた。イギリス領バージン諸島に口座があるだけでなく、荷物のなかにはヴィンテージの腕時計が十二個入っている。その腕時計だけでもトータルで五十万アメリカ・ドルくらいにはなるだろう。

不当な扱いを受けてきたとは感じていないし、自分のしてきたことを誇らしいとも思っていなかった。これまでの人生の選択によって結婚生活は破綻し、マカオでは醜態を演じてしまった。酒やギャンブルのせいにすることもできたが、心のなかではあの少女が未成年だというのはわかっていたし、彼自身もノーとは言わなかった。パキスタンの諜報機関のコントラクターであるムラドが証拠写真をもってドアをノックしてきた日から、お決まりのコースが待っていた——強請られて言うとおりにさせられることもあれば、カネをエサにそそのかされることもあった。

ターミナル・ビルの外に青いジープ・グランドチェロキーが停まり、ドアが開いた。マヌリーが小さなスーツケースをもって乗りこむと、イスラマバード北部の大使館エリア沿いにある敷地へ連れていかれた。いっしょに乗ってきた二人の男に案内され、オフィス・ビルの裏にあるモーテルのような建物に入った。タバコを吸おうと外へ出たマヌリーは、この敷地のフェンスは外からの侵入を防ぐためだけでなく、なかに閉じこめておくためのものかもしれないと思った。

マヌリーはたっぷり食事を与えられ、その翌日、エアコンの効いた部屋でがっしりした白髪頭の中年の男から話を聞かれた。その男は軍人のような物腰をしているものの、私服姿だった。

「私のことは大佐と呼んでくれ」男は笑みを浮かべた。聴取はほぼまる一日かかった。マヌリーは包み隠さず話したが、大佐——私服姿でもまさにプロといった感じだ——がメモを取っていないことに気づいた。諜報活動としてはおかしなことだ。

「それで、私をどうするつもりだ？」マヌリーはランチのあとでそう訊いた。そのころには、軍統合情報局と思われるこの新たな同僚とある程度打ち解けたように感じていた。

「特別な用意をしてある」大佐はそれ以上言わなかった。

三日目の朝、大佐に資産のことを訊かれ、マヌリーは困惑した。「お互い腹を割って話し合い、信頼しなければならない、そう思わないか？」大佐が言った。「たくさん時計をもっているようだが、盗品か？」

マヌリーは〝私の荷物に触れるな〟と言いたかったが、考えなおした。「いや、盗品ではない。もち運びできる財産だ」

「私のもとで働くなら、銀行口座も知っておく必要がある」大佐は言った。「わかってもらいたい――おまえはフランスを裏切ったのだから、私もとりわけ慎重になっているのだ」

しばらくそんなやりとりがつづいた。マヌリーは口座の詳細を教えるのを渋り、最後には大佐もあきらめた。

その夜ベッドに入ったマヌリーは、パキスタンでどうやってカネを稼いで暮らしていくか考えた。ほかに行けるところなどない。パキスタン以外ではカンパニーに見つかって殺されるか、一生エヴルー空軍基地の独房に監禁され、覚えているかぎりのありとあらゆる機密情報を少しずつ搾り出されるかのどちらかだ。どちらにせよ、悲惨な最期を迎えることになる。彼のような人間は、裁判にかけられることはないのだ。

翌朝の朝食後、マヌリーは大佐とともに車に乗せられ、イスラマバード南部にある厳重に警備された大きな施設へ連れていかれた。マヌリーには、その施設に据え付けられたプレートに〝農〟という文字があるのが見えた。何かの研究施設のようだ。エレヴェータに乗ったが、上ではなく地下数階まで下がった。表示板のB5が光った。

「新しい仲間たちに会ってもらう」大佐が言った。

漂白剤の臭いがする廊下を進み、マヌリーはドアのなかへ通された。入ったとたん、二人の屈強な男につかみかかられた。マヌリーは右側の若いほうの男を腰を使って投げ飛ばし、コンクリートに叩きつけた。だがすぐに別の男が現われ、二人がかりで湿ったコンクリートの床に押さえつけられた。自由を奪われたマヌリーは、ボルトで固定された椅子に縛り付けられた。文句を言おうとしたが、口をダクトテープでふさがれた。

目の前にはデスクがあり、大佐がそのうしろの椅子に坐っていた。右側の暗がりに、もうひとり男がいた。やはり椅子に縛られ、口もふさがれている。ムラドだ！

マヌリーの心臓が激しく脈打った。拘束具から逃れようともがき、ダクトテープの奥から叫ぼうとした。

小柄で細身の男が部屋に入ってきた。軍人でないのは明らかだ。マヌリーはパニックになっていたとはいえ、その男のマスタード色のカーディガンと悪趣味なズボンに目がいった。

「これで」マスタード色のカーディガンの男が言った。「共謀者がそろったわけですか？」

ムラドが拘束具を引きちぎろうと全身に力をこめた。ふさがれた口からことばを発しようとし、顔が紫色になっている。

「あれだけの年月とカネをかけてきたというのに、この二人の裏切り者のせいで何もかも水の泡だ」大佐が言った。

「二人がどこまでしゃべったか聞き出さないと」マスタード色のカーディガンの男が言った。「二、三週間かかるかもしれませんが、必ず口を割ります。お約束します」

大佐が暗がりに立つ黒シャツの男に向かって頷いた。その男はテーブルに置かれた電動ドリルを手に取り、マヌリーの方へもってきてスイッチを入れた。薄明かりに照らされたクロムの先端が目の前わずか数インチのところで回転し、マヌリーは胃が締めつけられるような感じがした。

「まずは肝心なことからだ」大佐が言った。

「そうですね」マスタード色のカーディガンの男は、カードゲームでどちらがディーラーをやるか決めようとしている、そんな口調だった。「いくつか訊きたいことがある」

マスタード色のカーディガンの男に口のテープをはがされ、マヌリーに鋭い痛みが走った。

「誰だ、おまえは？」マヌリーが口を開いた。片目でドリルを、もう片方の目でカーディガンの男を見つめている。ほかにことばが思いつかなかった。

「ドクタ・ビジャールと呼んでくれ」男はタバコに火をつけ、ムラドの方を向いて口のテープをはがした。「では聞かせてもらおうか、親愛なるムラド。私の作戦の最終段階で、どうやって対外治安総局から奇跡的に逃げおおせたんだ？」

「走って逃げた」ムラドの声は、喉にカエルでもいるかのようにしわがれていた。

「走って逃げただと？」ビジャールは鼻で笑った。

「メトロでアギラールを振り切った」ムラドは浅い呼吸を繰り返していた。「やつは警察に止められた——おれは運がよかったんだ」

「それはおまえひとりのときの話だ。浄水場ではどうやって逃げた？」小柄な男は促した。

「全員が撃たれたり捕らえられたりしたというのに、実に運がよかったムラドだけが助かったと？」

「浄水場にいたのは対外治安総局だけじゃない」ムラドは口ごもった。「特殊部隊もいた。計画がばれていたんだ」

「それは興味深い」やんわりと脅すような声でビジャールが言った。「私の計画が、最後の最後でフランスに邪魔された、そういうことか?」

ムラドは肩をすくめた。マヌリーよりも冷静だ。「パレルモでの一件のあと、新たなリスクが増えたと言っただろう。あのフェリーでアギラールという男に見られるまでは、おれの顔はどの諜報機関のリストにも載っていなかったんだ」

「確かにそうだ」信用を得るチャンスと見たマヌリーが口を挟んだ。「ムラドという名前は知っていたが、写真も目撃情報もなかった」

ビジャールはタバコを吸って床に目を落とし、それからムラドに視線を向けた。「どうしてあのフランス人がディナーの途中で出ていったあとで、やつの名前はアギラールだと電話してきた? 少しばかり遅すぎるんじゃないか?」

ムラドは肩をすくめた。「マヌリーに聞かされるまで、やつがイスラマバードにいるとは知らなかった。話を聞いてすぐに電話したんだ。あの時間なら、まだおまえや妹といっしょにアパートメントにいるだろうと思って」

「私はYセクションの人間ではない」マヌリーはなんとか言い逃れようとした。「あいつらはずっと自分たちの建物にいるうえに、いつもこそこそしているんだ」

「それなら、どうやって妹のアパートメントでのディナーのことを?」

マヌリーは息を詰まらせた。「内務部門の部長というのは、毎週、実行中の作戦名が載ったリストを渡される。そのリストに、聞いたことのない作戦名があった——アラムート作戦だ。あれこれ調べて、別の部長の金庫に入っていたファイルを見つけた。そこにイスラマバードでのディナーのことが書かれていた。それで、すぐにムラドに知らせたのだ」

ビジャールはタバコをもみ消した。「アラムート——アサシンの谷か。フランス人ときたら、本当に気が利いている」

大佐があとを継いだ。「対外治安総局は、ムラドがアギラールから買うことになっていた五冊のパスポートはまちがいなく処分された、という報告書を出した」

「そのとおりだ」マヌリーが言った。

大佐がムラドに目を向けた。「それなら、サン＝クルー浄水場の厳重に警備された区画に入るのに必要な五冊のフランスのパスポートを、どうやって手に入れた？」

ムラドがマヌリーに頷くと、マヌリーが代わりに答えた。「対外治安総局が作ったパスポートを渡した」

プロの職業課報員である大佐は耳を疑った。「対外治安総局の現場工作員が使うパスポートのことか？　偽の身分用のパスポートを？」

「ああ、そうだ」大佐にさえ恥さらしな行為だと思われ、マヌリーはばつが悪くなった。

「急いで用意しなければならなかったものでな」

「パリでテロ行為を起こそうとしているわれわれに、フランスの諜報機関が作ったパスポートを渡したというのか？」

マヌリーはぐったりした。

大佐はゆっくり首を振った。「そのことがおまえの雇い主にばれたら、パキスタンで身の安全を保障できるとは思えない。だが、ほかにも気になることがある。パスポートで三百万ユーロが手に入ることになっていた――それなのに、ただで譲ったというのか？」

「カネをもらえると思っていた。だが、そのカネは見ていない」

大佐がムラドに目を向けた。「ムラド、ミュンヘンにあるドイツ信用銀行のおまえの口座について聞かせてくれ」

「ミュンヘンだって？」ムラドは呆気にとられた。「ミュンヘンに口座なんかもってない」

「それはおかしい」大佐は書類を読み上げた。「少しまえに、ミュンヘンのドイツ信用銀行でナシーム・アル＝ハク名義の口座が作られた。その口座に、フィリップ・マヌリーから百五十万ユーロが振り込まれている」

「なんだと？」マヌリーは大声をあげた。「でたらめだ！」

「口座明細は嘘をつかない」大佐は書類を振ってみせた。「五日まえに、トルコのおまえの銀行口座から振り込まれている――ちょうどパリを出るころじゃないか？」

マヌリーは目まいがした。あいつらにはめられたのだ！「トルコに口座などない」そうまくし立てた。「私のような経歴の者が、オフショア口座を本名で開くと思うか？」

大佐は聞いていないようだった。次のページをめくる。「フィリップ、どうしてそうやすやすとフランスから脱出できた？　裏切り者はいつまでも幸せに暮らしましたとさ、というのは対外治安総局らしくないと思うのだが」

「アギラールの家族をさらって、私が無事にフランスを出るまでおとなしくしていろと脅した」

大佐は取り澄ました顔で頷いた。「それと、どうしておまえの口座にフランス政府から三百万ユーロが振り込まれているのだ？」

「ちがう」マネリーはしどろもどろになった。「つまり、私の口座じゃない。どういうことだ、三百万ユーロだと?!」

「明細によると、カネを受け取ってすぐに、その半分をミュンヘンのムラドの口座に送っている。対外治安総局とこんなカネの取引をしておきながら、パキスタンにやって来てわれわれをもてあそび、ただですむとでも思っているのか？」

マヌリーがムラドに目を向けると、ムラドも信じられないといった顔で見返してきた。

「はめられたんだ」ムラドが言った。

「もしくは、パキスタンをはめようとしているか」大佐が言った。「おまえたちのようなやつらは、はじめてではない」

大佐が頷くと、大きな手が飛んできてマヌリーの口にテープを叩きつけた。ムラドはまた口をふさがれるまえに、最後にひとこと〝やめろ〟とだけ言った。二人は視線を交わした。目を大きく見開き、絶望に打ちひしがれている。フランスに一杯食わされたのだ。

「では、お二人とも」ドクタ・ビジャールが言った。「悪いが口座の詳細と、対外治安総局との取引を何もかも話してもらおうか。許してほしいなら、せめてそのくらいはしてもらわないと——すみやかに殺してほしいならな」

マヌリーはなんとか説明しようとしたものの、テープで口をふさがれているため、くぐもった情けない声しか出なかった。目の前では、ムラドが縛り上げられたからだを動かそうとし、ボルトで固定された椅子が揺れていた。

「大佐」ビジャールは立ち上がって出ていこうとした。「おもちゃでどう遊ぼうとかまいませんが、主要な臓器はテストで使うということをお忘れなく。ではさようなら、二人とも」

「よかろう」大佐が言った。「先ほど対外治安総局の友人たちに、協力するためにはテロリストを逮捕せざるを得なかったと伝えたところだ。わが国へ来て尋問するよう声をかけたとはいえ、来るまでに二十四時間はかかる。いつものように、着くのが一歩遅くて話ができなかった、ということもあり得るがな」

黒シャツのがっしりした男が電動ドリルのスイッチを入れ、マヌリーの左足首に狙いをつけた。ドリルの先端が肉や骨に食いこんで回転がわずかに鈍ったが、そこを貫くとまた速度が上がった。

このあと何度も気絶することになるのだが、最初に気を失う直前、フィリップ・マヌリーには大佐がズボンに付いた肉片をはじき飛ばすのが見えた。それから情けを乞うくぐもった自分の悲鳴が耳にあふれ、うなりをあげるドリルの音をかき消してしまった。

69

警棒で殴られたところは肋骨が二本折れ、メトロでムラドの銃弾がかすった左太腿の内側は火傷になっていた。ド・パイヤンは二週間の待機指示中だったが、ブリフォーから報告を求められていた。そこで退院するとその足で安全確認行程を行なってバンカーへ向かい、ファルコン作戦とアラムート作戦の最終報告書を書くことにした。

ちょうど書きはじめたところへ、ブリフォーがドアから覗きこんできた。

「追加情報だ」ブリフォーはそう言って、ド・パイヤンのデスクに〝0〟報告書を置いた。

それは短い報告書で、カンパニー内で〝ワタリガラス〟と呼ばれるパキスタン人が一週間まえに拷問されて殺されたということが書かれていた。彼女の遺体は見つかっておらず、子どもたちはドバイにいる父親のもとへ送られた。政府内の認識では、殺害を指示したのは彼女の兄ということになっているらしい。イスラマバードでフランスのスパイと引き合わせたことに対する報復措置ということだ。

ド・パイヤンは目を閉じ、大きく深呼吸をした。そしてワタリガラスと湖で過ごした日のことを思い出した。いい人生を送る鍵は素晴らしい父親に恵まれることだ、彼女はそう言っていた。あんな兄をもったことが悔やまれる、ド・パイヤンは思った。

それから最終報告書を書き上げて提出し、肋骨の痛みが治まらないので鎮痛剤を飲んだ。メトロに乗って街の反対側へ向かい、尾けられていないことをしっかり確認してから、午後二時四十五分に子どもたちが通うモンパルナスの学校へ行った。オリヴァーとパトリックを出迎え、ロミーにキスをしたがハグは控えた。肋骨が折れているので腕を上げられないのだ。

ロミーは大喜びしていた。怪我を考えると少しばかり無神経にも思えたが、ロミーは気持ちを抑えられなかった。

「いったいどうやったのか知らないけれど、大当たりを引いたわね、ムッシュ・ド・パイヤン」ロミーが言った。「ベッドルームが三つに、バスルームが二つ、おまけにリヴィングまで二つもあるのよ。それがひと月たった二千ユーロだなんて！」ロミーは鍵を掲げてみせた。

新しいアパートメントはベル・エポック様式の美しい建物だった。まえのアパートメントから一ブロック離れたところにあり、裏には青々とした共有の庭がある。政府が所有するもっとも人気のアパートメントのひとつで、工作担当官が住めるような家の倍の価値はある。

「引っ越しを手伝ってくれたのは誰?」ド・パイヤンはますます安全面に関して疑心暗鬼になっていた。

「ガエルとギョーム、それにドミニクよ」

「ブリフォー・チーフが? うちに来て、家具を運んでくれたのか?」

「ほかの人にやらせたら、あなたが嫌がるだろうからって」ロミーがド・パイヤンの首に両腕をまわした。「これも仕事のうちだって言っていたわ」

子どもたちは『スポンジ・ボブ』を見ながらサッカーの練習へ行く準備をし、スパイク・シューズをはいてすね当てを着けた。ド・パイヤンはグラウンドへ行くまえに子どもたちにトイレをすませておくよう言い、二人がバスルームへ行っているあいだにテレビのチャンネルを適当に替えていった。アルジャジーラでは、イスラマバードで起こったある事件のニュースが終わるところだった。炎と煙が天高く立ち昇り、何台もの消防車が大火災を消し止めようとしている。「集まった人たちのなかには、西側の破壊工作だと言っている人もいます」レポーターが伝えていた。「ですが市の消防署長の話では、火元は掃除道具置き場だろうということです」ニュースの最後に、煤まみれの柱廊玄関に記された〝パキスタン農薬会社〟という文字が、煙をとおして一瞬だけ見えた。ド・パイヤンは鼻を鳴らした。

子どもたちがドアへ走っていった。ド・パイヤンもあとにつづいたが、ロミーに行く手を遮られた。

「ミルク、それともパン？」ド・パイヤンが訊いた。

「ワインを買ってきて」ロミーは唇にキスをした。「今夜は引っ越し祝いよ。あなたも招待されているわ」

三人はロミーのフォルクスワーゲン・ポロで出かけ、西へ曲がった。パトリックは音楽プレイアーをいじっている。

「パパ、スパイってなに？」オリヴァーが訊いた。

「どうして？」

「学校で友だちにスパイごっこしようって言われたんだけど、スパイがなんなのかわからないから」オリヴァーはすね当てのあたりの靴下をなおしながら言った。

「そうだなあ」ド・パイヤンは赤信号でブレーキを踏んだ。「スパイっていうのは、自分の国のために何かを探り出す人かな。本当は知られちゃいけないようなことを」

「スパイは秘密なの？」

「そうだよ」ド・パイヤンはくすくす笑った。「知り合いにスパイがいたとしても、スパイだとは気づかないんだ」

オリヴァーがそれについて考えていると、パトリックが声を張りあげた。

「あの月の歌をかけて、パパ」パトリックが言った。

ド・パイヤンはスポティファイを検索し、肋骨の痛みをこらえて子どもたちと〝バッド・ムーン・ライジング〟を歌った。ほぼ理想に近い形で人生のバランスを保て、ド・パイヤンは幸せだった。

信号が青に変わり、ド・パイヤンはポロのアクセルを踏みこんだ。片方の目で前を見ながらも、決してもう片方の目をルームミラーから離さなかった。

エピローグ

そのホテルは、海岸沿いにある巨大なオアシス・リゾート・ホテルよりも小さかった。とはいえドクタ・ユスフ・ビジャールのような高度な機密情報を扱う職員にとっては、アラビア海の海岸線で羽を伸ばし、褒美としての休暇を満喫できるパキスタン内の数少ない場所のひとつだった。覆いの付いた正面入り口にメルセデスが入り、運転手——実際には軍統合情報局の護衛——がトランクからドクタのスーツケースを取り出し、彼とともにフロント・デスクへ向かった。これから一週間、この男はビジャールの戸建ての部屋の隣に宿泊し、つねにそばで過ごすことになる。ビジャールは気にしなかった。何年もこうした暮らしをしているし、護衛の必要性も受け入れていたのだ。

荷ほどきをし、ビーチへ行くために着替えた。イスラマバードからの空の旅の疲れを洗い流し、陽射しと潮風を浴びたかった。八年ものあいだ、シミタール計画の重圧を肩に背負ってきた。しかもその八年間には、軍統合情報局の一部に資金援助を認められ、パリ襲撃のゴーサインが出るまでに費やした研究期間は含まれていない。パリの一件のあと、徹底した聴き取りと報告書の作成で疲れ果てていた。MERCとビジャールのウェルシュ菌計画の大部分が政府や将校たちに申告されていなかったため、さらに厄介なことになった。大佐は〝つなぎ役〟――資金やリソースの管理、そして戦略計画を任された仲介役だが、どの公式記録にも載っていない。というわけで、ビジャールは不安な二日間を過ごすことになった。軍統合情報局の上層部や、参謀本部の諜報部員から直接、尋問を受けた。二日目の午後になり、彼らが懸念しているのが数百万というパリ市民の運命よりも、パキスタンの名前に傷がつくことだというのに気づいた。パキスタンがアメリカやヨーロッパから何十億ドルもの資金援助や防衛技術の移転を受けているのは、断固としてテロを許さないという方針にもとづいているのだ。ムラドもマヌリーもこれ以上の問題を起こすことはない、ビジャールがそう断言すると、軍統合情報局はMERCを破壊して新たな施設で研究をつづけることを許可したのだった。

ビジャールは温かい澄んだ水のなかを泳ぎ、水平線を行く数隻の大きな原油タンカーを眺めていた。妹のアヌッシュと父親がこのインド洋の北端でボートを楽しんでいたこと、そして自分が父親に認められずに激怒したこと、そんなことを考えていた。あれほど愛した二人——そして心底がっかりさせられた二人——は彼自身の手によって死を迎えた。誇らしいとは感じていないとはいえ、母国への愛や忠誠心というのは万人に理解されるものではないと思っていた。

ビジャールはビーチでからだを乾かし、この海岸沿いに生えるヤシの木陰に立っているボディガードに頷いた。部屋でシャワーを浴びながら、自分のような科学者を監視するにはそれ相応の理由がある、そんなことを思った。MERCが破壊されたいま、研究用のハードドライヴとイプシロン毒素兵器の培地は、ビジャールと大佐しか知らない場所に隠してある。しかも彼が分離したクロストリジウムの株を兵器として利用し、最大限に活用する方法を知っているのは、二人のうちひとりだけなのだ。

ビジャールはその日の午後を寝て過ごした。ビーチに寄せる波の音のおかげで心地よく眠れた。午後五時過ぎに目が覚めた彼は、腹が減っていた。電話をして早めの夕食を予約し、六時ちょうどに食堂へ行った。休暇中とはいえ、時間には正確に行動したかったのだ。子どものころにこのあたりを訪れた思い出にフィッシュ・カレーを注文し、水を一杯頼んだ。アラビア海がきらめきながらうねっている。その淡い緑色は、まさに自然が生み出す驚異だった。シミタール作戦を思い返し、次はどうやろうか考えた。パリでの成功は目前だったため、CNNで事件が報道され、銃撃戦やフランス特殊部隊の介入を知ってショックを受けた。サン＝クルー浄水場は世界最大の水供給システムのひとつであり、地球上でもっとも怖ろしい公共インフラへと変貌する一歩手前だった。イプシロン毒素で死ななかったとしても、フランスの病院は患者であふれ返り、百万単位の人が街から逃げ出していただろう。大混乱、社会活動の停止、フランス政府に対する不信感、延々とつづく暴動。あとひと息だったのだ。

次こそは失敗しない。ビジャールには秘密の場所に隠してある有効な生物兵器がある。もう二度とムラドのようなカネで動く工作員を使うつもりはない。シチリアでのムラドのつながりがほころびになり、そこから何もかも台無しになってしまったのだ。

そして、アギラール。アギラールと呼ばれるフランスのスパイ。あの威張りくさった傲慢なフランス人が妹を誘惑し、イスラマバードの中心へやって来て自分と食事をしようとした、そう考えるだけで鼓動が速くなるのを感じた。フランス諜報機関の厚かましさはたいしたものだ。大佐と新たなシミタール作戦を推し進める準備ができたときには、フランスや対外治安総局には決して悟られないようにするつもりだった。

水を注ぎに来たウェイターに、ビジャールは礼を言った。ウェイターの明るい肌の色が目に留まった――この海岸地域でよく見られるパキスタン人の特徴だ。

妹と父親がどうやって乾杯していたか思い出した。二人で何かくわだて、笑いながらこう言うのだ。〝それに乾杯〟と。これまでビジャールはひと口も酒を飲んだことはなかったが、家族の思い出に笑みを浮かべ、グラスを掲げてつぶやいた。〝それに乾杯〟

ウェイターはキッチンを通り抜け、従業員用の休憩室やロッカーがある搬入口の方へ行った。素早くウェイターの制服を脱いでロッカーに放りこみ、私服に着替えた。陽射しの下に出ると、白いトヨタ・ランドクルーザーがアイドリングしていた。男は後部ドアを開け、どんなミスも犯さないようにあえてゆっくり動いた——水のボトルを蠟《ろう》とステンレス鋼の蓋で密閉し、軍で使われる危険物専用のジッパー付きバッグに入れ、さらに生物・化学・核兵器専用の鮮やかな黄色のキャリーケースのなかでしっかり固定した。その密閉式キャリーケースは、水深千フィートの水圧にも耐えられるようになっている。それから男は陸軍の野戦病院で殺菌に使われる軍仕様の消毒布で、両腕を指先まで拭いた。さらに消毒布をもう一枚取り出し、顔も拭いた。

男がフロント・シートに乗りこむと、運転手がアクセルを踏みこんでリゾートから車を出した。

「荷物は届けたのか？」テンプラーが訊いた。

シュレックはにやりとした。「ちゃんとお届けして、しっかり受け取ってもらったうえに、確認のスタンプまで押してもらったよ」

訳者あとがき

実際のスパイ活動にくわえ、不安に苛まれるスパイの日常を描いたリアルなスリラー小説と言える作品です。

フランスの諜報機関、対外治安総局の工作担当官アレック・ド・パイヤンは、シチリア島のパレルモである任務を遂行していた。それはありふれた任務のはずだったのだが大失敗に終わり、二重スパイがいる疑惑がもちあがる。

その後、ド・パイヤンはパキスタンでの生物兵器開発に関する調査の指令を受け、イスラマバードへ向かう。第一段階の偵察はうまくいき、その情報をもとにさらなる調査をつづける。だがパレルモでの作戦を失敗に追いやった影が迫り、やがて怖ろしい陰謀が明らかになる。

著者のジャック・ボーモントはフランス空軍で戦闘機のパイロットをしていましたが、その後、特殊部隊や諜報員を飛行機で運ぶ任務に就き、それから対外治安総局に入りました。つまり本作は、著者の実体験をもとに書かれた作品ということです。そういうわけで、ここで描かれているスパイの世界はかなりリアルなものと言えるでしょう。

作中では〝回転ゲート〟や〝逢引きゲーム〟(名前までしゃれています)、尾行のテクニックといったスパイ技術が数多く描かれています。著者が元スパイであるからこそ現実味があり、どれも実際に使われているスパイ技術だと思われます。

尾行から逃れるシーンであえて何もしないというのは、精神的には緊張感があるとはいえ、作中で言われているように映画のワンシーンとしては退屈です。映画で緊迫の逃走劇の代わりにただぶらぶらするだけのシーンが何分もつづけば、尾行役だけでなく、映画を見ている人たちも飽きてしまいそうです。

実際のスパイの世界というのは派手な冒険活劇のようなものではなく、私たちのすぐそばでこのような心理的に緊迫した静かな攻防が繰り広げられているのかもしれません。

ほかにも万が一疑われた場合に備え、日ごろからいくつもの身分を演じわけ、それぞれが実在するように見せかけるという描写があります。ポストに郵便物が届くようにしたり、近隣の人たちと交流したりといった地味で地道な活動。頻繁に身分を変えるという精神的負担は、想像もできません。そのうち自分が誰なのかわからなくなってしまいそうですが。

本作ではそういったスパイとしての活動だけでなく、諜報員の私生活も詳しく描かれています。日ごろからまわりに目を光らせ、つねに疑心暗鬼になり、新しい出会いがあるたびに疑ってかかる。しかも自分だけならまだしも、家族も危険に巻きこんでしまう怖れもある。そんな生活をしていれば気の休まる暇もなく、いずれ神経が参ってしまうというのも無理もありません。

主人公が所属する対外治安総局（DGSE）ですが、聞いたことがないという人もいるかもしれません。DGSEは、アメリカのCIAやイギリスのMI6に相当するフランスの諜報機関です。国防省の傘下にあり、文民が軍人の倍近く所属しています。国益や国民の保護のために国外での情報収集や工作活動を専門にする機関です。世界有数の諜報機関なのですが、一九八五年にある事件を起こしています。フランスが行なっていたムルロア環礁での核実験に抗議するグリーンピースの活動船レインボー・ウォーリア号を、ニュージーランドのオークランドで爆破、沈没させてしまったのです。核実験を妨害される怖れがあるうえに、グリーンピース内にソ連のスパイがいるという噂があったため、ということです。ですがすぐにDGSEの諜報部員二人が逮捕され、テロ事件とみなされて国際問題にまで発展しました。DGSEは〝クールで非情、痕跡を残さない〟がトレードマークのはずですが、やはりこういう失態もあるようです。

そしてもうひとつの重要な組織として登場するのが軍統合情報局（ISI）です。IS

Iはパキスタンの対外諜報機関ですが、国内において軍事的、政治的に絶大な権力をもっています。しかも作中で触れられているように、タリバンなどのテロ組織を支援、コントロールしているとも囁かれています。

最後に、作中で何度も名前が出てくるテンプル騎士団についても、簡単に説明しておきます。テンプル騎士団というのは、十二世紀初頭に創設された騎士修道会です。聖ヨハネ騎士団、ドイツ騎士団とともに、ヨーロッパ三大騎士団と呼ばれています。その主な役目は聖地エルサレムの守護と巡礼者たちの護衛でした。やがて軍事的、政治的、経済的に大きな力をもつようになります。莫大な財産と絶大な権力を兼ね備えたテンプル騎士団は、中世最強の騎士団とも言われています。ですが、彼らを疎ましく思ったフランス国王によって数々の汚名を着せられ、一三一二年に解散させられました。とはいえ、いまではその汚名は晴らされています。彼らは勇ましい戦士であると同時に厳しい規律を重んじる修道士でもあったため、いまだに根強い人気があり、さまざまなジャンルの作品で取り上げられています。白い長衣の胸の部分に赤い十字架のマークという制服は、どこかで見たことがあるという人もいるかもしれません。主人公のアレック・ド・パイヤンのほかにも、シュレックやテンプラーといった主要キャラクターたちがテンプル騎士団とのつながりをほのめかされていることからも（しかも主人公はテンプル騎士団の初代総長ユーグ・ド・パイヤンの血統)、テンプル騎士団が特別な存在だということがうかがえます。

命がけの任務に、一瞬たりとも気を抜くことのできない日常。本物のスパイというものを知っているわけではありませんが、リアルなスパイの世界というのはこういうものなのかもしれません。

訳者略歴　1973年生，パデュー大学卒，翻訳家　訳書『アベル VS ホイト』『老いた男』ペリー，『追跡不能』レベジェフ，『ガーナに消えた男』クァーティ，『カリフォルニア独立戦争』バーン（以上早川書房刊）

狼《おおかみ》の報《ほう》復《ふく》

〈NV1516〉

二〇二三年十月 二十 日　印刷
二〇二三年十月二十五日　発行
（定価はカバーに表示してあります）

著者　ジャック・ボーモント
訳者　渡《わた》辺《なべ》義《よし》久《ひさ》
発行者　早川　浩
発行所　株式会社　早川書房
郵便番号　一〇一 - 〇〇四六
東京都千代田区神田多町二ノ二
電話　〇三 - 三二五二 - 三一一一
振替　〇〇一六〇 - 三 - 四七七九九
https://www.hayakawa-online.co.jp

印刷・株式会社精興社　製本・株式会社明光社
Printed and bound in Japan
ISBN978-4-15-041516-7 C0197

本書は活字が大きく読みやすい〈トールサイズ〉です。